The Shaman in Stilettos

ハイヒールを履いたシャーマン

アンナ・ハント 著
西元 啓子 訳

VOICE

カバー・本文イラスト
朝倉めぐみ

悩み、もがいている時にも、自分を信じることを教えてくれた
ケン・ダンカンとヒューゴ・モーゼに捧ぐ。

解明できないことは、世の中に確実に存在している。
万物の神秘の中には、
捉え難く、触れることもできない不可解なものが横たわっているものだ。
そのような見えない力を畏れる気持ちを超えられるものがあるとするならば、
それは宗教心であろう。

アルバート・アインシュタイン

大自然の法則こそ魔法と呼べるだろう
常にたゆまなく変化する自然の力は、まさに魔法だ。

ヨハン・ヴォルフガング・フォン・ゲーテ

目次

Part 1
旅の始まり
THE QUEST BEGINS

Part 2

修行の日々

THE APPRENTICESHIP

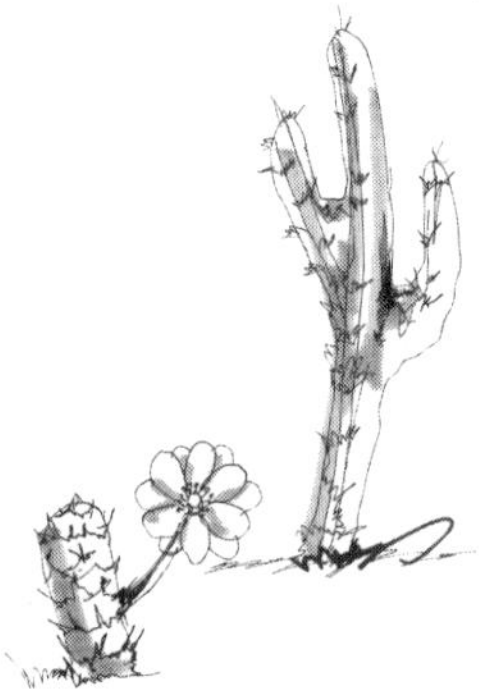

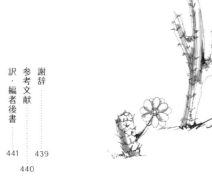

Part 1

旅の始まり

THE QUEST BEGINS

人間の身体は魂よりも深遠であり、
その神秘さは解き明かすことができない。

E・M・フォースター

チャプター01

もし、自分のことを好きでいたい女の子なら、人生の荒波を渡っていくために欠かせないものが2つくらいあるはず。私がそのことを発見したのは、まだ少女の頃だった。

全寮制の学校に通っていた12歳の頃、そこでサバイバルするための術《すべ》をすぐに身に付ける必要があった。

当時の私のマストアイテム。それは、たっぷりの美味しいチョコレートと、古着屋で手に入れたお古の黒いエナメルのハイヒール。

まず、チョコレートはそのとろける甘さで、10代の残酷な日々の現実から逃避させてくれたし、ハイヒールは、風紀委員に見つかったら処罰されるような環境にいた私が、きちんとしたお店以外でお酒やタバコを手に入れる時に、自分は十分に大人であると証明するためには欠かせないツールだった。

私の人生に彩りを与えてくれる、とっておきのものたち。

ストレートヘアになるヘアアイロン。黒いアイライナー。セックス。辛い時に、何も言わずにソーヴィニヨン・ブランの白ワインボトルを1本とティッシュの箱を抱えて駆けつけてくれる女友達。

でも、チョコレートとハイヒールなしでは、私の世界は回らない。なぜだかわからないけれど、この2つなしでまだ生きたことがないからだ。

今となっては、少女時代の寄宿舎生活はもう遠い昔のこと。

でも、今でもよろめきながらハイヒールを履いている。もちろん今日履いているのは、かつてのようなお古ではなくて、ネイビーブルーのシルク製で、プラットフォーム部分がうんと高い今シーズンのオシャレなハイヒール。

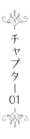

そしてこの瞬間に、ふらついているのは、ヒールに慣れない足で安いドイツの甘いリースリングワインを何本も抱えているからでもない。

今、私は、ケンジントンにある豪華な会員制クラブの屋上で行われたチャリティー・ファッションショーで、ニュージーランドの高いソーヴィニヨンのワインを夜通し飲んで酔っ払った帰り道だから。

そのイベントには、お金持ちたちが集っていた。チャリティーという気高き名目の下で自分たちの権力を誇示するお金持ちの子息たちの周囲には、気高さとは正反対の取り巻きたちが、お酒を飲み、タバコを吸いながらうろうろしていた。でも、これは享楽主義者たちが禁煙法で妥協させられる前のまだ平和な時代のこと（イギリスでは2006年以降、公共空間での喫煙が禁止になる）。

真夜中過ぎに、瀟洒《しょうしゃ》なメリルボーンの街角でタクシーから降り、ふらつきながら自分のアパートの玄関まで向かいつつ、バッグからガサゴソと鍵を探す。このクラッチバッグは、私の幾つもの過去の歴史をその中に隠してきたけれど、鍵までは隠しきれなかったみたい。

なんとか鍵を発見して、ドアの鍵穴に差し込もうとするも上手くいかない。しょうがなく、ドアの前にしゃがみこむと、鍵穴をしっかり捉えようとする。

すると、突然ドアが開いた。しゃがみこんだ私の目の前には、彼氏の下半身があった。

下から彼を見上げると、くすんだブロンドヘアに玉虫色になる青い瞳、ちょっと笑顔を浮かべた顔が私を見つめている。ボーイフレンドのエドワード・モンゴメリーは、ひょいと腕に私を抱え込むとドアを足で蹴って部屋へ連れて入っていく。

アパートの中をドシドシと進んでいく彼。ミニマリズムにベージュ色、「バング&オルフセン（デンマークのオーディオブランド）」が好きな彼が、まっさらなシーツのベッドの上にポンと私を投げ飛ばし、くったくのない笑顔で性急に求めてきた。彼は、片手で自分のベルトをおもむろにはずすと、私のベビーピンクのチャイナ風ドレスを上に引っ張り上げる。せっついている彼に合わせるように、身を任せる。

すると彼は荒々しく事を一方的に進めると、私の耳の中にため息と共に果ててしまった。

おかげで私の盛り上がった気分も続かずに、痺れた身体を酔わせたままですべてが終わってしまった。

「フゥ」

そんな彼のため息に「ハァ」と応える。

「ねえ」と言って少し機嫌をとってくるエドワード。

今更そう言われても、と仰向けになって頭の中で今晩の出来事を振り返ることにした。

それからしばらくの間、ベッドでゴロゴロした後、自分を癒そうと、お茶を入れて「グリーン&ブラックス」のチョコレートを食べていると、エドワードが満ち足りたテンションで聞いてきた。

「コーヒーはいらないの？」

ちょっといじわるそうに言うと、ふらりとキッチンに向かう。均整の取れた彼の裸は改めてきれいだ。

「そうそう。今日、ハリー王子がファッションショーの途中で現れたのよ。もう皆がＶＩＰ席の彼に釘付けだったわ。良家のお嬢様たちの騒ぎ方ったら、ホントにすごかったわよ。王子様も大スターよね」

今晩の出来事を話し始めると、彼は上の空で聞きながら、私が読んでいる本をつまみあげる。するとその本の上にあったリーフレットがするりと下に落ちた。エドワードは、それが床に落ちる前に素早くキャッチする。リーフレットの表には、一人の女の子が原色の民族風の帽子を被って笑顔で子羊を抱きかかえている写真があった。

「魅力あふれる笑顔の国、ペルーへ」

わざとらしい声で読み上げる。

「〝笑顔の国〟ってタイじゃなかったっけ？」

皮肉めいた一言を言いつつ、その紙きれをひっくり返す。その裏には、褐色の肌に乱れた黒髪の一人の太った中年女性が、表の女の子よりもさらに大きな笑顔で写っている。彼は、そのピンボケした写真をまじまじと見ている。

「まだ、考えているの？」

その挑発的な一言に、私は肩をすくめた。

「まあ、ひとつのプランよね」

「ひとつのって。こんなサードワールドなんか行ってどうするつもり？　アンナ」

「え？　どういう意味？」

むっとしてそのリーフレットを奪った。彼の言葉は、さっきのロマンティックなモードを一気に台無しにしてしまう。

「あのねえ」

彼は、言うことを聞かない子供にでも言い聞かせるような感じで説教を始める。

「君はロンドンっ子で、この国で誰もが知っている新聞のセレブページの記事を担当している。そして、夜のほとんどは、レストランのオープニングパーティーに顔を出し、趣味嗜好はすべて高級志向ときた。卒業旅行なんかでも、バックパッカーになって貧乏旅行をしたことなんてないだろう？」

ふと大学時代の最初の夏休みに、ケンブリッジの4人の友達とインターレイルパスで東欧を廻る鉄道の旅に出る予定だったことを思い出す。その時は結局、南仏のサントロペへの優雅なリゾートの旅に変えたのだった。

「ペルーの片田舎なんて未開の地で、不衛生だろ？　友達と一緒でも無理なんじゃない？　ギャビーって人と行くといっても、君は、彼女のことはあまりよく知らないんでしょ？」

エドワードが言うことには、一理ある。

ギャビー・バラザーニ。名医が名を連ねるハーレイストリートで開業している40代の心理学者。彼女は、中年期の鬱に苦しんでいた。ロンドンという大都会での暮らしに疲れ果てた彼女は、ペルーへのヨガツアーを企画していた。でも、ヨガをしに南米まで行く、という発想はちょっと微妙だったようで、参加者に名乗りを上げたのはたったの一人だけだった。——そう、それは私。

そこで彼女は、二人きりで3週間のペルー旅行に行かないかと誘ってきた。私は、彼女にまだ2度しか会ったことがないにも関わらず、ついつい、考えてみると答えてしまった。

「友達のヘルズに会うために、インドのスパに行くというのならあり得るんだろうけど」

「まあね」

「じゃあ、なんでわざわざ地球の反対側にまで行くのさ？　ヘルズには彼女が半年前に休暇でロンドンを離れてから会ってないだろう？　彼女とは、すごく仲が良かったじゃない？」

「わからないんだけど、このリーフレットが私のことを呼んでいるのよね」

そう答えると、しばらく言葉に詰まった。

「なんていうか、何か違うことをしてみたいのよ」

その時、視界の上の方で、ちらりと何か大きな黒い影がうごめいた。

「うわーっ！」

ベッドから飛び降りると、飲んでいたお茶をあたりに撒き散らしてしまった。

「何？　なんなんだよ？」

「クモが！」

彼は天井を見上げ、なんのためらいもなく手を伸ばすとその気持ちの悪いモノを手で掴んだ。

「これだよ。言ってること、わかるだろ？」

そう言いながら、クモを窓から外に投げた。

ベッドカバーを取り替えた私は、やっとエドワードと横になる。

「ねえ。とにかく、今の私には休みが必要なの。なんか、燃え尽きたっていうか……」

「燃え尽きた？　何言ってんの？　自己啓発本ばかり読んでいるくせに」

「ドクターに薦められたものを読んでいるだけよ。でもアドバイス通りのことをやっても効果なんかない。休みが必要だって言われているの。私もそう思うのよ。最近はもう、朝、起きるのも辛いし。目が覚めたとたんに、どっと疲れていて、突然やってくるお腹の痛みに苦しんでる。まだ29歳なのに、今後30年間も同じことはできない……」

「君は、恵まれた人生を送っていると思うけどね」

エドワードは冷ややかに言った。

「好きな仕事に就いて順風満帆な人生だろ。僕らもいい関係じゃない？　これ以上、何を望むの？　君の問題は、すべてここにあるんだよ」

そう言いながら、自分の頭をポンポンと叩く。そして、そんな彼に対して何も言えない私。

「確実に言えることは、ペルーの水は君には合わない、ってこと」

彼は勝ち誇っていた。

「エドワード。私は今のままではダメだし、残りの人生もこのままずっと同じというのは、私の運命じゃないのよ」

彼はまじまじと見つめて、目を見開いた。

「運命？　運命なんてクソくらえだよ。生き方なんて自分で決めるもの。もし、スピリチュアルがどうこうなんて言いたいのなら……、今は21世紀ですよ、アンナ。中世の暗黒時代じゃないからね。要するに、少し遊びたいってことだろ？　少し時間が取れたら旅行にでも行こうよ。それでいいんじゃない？」

「そんなこと言っても、クリスマスまで休みは取れないでしょ」

「それまで待てないのかい？」

私は首を振った。

「クリスマスまであと半年以上もあるわ。すぐじゃないとダメだし、2週間以上の休みじゃないと」

「じゃあ、好きにしろよ」

そこで会話は終わった。

エドワードにまくし立てられたことで、すっかり酔いも醒めてしまうと、もう寝付けなかった。仰向けで天井を眺めていると、さっきの会話が頭をよぎる。確かに彼は正しい。私は、ずっと憧れていた生活を今、手にしている。そして、そんな生活は、私を幸せにしてくれるはずだと信じていた。

12歳の私は、ハイヒールとチョコレートで幸せになれる魔法を編み出した。その頃の夢は、将来はハンサムで頭が良くてお金持ちの男の人と一緒にロンドンに住むこと。人気ジャーナリストの私にふさわしい相手の年収は1億円くらいで、二人でジェットセッターになって世界を廻り、買い物もいつも一緒……。

ちなみにエドワードは買い物マニアではない。それに100%理想の男性が現れるわけなどないということも、大人の私はもう理解している。そういう意味において、エドワードはほぼ理想に近い人なのだ。

12歳の頃には、まだわからなかったこと。

それは、そんな理想を手に入れるには、それなりの犠牲を払わなくてはならないということ。今の私には、そんな理想はもう、そこまでの価値があるのかどうかもわからない。

寝付いたエドワードが、腕をバタンとこちらに倒してきたのをのけぞってよける。彼はベッドで大の字になっていびきをかいている。

気分を変えようと、初めて彼と二人で出掛けたローマへの小旅行のことを思い巡らせた。

〝永遠の都〟ローマへ行くのなら、バチカンのサン・ピエトロ大聖堂は絶対にはずせない。そして、サン・ピエトロ大聖堂なら、ミケランジェロのピエタ像は押さえておかないと。あの美しい像の前には、少なくとも数分間は立っていたい。やさしさと気高さ、威厳をたたえた聖母マリアが、磔《はりつけ》にされて十字架から降ろされたキリストを腕に抱きかかるあの像は見逃してはならない。

美術品の中で一番好きなのは、やはり彫刻だ。静けさをたたえたこの像の前に立つたび、涙がこみ上げてくる。でも、あの時のエドワードのリアクションを思い出すとやりきれない。高まる私の感情に驚いて、苦笑していた彼の様子は、今、思い出しても傷付く。

ベッドの上で寝っ転がったまま膝を抱えた。考えてみれば、あの時から自分の本当の感情を彼の前では出せていないのかもしれない。私の心の奥深くにだって、ロマンティックな感情があるということを彼は気付こうともしない。悲しいけれども、そんな二人のほころびもまた、何かを考えるきっかけなのだろう。自分が誰であるか、ということを犠牲にしてまで続けるパートナーシップや、一見、成功したように見えるキャリア志向の人生も、私にはもう十分。今の私は抜け殻同然。

さっきのおざなりなセックスもそう。

エドワードはこれまでの彼氏の中でも最もエロティックな男だ。付き合い始めて数週間は、彼と過ごす時間はただ楽しくて、彼に夢中になっていた。でも今、2年という時間を共に過ごしてきて、私は彼に別の形の愛情を求め始めている。

彼は誰もが認めるいい男で、自分でもそのことをよくわかっている。そんな鼻につくほどの彼の自信が、彼自身も、もっと自分の内面を磨かなくてはならない、ということを気付かせないのだ。

彼の方に顔を向けると、そんな私のため息も思い出し笑いに変わった。

というのも、ヨガスタジオで集めた資料は、ギャビーのリーフレットだけではなかったのだ。カップル向けのカーマスートラ的秘法のワークショップのリーフレットも気になり、バッグに入れていたのだけれど、いつのまにか捨ててしまっていた。エドワードに、私たちのセックスライフについて相談なんてできるわけがない。彼は聞く耳を持たないし、頑固な押しの強さが、彼のセクシーである所以《ゆえん》でもあるのだ。それがなくなると、彼らしくなくなってしまう。

けれども、私も、もうこれ以上彼とはケンカはしたくない。たぶん、パンドラの箱が一度開いてしまったら、もう私たち二人はどうなるかわからない。今はエドワードとエドワードをとりまくすべてのもの、すべての人たちが私のロンドンでの暮らしのベースになってしまっている。

だからそれを無くしたら……、なんてことは、今は考えたくない。でも、彼とこれからも一緒にいるということは、今後ペルーへ行くなんてことはありえないということだ。

それなら、思い切って彼なしで、やってみるべき？　もう、彼の意見に振り回されないで、自分の気持ちに正直になりたい。そうはいっても、正直に言うと、自分でもまだよくわかっていない。

私は常に計画的に人生を歩んできたから、行き当たりばったりの人生などは考えられない。でも、ここでいったん人生に休止ボタンを押して、〝生きる喜び〟がどんな風に展開するのかを味わってみたい気もしている。

たとえばそれは、親しい人と豪華だけど味気ないホテルでしばらく過ごすのではなく、知らない人とまったく違うところを旅してみるようなこと。そして、私に巣食う不調に絆創膏を貼ってごまかすのではなく、その根っこからすっかり取り去るようなこと。

ついつい色々なことを考えていると、すっかり目も醒めてしまった。

読みかけの本を掴むとベッドから出て、薫り高い紅茶、「ラプサン・スーチョン」を入れる。エドワードは、私がティータイムを楽しむことも理解できない人だ。せっかちな彼は、お茶をじっくりと淹れることなどは、時間のムダだと思っている。当然、そんな彼は紅茶の専門ブランド「テイラード&ハロゲイツ」の「アフタヌーン・ダージリン」とスーパーの普通のティーバッグの紅茶の違いさえもわからない。

まだ朝早いキッチンで、私は一人で紅茶を入れる儀式を楽しむ。沸かしたお湯が茶褐色に変わっていくのを辛抱強く待ちながら、カップに注いでいく。そして、それを居間に運ぼうとしていたのを、ふと思い立って、くるりと向きを変えるとゲスト用のベッドルームへ向かった。

扉の後ろには、デザイナーズブランドの百貨店、「セルフリッジズ」の鮮やかな黄色の買い物袋が3つ並べて置いてある。私はそれぞれの包み紙の中から新しいドレス、ニーハイブーツ、そして赤いエナメルのハイヒールを取りだした。この買い物をした日は、たしか朝から落ち込んでいて、買い物でイライラを吹き飛ばしたのだ。

そして、買ったものをそっと隠しておいたのは、エドワードからの「また買い物したの？」という質問から始まるバトルを避けるため。

箱からピカピカの新しい靴を取り出して履いてみると、ガウン姿なのにそれだけでエレガントに見えてくる。女の子なら誰もが、上質なハイヒールを履くだけで、どれだけテンションが上がるかわかってもらえるはず。靴は私にとって、自己啓発本みたいなもの。エドワードからの〝口撃〟に負けそうになっていた私にも、やっと少しだけ自信が戻ってきた。

読みかけの本を手にして、空いているベッドにもぐりこむ。ベッドサイドにはお茶とチョコレート。お気に入りのものに囲まれて、幸せな時間をしばし取り戻した。

チャプター02

ギャビーがペルーに出発するまで、あと8週間。

私は、まだ迷っている。この決断が、大きな間違いになるのか、新たな冒険の始まりになるのかまだわからない。心の中では行くべきか、行かざるべきかと悩みながらも、その決断から逃げるべく、ただただ仕事に没頭する日々を過ごしていた。

そんなある日、オフィスである女性との打ち合わせの予定が入っていた。彼女は、トレンドセッターに向けてファッションやフィットネス、癒し系のセラピーなどを紹介する新聞コラムニストだ。

私たちは、彼女の次のコラムのテーマである女性の永遠の敵「セルライト（肌に脂肪と老廃物が溜まってできた塊）」について話していた。私は彼女に、セルライトは女性だけではなく、男性をも悩ませていること——たとえば、有名人である彼女の元彼の腕にセルライトの〝オレンジピールスキン〟があったことでケンカしたエピソードなどを書いてみたら？ と提案してみた。

彼女は、別れた彼のプライベートまで暴露するのはどうかと気にしていた。けれども、危険なビジネスに手を染めていた彼は今、警察の取り調べから逃げるため、どこか南の島に潜伏中らしく、もはやそんなことは気にしないでいいのでは？ などとアドバイスし、なんとか同意も取ることができた。

次のアポイントに向けて、建築デザイナーのアヌーシュカ・ヘンペルが手掛けた豪華な「ケンジントン・ホテル」まで急いでタクシーを飛ばす。そこでも、あるセレブに取材をするためだ。

途中でハイドパークを横切ると、そこには、コンクリートジャングルでの生活にほっと一息つける光景がある。公園の木々は全方位に枝を伸ばし、日の光でキラキラと緑がさざめいている。それは、忙しい日々からふと自分に戻れるひととき。ほんの一瞬だけ平和を味わう時間だ。

その時、光が変わった。

タクシーがホテルに到着した。広いスイートルームに通されると、部屋のアクセントとして配置されている2セットの黒いレザーのソファーのひとつに腰をかけた。

数分後に、がっちりとした体格に大きな手、鼻に傷のある一人のボクサーが現れ、向かいのソファーにドシンと座る。彼からの力がこもった握手は、数日前に彼がメイフェアで騒動を起こして警察に駆け込んだ出来事を聞き始めた時にも、まだ手がじんじんするほどだった。

その出来事とは、彼が通りでビジネスマンとトラブルを起こし、相手を取り押さえて、警察に出頭させたという事件だった。実は、ロンドン中のタブロイド新聞がこの件を取り上げた中、彼自身に会って話が聞けたのは私だけだった。血を見るような話を聞くだけでくらくらするし、ケンカの場面なんて絶対立ち会いたくないけれど、彼のPR担当が友人だったコネで、インタビューできることになったのだ。

「要は、そいつが、俺に飛びかかってきたわけよ」

彼が前のめりになって、話を始めると、興味のあるふりをして耳を傾ける。今回の出来事から話を始めながら、いわゆる〝ボクサー〟という一般的なイメージの裏側にある本当の彼を探ってみたい。彼という人物を、時間をかけて少しずつほぐしていく。

すると突然、部屋のドアが開き、黒髪の感じのいい女性がスタスタと入ってくると、ボクサーにキスをして彼の隣にストンと腰をかけた。

「気にしないでね！」

彼女は笑った。いや、気にせざるを得ない。彼は女好き、そして短気な暴れん坊としても知られている人だった。まずは私のペースで話を進めていこうとしているのに、奥さんが隣にいると気が引けてしまう。

私は頭の中で素早く考えを巡らせると、彼が話を始める前に、身をかがめて奥さんの膝に手を置いて言った。

「何かお飲み物でも、いかがですか？」

「そうね。じゃあシャンパンのボトルでもいただきましょうか」

大胆な一言だ。でも今は、編集部に経費を申請する心配をするよりも、目の前の大きなストーリーをものにする方が重要。私はにこやかにうなずいた。すると私が口を開く前に、ボクサーが彼女に命令口調で言い放った。

「お前がオーダーしてこいよ！」

その言い方はちょっと失礼だと思うけれど、彼女がしばらくいなくなるのは助かる。彼女がシャンパンを取りに行って姿を消しているうちに、インタビューを進めておこう。

「とにかく、あの騒ぎでは酷い目にあってさ」

奥さんが部屋から出ると彼は再び話を戻してきた。そして、立ち上がってその時の〝証拠〟を見せようとする。

「見てくれよ」

そう言うと、私の目の前で太ももをグイと出すと同時にズボンを降ろし、鮮やかなブルーの小さなビキニ風のブリーフ姿の股間まで見せつけた。彼の右ももには小さな傷があった。私があっけにとられている様子を彼はじっと観察しているので、思わず吹き出してしまう。話を変えなければと焦りつつ、今度はボクシングというスポーツは、結局は、社会的に認められた〝血を見るスポーツ〟ではないのか、と話を振ってみる。

「いや、違うよ！　ボクシングは高潔な武道だし、ボクサーは戦士だ」

「でも、高潔な武道にしては、少しアグレッシブすぎませんか？」

丁寧に、でも少し挑発的に質問をすると彼は首を振る。

「ボクサーは、怒りの気持ちや攻撃もコントロールして闘うものだよ」

彼の確信を持った言い方に、私も真剣にうなずく。今のところ、そこそこいい感じだ。そろそろ核心に触れなくては。しばらく間を置いていると、彼も次の質問を待っている。

「あの、例の先日のニュースのこと、聞いてもいいですよね？」

「あれは、ハメられたんだよ」

「え？　じゃあ、最初は、あなたが二人の女性に声をかけてナンパしようとしたのではなかったのですか？」

「俺は妻子持ちだよ。家では愛妻家で子供たちもいるし、何の不満もないよ」

「そうですよね」

歯をくいしばる彼の顎の骨は折れそうなほどに力み、右の頬の血管がピクピクと脈打っているのがわかる。

「でも、その時のことはパパラッチにも見つかっていて、写真も撮られているし」

彼は怒ったように言い返した。

「ゴシップ誌なんて自分らの記事のためにはなんだってやるし、周りの奴らも俺の事だったらなんだって言うだろう。とにかく、悪いことはしてないし、あの写真だって誤解だよ……。あんたの名前はなんていったっけ？」

「アンナです」

言いくるめようとする彼の話し方がおかしい。

「アンナ、だからあの写真はでっち上げなんだって」

「でも、女性たちもインタビューされていたことですし。もし、メディアの言うことが間違いなら、どうして、彼らの方を訴えないんですか？」

「今日の取材は、俺の人生についての話じゃなかったのかな？」

ムッとした彼は、ついに反撃に出てきた。しばらく沈黙が続く。彼の顔に浮き出た血管はついにはち切れそうになっている。ある程度の話は聞き出せたけれども、やはり最後にひとつ質問しておきたい。私は、何かを目論んでいるかのように前のめりになって静かに聞いた。

「今の状況って、まさに怒りをコントロールしている、という感じなんですか？」

その時、彼の奥さんがモエ・エ・シャンドンのボトルと3個のグラスを手に戻ってきた。暴れん坊は、再びキレるかと思いきや、そうでもなかった。私は立ち上がると、愛想よく彼らと握手して、二人にシャンパンの時間を譲ることにする。

「一杯、お飲みにならない？」

「いえ、ぜひお二人でどうぞ」

誘いをにこやかに断った。

なんとか取材を終えることができてホッとしていた。それに私は、シャンパンならモエではなくて、ローラン・ペリエのロゼ派だ。

ホテルから優雅に駆け出し、ベルボーイが呼んだタクシーにするりと乗り込みながら、心の中でやった！と思った。何しろ、あのボクサーから、この事件について直接コメントを取れたのは私だけであり、通りすがりの人が逮捕された件についても、新しい話が聞けたのだ。編集も喜ぶだろう。

それにしても、インタビューの時の取材する側のエチケットには毎回悩んでしまう。嘘は伝えたくないし、書くことへの影響も気になる。でもあのボクサーは、イヤな奴だったし、そんな彼を世の中に晒せることは、正直とても気分がいい。今日の私は、悪者を退治する正義の味方のようだ。

タクシーがドーチェスターホテルに着いた。ここロンドンの中でも、最も由緒あるこのホテルで、某スーパーモデルの下着のコレクションのプレス向け昼食会が行われるのだ。ドレッシングルーム風にしつらえられた部屋に通されると、ほとんど裸に近い、痩せすぎのモデルたちが秋のコレクションの下着でウエイトレスに扮していた。

一人のモデルが私に気付くと、すぐに近づいてくる。手にした銀色のトレイには、シャンパングラスが乗っている。そして1杯のグラスを私に手渡しながら、このカクテルがこのイベントのためだけに用意されたものであることを説明した。

「それで取材の方はどうだった？」

その声にくるりと振り返ると、担当の編集が私の隣にいた。彼に、ボクサーがゴシップ誌の記事を嘘だと言い張っていることや、聞いてきたばかりの特ダネを伝える。

「よくやった！　そういえば、君の昇進のことも検討しないとね」

そう言うと、向こうへ去って行った。

いい気分でグラスに目を向けると、カクテルが美しいピンク色に泡立っている。たぶん、不自然なほどに人工的なピンク色だ。けれども、そんなことも気にせずに、2杯目のグラスを空けて考える。

もし昇進できるとなると、長期的な視点でみれば、それは、ここ最近ずっと感じているウツウツとした気持ちを晴らすための解決策のひとつにはなるだろう。少なくとも、アップするお給料で靴のコレクションが増えるのは確かだ。買い物することは、しばしの間、すべてを忘れさせてくれるのだから。

もう一度、今のこの仕事が憧れの仕事であったことを自分に言い聞かせた。世界でも最もクールな都市のひとつに暮らして、お金持ちのロンドンっ子の彼氏がいる。キャリアだって上り調子だ。

それに、なんといっても、仕事は私の人生そのもの。天職だと思えるジャーナリズムとの関係は、これまで付き合ってきたどんな男性よりも長続きしている。

これ以上、何を求めるの？　私は自立しているし、ある程度の地位も得た。欲しいものを買えるお金もある。

こうやって細いモデルの女の子から飲み物を渡される私は、あのボクサーや彼のかわいそうな奥さんとは別の次元に生きている。彼らは華やかで誰もが憧れる、移り変わりの速い幻の世界の人々だ。でも、私だってそんな世界の住人でもあるのだ。

私は、ロンドン版のキャリー・ブラッドショー（NYを舞台にしたアメリカの人気テレビドラマ「セックス・アンド・ザ・シティ」の主人公の名前）なんだから。クローゼットにはブランドもののハイヒールが溢れ、キッチンの棚には「グリーン&ブラックス」のオーガニックチョコレートがぎっしり詰まっている。そして何よりも、〝頑張った者は最後に報われる〟と信じているんだから。

チャプター03

情けないことに、「自分は、ラッキーな人間なんだ」と自分自身に言い聞かせる魔法は、長続きしない。

ほんの数時間も経てば、またいつもの気持ちが浮上してくる。せめてもの慰めは、人生にこういった悩みを抱えているのは私だけではない、ということ。友人たちも皆、都会でのキャリアに成功して、誰もがうらやむオシャレな暮らしをしながらも、そんな生活の中で〝本当の幸せ〟を見つける難しさに直面している。

ヘルズの場合は、それがインドにしばらく滞在しながら自分探しをすることであり、ルルの場合は運命の相手を探すための婚活なのだ。

それぞれの人生が慌ただしいために、私たちは揃って食事をすることもできない。けれども、その代わりに、ちょっと気取った会員制のクラブで社会人合コンのようなものを行うことがある。その会を仕切っているのが友人のルル。音楽系のPR会社を経営し、仕事に疲れた彼女は、もうすべてを捨ててでも結婚したいと必死だ。そこで、〝ルルにお金持ちの旦那を見つけよう〟キャンペーンの一環として、この会を主催しているのだ。

彼女は、幅広い自分のネットワークからパーティー慣れした美人の女子を集め、一方で、ゴールドマンサックスに勤める男友達のガイは、おカタい同僚の中から遊び好きで、かつ、スポンサーにもなれる気前のよい男子たちを集めてくる。

けれども、今夜は少し違っていた。その日の夜は、エドワードやルルの婚活パーティーのスポンサー男子たちと会う前に、ルルと二人だけで会うことになっていた。これもルルの婚活の前哨戦なのだ。彼女に頼まれれば、親友として付き合わないわけにはいかない。エドワードは、私たちが女子会でもするのだろうと思っている。エドワードも、女性のイライラには、女同士でうさばらしをするのが一番だと思っているので、何も疑っていない。

そして、実は私もちょっとウキウキしていた。欲しい物ならなんでも買える買い物フリークとしては、品定めをするウインドーショッピングは楽しいに決まっている。

少し遅れてオフィスを出て約束の場所に到着した頃には、「帝国戦争博物館」のエントランスには人々が溢れかえっていた。ネクタイを外したスーツ姿の少し自意識過剰ぎみの男たちの群れをかき分けながら我が友を探す。

男性たちは、あえてカジュアルさを演出しているのだろう。一方で、必死さが漂う女性たちは、高い香水の匂いをプンプンさせ、化粧も濃い。

「モナコはどうだった？」

その声に振り返ると、ルルがエレガントなクリーム色のパンツスーツを着て、栗色のカールした髪を弾ませながら私の隣にすり寄ってきた。

「ああ、会えてよかった！」

彼女は、私にシャンパンのグラスを手渡すと、さっそく勢いよく話し始める。

「何か面白い話はない？　F1グランプリはどうだった？　パーティーは？　結局、アマンダ・ウェイクリーのドレスにしたの？　それとも、ステラ・マッカートニー？」

「アマンダ・ウェイクリー。あの日は、酔っ払ってホテルに戻る途中で転んだのよ。それで、ドレスの裾が裂けてしまったの」

「エドワードに新しいのでも買ってもらえばいいじゃない？」

二人して、たわいもない話に笑いながらグラスを空ける。

「新しいのって何？」

その時、ブロンドで少し地味な女性が会話に割り込んできた。彼女は、今晩のイベントのプロデュースをしているジェーンだった。会計士であり敬虔なクリスチャンでもあるジェーンは、自己啓発系のセミナーで出会った男性と婚約したそうだ。そんなジェーンからイベントが始まることを告げられると、なんとなく場違いなところに来てしまったのではないかという気がしてくる。

天井の高い豪華な応接間には二人席のテーブルがずらりと並んでいる。ルルと私は自分の名前がある席を探すと、幸運にもお互いの席は近かった。

「ここだわ！」

席に座ると、あまりにも平凡で小柄な男性が目の前に座っている。これから退屈な時間になりそうなことは、もう明らかだ。一応、お互いが3分間で自己紹介をする。そして、終了のベルが鳴り響くと、目の前の退屈君は席を立ち、別の男性が前に座った。

すでに開始から15分で、息苦しくなってきた。目の前に次々に登場する男性たちに、同じ事を話さなくてはならないのが辛い。ふとルルの方を向いて見ると、彼女はなんだか楽しそうに、前のめりになったり、後ろにのけぞったりしながら会話に夢中になっている。彼女の折れそうな細い脚に目配せして、笑いながら注意する。

「ちょっと！　ひっくり返らないでね、ルル」

ルルは私の声に気づきもしない。すると新たな別の男性が彼女の前に座った。

背が高くてイケメンの彼を、彼女もすっかり気に入ったようだ。私の方はどうなの？　期待した次の男性は、不幸にもぽっちゃり気味、赤毛でクリクリ天然パーマのちょっと残念な男性だった。苦笑いをして、突っ込みを求めてルルの方を見ると、彼女はずっとイケメンのパートナーに夢中だ。さらには、さっきより興奮しているのか、椅子を大きく前後に揺らしている。

「それで、君はセレブを取材するジャーナリストなんだって？」

目の前の赤毛君の一言に我に戻った。

「え？　どうして知っているんですか？」

「いや、さっき友達と話しているのが聞こえていたから」

彼は、私たちの会話に聞き耳を立てていたことを気にも留めずにサラリと答えた。そんな無神経さに少し呆れてしまう。

「モナコグランプリに行っていたんだって？　すごいね。チケットはなかなか取れないよ」

抜け目のない目つきでこちらを見ながら言う。これって褒められているの？

「そうなの。ありがとう」

「何処に泊まっていたの？　この時期のほとんどのホテルは、1年前位から予約しなきゃでしょ」

「ミラボーよ」

「レースは何処から観戦したの？」

「ヨットから」

彼は満足げにうなずく。

「モナコ王室主催のパーティーには参加したの？」

「ええ」

取り調べのような尋問にだんだん苦しくなってきたので、話題を変えてみる。

「あなたの方は？　金融関係のお仕事？」

「JPモルガンっていう小さな投資会社だよ。聞いたことは、あるかもしれないけど」

少し自慢げに、そして気が利いたジョークを言ったかのように笑う彼。ああ、こんなうぬぼれた奴はもううんざり。でも、なんて言い返そうかと考えるヒマなどなかった。

次の瞬間、あたりに大きな悲鳴が轟いたのだ。なんとルルの椅子がひっくり返り、愛すべき我が友は、仰向けになり脚を宙に上げてフリーズしていた。しかも、彼女の目の前の男は、呆然として彼女を助けようともしない。私も一瞬固まったものの、あわてて我に返ると、彼女の元に駆けつけた。

「ちょっと！　大丈夫!?」

会場からは、大きな笑い声が巻き起こっている。その騒ぎに私もパニックになりながらも、なんとか周囲の助けを借りて彼女を床から引きずり上げた。

「ああ、もうパンツが……」

彼女はパンツスーツのウエストの部分を片手で掴みながら、もう片方で私の腕を掴むとなんとか声を発した。さらに悪いことに、彼女に引っ張られて化粧室に行くと、新たな災難が発覚した。

「ファスナーが壊れたみたい」

「大丈夫じゃない？　ジャケットが長いから隠せるはずよ」

「違うのよ。サイズがきつめだったから今日は下着を穿いていないのよ」

彼女の告白には、もう笑うしかなかった。

「安全ピンか何か持っている？」

おろおろする彼女に、笑って持ってないと答える。この会場で安全ピンを持っていそうなのは、さっき会ったジェーンくらいだろうという予想通り、彼女はバッグの中にしっかりとソーイングキットを忍ばせていた。

彼女から、さっそく針と糸を借りてトイレに舞い戻る。パンツ姿のルルの脇でほつれ部分を縫いながら、どうしてこんなに悲惨なことが、彼女が気にいっていたイケメン君との談笑タイムに起きるんだろう。あの赤毛の男性ならまだしも、と思っていた。

エドワードは、彼女の事をちゃらちゃらした子だと言う。いつもそんな時は、彼女の事をかばってきたけれど、ひっくり返って下着をつけていない両足を宙に浮かせてしまうなんて、やっぱり遊び人だと言われても仕方がない。

数時間後、エドワードたちが待つ「ソーホーメンバーズクラブ」に辿り着いた。ちょうどエドワードと友人のガイは、メインコースを食べながら神妙に何か話しこんでいた。二人の向かいには友人が数名座っている。エドワードが私に気付いて、こっちだよと立ち上がった時に、一人、初対面の男性がいることに気付いた。

「グレイは、すごいヤツなんだよ」

エドワードは私の耳元でささやくと、その初めて会う男性の横に座るように私を促した。

グレイの右の鼻の穴には、ドラッグの後なのか白い粉がついている。彼は、パンを取ろうと私の方に手を伸ばしてくるので、邪魔にならないようにと身体をのけぞらせているのにも関わらず、彼の手は私の胸の前をあえて行き来している。

どうやら話題は、教育の意義についてのようだ。私がケンブリッジ卒だとわかると、彼は英国式の教育について非難し始めた。

「僕はハーバードのＭＢＡ卒なんだけれど、ビジネス界で生き残ろうとするなら、世界中でここ以外はありえないね」

ルルと私は、しかめっ面で目配せし合う。エドワードがワインリストを眺めながら私に向かってニコリとした。

「グレイ、クロ・ド・タール・グラン・クリュのボトルはいかが？」

「高いものでもなんでもどうぞ」

「３００ポンド（約５・５万円）するんだけど？」

エドワードは笑いながら値段を確認している。男同士がお金に対して見栄を張り合うのは、見ていて気分がいいものではない、とシャンパンをグイグイと飲みながら考える。私だったら、とりあえず数年は履けるデザイナーズブランドの靴にお金をかけるけれど、エドワードの場合は、それよりも高い額を30分で飲み干すワインに散財するのだ。

彼らの会話を聞き流しながら、いつもの落ち込みが私を襲い始めた。改めて今日のグループのメンバーを見渡す。ルルは、彼らの会話に懸命についていこうとしているけれども、今日参加しているどの男も彼女にふさわしくない。彼女には、もっといい男がいるはずだ。

ふと仕事の事が頭をよぎる。もし昇進できれば、お給料も上がるはず。でも、それが私のこの鬱な気分を完全に晴らしてくれるわけでもないだろう。新しいポジションになると、もっと大変になる。編集部からは、役職としての責任も任されるだろうし、現場の仕事も増えるはず。今でさえも、前よりも労働時間は長くなっているのに。

忙しくなると、エドワードと一緒に過ごす時間も少なくなるはず。仕事がらみの飲み会から深夜の1時、2時に帰宅するのなら、もう自宅には寝に帰るだけ。

もう、私の精神状態はギリギリかもしれない。たとえば、もし今の恋愛関係が確実に終わることがわかっているような一時的な関係なら、また、仕事もまったく新しい別の局面を迎えるのなら、まだなんとかやっていけるかもしれない。でも、私の仕事は腰かけ仕事でもないし、人間関係も一時的なものを求めていない。

今の私の日々は、仕事と付き合いのイベントと外での豪華な食事会で目まぐるしくまわっている。

そして、そんな生活を送っている私自身は、情けないほど空っぽだ。この矛盾に自分でも対処できなくなっている。毎日「この生活はステキだし、私は勝ち組よね」と言い聞かせているけれど、そろそろ自分をごまかせなくなってきている。

昨晩もそうだった。いつものように寝付けなかったので、お気に入りのお茶、「ラプサン・スーチョン」とマックのノートパソコンを抱えてゲスト用の部屋へ行き、一人で過ごした。

そして、ペルーへの旅のことを考えながら、しばらくの間、空想の世界で楽しんでいた。アマゾンのジャングルから高原地帯へ。異文化とのふれあいに先住民族たち。心のスクリーンに映し出されるのは、お約束のマチュピチュの遺跡。何世紀もの間、下界で生い茂るジャングルに多い隠されていた、古《いにしえ》の都のビジョンは頭から離れない。

やっと、心穏やかになる。地球の裏側へ行くということは、どんな感じなんだろう？　そこでは、きちんと私は、自分を失わずにいられる？　ロンドンにいると、何処でも誰といても常にストレスいっぱいで、疲れてしまう。この街にいると、自分のことが少しずつ嫌いになっていくのがわかる。

ペルーに行ったら、自分のことが好きになれるの？　ふと顔を上げると、部屋をのぞいていたエドワードが、困惑した顔で立ちすくんでいた。

チャプター04

この危機感も、ついに週に一度通う、ヨガスタジオの受付でピークに達していた。

ここへは、〝人生の師〟と呼ぶ、ヨガ・インストラクターのクリシュナとのおしゃべりが目的で来ているようなものだ。何しろ彼は、目のやり場が困るくらいにイイ男なのだ。1時間という時間を、ただ彼を見つめるためだけにお金を払ってもいいと思っているくらいだ。

いつもなら、最初の15分位は遅刻してしまい、ボロボロになった状態から〝特急でリラックスしていく〟のが普通なのだけれども、今日は違った。幸運なことに、時間ぴったりに前の仕事が終わり、別のアポの前にクラスに出られることになったのだ。

ヨガは忙しい私にとって癒しそのもの。ヨガをしていると、体じゅうのコリはマッサージされたようになり、心も空っぽになる。スタジオにいながら、ゆったりと海の中のクラゲになったような気分になっていく。

そんなヨガが終わり、次のアポまで30分の時間が空いた。

小さなオーガニックカフェで、「ラブサン・スーチョン」を飲みながら一息つく。最近は、このヨガのセラピー効果も長く続かなくなってきたことを実感している。癒しの効果は、すぐに燃え尽きてしまい、私の長い一週間を潤わせるパワーが足りなくなってきているのだ。

なんだか、ここ1週間のドタバタを考えていると、もう何も感じないふりをした方がいいのかもしれないと思い始める。仕事のトラブルは、そんなに珍しいことではない。大抵の場合は、自分でもなんとか対処できている。

「そんなに稼げてるのはすごいよ、アンナ」「キャリア街道をまっしぐらだよね」「ずっとやりたかったことじゃない?」ｅｔｃ.。

そんなことを自分に言い聞かせながら、なんとかしのいでいる。こうやって自分を鼓舞しながら、自分は今何をしていて、どこへ行こうとしているのかを確認しようとしているのだ。

今週は、昔の同僚との朝食からスタートした。

すでに、別の新聞の編集者として働いている元同僚がふと打ち明けた。転職した初日に出勤すると、なんと彼の席には、まだ前の編集者がいたそうだ。そして、その日から半年間、1つのポジションをかけて二人の間で熾烈な闘いが始まったのだという。結果的に、元同僚が勝ってそのポジションを得ることになり、前からいた哀れな編集者はクビになって去っていったそうだ。私にとって、この話はかなりショックだった。

そんな話を聞いていると、なんだか気分も悪くなり、やる気も出ないまま職場に出勤したのだ。今週はそんなスタートだったから、さらにどんどん悪いことが重なっていった。

数日後デスクで記事を書いていると、あるライターが目に涙を溜めて目の前を通り過ぎていった。彼女は人柄も良くて分別があり、色々な情報にも通じている50代のとてもステキな女性だ。そんな彼女に何があったのだろう?

気になったのでトイレに駆け込んだ彼女の元へ行ってみる。彼女が話せるようになるまでに、しばらく時間がかかった。

「ずっと取り組んでいた特集のネタを、別のセクションの友人に話したことがあったの。そしたらその記事が、いつのまにか別の部署の上司に取られてしまったの」

「別のセクションがその記事を載せるの? あなたの記事じゃなくなるんだ。どうして?」

「わからないの。友達はライターでも編集でもなく役員秘書なのよ。その友達の部署とうちの部署の間に何の関係もないの。それに彼女とはもう20年以上の知り合いだから、彼女がそんな汚いことをするわけないと思うの。こんなことをされたのは初めててよ」

その泣きはらした赤い目を見ていると、怒りがこみ上げてくる。競争の激しいマスコミの世界は、タフじゃないとやっていけない。でも、競合紙との熾烈な戦いの裏にあるのは、私たちの血のにじむような努力なのだ。同時に、業界ゆえの不安定な環境とそこから生まれるストレス、そしてあまりにも汚い人事のトラブル。

彼女がトイレから出ていった後も、しばらくそこにたたずんでいた。

蛇口をひねって飛び散る水をパシャパシャと顔にかけて、鏡の中の自分を見つめる。不健康な青白い顔と目の下の大きなクマ。

昨日の夜は、ルルとの食事をキャンセルして、深夜3時まで仕事のやりとりをしていた。それは、セレブの愛犬の記事の作業だった。その仕事は、スケジュールが2週間も遅れていて、印刷の締め切りもすでに1日遅れなのに、まだ手元に原稿が戻ってこないことでイライラしていた。もし、ライターが締め切りに間に合わせられないなら、それは私の責任になってしまうのだ。私は、特にそこまで意味もない記事のために、自分の生活を犠牲にしている。


それから30分後、社内のデザイナーの一人とデザイン会社に赴き、オシャレなオフィスで3人の中年の男性社員と向き合っていた。同僚のデザイナーが、修正が入った雑誌のデザインに対して、社内の編集から出た幾つかの注文についての説明を始めた。

けれども、デザイン会社の社員は、デザインのことなどわかりもしない〝文字系の人間〟に言われることなど聞くに耐えないという感じの反応だった。

「1週間では無理ですね」

役員クラスの一人が口を開いた。こちらは2週間前からこのためのミーティングをしようとしていたのに、そう言われても、と思った。

「できないですね」

彼はそう繰り返すと、椅子の背もたれに寄りかかって両腕を頭の後ろに組んだ。いやな感じの沈黙が部屋全体を襲う。同僚のデザイナーは、手元のノートにじっと目を落とし、デザイン会社の3人は天井を眺めている。

私の胃は、すでにキリキリとひっくり返りそうになっていた。

「じゃあ、どこまでならやっていただけるのですか？」

一同をなだめるようなトーンで切り出すと、先方のデザイナー氏は首をすくめた。

「ほんの少しなら」

そう言う彼をじっと見つめて、その場の沈黙を破るほど感情的になりそうな気持を押さえていると、彼はしぶしぶ付け加えた。

「半分くらいかな」

「うちの編集は、ここのデザインを来週提出しなくてはいけないんです」

「いや、それは、うちの問題ではないから」

「いやいや、これは皆の問題でしょう？」

なんとか笑顔を作って言う。

「皆さんも、どうにかしたいんですよね？　でも、そのためには、ここの数ページをデザインしなおさなくてはいけないんですよ」

「問題はおたくの編集部じゃなくて……」

取引先のデザイナーは部屋中の人間に宣言するかのように言った。

「この人でしょ」

なんと、彼は私を指さしたのだ。相手方は、にやにやと笑っている。一緒に来た同僚が申し訳なさそうに私を見ている。思わずカッとなり、すぐにでも、席を立ってこの場を去りたくなる。でも、なんの進展もナシに戻るわけにはいかない。

「え、そうなんですか？」

私は、せいいっぱい何も気にしていないフリをしながら笑って答えた。

「でも、なんとかしないと」

またもや沈黙だ。

「ま、とにかくやってみますよ」

「すみませんが、宜しくお願いします。来週半ばくらいに、どんな感じで進んでいるか、一度お電話してみますね」

その打ち合わせが終わるやいなや、犬の記事のことを思い出した。チェックしてみると、まだメールで戻ってきていない。それと同時に、クリニックを予約していたことも思い出した。すでに10分遅れている。しまった。あわてて先生に電話を入れる。

「まただね」

やさしい男性の声が聞こえてきた。

「すみません、あまりにもバタバタしていて……」

「わかってますよ」

「ごめんなさい……」

自分が、ダメ人間になったような感じで情けなかった。

「後どれくらいで来れる？」

「20分くらいで」

「じゃ、待っていますよ」

私の胃の痛みは食事療法やサプリではもう治せるものではない、ということがわかっているから、先生は「このままじゃダメだよ。アンナ」と何度も私に言い続ける。


ウエイトレスが、目の前に湯気が立ち上るアツアツのティーカップを置いていった。

カップの中の琥珀色に吸い込まれそうになる。何のために、こんなことをやっているんだろう？　お茶をすりながら考える。仕事はしていたいけれど、今のままではだめ。でも、すぐには他に何をやるかなんていう考えも浮かばない。もしこのまま、ストレスに潰されてしまったら？　この仕事をずっと続けることによるメリットはある？

そんなことを考えていたら、ふっと笑顔になった。そうだ。2、3カ月休暇を取ってもいいくらいのお金は十分にある。どこかへ行くなら、目的を持って旅立ちたい。何かが必要だ。そして、ペルーのことを思い出した。

ペルーに、本当に行ってみようか？

バッグに入れていた本に目が止まる。ペルーのリーフレットを本のカバーに挟んでいたのを思い出した。1カ月前にエドワードとのあの口論じみた会話から、このことはすっかり忘れていたのだ。

改めてリーフレットの中で笑う少女を見つめる。自分のハイヒールなんてたぶん1足も持っていないだろう女の子。思春期を迎え、さまざまな悩みに直面しているはずだろうに、お年頃の彼女の笑顔からは、自由を謳歌している様子が溢れんばかりに伝わってくる。私が求めている何かを持っている、そんな彼女から目が離せない。

「アンナじゃない？」

気付くと、ギャビーが隣に立っていた。ヨガ帰りの女性たちの群れの中から、ダボッとした赤いTシャツにジャージのボトムス姿の彼女が姿を現わすと、その場が優しさと温かさで包まれるようだ。もし、今の彼女が暑い砂漠の真ん中で冷たいビールを差し出してくれるなら、どこまでも彼女について行くだろう。

「どう？　決めた？　ペルーのこと、どうする？」

人生の大きな選択を直感で決めるべきかどうか悩んでも、永遠に答えなど出ない。けれども、決断を迫られているならば、もう心を決めるしかない。そしてそれは、一度やってしまうと、あまりにも簡単だった。私は、もうためらわなかった。

「行くわ！」

チャプター05

1カ月後、私は、四つん這いになって自分探しをしていた。

今、私は粘土質でできた巨大なピラミッドの上まで続くジグザグ状の急なこう配をよじ登っている。自分でも、何をしているのかわからない。

ここは、お気に入りの靴やスキニージーンズの収納クローゼットから6000マイル離れた場所。そして、今の私は、ダボダボのフリースに泥だらけの迷彩パンツ、そしてオシャレ度ゼロのウォーキングシューズを履いたダサい女だ。

特に、急な雨対策の格好は、フューシャピンクの防水レインコート姿のギャビーの隣にいるともっとカッコ悪い。何より、私の中でのワーストドレッサー賞は、ここへ来てからのヘアスタイルだ。時折やってくるどしゃぶりの雨は、私の細いブロンドのストレートボブを、くるくるのカーリーヘアにしてしまうのだ。この最悪のスタイルは、これから約50日も続くことになる。

ギャビーと私は、10日間のペルー北部の探検ツアーに参加していた。それは、かつてコロンブスが探検したルートを、当時の行程で辿っていくというもの。移動には、飛行機、ボート、車、徒歩、馬などすべての交通手段が含まれている中で、私のお気に入りは深夜バスだった（考えてみてほしい。エアコンなし、トイレなし、途中休憩なしで9時間の間バスに揺られ続けることを。また、途中で目が醒めた時に、隣に座っているおじさんが私の肩に寄りかかって熟睡し、よだれが垂れていたりすることを）。

すべてはトゥクメ遺跡へ来るためだった。埃っぽい通りにレンガの宿が連なるこの美しい町の特徴は、一言で言うなら、その〝匂い〟にある。トゥクメは、排泄物とゴミとノミだらけの動物たちの匂いが混ざり合った貧困の町でもあった。

昨日までの2日間は、そこそこの宿に泊まれていた。とはいっても、電気ナシ（普通）、水道ナシ（普通ではない）ということで、ヘアドライアーは使えず（これは我慢の範疇）、顔も体も頭も洗えなかったのだ（我慢の限界越え）。

トゥクメは、私の町じゃないことは確かだ。ピラミッドの頂点の手前にある砂でできた小さな足場まで這って辿り着いた頃には、もう息は切れて汗だくで髪はベタベタ。それでもなんとか立ち上がり、腰に手を当てて景色を見てみる。

今、私はたくさんのピラミッドに囲まれている。全部で、30近くはあるだろうか。これらのピラミッドが作られてから、千年以上の時が経っているのだ。すでにピラミッドを形作っている粘土質は長い年月の中で朽ち欠け、壁のあちこちに深い溝ができている。

ここにいると、まるで巨大なハチの巣でできた町の中に立っているような気分になってくる。一瞬、我を忘れるほど周囲の美しい景色に心を奪われていた。

考えてみれば、我が街、ロンドンのプリムローズヒルからの眺めだってそんなに悪くない。何しろそこへ行くのには片道24時間の旅路、6時間の時差にサードワールドの環境になじむ努力なんかまったくいらないのだから。

ちなみにルルは、私が3カ月もの長い休みを取ることに賛成してくれた。担当の編集者も、休暇は有給ではないものの、戻ってきたら副編集長のポジションを約束してくれると言って快く送り出してくれた。けれども、エドワードだけは、旅に出ることは間違っている、と言い切った。今、彼は正しかったのかもと思い始めている。

ピラミッドの壁を背にして腰をかけると、ため息をついた。はっきり言って、このようなサードワールドに身を置くことや、情けない格好になることは、そんなに大きな問題ではない。問題は、やはり、燃え尽き症候群から来る肉体的、精神的な疲労だった。

ギャビーは、そんな私を見て、シャーマンの助けが必要なのではないか、と言うのだ。彼女は、ペルーの首都であるリマに到着するやいなや、このアイディアを毎日のように熱心に勧めてくる。メディスンマンのような人からヒーリングを受けるなんて、私にはありえないと無視しているのにも関わらずだ。

けれども2日前のランチの席で、その説得からはもう逃げられなくなった。それは、あまりにも小さなお肉のかけらが浮いているオートミールのお粥のランチにふさわしい話題だった。慈愛溢れる母のような存在から、偏屈なスピリチュアルオタクへと変貌しながら、熱く語り始める。

「マキシモ・モラレスに何日間か会えるように、今連絡を取っているのよ」

「マキシモ・モラレスって誰？」

なんだか怪しい。

「知り合いのシャーマン」

「彼は、クスコの郊外にステキなヒーリングセンターを持っているのよ」

彼女は、私に断られる前に話をどんどん進める。

「私が帰った後はそこへ行くといいわ、アンナ。彼のところからマチュピチュへも行けるわけだし。もうメールでも伝えているから、向こうも楽しみにしているわよ」

すべてが決定したかのような言い方だ。

「っていうか、メールってどういうこと⁉」

私の想像するシャーマンとは、テントに暮らして、体に布を巻き付けたような原始的なイメージなのだけれども、そんな雰囲気ではなさそうだったのだ。

「マキシモって結構、今風の人なのよ、アンナ。それに彼は、考古学の教授でもあるし、クスコでも最も成功したビジネスマンの一人なの。彼はペルー人だけど、世界中を旅していて6カ国語もしゃべる国際人よ」

そんなシャーマンって、果たしているのだろうか。

「で、結婚しているの？」

「昔はね。でも、奥さんは亡くなったのよ……」

「どうして？」

「手術中に亡くなったという話。彼はまだ40代半ばだけれど、もう10年以上も男やもめなのよ」

そう言うと、しばらく間を空けて続けた。

「このあたりでは、シャーマンとして結構有名な人なのよ。あと、忘れちゃいけないのが、なかなかのいい男。きっと気に入ると思うわよ。彼の方も気に入ってくれるから」

うーん、どうなのだろうか。

黄昏近くなると、太陽が空から降りて来る。燃えるようなオレンジ色の球体の夕陽が、周囲の粘土でできた大きなハチの巣の上を覆いかぶさる。

マキシモ・モラレスという人のことを考えてみる。少し興味はそそられるものの、シャーマンのような立場の人が、私を救ってくれるとはどうしても思えない。

この疲労困憊の症状は、21世紀の文明病みたいなもの。どうしてサードワールドにいる人が、そして、大都会で忙殺される日々を知らない人が、そんなことができるの？　とにかく私は助けてもらわなくても大丈夫。そう自分に言い聞かせた。今、私に必要なのは一人になること。一人の時間の中で、これからのことを考えること。だからわざわざロンドンからペルーまで来たんだ、と自分に言い聞かせる。

その時、現地の子供が二人、目に飛び込んできた。しばらくすると、小学生くらいの男の子たちがどんどん集まってきた。彼らは恥ずかしがりもせず、じっとこっちを見つめてくる。そこで、こちらもためらいがちに彼らを見つめる。けれども、彼らはニコリとも笑わないのでたじろいでしまう。そのうち、ある一人の少年がおもむろに声を上げた。

「ブロンドの髪だ。デイビッド・ベッカムみたいなブロンドだ！」

（ベッカムはこんな風に髪がカールしてないけれどね）と聞こえないように小さくつぶやいた。すると別の子が甲高い声で聞いてくる。

「ベッカムのファンなんだけど。彼のこと知ってる？」

「知ってるわよ。隣に住んでるから」

笑いながら答えると「本当に？」と全員が声を揃え、一斉に近寄って質問を投げかけてくる。

「彼は、どんな感じなの？」

「どれくらい隣に住んでるの？」

「お姉さんも、お金持ちなの？」

いや冗談だから、と彼らに取り囲まれながら必死で説明しているところに、ギャビーがやって来た。彼女もその様子を見て大笑いしている。けれどもそんな楽しいひとときは長くは続かなかった。

中年でずんぐりむっくり、押しの強そうなガイドの男性が現れたのだ。彼はギャビーににじり寄ると、この土地についての説明をとうとう語り始める。そして、時折、説明を止めては、ギャビーに地元の方言を私に説明するように指示する。

「このあたりで採れる穀物の話をしているんだけれども、タイクツだわ」

彼は、長々としゃべったことが短い一言になったことにちょっと困惑した表情になったものの、話を続ける。突然、ギャビーがこちらを向いてくすくす笑い始めた。

「この人……。こんなこと言うのよ。ピラミッドはピラミッドって呼ばれているんですって。なんでかっていうと、ピラミッドみたいな形をしているからだって」

このガイドの男性は、私がお見合いイベントで出会った人によくつける「地球上で、最もつまらない男」の称号をあっさりと手にしてしまった。笑いをこらえようとして、遠くに目をやる。

すると観光客の一行が下方にいるのが目に入った。15人の女性に1人の男性という集団だ。女性の中に一人なんて、かなり勇気のある男性だ。彼らは、伸ばしっぱなしの髪にダボッとしたパンツにTシャツ、ジャラジャラつけたアクセサリーなど、見るからに典型的なヒッピー軍団だ。そんな彼らは、一列に並んで腕を広げると、目を閉じている。

彼らを見ていると、ふと気付いたことがある。それは、ここペルーのトゥクメにおけるオシャレの基準から言えば、私はもっともイケてないファッションセンスを持ち合わせている、ということだった。

ヒッピーたちの前には、黒髪を肩まで垂らした男性が私に背を向けて立っている。彼がガラガラ鳴る小太鼓を振りまわし始めると、グループ全体が何やら呻きながら、体を揺らして右に左にとゆらゆら動き始めた。

この人たちは、いったいどういう人たちで、どういうつもりでこんなことをやっているんだろう？　と思った矢先に、背を向けていた男性がこちらを振り返った。まず、彼の足元のオシャレな黒皮のローファーが目に入る。ダサい雰囲気に囲まれた中で、そこだけ粋な感じが際立っている。

目線をゆっくりとその足元から上げていく。長い脚を包み込むジーンズ、ピンと張った胸筋を覆う仕立ての良い黒いシャツ、そして、麗しい両性具有のような顔には、琥珀色の透き通った大きな瞳。こんなにハンサムな男性に会うのは、ペルーに来てから初めてだ。

彼の方も、まっすぐ私を見つめている。微笑みもせず、ただガラガラを叩きながら、こちらを見ている。彼のそのすべてを見通すような視線に捉えられると、思わずカーッと恥ずかしくなってくる。でも、視線を外すことはできずに、彼の視線に釘付けになってしまう。

それから、その見知らぬ美しい男は、ヒッピーたちの方に振り返る前にウインクをした。

その瞬間、彼のことが気になる存在になってしまった。彼は誰でどこから来たの？ どうしてこの風変りなグループと一緒にいるの？

けれども、ガイドが説明を終える頃には、その神がかった男性と一行の姿はもうどこにもなかった。


翌日の朝、まだ夢の中にいた私は、音程のはずれたブラスバンドの音に起こされてしまった。もう3日も水が出ないので、まだシャワーは浴びられない。ムッとしながら、外で何が行われているのかと表に出てみる。

「聖母マリアのお祭りよ」

その声は、宿の若い女主人だった。そんな彼女にむりやり通りまで引っ張り出されると、マリア様の大きな彫像が、列の乱れた楽団のパレードと共に通りを練り歩いている。楽団の一行はお揃いのユニフォームで着飾っているけれども、その古びたユニフォームはすでに色褪せて、グレーに退化している。

突然、パレードの一行が農場の前で立ち止まった。すると一人の老人が待ち構えていたように、その一行を埃っぽい中庭に案内する。中庭には一匹の犬に何匹かの豚、そして小さなチャペルがあった。マリア像を運んでいた男が、像を庭に入れようとして無作法に扱い、頭部を扉の縁にぶつけたことには、誰も気付いていないようだ。そのうち、もうひとつの別の楽団が、やはり音をはずしながらやってきた。今度の一行は、グリーンのユニフォームの楽団だ。

しばしの間、色が褪せたユニフォームチームとグリーンのロビンフッドチームは同時に各々の曲を演奏し続け、小さな中庭は不協和音で爆発していた。けれども、ついに最初の楽団が名残惜しそうに通りへと引き返し、二つ目の楽団もその後に続いていった。


その時、人垣の中に、昨日見たあのエレガントな男性がいるのを発見した。ある老人と話している彼は、何か面白い話でもしているのか二人で大笑いしている。

「何を見てるの？」

ギャビーが隣にいた。私の視線を目で追っていた彼女が、私が答える前に甲高い声を上げた。

「マキシモ！　マキシモ！」

ついにその神がかった男はこちらを振り返った。彼は、私と目を合わせると、またにこっとウインクしてきた。ギャビーはそれにも気付かずに、夢中で話し続ける。

「なんて偶然なの？　私たち、ずっとあなたのことを話していたのよ」

「話していたのは、あなただけど」

私が口を挟んだ。

「この人がマキシモ・モラレス。そして、彼女が……」

「わかってるよ」

と、その男性が会話に割り込んできた。そのハスキーな声は彼の雰囲気にぴったりだ。その神がかった男は、堂々とゆっくりと近づいてくると、私の両手を取り見つめてくる。間近で見る彼はさらにゴージャスで、その力強いオーラには圧倒されてしまう。みっともない格好をしていることを思い出して、恥ずかしくなってきた。すると彼は、耳元でささやいてきた。

「どうしてこんなに時間がかかったんだい？　ずっと待っていたんだよ。アニータ」

その瞬間から、私は彼の〝可愛いアニータ〟になった。

チャプター06

2週間後、ギャビーはロンドンに帰国し、私はクスコまで飛行機で移動して、残りの行程を一人で過ごすことになった。

空港では、ペルーに来て初めてパソコンでメールをチェックしてみた。ルルやヘルズからは何通かメールがきていたけれども、エドワードからは何もなかった。これにはやはり少しヘコんでしまった。彼は、私がペルー行きを決めた時から、無視を決め込んでいた。そして、実際に出発の2週間前から、お互いほとんど顔を合わせることもなく、私はロンドンを旅立ったのだ。出発の日はヒースロー空港へ向かうタクシーから電話をしてみたものの、もう電話も取ってくれなかったので、一応短いメールを打っておいた。

彼は、私がこうして自分の意思で旅に出て自由の身になることが気に入らないのだろう。でも、無視をすることはないのに。そんなことを考えると、頭がくらくらしてくる。彼氏という存在からは、サポートが欲しいのに。私の仕事など外側で目に見える部分だけじゃなくて、私自身を信頼して欲しかったのに、とつくづく思う。

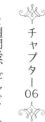

その瞬間、心の中で何かが切り替わった。エドワードは今、遥か彼方にいて、私は大冒険の真っただ中にいる。ここで色々考えても仕方がない。この旅だけは、誰にも邪魔されたくないし、誰も私を止められない。

私は、飛行機の窓に顔をくっつけて、眼下に広がるパノラマの絶景を眺める。ぼこぼこした丘陵は、まるで大男のごつごつした掌の甲の節ようにも見え、茶色と赤の肥沃な土壌には、北アンデスの隆々とした大地が続いている。今私は、これまで3週間過ごした場所から、今度は地球の内臓が露わになったような鮮烈な黄土の土地へと移動しているのだ。

クスコは、私が知る限り、フライトの到着時に乗客たちを楽団が迎えてくれる唯一の空港だ。カラフルなポンチョに、毛糸の帽子を被った民族衣装姿の楽団は、先日のパレードの楽団と違って、完璧な演奏で、旅行者が荷物を受け取る列に並ぶまで、耳ざわりのいい音楽を奏でてくれる。ここクスコは、これまでいた観光客向けではない北部と比べると、まさに観光地そのものだ。

さて、マキシモ・モラレスは、タクシーの運転手たちの人ごみの中で私を待っていてくれた。背が高い彼は、背の低い地元民の中にまぎれていても間違えようがない。彼はさっそくピカピカのトヨタの黒いランドクルーザーに案内してくれた。クスコの空港の駐車場に溢れかえるマスタード色のポンコツのタクシーの中で、それはあまりにも目立っていた。

「〝聖なる谷〟にある私のセンターまで行くからね」

マキシモは、爆音を立てると、四駆のギアを変えながら、燃えるような道路の上を走り始めた。

「エンジン音がすごいですね」

「レース用のエンジンを付けているから。昔はラリーのドライバーだったんだよ」

なんだか彼とは、いい感じでやっていけそう。

「私もスピード狂なんですよ」

そう言いながら、クリーム色のレザーシートの背に身体を沈める。ギャビーと共に旅をしたルートの交通手段は、すべてゆっくりと移動するものばかりだった。エドワードの車、「アウディR8」のスピードが懐かしくなっていた今、マキシモの堂々としたハンドルさばきは、そんな思いを振り切ってくれる。

まもなくして、簡素な煉瓦造りの家と商店が並ぶクスコ郊外に入っていく。商店の外にはパン、とうもろこしのお酒であるチチャ、ビールなどの宣伝なのか、赤と青の旗が掲げられている。埃っぽい通りには、野良犬がうろつき、汚れた服に裸足の子供たちが遊んでいる。

道路はやがて小道になり、郊外の風景は、すっかり田舎の雰囲気に変わった。再び、大地の赤と空の青の世界が広がる。乾いた血のような山の色とクリアに澄んだ青空が、この世界を二分していた。あたりは、手作りの木の鋤で牛たちが耕した広大な土地が広がり、山脈に沿ってヘアピンを幾つも曲げたようなジグザグ状の道が続いている。車が行く前方には、犬や牛、豚にロバなど動物たちが常にうろうろしている。けれども、マキシモはそれらを気にすることもなくスピードも落とさない。

「聖なる谷へ、ようこそ」

しばらく黙っていたマキシモが口を開いた。辿り着いた場所の美しさに、思わず息をのむ。

「それで、体調のことを聞かせてもらえるかい？」

マキシモは、こちらに顔を向ける。

「大したことじゃないんです。数カ月休みを取れば良くなると思うので」

あえてさりげなく答える。マキシモが私の顔を見つめるのがわかると、思わず赤面してしまい、恥ずかしくて顔をそらした。

「君は幸せなのかね？」

油断した隙に投げられた直球に、肩をすくめて答えた。

「そこそこには……」

「じゃあどうしてここへ来たの？」

「今、休暇中なんです」

「何の休み？」

「仕事の休みです。私、ジャーナリストなんです。新聞とかに記事を書く……」

「どうして仕事をやめようと思ったのかい？」

「いや、仕事はやめるつもりはなくて」

せっかくのおだやかなムードが質問攻めで一変してしまい、私の声もつい防御的になってしまう。

「ちょっと休みたいなって思って……。ずっと忙しかったから、休暇が必要だったの。でも、仕事は好きだからやめないですよ」

考えてみたら、ここへ来てから毎日のようにギャビーと話していたのは、仕事に疲れたという話題。そして、エドワードから意思表示のようにメールがきていないという事実。さらには、マキシモからの直球の質問責めに、妙に不安がつのってくる。

しばらく続いた沈黙を破ったのはマキシモだった。

「アニータ、この世の中に偶然なんてないんだよ。君も、偶然ここに来たわけではないということだよ」

「そうですよね」

ギャビーから、あなたに会うように毎日説得されたからだと皮肉めいた冗談を言うのはやめておいた。どちらにしても、マキシモは私の話を真剣には聞いていないようだ。

車は舗装されていない道に入ると、サクラソウの色をした壁の家の前に止まった。

「君はもう、今の仕事に戻らないと思うよ」

自信たっぷりにそう言うと、マキシモは車のドアを開けて降り立った。

「それに、彼氏の元にも戻らないと思うよ」

思わずマキシモを見返した。どうしてエドワードのことを知っているの？

マキシモがスタッフに車から荷物を下ろす指示を出している間、私は建物の中に入ると、木造2階建てのL字型に建てられたセンターの中を見学していた。左側は2階まで寝室の棟になっており、目の前には見事な緑の芝が小さな木々と、鮮やかな花々に縁どられるようにして植えられている。

野性味溢れる大自然に囲まれたこの周辺で、この一画だけが特別に家庭の温かさを醸し出していて、イギリスの田舎を思い出させる。故郷のことを思い出すと、胸がキュンとしてしまうけれども、同時に平和な気持ちにもなれるのだ。

「我が家へようこそ。自分の家だと思って過ごしなさい」

マキシモは小さくお辞儀をすると、改めてここでの滞在を歓迎してくれた。

このシャーマンは、明らかに旅行者のもてなし方を熟知している。そんなことを考えながら、私は芝生の上に出ると木陰に腰を下ろした。深緑色の小さなハチドリたちが木の枝から何本かぶら下がっている赤いボトルの水を飲んでいる。

ハチドリたちは、長く細いくちばしで水を飲んでいる間は、空中で静止しているように見える。翼を広げて羽ばたく時のために、音も立てずにエネルギーを溜めているのだ。なんて美しい鳥なのだろう。

「その木を選んだんだね」

そう言いながら、マキシモが隣にやってきて座った。

「どういう意味ですか？」

マキシモは木の幹にあった二つの丸い深い窪みを指した。そこには、ひとつの丸い窪みの中に、もうひとつの窪みがあった。想像力豊かな子供に戻らないと、その意味はわかるはずもない。眉毛を上げながら彼をまじまじと見つめた。

「シャーマンには、ものを見通す力があるんだよ」

私のいぶかしげな顔は、疑問マークに変わる。

「そのうちわかるよ」

混乱しながらも笑顔を作っていると、向かいに、表面がつるつるのサボテンが3本、植え込みの中で直立不動で立っているのに気付いた。

「あれはサンペドロだよ」

そう言うと、マキシモは私を部屋まで案内するために立ち上がった。

「うちのセンターでは、ゲストの部屋にシャーマンの伝統で用いられる植物や動物の名前を付けているんだよ。皆の部屋は私が直感で選ぶんだ。アニータ、君には〝火〟の部屋を選んだよ。火は〝変容〟を意味するんだ。君はペルーから去る時には、もう今の君ではなくなっているはずだよ、マイ・プリンセス」

知らない相手から、あれこれ決めつけられるのはちょっと困る。マキシモは、これまで会った男性の中でも、最高クラスのイケメンだけれども、彼の言うことはやはりよくわからない。とにかく、私は休暇が終われば、元通りの生活に戻るつもりなのだから。仕事の元へ、彼氏の元へ、いつもの生活へ戻ると決めているのだ。

チャプター07

ジャングルの植物でレイアウトされた階上の瞑想ルームに集まったヒッピーたちの輪に加わった時は、すでに薄暗くなっていた。皆の前には存在感のある一人の中年男性が座っている。彼は空港で会った楽団の人たちと同じ格好をしていた。ポンチョ姿に、毛糸で作ったポンポン付きの小さな帽子、つま先が空いたサンダル。サンダルの中からは、黒い爪がちらりとのぞいている。

じわじわと「旅をしているんだ！」という感覚が盛り上がってきた。この非日常の光景こそ、私がずっと見たかったもの。今私はエドワードやギャビーからも離れ、そして世間の束縛からも解き放たれ、たったひとりきりでいる。

するとその中年男性が近づいてきて、身体を包みこむように笑顔でハグをしてきた。その温かさと、天然のムスクと軟膏（都会人が何も考えずに使う傷薬）が混ざったような香りに、ちょっとドキッとしてしまう。

「わかったかい？」

くるりと振り向くと、マキシモがいた。

「君も私たちの仲間なんだよ、アニータ」

また、訳のわからないことを言っている。どうして彼は単刀直入に言わないんだろう。

「ホセがアンデスの大地の女神であるパチャママに、このグループの皆が今から2週間一緒にワークができるようにと祈りを捧げるんだよ」

マキシモが皆に告げると、ヒッピーたちは、とびきりの笑顔でお互い顔を合わせながら、シャーマンを見つめる。私は、そんな彼らに染まらないようにしようと首を横に振りながら、窓の外の夜空から神秘的な光を放っている、インカの十字架と呼ばれる南十字星を見つめた。

教育を受けた人間が、どうしてこのようなことを信じられるだろう？　旅の思い出話にはいいかもしれないけれど、それ以上のものではない。

「ホセは〝ドン〟なんだよ。この〝ドン〟という名前は、力のあるシャーマンだと人々に認められた者だけに与えられる称号なんだ。ホセは、クスコから歩いて10日もかかるアンデスの高地にあるクウェロスという村のシャーマンなんだ」

「彼は、私たちのために、ここへ歩いてこられたんですか？」

ある女性の質問に、マキシモがうなずくと、驚きの声が上がった。確かに、それは大変だ。

「マキシモと一緒にワークができるのなら、ここまで歩いてくる価値があるんだよ」

マキシモよりも年配のホセは謙虚な面持ちで静かに語ると、儀式の準備なのか、地面に丁寧にハンカチを敷き、その上に花びら、種、スパイスを積み上げ、そこに私の好きなチョコレートの欠片も加えた。マキシモがそれぞれのアイテムについて、それらが何を意味するのかという複雑な説明を始めたけれども、私は話半分で聞いている。

「金色のコインの形のチョコは、お金のシンボルであり、銀色の砂糖菓子は、お金を入れるための器を意味するんだよ」

「シャーマンでも、お金を稼ぐことをよしとするわけですか？」

私の質問にマキシモがこちらを向く。

「もちろんだよ、マイ・プリンセス」

「え⁉」

東洋のスピリチュアリティの考え方だと、精神主義とは、物質主義からの脱却を目指したりしているのではなかったっけ？　こういう世界における精神性や物質性といわれているものの違いがよくわからない。特に私のように物質主義で生きてきた人間には、もう少し道理に叶った言い方をしてくれるといいのに。

「アンナ、君は高くつく女性だよ」とよくエドワードに言われていたことを思い出し、ふとイギリスが懐かしくなる。


その時、座っていたドン・ホセが立ち上がった。

思わず、彼のひざの裏で膨れ上がる静脈瘤に釘付けになってしまった。しばらくすると、そのふくらみはラズベリーの粒くらいの大きさにまで小さくなった。

ドンが、小さな葉の束を皆に配りながら部屋を廻り始めると、マキシモは説明する。

「葉っぱの束を右手に持ち、順番が回ってきたら前に出てきて、今回の旅の目的を述べたら、それをホセに渡しなさい」

何？　旅の目的？　ヒッピーたちがこっくりとうなずく様子を見ていると、彼らはすっかり心の準備ができている様子だ。私は窓の外を眺めながら、考えをまとめようとする。せいぜい私が言えそうなことは、「いい休日にしたい」くらいだ。

「アニータ！」

マキシモがささやいてきた。彼が近くにいたことさえ気付かなかった。彼の熱い息が頬にかかる。

「君の目的は、〝女性性の叡智との繋がりを戻す〟つまりアンデスの大地の女神、パチャママと再び繋がるということにしなさい」

振り向くと、すでに彼はそこへいなかった。パチャママと再び繋がる、という意味も理解できないけれど、他に何かふさわしい目的も見つからない。そこで私の番になると、あたふたとドン・ホセの前に行き、「パチャママと繋がること」と言われたままささやき、席に小走りで戻ってきた。ああ、ロンドンの仲間がいなくて良かった、と心の中で思った。

「火」の部屋はキッチンに直結した小さな円形のビルにある5つの客室のうちのひとつだ。

木のフロアにクリーム色の壁、シャワーに鮮やかな赤のベッドカバーのシングルベッドが2つ。お揃いの2本のスタンドが部屋を照らし、温かい家庭の雰囲気を作っている。

部屋に戻ると、さっそくスーツケースから、洗濯したてのジーンズと、おろしたてのヒールを1足出して履くと、床の真ん中に、洗濯したい衣類を引っ張り出した。ペルーに着いてからというもの、洗濯をする機会がなかったので、あっという間に洗濯物の山ができてしまった。

ベッドに横たわり、ふかふかの羽根布団の中でゆったりしながら今日の出来事を振り返ってみる。するとドアをノックする音が聞こえた。そこには、マキシモが赤色のボトルと打楽器のガラガラを手に立っていた。

「この泥を、お腹に塗ってあげよう！」

意気揚々と部屋に入って来たマキシモ。

「ちょ、ちょっと!?」

思わず反射的に声が出る。洗濯物の山を見られて恥ずかしいなどという思いは、一瞬の間にどうでもよくなってしまった。マキシモにお腹を触られてしまう⁉　そんな突拍子もない申し出に胃がキリキリしてくる。

彼は私を口説こうとしている⁉　あわてふためいていると、さっそく準備をしているマキシモが声を上げた。

「今夜は泥を塗ったままで寝て、明日の朝シャワーで落としなさい」

「ええ⁉」

「この泥はチチカカ湖のものなんだ」

と言いながら、泥の入ったボトルを掲げる手は、きちんと手入れされている。その手で私をどうしようというの？

「チチカカ湖は聖なる場所なんだ。船が航海する湖としては、世界一標高が高い場所にある湖なんだよ。この泥はヒーリングに使われるんだ」

「どうやって？　どんな効果があるの？」

「この泥は〝リリース〟してくれるんだ。君のお腹の中にあるブロックを取り払わないとね」

それが確実で唯一の方法とでもいわんばかりのマキシモ。

「もうずっとお腹の痛みに苦しんできたんじゃないかな？　そうだよね？　アニータ。宇宙がこれまでの生き方を変えるようにと教えてくれているんだよ。でも、君がそれを受け入れないことが、痛みの原因になっているんだ。他の皆も同じなんだよ。人は変化を受け入れようとしない傾向があるから。でもそれを避けていると、もっと辛い痛みになってゆさぶりをかけてくるよ。それが今、君に起きていることじゃないかな？」

何と言っていいかわからなかった。

私は「運命とは自分自身が切り開くもの」という考え方でずっと生きてきた。けれども「お腹の痛みは、宇宙からのサインであり、この痛みを治すには宇宙の意思に従うべきだ」とマキシモはさらりと言う。

彼の言うことは、一笑に値するようなものだけれど、同時に、無視できないところがあった。シャーマンならではのわかりにくい表現の中にも、納得できる彼なりの洞察があるからだ。


私たちは変化を恐れているというのは、確かに正しい。そして、私がお腹の痛みをずっと抱えてきたのも、また、正しい。果たして、シャーマンとは、いったいどのような人なのか？　彼の言うことを、どのように受け止めればいいのだろう？　それに、どうして、泥なんかがお腹にあるというブロックを取り去ることができるのだろう？　そんな考えが頭の中を駆け巡り始めたとたん、ふと積まれた洗濯物に目がいった。しまった！　私の記憶が確かならば、あとキレイな下着は2枚しか残っていない。

私としたことが、旅の始めにセクシーな勝負下着や可愛い下着は全部穿きつくしてしまっていて、今身につけているのは、大人買いした〝旅行用〟のプレーンなコットン製のものだった。やはりペルーのような場所では、下着は見た目よりも、量が沢山ある方が重要なのだ。そんな時にマキシモが部屋に来るなんて、なんてタイミングが悪いのだろう。それにしても、どうして今晩なの？　と慌てながら、自分にはエドワードがいるのに何を考えているんだろうとも思った。


ひとまずシャーマンを見上げると、微笑んでいるので私も笑顔になる。

とにかく、リリースを促すという泥については、マキシモの狙いもわからないけれども、私も意識しすぎていたかもしれない。けれども、ひとつだけ言えることは、マキシモは、あまりにもステキすぎて、その笑顔にはどうしても引きつけられてしまうということ。それだけで、今は十分だ。

ついに私はジーンズを脱いでドキドキしながらベッドに横たわった。ダサめの下着でおばあちゃんにも褒められるようなセクシー度ゼロの姿だ。

「目を閉じて」

マキシモがささやく。泥が入ったボトルを開ける音がすると、何やらわからない言葉をボトルにささやいているようだ。私の荒い息も、だんだん静かになっていく。すると冷たくなめらかなものがするりと身体の上をすべり、それが何度も繰り返される。そのスムーズなタッチには鳥肌が立ってしまう。胃の位置から下着のあたりまで泥が塗られているらしく、恥ずかしさですっかり固まってしまう。ふと気付けばお腹に置かれた指が私の身体の上を離れない。どうしたのだろう？

部屋はしんとしている。ベッドの側に立っているらしいシャーマンは、何もせず、何も言おうとしない。しばらくすると、バスルームで水を流す音が聞こえてきた。

「目を開けてもいいですか？」

「だめだ」

そう言うと、マキシモは、こちらに歩みながらガラガラを鳴らし始めた。その強烈な音とリズムには、ついつい催眠にかかってしまいそうになる。けれども、やがてざわついていた気持ちも、すっかりリラックスしてきた。突然、ガラガラ音が止んだ。

「7歳の時から始まっていたんだ」

マキシモの突然の発言に、声をあげた。

「今回の滞在で、女性性の叡智と再び繋がらなくてはいけないね」

さっきと同じ事を繰り返す。

「どういうこと？」

シャーマンは、答えない。

「明日の朝まで、そのままでいなさい。今日は、もう休むように」

そう指示をすると、彼は顔を近づけて私のおでこに軽くキスをした。やわらかい唇が額から離れると思わず二人の目が合った。相変わらず人を誘い込むような温かい笑顔の目の中には星が輝いている。私の心とはうらはらに、お腹の痛みもゆっくりと溶けていった。


なんとか眠ろうとしている。マキシモとはいったいどんな人なの？

彼のシャーマンとしての発言は、どう受け止めればいいの？　そして、さっきのキスはどういう意味？

彼は会う女性皆にこんなことをするの？


その夜は、突然の腹痛で目が覚めてしまった。バスルームに映った顔を見てみるとむくんで膨れていた。しばらくして、なんとか眠りについた後に見た夢は、あまりにも鮮明だった。私は、ロンドンの職場にいた。私はロンドンの職場で、同僚二人と上司の部屋にいるようだ。なぜだかわからないけれど、同僚の男性の一人が、本人はまったく関係していない手柄を、上司に必死にアピールしているのを私が聞いているという夢だった。

そして、次に見たのは、彼が自分のした失敗を他のスタッフに押しつけて責め立てているシーンだった。私の胃は、憤りでキリキリしていた。

もうひとつ別の夢も見た。それは、週に一度の経営会議で私が発言している場面だった。役員が揃うその会議では、集まったメンバーは皆、ぶよぶよに太った肥満体で、赤ら顔だった。そして、そこには、今よりも15歳くらい年を重ねた私の姿もあった。私の身体はストレスでもうガチガチに固くなっていた。

やっと悪夢から目が覚めた。マキシモが言うように、もうあの場所には戻らないのかもしれない。

チャプター08

摩訶不思議なシャーマンの世界に入ると気付くこと。それは、この世界に集まるのは、スピリチュアル好きのヒッピー系の人々ばかりだ、ということだ。今から6日間に渡って、私はそんな彼らと一緒に過ごさなくてはならない。

なんといっても一番のネックは、彼らはまったくファッションに興味のない人々だということ。あの、トゥクメで身体をゆらしていたワークのようなものもどうかと思う。ああいう風にはなりたくない。とにかく一言で言うならヒッピーたちはイケてないのだ。


翌日の朝食の席で、この旅の企画をしているというピーターの隣に座った。

彼は、カナダ人らしいゆっくりとした紳士的な語りをする人だ。彼いわく、マキシモとの〝ペルーでスピリチュアリティを探す旅〟のツアーは、今回で3回目なのだそうだ。その前までは、個人対応のワークのみで、一人につき約17万円の費用がかかったという。

ここクスコでは、最も成功しているビジネスマンはシャーマンだとギャビーが言っていたのもまんざらではない。そんなことを考えていたら、小鹿のような目をして痩せた女性が突然、泣きながら部屋に飛び込んできた。するとピーターがすぐに、その女性に駆け寄る。彼女は、彼の妻のキャロラインだという。

「ここのエネルギーは素晴らしいわ」

そう言いながらすすり泣く彼女を見て、彼女が悲しくて泣いているのではないというのだけはわかった。

「とても、とっても……」

彼女はピーターの首元に顔を埋め、激しくむせび泣いている。そんな様子を見ているとなんだか心配になってくる。あの涙は本当の涙なのだろうか？ あのトゥクメで遭遇した、自己顕示欲いっぱいのグループのパフォーマンスにも、なんとなく通じるものを感じていた。

さて1時間後、マキシモと私、そして、16人のヒッピーたちは、モライと呼ばれる円形のすり鉢状の棚田の一番下に皆で立っていた。モライは、16世紀にスペインの征服者に破壊されたインカ文明が遺した遺跡のひとつだ。

この巨大な遺跡は、かつての農業実験の地とも言われている。上段から下段までの高低差の中で、合計14もの微小気候を創り出し、それぞれの標高で作物がどのように育つかを実験しようとした場所だという。

今、我々がいる一番底の部分は、上部から30メートルも下に位置していて、一番上の棚田からの気温差は15度にも及ぶらしい。地球という大地のすり鉢の中心にいるんだ、と思うだけでワクワクしてきた。ここなら、マキシモが行う大地の女神、パチャママと繋がるように導くワークも、私の心にダイレクトに響いてくる。

次第にすっきりと気分も良く、思考もクリアになってきた。お腹の調子も良くなり、あの泥のパック事件のことは、もう幻だったのかと思えるくらいだった。けれども、あの夜、夢に見た恐ろしい未来図は、あれ以来、ずっと心に棲みついて私を苦しめていた。

これも、マキシモが行うワークのひとつなの？　今、私の思考と感情はごちゃごちゃになり、矛盾がせめぎあっている。さらに悪いことに、ここには誰も相談できる人がいない。もし、魔法が使えるなら、ルルをここに連れてきて、すぐにでもガールズトークをしたい。

「では、地面に横になったら、必要のないものを地面の中に流していくようなイメージをしてごらん」

マキシモの指示が、再び私をワークに呼び戻す。彼を見ると、今日は、シワひとつないオシャレなブルーのシャツにクリスチャン・ディオールのパンツをコーディネートしたシャレた格好をしている。

そして、私には耳慣れないけれども、彼の世界では当たり前の言語でトークを展開していた。当然のように、ヒッピーたちは、素直に彼の指示に従っている。もしくは、ヘタに目立ちたくないから、ただ言われることに従っているのかどちらかだ。


マキシモの自信、ファッションセンス、そして、そのただならぬ魅力とセクシーさを目の当たりにしていると、彼のいるシャーマンの世界を垣間見てもいいかな、という気持ちもしてきた。

考えてみれば、一見、風変りなガラガラの即興芸なども、彼の伝統文化でもあるのだ。それらを体験するために、ここ、ペルーへ来たのだ。そう、ブランドのハイヒールに、セレブへの取材、そして、お金持ちの男子たちに囲まれたロンドンの生活から離れて新しい自分を発見するために、今、ここにいるのだから。

とりあえず、旅仲間のヒッピーたちは、なんの抵抗も疑問もないようだ。彼らのうちの誰一人として、自分から何かを決めるという感じではない。たとえ、〝直感〟と呼ばれるものがあったとしてもだ。

私はその場をゆっくりと立ち去り、あたりをぶらぶらとすることにした。

モライ遺跡でのワークを終えると岩棚に座り、大地の上に目を閉じて横になっているヒッピーたちにガラガラを鳴らしているマキシモの様子を見ていた。

その時、けたたましい携帯音が鳴り響いた。それも、あの「サイモンとガーファンクル」の「コンドルは飛んでいく」をヒップホップリミックス調にした音楽だ。

ガラガラ音が突然止まると、ヒッピーたちはゆっくりと目を開けて体を起こしながら、誰の携帯だといわんばかりにあたりを見回している。するとマキシモが、冷たい視線を一切気にせずに、ポケットから携帯をいそいそと取り出すと、寝転がったヒッピーをそのままにして、あたりに響くデカい声で話し始めた。そんな彼を見ていると、思わず笑ってしまう。彼はやっぱりステキだ。ここでは、自分が納得できることだけ受け入れればいい、と思えてきた。

ミニバスに戻る道すがらでも、まだ思い出し笑いをしていた。

その後、ミニバスは山を登り続け、ついには頂上まで辿り着いた。眼下には、昔ながらの何百もの塩田の棚田が太陽の光を浴びて輝いている。塩田では、地元の男女がグループになって、塩を袋詰めにする作業をしている。袋詰めされた塩はロバに積まれると、キャラバンとなって山を辿り、近くの町まで運ばれるのだ。目の前に広がる趣のある光景に、すっかり夢中になってしまう。

「サリナスへようこそ！」

突然、マキシモが声をかけてくる。彼はバックシートに腕を伸ばすと、私の方に寄りかかってきた。振り返ると、彼の顔が自分の顔から数センチのところにある。まったく、このシャーマンは抜け目がない。

バスが駐車場に入っていくと、マキシモはバスから私の手を取り引っ張り降ろすと、喜々として窪地への急な坂道をぐんぐんと下り始める。ロンドンでの〝生きる喜び〟を抑えたクールなキャラを棄てて、解放感を味わいながら駆け降りると、体中が躍動してくる。なんて、イキイキする瞬間なのだろう。

ふと止まっているバスの方を見ると、キャロラインがこちらを見て笑っている。他の女性たちも、なんだか嫉妬の視線を向けているけれども、彼らのことを気にする暇もない。マキシモは、ぐいぐいと私を水際へ引っ張ってきた。彼はすっかり私のことを気に入ったみたい。

「靴と靴下を脱いで！」

塩田の水の中に足を踏み入れて、恐る恐る進んでみる。足の裏では塩がジャリジャリと音をたてる。気が付くと、皆も輪に加わってきた。

「水に映っている太陽の光を見つけてごらん」

塩水の中に立ち、透き通った水底にうす黄色の円形の光がキラキラしているのを見つめた。

「目を閉じて、光と戯れて」

その意味はよくわからないけれども、あまりの気持ちの良さに、質問する気にもならない。ただ、まぶたの裏にあるオレンジ色の海に、青いダイヤモンドの光が煌めくのを感じていた。

「それでは、目を開けて太陽の方を見て。そして、また目を閉じて……」

バスに戻る道すがら、ヒッピーたちはお互いにそれぞれが何を見て、何を感じていたかを競うように報告しあっていた。彼らは、誰よりも自分がシャーマンになれる素質があるのだ、ということをお互いに見せつけておきたいようだった。

マキシモもバスに乗り込んできた。するとテントのような芥子色《からし》のドレスで着飾った一人の女性が、マキシモを意識して髪をかき上げている。そんな光景を見ていると、自分のことのように恥ずかしくなって目をそらしてしまう。

モテモテのマキシモは、ためらわずにスッと私の隣に座った。

「どんな色が見えたのかな？　アニータ」

「オレンジ色の背景に、青い光がダイヤモンドのようにキラキラしていたわ」

とりあえず、見えたままを答えるとマキシモがうなずく。

「何か意味があると思う？」

「光とはエネルギーが形をとって現れたものだからね」

「それで？」

彼は私の手をぎゅっと握ると熱心に語り始めた。

「植物は光合成をして、光を〝食べる〟だろう？　その考え方と同じで我々も同じことをするんだよ」

「私たちも光を食べるというわけ？」

顔をしかめてもマキシモは知らん顔だ。彼ほど、人にどう見られているかなんて気にしない人はいない。

「君が見た色は、身体のチャクラの色にそれぞれ対応しているんだよ。チャクラについては、聞いたことはあるかね？」

「ヒンドゥー語ですよね？」

ヨガの先生が、ヨガのクラスで瞑想中にチャクラのことに触れながら誘導しているのを思い出す。ロンドンでの生活の風景を思い浮かべると、すでに自分は遠いところに来てしまったかのような気分になる。

「そう。世界中のすべての古代文化は、人間の身体にはエネルギーのスポットがあることを理解していたんだよ。ヒンドゥーの伝統では、それはチャクラと呼ばれていた。チャクラは全部で7つあるんだ。さっきのエクササイズでは、潜在意識の叡智が自分の中で弱っているチャクラを光で満たしたんだ」

この手の話には、なんと言い返していいかわからないので、言い返さずにおいた。

それよりも、マキシモは彼の親指で私の指を撫で始めたのが気になってきた。彼の指は、上下しながら何度も行き来する。そのやわらかいエロティックなタッチのせいで、何も考えられなくなってくる。その手をはねのけるべきだというのはわかっているのに、動けない。

「オレンジ色は2番目のチャクラに対応するんだよ。第2チャクラはおへその下の丹田の位置にあって、どんな生き方をしているか、たとえば創造性の表現や豊かさを得る方法、そして、生きる意味を見つけるということなんかが関係してくるんだよ」

「他の言葉で言えば、ライフワークとか？」

「そうとも言えるね。ところで、考えてみてごらん。どうして君は、ずっとお腹の痛みに悩まされたのか」

答えを考えている間に、さらにマキシモは続ける。

「君に、もうひとつ重要なのが第5チャクラ、喉の位置にある青色のチャクラだね。ここは、自己表現、コミュニケーションを司るチャクラだよ」

「だから私は、ジャーナリストという仕事に就いているんじゃない？」

「私の言うコミュニケーションは、そういう意味ではないよ。君はダイヤモンドの光を見た、と言ったよね。ダイヤモンドはＤＮＡのシンボルでもある。すべての存在のルーツ、いわゆる、私たちが誰であるか、ということ。つまり〝自己表現〟というのは、自分の生き方がどう人生に反映されているか、ということなんだよ。

〝仕事〟というならまずは、自分の人生をどのように捉え、取り組むのか、ということから考えないと」

仕事の話になるとあの悪夢が頭をよぎる。

「ということは私は、自分が誰であるかということを、まだ自分で表現できていないわけね？」

「皆、同じ問題を抱えているんだよ、マイ・プリンセス」

そう言うと、彼は私の顎の下をちょんちょんとつついた。

「皆に見せている創り上げた自分が、もうどうにも取り繕ろえなくなった時に、自分をどう表現するかを学ぶことが、人生の旅といえるんじゃないかな？」

すぐには何も言えなかった。マキシモと会話をする度に、これまでの色々な思い込みが粉々にされてしまう。エネルギーとか、光を食べるとか、訳のわからないスピリチュアル用語は別にしても、彼の言うことは納得できる形で心の中にストンと入ってくる。彼は、あの悪夢の解釈を彼なりの言葉で私に語っているのだ。逆に、なんだか、少し怖くなってきた。

マキシモのこの洞察力は、どこからくるのだろう。このイケメンのシャーマンについて、聞きたいことは山ほどあるけれども、何から聞けばいいのかもわからない。皮肉なことに、それがまた彼への興味をつのらせるのだ。これまで、マキシモ・モラレスのような人に出会ったことはなかった。

その日、眠りにつく前に、初めて今日一日、エドワードのことを一度も思い出さなかったことに気付いた。

チャプター09

マチュピチュまでの「オリエントエキスプレス」いや、列車は、聖なる谷の西側の端にある町、オリャンタイタンボから出発する。

その少しレトロな列車は、すでに駅のホームで待機していた。木製のロイヤルブルーの客車は、まるで鉄道プラモデルのセットのレールに置かれている、おもちゃの機関車のようだ。

私たちは、物売りでごったがえす駅のホームの中を、人ごみをかき分けながら進んでいた。ここで売られている飲み物は、コーラとファンタ（アメリカという国が、こんなところまで侵略しているという証拠）で、食べ物は、地元の新鮮なトウモロコシ（地元の人々だって、アメリカに負けじと頑張っている）だ。

私は、客車の前方の席に座った。マキシモが他の女性と後ろの席に一緒に座ったのがわかると、少しだけ寂しくなる。数分後に列車が発車すると、後ろの席からマキシモの隣にいる女性の笑い声が聞こえてくる。マキシモは、私にしたように、彼女の手も握っているのかしら、と思うと振り向いて確認したくなってくる。けれども、そんなことに気をとられていてはダメと、気持ちを切り替えて窓の外を見る。

山肌がむき出しの不毛な土地の景色は、次第に、ひょろ長い竹林に緑がぎっしりと生い茂る風景に移り変わる。今、列車はジャングル地帯に入ってきたのだ。無秩序に、かつ生命力豊かに伸びている植物や樹木、この非日常の世界で、太陽の光があたり一面の緑にキラキラと反射しているのを見ているとうっとりする。

ランチはキャロラインとピーターと一緒に過ごし、できるだけソツのない会話をするように努めた。

その結果、彼らとはあまり共通点がないことだけはわかった。何しろ、二人とも仕事をしていないのだ。彼らがやっていることは、〝スピリチュアルのグル〟について世界中を旅することなのだ。つまり今回のような旅を企画し、運営するのが彼らの生業なのだ。

たとえばロンドンでは〝その人となり〟とは仕事で判断できるものなので、最初に出会った人とは、まず職業を尋ね合ったりする。だから自分の中でこのカップルをどう位置付ければいいのかわからず、それゆえに、どのように彼ら対して接すればいいのかがわからない。そこで、自分からは積極的に会話をせずに、ただ、彼らに話をしてもらうことにした。

二人のエネルギーと光の不思議な関係についての話に耳を傾けていると、後方で背の高い長髪の一人の男性がマキシモに話しかけているのに気付いた。するとその見知らぬ男性は、こちらに歩いてきて、簡単な自己紹介をしてきた。

「イギリスの美しいお嬢さんですね。お会いできて光栄です。アニータ」

本当にペルーの男性は、女性を喜ばせるのが上手い。彼も私たちの会話の輪に参加し、自分がシャーマングッズの店を持っていること、顧客にはセレブがいることなどを語り始めた。

「あなたのそのベルト、ステキですね。キャロライン」

ふと彼が唐突に言った。

「これのこと?」

彼はうなずいた。色落ちしたジーンズに安っぽい白いトレーナー姿のキャラロラインは、旅の間中、ずっと身に着けているオレンジ色のベルトを指差した。正直、オシャレなスタイルとは言い難い。

「これはナバホインディアンの人からもらったのよ。よかったらどうぞ!」

彼が恐縮して首を振っているにも関わらず、キャロラインはベルトのバックルをはずしている。けれども、彼女からベルトを手渡されると、彼は本当にうれしそうにしている。そんな様子を見ていると、彼はとんでもなくいいものをもらったのではないかと勘違いするほどだ。

その男性の大したものでもない物への興味、そして、キャロラインが快くすぐにベルトを与えてしまうというような行為に、少し違和感を覚えた。でも、もしかして、こんなことを考える私の方が、実はおかしいのかもしれない。もしかしたら、キャロラインは、彼女の内なる世界に住む〝ファッショニスタ〟なのかもしれないのだから。


午後遅くになっても、一行はまだ遺跡には到着できなかった。そろそろ、何人かの女性たちが文句を言い始める。

「遺跡は5時に閉まるのよ、マキシモ」

確かに、私たちだけが、すでに観光を終えて出口へ向かう観光客たちの波と逆方向を歩いているのだ。

「もう時間がないわよ!」

困ったように声を上げる彼女たちに、マキシモは、ただ笑顔で何も言い返さない。私も、失われたインカ帝国の遺跡はきちんと見たいのに大丈夫?　と思いながら、入り口で切符にスタンプが押されると、そのまま流れに加わった。


気付けばマキシモが私を呼んでいる。ところが、彼は考古学者の若い女性たちに捕まってしまった。愛想よくキスやハグを振りまくマキシモに、彼女たちは女学生のようにキャッキャッとうれしそうにしている。そして、ようやく彼女たちが離れていくと、その後ろ姿のミニスカートの裾に悪びれもせずマキシモは視線を送っている。

この日、二度目の嫉妬にかられる瞬間だ。

「マキシモ！　他の皆は帰っているのに、どうして私たちだけ今から入場できるの？」

ヒッピーたちが詰め寄っている。シャーマンは、やっと説明を始めた。

「皆が帰るからこそ、私たちだけでこの場所が使えるんだ」

「でも、私たちも閉め出されるんじゃないの？」

「いや、ワークを終えるまで、ここを使えるように手配しているから」

グループの間に「大丈夫なんだ」といったざわめきが起こった。地元にいるマキシモらしい計らいだ。


そして、ついに最後の観光客たちが去っていった。1日に2500人分の観光客のウォーキングシューズに踏み荒らされてきたマチュピチュの遺跡にも、素顔に戻る時間が訪れた。

ここ、聖なる谷の黄土の世界は、すでに忘れられた記憶の中にある。ジャングルは、みずみずしい緑の生命を爆発させている。そして、この渓谷の町を両側から取り囲む緑の山々は、鳥の形をしたこの遺跡を敵から覆い隠しているかのようだ。それは、まるで番人が休みもせずに主人に忠誠を尽くしているようにも見える。

下の谷底からは、細かい霧の帯が立ち上り、遺跡は、沈黙という毛布に包まれている。あたりに霊気を漂わせるほどの静けさは、草を食べている数匹のリャマの集団がしっぽを振る音に破られた。空気は湿気で厚く重たい。

この隠されていた世界は、しばらく前に人間に発見されてしまったのだ。遺跡の石壁をやわらかい乳白色の黄昏が包んでいく。人間が造り上げた部分と自然のままの境界線をゆっくりと溶かしながら。

この町は、この世界が始まった時から、すでに存在していたかのようだ。そして、この世界が最後の時を告げる日まで、このままここにい続けるのだろう。私たちは、そんな世界が終わりを告げる場所にまで、うっかりと足を踏み入れてしまったのだ。


けれども、その終わりこそ私にとっての始まりになる。

マキシモは迷路のような狭い路地を通り抜け、遺跡の中にある小さな屋根のない部屋に急ぎ足で私たちを導いた。そこはローズ色をした塊が置かれてあるスペースだった。

「これがパチャママ、いわゆる〝大地の母〟の石だよ。地元の伝説では、何千年もの間、女神と繋がる石として崇められてきたんだ」

「でも、マチュピチュはインカ人によって建てられたとガイドブックにはあるわ。13世紀からだと、まだ数百年しか経ってないんじゃないかしら？」

キャロラインが質問すると、マキシモは一瞬、間を置いて答えた。

「マチュピチュは、インカ人が建てたと言われているし、歴史家たちもインカ文明は１２００年から１５７３年まで続いたとしている。でも、私自身、この土地の周囲のジャングルでも、何千年も前のペトログリフ（岩面彫刻）や、壁画など、太古の遺跡の片鱗を何度も見かけたことがあるんだよ。それに、文明というものは、何もなかったところに突然４００年間だけ現れるわけでもないはずだよ」

大学での歴史のクラスでも学んだけれども、マキシモの言うことにも納得できた。

「明日は、マチュピチュの考古学、歴史的な事実についてのワークを行う予定だ。でも、まずは、君たちの内側にある叡智、つまり直感と、このマジカルな場所、パチャママと繋がりを持って欲しい」

顔を上げると、マキシモが熱い視線でこちらを見ていた。

まるでこの遺跡に、私たち二人しかいないような感覚になってくる。

「今の時代、私たちの文化は、〝知識〟に囚われすぎているんだよ」

私から目をそらさずに彼の説明は続く。

「テレビやネットからは、情報が洪水のように溢れている。けれども、それらの知識は叡智とは違う。叡智は教えられるものではなく、自らが体験し学ぶもの、そして感じるものなんだ」

5分後に、一行は石畳へと続く踊り場に立ち、次に起きることを待っていた。あたりには緊張感が漂っている。皆を見ると、それぞれ興奮した面持ちで石壁を背に立っている。

マキシモが私の方に近づいてきた。コーラのペットボトルと木製のショットグラスを手にしている彼がボトルの口を開けた。苦い香りがあたり一面に漂う。今から私が飲むのは、どうやらソフトドリンクなどではなさそう。

彼は小さなグラスいっぱいに、とろりとした茶色の液体を注ぎ私に手渡した。思わずマキシモを見ると、勇気を出して飲みなさい、という表情でうなずく。

「サンペドロだよ」

「サボテンのサンペドロ？」

どうやったら、あの直立不動のサボテンが、こんなドリンクになるの？

「そうサボテンだ。飲み干して」

恐る恐る嗅いでみると、その匂いは強烈だ。次第に周囲もざわつき始める。マキシモは私の目線を避けるように地面を見つめている。

「ああ、どうしよう……」

目の前で、私を困らせているマキシモは、こんな時でも美しい。これまでの私だったら、夜の遺跡でヒッピーたちとサボテンジュースを飲むようなことはなかったのに。今、私の中で、何かが変わろうとしている？

そういえば、キャロラインが朝食の時に、このサボテンジュースについての話をしていたけれども、まったく気にもとめていなかった。これを飲んだら一体何が起きるの？

でも、考えている時間もない、と思い切って深呼吸をして、一気に飲み干すと苦い後味が喉に残った。マキシモはうなずくと、次の人へと移動していく。口の中の苦みを消そうと、水のペットボトルを取りだした。

「一口だけにしておいて、アニータ」

思わず彼を見ると、彼はこちらを見ていない。頭の後ろにまで目が付いているのだろうか。

こうして、全員がサボテンジュースを飲み終えると、マキシモ自身も同様に1杯飲んで皆の前でスピーチを始める。

「頭に意識を向けて……。次は肩……。首……。そして、胸……」

身体の上から下の方に順番に意識を向けていく。

「岩を背にしながら、今度は身体全体に意識を向けて……。君たちは、何かから解放されたくてここに来たんじゃない。〝今、ここにいる〟ためだ。そのためにも、この特別な空間で感覚を大きく開いて。さあ、私の後について言ってごらん。〝今、私はここにいる〟と」

皆で、その言葉を繰り返す。

「もう一度」

こうして3回にわたってマントラは繰り返された。それからマキシモは、自分のリュックサックを掴むとその場を離れる。私たちも、彼の後をついて石畳を登り下りしながら進む。細くなった小路を抜けて岩場の下をかがんだり、狭い岩でできたトンネルを身体を小さくしてくぐり抜けたりする。

今、マキシモの後を追うのは、自立した一人の女性であるはずの私だ。自分が今、〃変容〃しているのかどうかわからないけれども、ひとつだけ言えることは、ジャングルに一人で取り残されたくなければ、皆のようにマキシモに従うより他に選択肢がない、ということだ。

とにかく足元をとられないように集中して前に進む。ふとサボテンジュースを飲んでも、何の変化もないことに気付いた。時計を見るとあれから30分くらいは経っている。飲む前に、あんなに不安だったのはなんだったんだろう？　と思ったとたんに突然、激しいお腹の痛みが襲ってきた。その声も出せないほどの痛みに、よろめきながらマキシモを探す。

「お腹の調子が悪くなったんだね」

マキシモは、こちらが口を開く前に言った。

「君の中で何かが抵抗しているんだ。お腹の中で、その〃反抗するもの〃とハーブが闘っているんだ」

「え……？」

マキシモはそれ以上は答えない。こういった理解のできないやりとりに、じわじわと怒りが湧いてきた。あんなまずい飲み物なんか飲むんじゃなかった。

マキシモは、謎めいた、けれども、穏やかなまなざしで私を見つめる。

「心配いらないよ、マイ・プリンセス」

そう言うと、マキシモは私の手を取り、太いロープが張られている、遺跡の真ん中の草むらにまで連れてきた。彼は、皆の方を向くと、そのまま下手にいるようにサインを送った。フレッシュな摘み草の匂いがする草むらは、この野性的な見知らぬ世界で、不思議と心地よいアロマを放っている。マキシモは、横になるように私に指示した。

「どうすればいいか、わかっているから」

そう言われると、よけいに心配になってくる。するとマキシモは、リュックサックをひっかきまわすと、「アグア・デ・フロリダ（花の水）」と呼ばれる薄い黄色のエッセンスが入ったボトルとビニール袋を取りだした。そして、私のTシャツをまくりあげて、お腹を露わにする。あたりの空気が肌に触れてひんやりする。

「目を閉じていなさい」

次に、そのボトルから液体を飲む音が聞こえたと思ったら、お腹の上に冷たい水しぶきが吹き付けられた。一瞬で、強く爽やかな香りが立ちのぼる。さらには、マキシモの息が、おへそのまわりに溜まった水を吹き付けるように追いかけてくるので、緊張して固まってしまう。

この緊張は期待？　それとも不安？　もしくは、それらがごっちゃになってしまったもの？　落ち着くこともできず、心臓の鼓動は激しくなるばかりだ。そんなストレスのせいで、お腹の調子はさらに悪くなってしまった。

今度は、お腹の上に散っていた水滴を口で吸い上げると、ビニール袋に一気に吐き出す。あまりのことに驚いて、身体が跳ね上がる。思わず、何が起きたのかと、目を開けてしまった。マキシモは私の側にひざまずき、目を見開いて、この怪しい行為に集中している。けれども、彼は、私が目を開けたのに気付いた。

「目を閉じて！　すぐに！」

慌てて目を閉じると、もう一度お腹の上にエッセンスは吹きつけられ、吸い上げられて吐き出された。しばらく間を置いて、もう2回ほど一連の行為が繰り返された。

すべてが終わったのか沈黙に包まれた。

草むらのどこかにいるリャマと、深い息をしている私の隣にいるこの男性を除いて、あたりは静まり返っている。こっそりと片目を開けると、シャーマンは目を閉じて横になっていた。黄昏の中でもはっきりとわかる、その完璧に日に焼けた肌、ふさふさの黒髪、細いかぎ鼻、ふっくらとした唇を観察する。

「OK、アニータ！　終わったよ。もう気分は良くなったはず、マイ・プリンセス」

マキシモはそう言うと、手を掴んできた。どれくらいの間、こうして並んで横になっていたのだろう。灰色の上空で速いスピードで移りゆく雲や、黒く染まりつつある山を見ていたので、時間の感覚が掴めない。日が落ちるのは速く、しばらくすると、もう何も見えなくなってしまった。けれども、この場所は平和に包まれていた。

ついにマキシモは立ち上がると、ビニール袋をぎゅっと括ってリュックに投げ入れる。私もようやく恐る恐る身体を起こした。するとお腹の痛みはすっかり消えていた。あのよじれるような痛みはもうどこにもない。ただ感じるのは、何が起こったのかを説明できない、もどかしい気持ちだけ。

マキシモに手を取られて細い道を抜け、険しい石段を降りながら、ロープの向こう側へ戻りながら、今はこれ以上、答えの出ない疑問に悩むことはやめようと思った。

やっと元きた道へ戻ってきた。ヒッピーたちはまだ草の上に座って、会話に花を咲かせている。

「彼らは来なくていいの？」

マキシモはそれには答えずにペースを上げるばかりなので、追いついていくのに必死だ。

ふと見上げると、私たちのすこし前方に、アンデスの人々が大集団で楽しそうに踊り、酒を酌み交わして宴会をしながら騒いでいる光景が目に入ってきた。彼らからは、言葉で表せないほど温かい雰囲気と陽気な楽しさが伝わってくる。思わず足を止めて、宴会をする彼らの姿を見入ってしまう。

「ここが、かつてインカ時代の人たちがパーティーをしていた場所なんだ」

マキシモの熱い息のささやきが耳にふれて、思わず彼を振り返る。

「どうしてわかったの？」

「どうやら、サボテンが君の感覚を開いたようだね」

「あなたも、彼らのことが見えるの？」

マキシモは、うなずく。草原の方からは彼らの笑い声も聞こえてくる。

「今、君は自分の中にある叡智、そしてパチャママと再び繋がろうとしているんだよ、アニータ。サボテンも君のことが気に入ったみたいだね」

どういうことだろう？ 本当に幻が見えているの？ 自然との繋がりを取り戻すってどういうこと？ それに、サボテンに感情なんてないのでは？ たとえもしあったとしても、サボテンから好かれているなら、なぜあんなにお腹が痛くなるの？ 答えを探すように、マキシモの顔をのぞきこむと、彼は私からの視線をあえてはずす。

もう一度、アンデスの人々の方を向くと、彼らの姿はすっかり消えていた。もう一度、彼らの姿が見えないかと瞬きをしてみる。彼らは、リアルな存在であって欲しいと思っていたのに……。

なんとかヒッピーたちも追いついてきた。マキシモも再び歩き始め、私も、ただその後をついていく。もうあたりは、真っ暗闇だ。ちらほらと虹色に光る星、灰色の半月の光が遺跡全体を照らしている。天空にある月の欠片が雲の後ろに隠れると、ほとんど何も見えないはずなのに、シャーマンは、細い小道をペースも落とさずに、スキップするかのように駆け下りていく。

あなたは何者なの？　遺跡の入り口まで彼の後を追って戻りながら考えていた。私をどうしようというの？

チャプター10

翌朝のマチュピチュ遺跡は、太陽を浴びてキラキラ輝いていた。それでも、入口の受付にある回転式の入場扉を通り抜ける頃には、すでに天気は霧雨に変わっていた。空には、2本の蛍光色の虹が大きくかかっている。

しばらくすると、雨は本格的などしゃぶりになってきた。私は、ギャビーからもらっていたレインコートをあえて着ないようにした。1日に1度はマキシモの前で何かと恥ずかしい思いをしているし、派手なフューシャピンクの色で目立ちたくなかったのだ。私は雨をよけようと、藁ぶきの屋根が張り出す場所まで駆け込むと、降り注ぐ雨を眺めた。こんな感じで、雨をじっくり見るのはいつぶりだろう？

一粒一粒が大きな雨粒は、それぞれの違いがわかるほどで、見ていて楽しい。斜めに激しく打ち付ける雨を見ていると、空の銀色が溶けだして地上に降り注いでいるかのよう。地球が生み出す自然の現象には、いちいち畏敬の念を抱かずにはいられない。

ぼーっと立ちすくんでいると、キャロラインが隣にいた。

昨晩の出来事に、まだ混乱していた私は、なんだか孤独感を感じていた。お腹の調子は良くなったけれども、そこはかとないむなしさがこみ上げて来る。それは、まるで何かを取り去ったために、その場所に空白ができてしまったような感じ。

そんな時、キャロラインの存在はとても有難い。彼女の存在は、誰かがずっと手をつないでくれているような感じと似ている。彼女の笑顔は、周囲を光で照らすような温かさがある。私も同じように笑顔を向けると、なんとなく落ち着いてくる。


しばらくして雨がやむと、マキシモがピーターを連れて皆の前に現れた。マキシモたちの後に続き、石畳に沿ってマチュピチュ遺跡の中心部に向かいながら、キャロラインのジーンズのベルト部分にヒモが通されているのに気付く。

「彼女のベルトは、無くなってしまったから……」

あきれ顔になるピーターのその声には愛情がこもっていた。キャロラインは、ベルトが必要なものであったにも関わらず、快くそれを差し出していたのだった。こんなに優しいところがあるヒッピーという人たちを、私は厳しい目で見過ぎていたのかもしれない。

不意にマキシモが、地面に巨大な裂け目があるスポットで足を止めた。

「ここが、遺跡の中心部だよ。ご覧のように、この場所は、地質的に断層線上にあるので、上に建物などは建てられていない。基本的に、シャーマンの伝統的な考え方では、この世界は3つに分かれているとされている。まず、1つめは天上の世界――スピリチュアルな秩序がある次元のこと。2つめは、下界、もしくは内なる世界と呼ばれるもの――つまりこの物理的な地球の世界。ここでは、永遠ではなく死も存在する。そして、3つめは現在。今、この瞬間という世界。マチュピチュにもこの3つの世界が存在していて、この断層線が、〝今という瞬間は、永遠ではない〟というメッセージを表しているんだ。今、我々の立っているこの下には、下界があり、上には天上の世界がある、ということだ」

古代インカの人々の建築デザインの正確さ、緻密さには驚くことが多い。彼らは、単純に美しいものを追求するだけではなかったことがよくわかる。

「また〝2〟という数字は、二元性、またお互いが補い合うという意味において、大事な数字でもあるんだ。このマチュピチュにも2つの面があって、男性性や太陽を象徴する右側には、神聖な儀式が行われるすべての部屋が造られていた。そして、女性性や大地・地球を意味する左側には、インカ人たちの貯蔵庫や住居などが建てられていた。左側は、いわゆる物理的なものを象徴していたんだ」

ちょうどその時、昨晩いた草むらが目に入った。あそこでアンデスの人達が踊っているのを目撃したのだった。

今は、リャマの家族の群れが、静かに草を食べている。私の考え方を根本から変えてしまうような昨晩の出来事さえも、こんなのんびりした姿を見ると、少しほっこりとしてくる。

昨晩、自分では理解できない事があの草むらの上で起こったのは確かだった。けれども、マキシモに昨晩のことを問いただしても、彼は、それには答えてくれない。どうして彼は、私があの体験を理解しようとする気持ちを無視するのだろう？

「これらの植物は、聖なるハーブとして扱われていたんだよ」

私も、レクチャーに再び加わる。マキシモは名前のラベルが付いた植物が植えられているエリアを指さして言った。

「あれはコカの木かしら？」

恐る恐るキャロラインが質問すると、マキシモがうなずく。

「そうすると、あの木からコカインが採れるの？」

「ペルーでは、コカの葉がとても栄養があることから、生命の木と言われているんだよ。私たちは、高山病にならないようにコカの葉を噛んだり、疲れを取るために噛んだり、シャーマンは儀式にも使う。コカというハーブには、色々なビタミンが豊富に含まれているからね」

「それは、マカのことだと思ったわ」

再びキャロラインが口をはさんだ。ヒッピーたちは、よく勉強しているなとジャーナリストの私も感心する。

「もちろんマカもだよ。マカはイモ類だけどね。ちなみに、ペルーには3000種類ものマカがあるんだよ」

すると、シャーマンが私の近くに来てささやいた。

「マカはペルーで一番の秘宝だよ、アニータ。つまり天然のバイアグラだよ。もちろんこれに関してはマカなんて必要ない人もいるだろうけどね」

と、グループの方に振り向く前に一言付け加えた。私はあきれて笑いながら、彼から目をそらす。

「確かにアメリカでは、コカの使用は法律で許されていない。でも、コカインというものは、1グラムを取るために、1キロものコカの葉を必要とするんだ。それをアルコールで処理していくんだけれどね。だからコカは、基本的には、そのままではコカインと同じではない。古代インカ人たちは、コカインなんて使っていなかったしね。コカインは、ヨーロッパと北米の市場のために作られたものなのさ。君たちの国の政府が、もっとこの問題に真剣に取り組んでくれればいいんだけれど」

マキシモがたんたんと語ると、ヒッピーたちも黙り込む。ギャビーの言うことは、正しかった。この人はただイケメンのカサノバ（女たらし）だけじゃない。そして、そのクールな表情の下に、時々、熱い情熱が見え隠れするのにも、またドキドキしてしまう。

こんな人とならら感動的なセックスができるのかしら、などとついあらぬことを想像してしまう。けれども、マキシモに手を引かれ、神殿へ向かう急な階段を上りながら、今はそんなことを妄想している時ではないと自分を戒めた。

再び、マキシモが足を止めた。

ここでは、人生はそんなに捨てたものじゃない、ということを感じさせてくれる出来事があった。マキシモがひとつの岩の塊を指さしているので、前のめりになりながら、それを見ようとするけどなかなか見えない。

「〝見ること〟はシャーマンにとって大事なことなんだ」

「じゃあ、私はシャーマンじゃないからダメね」

マキシモは私を見ながら、不思議そうな表情をしている。数名のヒッピーたちも近づいてきた。するとその〝岩〟のようなものが動き始めた。なんと、その岩に見えていたものが、２匹の小さな毛皮で覆われた動物に姿を変えたのだった。

「あれは何？」

「アンデスうさぎだ。ここで見られるなんて珍しいよ」

「跳ねていっちゃったわ」

逃げていったうさぎを見ていると、マキシモは私にウインクをし、片手を上げながらうさぎに近づく。するとぴょんぴょん跳んでいたうさぎたちが、まるで催眠術をかけられたかのように、突然フリーズしてしまった。ヒッピーたちが驚いてカメラを取りだしている間も、うさぎたちは動かない。その後も、あたりに響くシャッター音や点滅するフラッシュにも驚かず、静止したままだ。

そして、マキシモが手を下ろすと、うさぎたちはいつもの臆病さを取り戻したように、一瞬でどこかへ消えていったのだ。この魔法には、そこにいた全員が歓声を上げた。


シャーマンは私の元へ戻ってくると満面の笑顔を浮かべている。

「ここ、インティワタナ（日時計）は、神殿において儀式をする場所のひとつでもあるんだ」

石段を上って高い場所まで辿り着くと、そこには小さなスペースに大きな奇妙な形をした石が置かれていた。ここから見る遺跡は、足元に広がっている。

「インティワタナは、マチュピチュの中でも最も重要な場所だよ。水晶がたくさん使われている、このクリスタル帝国の頂上に位置する場所だからね。インティワタナは、〝太陽を繋ぎとめる〟という意味で、太陽を信仰していたインカ帝国で、最も重要な人物が1年で一番重要な日である、冬至をここで過ごしたんだよ」

「どうして、そんなに冬至が重要なの？」

たとえば、北半球では夏至である6月21日が1年で一番日照時間が長く、南半球では反対に一番短くなる。けれども、こういったことが何に関係しているのだろう？　すると、グループの一人の女性がどうしてそんな馬鹿な質問をするの？　というような顔をして私の方を見ている。

「冬至の日から3日間は、太陽が同じ位置に留まるんだ。別の言い方をするなら、夏と冬、死と再生、そして過去と未来の間で時が止まる日が冬至であり、時が変容する〝魔法の時間〟でもあるんだ。当時は当然のことだけど、テレビも車も本もない時代だ。命のあるすべてのものは、太陽と気候が与えてくれるものだけが頼りだったんだ。だから太陽の光が消えて暗闇が支配する冬至は、とても彼らにとって意味深い日だったんだよ」

言われたことを頭の中で理解しようとしていると、マキシモが私の腕を掴むと、端のスペースまで引っ張ってきた。

「アニータ、これは見たことがあるかね？」

下方にある小さな石の上に楕円の形が彫刻された場所を身を乗り出して指すので、首を振る。

「至点の日の出が映る場所だよ。太陽の光がインティワタナの石に反射して、それがこの場所に当たると、あの楕円の目の形をした部分に三角形の形を作るんだ。1年のうち、冬至にしか見られないんだよ」

するとマキシモは、ワークパンツの後ろのポケットから1ドル札を引っ張り出して、裏面にデザインされている、太陽のような丸い円の中に描かれたピラミッドの形のトップにある目の部分を指して見せた。

「これみたいな感じだよ」

「これがどういう意味になるの？」

「まず三角形は三位一体を意味するんだ。つまり君の父親、母親、そして君との関係。それから円は太陽を意味する。つまり光であり神、ということだね」

「それで？」

「要するに神はいつでも私たちと共にある、ということ。それがインカの人々に、1年で最も重要な日、冬至の日に送られる宇宙からのメッセージなんだよ」

「そういえば、私の誕生日は6月21日（南半球における冬至）だわ」

思わず声を出すと、マキシモは私の顔に自分の顔を近づけて、呆然としている。今回ばかりは、私でも彼の表情は理解できる。シャーマンは驚いて固まったままだ。でも、なぜだかわからない。

チャプター11

まったくマキシモは、プロの詐欺師のようだ。

麗しい外見に加えて、なんでも知っているその知性で、私をずっとこのまま驚かせるの？　そんな彼に近づいてもいい？　彼こそが、私の燃え尽き症候群の答えになるの？　そして、シャーマンならではの処方を施す代替療法のドクターなってくれる？　それとも、ただのイケメンのカサノバ？　ウサギに魔法をかけたり、私の人生は行き詰っている、なんて言いながらからかっているだけ？


その答えは、意外とすぐにやってきた。翌朝、すでに朝7時には、一行を乗せたミニバスは、インカ帝国の中心地であったクスコのさらに上の丘を目指して、ほぼ垂直ともいえる急な坂を必死で登っていた。ひとつ間違えば、真っ逆さまにすべり落ちてしまうのではないかとヒヤヒヤだ。

そんな緊張感のせいか、さっきから頭の中でキリキリと痛みが走る。まったく、マキシモのトヨタのランドクルーザーで来れたらよかったのに。

そう思った瞬間、ドライバーが突然急ブレーキをかけたのか、バスがものすごい爆音を吹き上げ、それがまた頭痛を刺激してしまう。

しばらくすると、ようやくバスは埃っぽい駐車場に到着した。バスを降りると、現地の女性たちが背中のショールに赤ちゃんを包み、両腕にはお土産の毛布にポンチョ、飾り物などを抱えて、人ごみをの中を歩いている。気付けば一人の男性が観光客に向かって叫んでいる。

「サクサイワマンは、インカの重要な史跡だよ。もし、発音しにくかったら、ただ〝セクシーウーマン〟と言えばいいよ！」

そう言うと自分のジョークに大笑いしている。そんな彼に対して、グループ内の何人かが反応して笑ってあげていた。

「ね？　同じことだろ？　わかるかい？　セクシーウーマンだよ」

彼は1日に、このセリフを何回繰り返すのだろうか？　その瞬間、足の後ろを軽く叩かれる感触を感じた。ふと見下ろすと、小さな女の子が子羊を抱えている。なんと、この子こそがあのリーフレットの写真に写っていた子ではないか。

「私の写真が1ソルで撮れるわよ」

そんな彼女の営業トークに付き合ってあげることにした。ところが、あまりいい写真ではなかったのでもう一度列に並び直す。

「2ソルになるわよ」

女の子は写真を撮り終わると、小さな手をこちらに伸ばしてきた。

「え？　1ソルって言ったじゃない？」

「1枚につき1ソルだから。あなたは2枚撮ったでしょ」

商売上手な子だなと笑いながら、私はバッグから2枚分のお金をガサゴソ取りだした。

さて、〝セクシーウーマン〟に行くには、かなり険しい坂道を登らなくてはならない。

頂上には、3列に並ぶ大きな黒い歯のような石が立ちはだかっている。きちんと研磨された3メートルの巨石は、隙間もなく、完璧に左右対称のジグザグ状になりながら3段に並んでいるのだ。この巨大な一枚岩がつくりだす影の中に立っていると、我々一行も小人の集団に見えてくる。

「インカ人たちは、自分たちの帝国をピューマの形にデザインしたんだ。サクサイワマンは、その頭の部分に当たり、要塞になるこの壁は、頭頂の王冠部分になるんだよ。何か質問は？」

この頃までに、私の頭痛はさらにひどくなり、吐き気でもう倒れそうになっていた。こんな時は、誰も質問して欲しくないと思っていたら、残念なことに誰かが手を上げる。

「なぜピューマの形なの？　それに、どうして王冠をつけているの？」

ある女性が熱心そうに聞いた。

「〝パワーアニマル〟という言葉を聞いたことがあるかね？」

質問した女性は首を振ったものの、何人かの女性たちは声高に「ある！」などと答えている。私は、スピリチュアルなレクチャーの間、なんとかもちこたえようと踏ん張っていた。

「パワーアニマルとは、ある特定の属性を具現化する聖なる動物のことなんだ。たとえば、ネコ科の動物だと、山にいるものはピューマで、ジャングルにいればジャガーだよね。このネコ科の動物たちは、パワーアニマルの中でも、王者に値する生き物といわれているんだ。だからクスコの街は、ピューマを形どってデザインされている。そして、王冠はピューマと光をつなげる役割を果たしているんだ」

「でも、なぜパワーアニマルなの？」

彼女は、さらに質問を続ける。

「いわゆる、〝スピリットガイド〟でもあるんだよ。どんなシャーマンも、自分の道を教えてもらうために、自分だけのパワーアニマルを持っているものなんだ」

「じゃあ、どうしたら、そのパワーアニマルを手に入れられるの？」

「自分からは無理なんだよ。それは向こうからやってくるものだから」

「どうやって？」

「それは、そのシャーマンが自分自身の学びの中で見つけていくものさ。でも、もしパワーアニマルが自分の元へやってきたら、その時はすべてのことが理解できるよ」

いつものように、マキシモが何を言っているのかがよくわからなかった。そう、少なくとも、この時はまだ。何しろ、私は大して興味もなく、それ以上に具合も悪い。一刻も早くこの〝セクシーウーマン〟ツアーを終えてバスに戻りたいのだ。

ラッキーなことに、それ以上の質問は出ずに、やっと一行は遺跡の中心部に進み始めた。小高い芝の上を歩いていると、マキシモがすっと近づき、手を伸ばしてくる。そして、私の首元を激しく絞るように押さえてきた。私は突然の痛みに驚いてしまう。

「ソローチェ（高山病）だね」

「え？」

「ここは標高が３０００メートル以上の場所だからね、アニータ。高山病になったんだよ」

なぜマキシモは私の頭痛のことがわかったのだろうと思っていたら、彼は私を人形のようにひょいと抱え、そして、しばらくそのままのポーズで目を閉じていたが、私の首元を嗅ぎ始めた。またもやドキッとしてしまう。

「心配ないよ、マイ・プリンセス」

マキシモは、私を少し離れた草むらの上に降ろしながらささやいた。

「どうすればいいか、わかっているから」

このセリフを聞くのは2回目だ。今や、私は完全に彼のことを信頼していた。

しばらくして、一行は小さな洞穴の入り口にいた。そこから、奥にある聖域を目指して、かがみながら進み、スペースのある場所を見つけて座る。あたりは、音ひとつない沈黙の世界で、閉所恐怖症には落ち着かないような狭い場所だ。

全員が洞穴に入ったのを確認すると、マキシモは全員に目を閉じるように指示をして何やらマントラを唱え、持ってきたガラガラを鳴らし始めた。その音がぐわんぐわんと頭に響いてくる。もはや真っ直ぐには座っていられない。ガラガラが実際に頭の中で鳴っているかのよう。それは脳が粘土で練られているような感じだった。

この不快感からなんとか気をまぎらわそうと、マキシモが歌う内容を理解しようする。聞き取れるのは、「ワリャ、ワリャ」というフレーズくらいで、その意味もわからない。でも、なんとなく風を呼び起こしているのではないか、というのだけはわかる。もちろん、ただの直感なので勘違いかもしれない。

すると突然、すべてが静止していた空間に風が舞う音が響き渡り始めた。その音は次第に大きくなり、ついには耳を押さえるほどの轟音になっていく。けれども、マキシモは風がうなる中、ただ「ワリャ！」と歌い、ガラガラを鳴らし続けている。
今ここにあるのはただ風が吹き荒れる音だけ。洞穴も、サクサイワマンも、私さえも存在しない、という空白の空間。けれども、頭痛はまだ続いている。なんだか、冷汗に眩暈もしてきた。しっかりしなくては、と目を開けてみても、何も見えない。今できることは、地面にある石をしっかり掴んで、この轟音が通りすぎるのを待つだけだ。

ついにシャーマンが音を鳴らすのをやめた。すると吹き荒んでいた風もあっと言う間に止まってしまった。そこにいた皆は、まるで台風の中をサバイバルしてきた者たちのように、ただ放心状態になっている。ふと気付くと、マキシモが隣にいた。
「これを飲むと気分が良くなるよ」
それは、マチュピチュでも使った「アグア・デ・フロリダ」だった。その酸っぱい香りを吸い込むと、眩暈も落ち着き、具合の悪さも少し和らいできた。

外に出て、さんさんと降り注ぐ太陽の光の中で瞬きをしてみる。次第に頭痛と吐き気も消えていくと、今度は少し混乱してきた。自分の中で何かが変わりつつあることはわかるのだけれども、まだそれがなんであるか、自分でも理解できない。ただひとつわかったこと、それは、マキシモは私にとって本物のドクターである、ということだ。

それからしばらくの間、一行は遺跡内を散策した。

黒い巨石の一番上の段の草原まで上り、しばし思いにふけることにした。2、3日中には、今回の旅の最終目的地へと出発することになる。マキシモと別れることを考えると少し寂しい。まだ沢山のことを教えてもらいたいし、自分でも新たなことを発見したいのだ。

下の方を見ていると、地元の少女が、石段をとことこと登ってこちらに近づいてくる。彼女は年配の女性に手を引かれ、しっかりとした足取りで険しい階段を上ってくる。時折、祖母らしき女性が立ち止まっては、少女の頭をやさしく撫でている。彼らの擦り切れた衣服を見ていると、裕福ではないことは明らかだ。けれども、温かい雰囲気を放っている二人を見ていると、お金では買えないものを彼らが持っていることが伝わってくる。

ペルーについて、もっと色々なことを知りたい。ただ、通りすがりの外国人としてではなく、もっと内面から本質的なものを学びたい。ワシアリュに滞在する日程を延ばしたい、と思い始めた。

そんなことを考えていたら、マキシモがまるで物質化現象で目の前に現れたようにどこからともなく登場して、隣に座った。

「気分はどうだい、アニータ?」

「良くなったわ、ありがとう。でも、どうして具合が悪かったことがわかったの?」

「見たらわかるんだよ」

「見たらって何を?」

「君の痛みをだよ」

「痛みが見えるの？」

「前にも言ったけれども、シャーマンはすべてを見通す目を持っているんだよ、アニータ」

そういえば、ワシアリュの宿の庭にあった木に〝目〟があったことを思い出した。

「〝そのこと〟に、深く入っていくと見えてくるんだよ」

しばらく沈黙が続く。

「マキシモ……」

思い切って声をかけると、彼の整った顔が目に入る。その瞬間、何を言おうとしたのかすっかり忘れてしまった。自分でも赤面したのがわかったけれど、それがサッと引いていくのもわかった。落ち着いて、言いたいことを伝えたい。

「予定だと明後日出発しなくてはならないの。でも、他の皆はもう1週間ここにいるんでしょ？　今度はジャングルへ行く予定らしいけれども、私も一緒に行っていい？」

シャーマンは私の目をじっと見ている。彼の口から出た言葉は、ビジネスライクでちょっと冷たいものだった。

「ジャングルへ行くためのプエルト・マルドナド行きの飛行機は、もう満席だよ」

そう答えると、駐車場の方へ歩いて行ってしまった。マキシモが、こんなにぶっきらぼうな態度をとるのを見るのは初めてだ。どうして？　混乱して落ち込みながらも彼の後を追う。こんな感じで、あと2日もすると、彼と別れてしまうのだろうか……。

でも、私もそんなに簡単にはあきらめなかった。翌日のランチでも、もう一度、この話題を持ちだしてみた。

マキシモは、自慢げに食用モルモットの姿焼きを食べる話をしていた。食用モルモットの姿焼きは、クスコの代表的な料理で、彼の大のお気に入りの料理だそうだ。

「本当にモルモットなんかを食べるの？」

こわごわと、子供時代に飼っていたペットの事を想像しながら聞いてみる。

「もちろんだよ！」

笑って答えるマキシモ。そこで、〝郷に入れば、郷に従え〟と、食用モルモットの食事会に参加したいと申し出てみた。そしてその流れから、もう一度、ジャングルへのツアーの話を持ちかけてみた。彼の最初のリアクションは、忘れたふりをしている素振りだった。

「ツアーって、どこの？」

などととぼけた返事をしたり、別の場所に行ってみたら？　というような作戦にも出てくる。

「マヌーという場所があるんだけれども、そこは、ペルー最大の国立公園なんだよ。きっと気に入るよ」

何度か問い詰めると、結局、やっと最後に、プエルト・マルドナドには大勢が参加するために、私の相手をする時間はないという本音が出た。

「もし、私たちと一緒にアヤワスカを使うワークを行うなら、君のお腹の中にある〝抵抗しているもの〟を、まずは、きっちりと取り除かなくてはならないんだ」

「取り除くって？　それにアヤワスカって何？」

マキシモは私の質問は無視して続ける。

「ジャングルでは、15人以上がハーブを使ってワークを行うことになる。だから君へのケアが必要になっても、君のことにまで目をかけてあげられないんだ」

「ハーブって？」

「だからアヤワスカのことだよ」

マキシモは、食用モルモットが銀の大皿に乗ってテーブルに運ばれてくると同時に答えた。彼は、否が応でも言い訳をつくって、私に抵抗してくる。もう私にここに滞在して欲しくないのだろうか……。私たちの会話を聞いていたキャロラインが心配そうに話しかけてきた。

「残念ね。一緒に来れればいいのに、アニータ。あなたがいないと寂しくなるわ」

気を遣ってくれる彼女にありがとうと笑い返す。ここへ来てから、彼女の純粋な優しさにどれだけ助けられたことだろう。

やっと、目の前の調理された食用モルモットに目を向けた。口を半開きにして、小さな上下の歯を露わにしたモルモットは、揚げられて歪んだ表情になっているので、できるだけ見たくない。でも、肉を引っ張って取ろうとすると、どうしても表情が目に入ってしまう。やっとのことで少しだけ食べてみると、少し筋っぽい固いチキンの味がした。私は口直しのランチをするために、皆のいるレストランから離れた。


その夜は、結局寝付けず、翌日の朝は早くから目が覚めてしまった。部屋から出ると、マキシモが必死でパソコンに向かっている。

「メールを50通も戻さなくちゃいけなくてね」

顔を上げずに、不機嫌そうに言う。

「そのうち半分が急ぎのメールなんだよ、まったく」

マキシモが私の方を向くまで、その場でじっと待っていると、やっと彼もひと段落したようだ。

「さて、マイ・プリンセス！　気分はどうだい？」

もう正直に、自分の気持ちを伝えたい。昨晩はキャロラインが部屋に来てくれて、相談に乗ってくれたことで私の心も決まっていた。聞き上手で、心理カウンセラーのような彼女と話していると、今からのマキシモとの交渉もきっと上手くいく、と思えてくる。ロンドンにいた時と違い、今の私は「しなければならないこと」と「したいこと」の間にもう葛藤がない。初めて、私の心と魂が完全に一致したような気がする。

「マキシモ、私ジャングルに行きたいの」

「わかった」

マキシモがさらりと答えた。

意外すぎて驚いてしまう。

「え？」

「じゃあ、朝食後にパスポートを提出しておきなさい。すべてアレンジするから。私たち二人は明日の朝の早い便で発ち、他の皆とは現地で合流しよう。食事の方は自分で気をつけておいて」

「食事？」

「アヤワスカを飲むための準備だよ。砂糖、コーヒー、オレンジ類は避けておくこと。もちろん肉もね。軽い食事だけにしておいて」

「どうして？」

「肝臓を休ませておくんだ。そうすると薬も無理なく消化できるから」

「薬？」

「そう、アヤワスカのことだよ」

大きくうなずいて、その場を去りながら、マキシモがコロリと態度を変えたことにとまどいながらも、気分は盛り上がってきた。

「それから、セックスもダメだよ、アニータ！」

不意にマキシモが私の髪にささやいた。あわてて振り向くと、私のウエストを抱えるように両腕をまわしてきた。こちらも彼の首に両腕をまわしてちょっとからかった。

「そんなチャンスがあればだけど」

そう言うと、マキシモと向き合う格好になった。私の顔から数センチの距離に彼の顔がある。恥ずかしさのあまり、この空気を変えようと質問した。

「それはどうしてなの？」

「儀式では自分の肉体と精神の統一を図るワークを行うからね。セックスはある意味、エネルギーの交換だから、他の人のエネルギーと自分のものが混ざらないようにした方がいいんだ」

〝エネルギー〟という言葉を聞いたとたん、私もスピリチュアル好きなヒッピーの気分になった。彼の言うことも納得だけれど、それよりも、計画が上手くいったこと――シャーマンとまた1週間一緒に過ごせることがうれしくて、ウキウキしながら食堂へ入っていった。

この時はまだ、この後で体験する儀式とハーブが私にもたらす新たな展開のことなどはまったく気にもとめていなかった。サンペドロを体験したことは、この後のアヤワスカとの出会いに比べたら、ほんの序章にしかすぎなかったのだ。なぜならば、アヤワスカを一度体験したなら、もう、後戻りはできなくなるから。もっとアヤワスカのことを知りたくなってくるからだ。

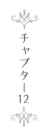

チャプター12

クスコの小さな空港はさびれていた。

マキシモと私は、簡素なチェックインデスクの前で順番を待っていた。私たちの前には2組の乗客しかいないのに、チェックインにあと1時間くらいはかかりそうなのだ。なぜかと言うと、2組目の荷物が問題だった。旅行バッグに木箱を2つ携えていた彼らの箱からは、雛鳥の鳴き声が漏れ、甘く不快な臭いが漂ってくる。

「あの荷物を本当にチェックインするの？」

そんな質問をする私をすこし軽蔑した目で見たマキシモは、何も答えなかった。それは、「もちろん」という意味の表情だ。私もバカなことを言ってしまったと思った。マキシモと二人きりになるのは初めてだ。朝早いのが苦手なはずの私が興奮を抑えきれずにいたのに対し、マキシモはすっかり落ち着いている。

彼の方は、昨晩、キャロラインの体調が思わしくなく、彼女の世話にかかりっきりだったのだ。この男性版ナイチンゲールと共にいるだけで、私の気持ちは自然に高まってくる。


ようやく乗り込んだ飛行機は、まさに前世紀の遺物のようだ。離陸と同時に機体はキーキーと唸り始め、乗客たちをどっと疲れさせている。けれども、マキシモだけは、そんなことにも動じずに眠っている。シャーマンとは、いつ、どんなところでも眠れなければならない職業なのかもしれない。

1時間後、弧を描いて旋回していた飛行機は、強い日差しと高い湿度の地上に揺れながら着陸した。あまりの湿気に、髪の毛がすぐにちりちりになってしまう。みっともないので手で直そうとする私に、マキシモがにやりと笑った。

「そのヘアスタイル、いいね」

皮肉で言っているのかどうかは、いまいちよくわからない。


プエルト・マルドナドは、マドゥレ・デ・ディオス県にある、アマゾン河支流の特に特徴のない町だ。ペルー式の人力車に乗って、ボコボコになった埃っぽい道をトラックと共に走り、あばら家が並ぶ通りを抜けて町の中心地までやってきた。

山側のエリアは、気分もすがすがしくエネルギッシュになるのに、こちら側は活気もなく、町中から埃と貧しさが溢れだしている。人力車は、私たちを街のメインスクウェアにあるカフェで降ろした。


カフェの真っ赤なプラスティックのテーブルに座ると、マキシモはペルーの国民的ドリンクともいえる黄色い蛍光色をした炭酸水の「インカコーラ」をオーダーする。

「アヤワスカのことを、もっと教えてもらってもいいかしら?」

今から行う儀式のことを考えると、少し不安になる。

「いってみれば、西洋人にとっては、幻覚剤のようなドラッグともいえるだろうね。しばらくの間、自分が自分でなくなるという感覚を味わうから。でも、アヤワスカは私たちにとって、聖なる植物なんだよ。正しい方法で、正しい人に、正しく飲んでもらうと、それは神聖な場所への扉を開くハーブになるんだ。何千年もの間、シャーマンたちはアヤワスカを用いて、人々の治療や心に平安をもたらすためのサポートを行ってきたんだ。今晩、君も自分自身でそれを確かめるといいよ」

「アヤワスカのドリンクは、何からできているの？」

「その時々で違うよ。誰がそれを作るかで変わってくるんだ。それぞれの伝統にもよるし、どんな風に使うかということでも変わってくる。まず、ほとんどのシャーマンは、アヤワスカの蔓をチャクルーナというジャングルで採れる植物と一緒に煮出すんだ。それから、その時に必要だと思う植物、たとえばタバコやチョウセンアサガオなどを追加したりもするね。要するに、シャーマンがその儀式でどんな問題を扱うかによって選ぶハーブが変わってくる、ということだよ」

「じゃあ、今回の私たちのものは？」

「もちろん一流のアヤワスカのマスターが作るよ」

そう意味深げに言うと、しばらくの間沈黙が続いた。

「私自身もこれまでたくさんの指導者に出会ってきたけれど、その中で自分の師匠といえるのは二人だけかな」

「指導者と師匠の違いは何？」

「指導者は、新しい技や考え方を教えてくれる人のこと。でも、師匠は、魂的な繋がりを感じられる人のことだよ。その人とは、永遠に時を超えて繋がっていて、会った瞬間にこの人だとわかる、そんな人だ。そして、決して忘れることなんかできない人のことだよ」

夢中になって耳を傾ける。

「最初の師匠は、7歳の時に出会ったんだ。もうずいぶん昔に亡くなった人だけれどね。もう一人は、今晩、会えるよ、アニータ。君も偉大なるシャーマンに、今晩会えるんだ」

ゾクゾクしながらそんな話を聞いていると、マキシモの方は、幸せそうにもの思いにふけっている。期待と不安で胸がいっぱいになってきた。しばらくすると二人はインカコーラを飲み終えた。

マドゥレ・デ・ディオス河は、大地の上をチョコレートソースがヘビのようにくねっているような広大な河だ。プエルト・マルドナドの町を出ると、今度は、質素な木製のモーターボートに乗って水路を進んで行く。ジャングルの植物は河岸で忽然と消え、絡んだ葉の大きな塊が茶色い水中に浸かっている。ボートのエンジン部分の丸太の上では、ブルーグレイ色の甲羅をした亀の家族がのんびりしていた。やがて彼らは、水の中に不器用に飛び込んでいく。水路の途中で、おだやかな下流へ進む一艘の小さな通い舟とすれ違った。舟の上には、一頭の牛を乗せた老人がいる。今、水の上にいるのは私たちだけだ。

「あそこに村があるのが見えるかい?」

マキシモが河岸を指した。生い茂った緑の間から、2本の木の間に吊るされたロープにTシャツとズボンが掛けられているのが見えてきた。地球のこんな最果ての地にまで、人間が暮らしているのだ。

するとボートは突然激しく左側に旋回して岸を目指す。船体がプカプカと上下し始めたことで、やっと目的地に着いたことがわかった。エンジン音が止まった瞬間、虫の羽音がブンブンと聞こえてくる。マキシモは、ボートから飛び降りると、水面をカーペットのように厚く覆う葉の死骸をかき分け、船を岸辺へ寄せる。木の板を敷いたぬかるむ足場から、なんとか地面に降り立った。

あざやかな緑の葉を編み込んで作った窓に、茅葺の小屋が並んで幾つか建てられている。縦横無尽に生い茂る熱帯植物のジャングルの風景の中では、その整列した感じが、逆に異彩を放っている。

ふと気付けば汗で身体もベトベト。新たな宿に足を一歩踏み入れた瞬間、着ていた服を脱ぎ捨てて、水が滴り落ちているシャワーの下に駆け込んだ。隣の部屋からも、同じように、女性の叫び声が聞こえてきた。シャワーからは温かいお湯ではなく、冷たい水だけが出てくるのだ。慌ててシャワーから飛び出て、しばらく待っても、一向に熱いお湯にはならない。どうやら今日は、もう冷たい水しか出ないようだ。

さらに不幸なことに、キッチンではその冷たい水さえも手に入らない。部屋に置かれていたボトルの飲料水は、あまりにも生ぬるいのだ。もっと悲しいことに、その水はプラスティックの味がする。

ここのロッジは、富裕層向けのエコビレッジを宣伝文句にしているけれど、実際には、〝エコロジー〟のエコではなく、節約の〝エコノミー〟のエコではないかと疑ってしまう。

さて、マキシモはランチタイムの席で、このあたりの名物のバナナの葉に包んで焼いたナマズ料理を前に、グループの皆に説明を始めた。シャワーを浴びてミリタリーパンツに紺色のシャツに着替えたマキシモは、いつもよりさらにカッコいい。

「ご存知のように、アヤワスカについては色々なことが言われている。でも、そのほとんどは、間違いといってもいいくらいだ。たとえば私が最初にアヤワスカを飲んだのは、18歳の時。その時はめくるめく体験を期待して興奮して臨んだものだけれど、一晩中、なんの変化もなかったんだよ。だから翌日になって、儀式に立ち会っていた最高位のシャーマンのところへ行き、文句を言ったんだ。何がいけなかったの？　ってね。まったく具合も悪くならなかったし、下痢にもならず、ビジョンを見たり、何かを聞いたり、感じたりすることもなかったとね。すると彼は私を見て、もう一度同じことを言ってごらん、と言ったから繰り返したわけさ。そうしたら、彼は笑って、マキシモ、この聖なるジャングルが何もしないと思うのかい？　どうして、アヤワスカが君に何も教えなかったと言い切れるんだ？　アヤワスカは今回、君に期待を持ちすぎるな、ということを教えたんだよ、と言われたんだ」

マキシモは全員の顔を一人ひとり見つめる。

「だからとにかく今晩は期待を持ちすぎないように。私もこれまで何百回も試してきたけれど、毎回違う体験をするくらいだからね。それでは8時に集合しよう」

一行がダイニングルームからぞろぞろと出ていくと、マキシモが近づいてきた。

「君の今回の目的はわかっているよね、アニータ?」

「ええ」

わからないけれども、なんとなくわかっている。それは、大地の女神、パチャママと繋がるということだ。マキシモは、笑顔で私の頬をつねった。そんな些細なことに、くらくらしてしまう。


日が落ちると、やがてジャングルは騒がしくなってくる。ジャングルに生きるすべての生命たちが、その泣き声や羽音などを最高潮にまで奏でてくるのだ。このあまりにも野性的で、非日常の土地がなんだか怖くなってくる。ベッドサイドテーブルからランタンを自分の方に近づけようとすると、大きなゴキブリが手元から数ミリの距離をカサカサと走り、テーブルの下に消えていった。

こんなことに出くわすと、せっかく奮起していた気持ちも一気に萎えてしまう。大声を上げてしまった私は、なんとか落ち着こうと金属の味がするお茶を口の中に流し込んだ。

一気に憂鬱な気分になってくる。心の中では、どうしてこんなところまで来て、こんなヘンな味のお茶を飲んでいるんだろう、などとマイナスな思いばかりが浮かんでくる。こんな姿を見たらエドワードも呆れるに違いない。でも、考えてみれば、彼が辛口になるのも私に原因があったわけだ、とも思った。

今、私がいるのは、冷たい水のシャワーに光も電気もない、デカい虫が徘徊する世界。そして、私は、もうすぐ幻覚作用のドリンクを飲むことになる。なんとなくいやな予感がしてくるのを、どうしても拭うことができない。

さて、ロッジの集合場所に集まった皆は異様にハイテンションだった。その光景を見ると、ちょっと引いてしまう。今回の旅に参加した人々は、〝エネルギー〟とかシャーマニズムなどの知識に精通しているスピリチュアル好きのヒッピーたちだ。でも、〝本番〟が近づくと、やはり私と同じくらい気持ちが落ち着かないのだ。これが彼らの本当の姿なのだろう。

時間がゆっくり過ぎていく。わいわいと騒がしい中、マキシモは30分遅れてやってきた。その頃には皆の緊張もピークに達していた。マキシモはさっそく一行をロッジの外に連れ出すと、ジャングルの中に導いた。

大樹のつまづきそうな巨大な根っこを避け、蜜でしっとり塗れて光を放つ丸い植物に驚きながら、一行はブロンズと緑色の闇の世界へ入って行く。行く道を照らすのは、ワシアリュの宿の庭にもあったオレンジ色のライト。そのぼんやりとした輝きを見ていると、なんだか巡礼者になったような気分になってくる。

他の皆も、私と同じように畏れと不安が入り混じった感覚でいるのだろうか?

突然、なんの前触れもなく、目の前に広場のような空間が現れた。その真ん中には、儀式を行う小さな小屋が建っている。その中には、マットレスが半円形になるようにフロアに敷かれ、テーブルの上には、キャンドルが2本にタバコの葉、そして黒い液体が詰められたプラスティックのボトルが置いてある。

それぞれが自分の場所を確保する。テーブルの隣には、一人の男性が椅子に座っていた。その背の低い、静かな男性は初めて見る人だった。彼は、シワひとつない白シャツに、黒いズボンを穿いている。彼のつやつやした肌はシワもなく、少し白髪が混じった髪が逆立っている。見た感じだと、マキシモと同じ40代くらいだろうか。

キャロラインが隣に来て座る。不安そうな彼女を見ると、私もまた不安になってきた。

「アニータ!」

神経質そうな声でささやく。

「水をわすれちゃったの」

私は安心するようにと、笑顔で二人の間に水のボトルを置いた。さらに何か言おうとした彼女を、マキシモのスピーチが遮った。

「今晩は一流のシャーマンと一緒にワークできる素晴らしい機会だよ。ドン・イノセンシオは今年75歳になられるお方だ。彼はアヤワスカを11歳の頃から使っているアヤワスカのエキスパートともいえる人で、今晩の儀式を監督してくれることになった。私は彼のアシスタントをするよ」

それから小屋の扉の入り口にいる一人の男性を指した。

「彼の名前はマルコ。彼はアヤワスカは飲まずに、途中で外に出たくなる人をサポートしたり、皆を助けてくれる人だ」

こんな夜中に、真っ暗闇の外に出たくなる人なんているのだろうか。ここアマゾンのジャングルは、普通では信じられないことも起こるようなマジカルな場所だ。

そういえば、あたりを見回してみると、トイレらしきものがない。なんだか、また不安になってくる。マキシモが説明を終えると、ついにそれまで黙って話を聞いていたドン・イノセンシオが、アヤワスカのボトルの口を静かにひねった。そして、彼から一番近くに座っていた女性を見つめた後、大き目のグラスに半分ほどアヤワスカを注いで、ウエイター役をするマキシモに手渡す。

手渡された彼女がそれを飲み干すと、次にドンは、その隣の女性に視線を移した。やはり、かなり長い間その女性を見つめた後、今度はグラスいっぱいにアヤワスカを注ぎ、うなずく。そして、マキシモは同じように、彼女にアヤワスカを手渡した。

こうして、二人のシャーマンがペアを組んでアヤワスカを配り続け、ついに私の所までやってきた。心臓の鼓動は速くなり、体中がカーッと熱くなるとクラクラしてきた。両手でしっかりとグラスを受け取り、その濃厚な色の飲み物を見つめる。私のグラスには、こぼれそうなほどアヤワスカがいっぱいに注いであった。

ああ神様……。

「アヤワスカよ。どうか私が女性性のエネルギーと繋がりますように」

願いが叶うようにと、もう一度繰り返して言う。そして、一気にそれを飲み干そうとしたけれども、できなかった。なんとか3回に分けて飲むのがやっとだった。前回のサンペドロの強烈な臭いを思い出すと怖気づいてしまったのだ。実際にはアヤワスカはそこまで不快ではなかった。こってりとした強い味だけれども、マキシモ作のサボテンジュースよりはましだった。

その後、いつものマントラを繰り返し唱えて、全員でマットレスの上に横になる。小屋の中は、沈黙と湿気が充満し、何かが起こりそうな期待感が漂っている。ジャングルの森の奥深くからは、時折、静けさを破るように野生の動物が不気味に吠えて、その声にビクつく。

マキシモはキャンドルを消すと会場を真っ暗にした。動物が吠える声はどんどん大きくなり、静けさをかき乱す。だんだんとその場の気配が変わり始め、周囲の空気が金属が細かく削られるような感じで振動し始めた。皆の様子を見ていると具合が悪くなりそうなので、目を閉じることにする。

するとと、なんとディズニーアニメのキャラクターのような派手な色をした2匹の大蛇が、くねくねと身体をよじりながら目の前に現れたのだ。本当に自分の目で見ているのかと瞬きをしながら、左側を見たり、右側を見たりして彼らの動きを確認してみる。

突然、私の心が目を覚ました。そして、今、自分がどこにいて何をしているか、という鋭い感覚が戻ってきた。次に、頭に浮かんできたのは、〝バカ〟という言葉。その〝バカ〟は、〝音〟として聞こえただけでなく、黄色い吐しゃ物のような〝色〟も付き、湿っぽいカビ臭さとして〝匂い〟まで付いていたのだ。

「ここで大勢のヒッピーたちと一体何をしているの？」

実体のない声が尋ねてくる。色々な思いがこみ上げてきて答えにならないので、その質問は宙に浮いたままだ。職場で自分のデスクにいる私、日曜日の朝にエドワードとベッドに横になって新聞を読んでいる私、オシャレをして友達と会員制のクラブでパーティーを楽しんでいる私の姿が浮かんでは消えていく。

一刻も早く、この空気がぐるぐる回る原始的な小屋から逃げ出したい。一刻も早く、頭の中からこのヘビを追い出したい。一刻も早く、今の自分から逃げ出したい。

「気分は？」

目を開けるとマキシモが隣に様子を見に来ていた。唇がいうことをきかず、なんとか懸命にしゃべろうとして、ようやく口から言葉が出た。

「良くない……。トリップしていたみたい。怖かった……」

「自分の目的に集中して、アニータ」

その声は厳しかった。

「抵抗することは、やめなさい」

そう付け加えると、私の手をぎゅっと握って、歩いていった。さっきの〝バカ〟という言葉を考えてみる。混乱して、再び目を閉じた。心の目の方も、真っ白で何も見えない。

だんだんと腹が立ってきた。なんでもいいから何かを見ようとして、自分の目的を何度も心の中でつぶやく。けれども、何かが見えるどころか、まったく何もない空間に今度は自分が入り込んでしまっているのがわかる。


次第に、自分の存在さえも無くなり始めた。自分自身が消えていくことに抵抗できない。動くことさえもできない。するとどこからともなく音楽が聞こえてきた。目を開けてみると、ドン・イノセンシオとマキシモが歌いながらガラガラを鳴らしている。

けれども、二人を見ようとしても、はっきりとは見えない。なぜだか彼らは遥か彼方にいる。私たちの間には、濃い霧の帯が河のように横たわっていた。ぼんやりとした意識の中で、この空白というボイドの状態から、なんとかして抜け出したいともがいてみる。でも、抜け出せない。二人は霧の河の向こう岸にいて、私はこちらの岸にいるのだ。

空白の空間の中で私は腰を下ろした。しばらくして目を開けてみると、霧は消えて真っ黒なインクのような色をした夜空が目に入った。今度は、ドン・イノセンシオがはっきりと見える。椅子に座っている小さな、75歳の男性の白いシャツは、彼の浅黒い肌の上で蛍光の光を放っている。彼を見ていると、人間というよりも、なんだか妖精の「ゴブリン（小鬼）」という存在を連想してしまう。でも、それは私にとっては怖い存在というよりも、智慧をたたえた一人の老いた賢者というイメージだ。

再び彼がガラガラを手に持った。すると突然、1羽の茶色の大きな鳥がこちらに舞い降りてきた。その鳥の羽が私の腕をかすめて通り過ぎていく。この鳥は私に向かって鳴いているの？　やがてその鳴き声は私を包みこむと、ゆっくりとボイドの中を駆け抜けていった。

すると、全身が震え始めた。今、私は自分の身体の中を旅していた。心臓から肺を通り過ぎ、胃から腸へと移動していく。どの臓器もギラギラとカラフルに輝き、生命力に息づいている。

しばらくすると身体の奥底から吐き気がし、すぐにでも吐きたくてたまらなくなってきた。でも、身体は固まったままで動けない。何かがそれを手放すのを留めている。その時気付いた。手放すのを留めているのは〝私〟だということを。

マキシモが隣にきていた。

「大丈夫かい？　マイ・プリンセス」

「私の具合を悪くさせているのは、私だったの。なぜだかわからないけど、私が自分に抵抗している……」

「〝心〟というものは、色々と仕掛けてくるからね。抵抗と闘いながら、自分の意図にしっかり集中するんだ」

そう言うと、私のTシャツを引っ張り上げ、「アグア・デ・フロリダ」をお腹に振りかける。

フラワーエッセンスのしずくがスローモーションで宙に舞う。その一粒一粒が私の肌の上に落ちてくると、吐き気はとたんに治まった。マキシモが去っていくと、今度はどこからともなく再び姿のない声が聞こえてきた。

「私のことを追い出さないで。彼の言うことなんか聞かないで。私の方が、あなたのことを長い間知っているんだから」

「お願いだから、もうどこかへ行って。もう自由になりたい……」

別の声がその声に懇願している。

目を閉じると緑に囲まれた透き通った湖が見えてきた。けれども、その周囲は暗闇に包まれている。じっと目をこらして近づいて見てみると、白い鳥たちが湖面の遠方の端でおびえるようにぎっしりと集団で身をよせあっていた。

それはまるでカメラの一時停止ボタンを押して、瞬間をフリーズさせた画像のようだ。美しい湖は、たくさんの豊かな生命が生まれ育まれる象徴のよう。でも、なぜだか時間は止まっていて、その湖から息づいている感じは伝わってこない。

すると最初の声がまた聞こえてきた。

「私はあなたの一部、あなたの体中を流れる血管なのよ」

「本当に、もう出ていって！」

もう一人の私が、さっきよりもはっきりと言い放つ。とたんに身体の芯に火がついたように、燃えたぎるような血が血管を巡り痛みが走った。そして、オレンジ色の酸が腸から激流となって流れ、胃まで上がってくる。まずい、吐き気が戻ってきた。今度は、我慢できそうにない。

鳥小屋の中にいる鳩たちは、狭い木箱の中で重なりあっている。ずっと長い間飛び立つタイミングを待っているのに、何かが彼らの邪魔をしているのだ。その何かとは、もう、わかっている。そう、私自身だ。

「もう、どこかへ消えて！」

もう一度繰り返した。

「わかった。でも、痛みを伴うわよ。それは、ゆっくりとあなたを苦しめるわ」

突然、すべてが消えた。しばらく待ってみたけれど、もう何も起こらない。目を開けたり閉じたりしてみるけれど、もう夜の暗闇しか見えない。よけいに混乱してきた。


マキシモを呼んで聞いてみる。

「どうして、こんなに時間がかかるの？」

彼は私の側にひざまずくと、腕時計にライトを当てて時間を確認した。

「まだ1時間しか経ってないよ、アニータ。辛抱強くね」

微笑んでそう言うと私のお腹をさする。

シャーマンはどのようにして、私の中に、湖と鳥たちの風景、そして姿の見えない声などを見せているのだろう？　マキシモは去り際に、「よし！」と言って去っていった。


だんだんと力が尽きてくる。

シャーマンたちは2度目の詠唱をはじめた。二人の声が重なり合った時、再び身体が震え、汗ばみ始めた。オレンジの炎が腸の底からまた湧き上がってくる。けれども、今度は吐き気を自分で止めることができた。

ふと気付くと、今度は未来の私のビジョンが浮かんできた。私は結婚していて、二人の子供がいる。アヤワスカは、将来のキャリアのビジョンを見せようとしていた。具体的な仕事はよくわからないけれども、セレブへの取材を行う仕事はもうやっていないことだけはわかった。すると突然、今はもうこれ以上見たくない、という気持ちがこみ上げてきた。

めくるめく幻覚が飛び交う儀式の最中で、自分自身でこんな体験をしながらも、私はまだスピリチュアルといわれている世界への嫌悪感を払拭できないのだ。

ついに鍵が掛けられていたようにぴったりと閉じていた重たい瞼を、やっと開けることができた。あたりを見回してみる。

すると、よろよろと立ちあがろうとしている女性に、ヘルパーのマルコが気付いて慌てて駆け寄り、寄り添って外へ連れ出していた。彼女の顔は蒼白で、見開いた瞳孔には、異様に鮮やかな青い海の色の星が宿っていた。なんだか狂気を感じた。彼女は外へ出ると嘔吐しているようだ。他に二人の女性が彼女の後をついて、外へ駈け出していった。

私自身は、自分で儀式に参加していながらも、どちらかというと、ショーを見に来た観客のような感じがしてきて、なんだか疎外感を感じてしまっていた。誰もが一見同じように見えても、実は人間というものは本来、それぞれが一人ひとり違う存在なんだ、ということを改めて悟る。

ドン・イノセンシオとマキシモはまたガラガラを鳴らし始めた。再び震えがやってくると、汗が吹き出してきた。お腹の気持ち悪さはもう我慢できない。なんとか立ち上がり、マキシモの助けを借りて小屋からジャングルの方へ連れ出してもらう。

森の中ではたくさんの生命が息づいていた。樹木がタワーのように上空に向かって連立する中、緑の蔓がヘビのように絡み合いながら木の幹を囲んでいる。蚊は集団の塊になってあたりを舞い、アリたちは、葉っぱが敷かれた地面を行列で渡っている。よろめきながら歩いていると、後からマキシモがついてくる。

「アニータ、これを使いなさい」

と、トイレットペーパーを投げてきた。

数分間が過ぎた。

「アニータ？」

心配そうな声がする。

「もう大丈夫」

マキシモの方に、ふらふらと戻っていく。おかげで具合は良くなり、すっきりとした気持ちになってきた。お腹の痛みも、もう大丈夫そうだ。小屋に二人で戻っていく。

再び、ビジョンの中で、湖は太陽の光を浴びていた。

キラキラ光る銀色の湖面は、まるでダイヤモンドが溶けているように輝いていた。今、白い鳥たちは、羽を広げ無限に広がる青空に飛び立った。もう、彼らは自由なんだと感動しながら、この光景を永遠に見ていたいと思っていた。すると誰かが私を呼んでいる。目を開けると、もう部屋には誰もいなかった。

「アニータ！　そろそろ行かなくちゃ！」

「皆はどこ？」

「もう部屋へ帰ったよ」

二人きりなのはちょっとうれしい。自分の持ち物を片づけて、おぼつかない足取りで小屋の扉へ歩いていくと、なんだか、小さな子供が初めてよちよち歩きを始めた時のように、〝歩くこと〟に喜びを感じる。マキシモと手を取りあって、ジャングルを抜けてゆっくりとロッジへと戻る。

マキシモは私の小屋までついて来ると、ベッドメイクを手伝ってくれた。そして、彼は、私の額にやさしくキスをして、隣に敷いたマットレスに横になった。今晩の儀式で過ごした二人だけの時間は、私たちの距離をぐっと近づけたような気がする。なんだか、もう長い間付き合ってきたカップルのように馴染んでいる。

考えてみれば、こんなに誰かと一緒にいてリラックスできたことはないかもしれない。

しばらくすると軽い息づかいが聞こえてくる。彼が眠りに落ちたことがわかったけれども、私の方は興奮して眠れない。そこでしばらくの間、壁に映るマキシモの影を見て過ごす。身体に悪そうな臭いを放つオイルランプの光が、マキシモの横たわった姿をゆらゆらと投影する。寝ている姿の彼もほれぼれするほど美しかった。

マキシモが言った「儀式の前にセックスをしてはいけない」という忠告を思い出す。今、儀式を終えて、そのアドバイスにも納得している。儀式中には、身体中のエネルギーが逆さまにひっくり返るような体験をしたからだ。

アヤワスカは私とシャーマンの絆を強めてくれた。今、私たちは、お互いがより一歩ずつ近づき、ひとつになれていたような気がする。頭の中で今宵の出来事と二人のシャーマンのことが浮かんでくる。それは、まるで美しいものと醜いものが混ざって化学反応が起きるとまったく新しいものが生まれる、というような体験だった。もちろんそんな体験から何かを得るためには、こちらも恐怖を克服して歩み寄らなければならない。

とにかく、あのような薄汚い小屋で、あんなに神々しく美しいものを見たのは人生初の体験だった。また、儀式の間中、二人のシャーマンから無償の愛を送られていたという感覚も忘れられない。

チャプター13

今日はヒッピーたちの最終日だ。

黄土が続く「聖なる谷」に戻り、ワシアリュから数マイル離れた小さな町のウルバンバ郊外の丘を皆で歩くと地元民たちがアボガド収穫をしていた。老人が子供を連れて一緒に作業をする一方で、女たちは数羽の鳥を手にし、畑の端っこに準備した簡易キッチンで料理している。働くことと楽しむこと、年配の人と若い人、という色々な要素がごっちゃになった平和で家庭的なシーンを見ているだけで、心がなごんでくる。

マキシモと私はチョコレートケーキを二人でつついていた。ヒッピーたちがヘルシーな食事しか食べないおかげで、目の前にはケーキが手つかずのままで残っていたのだ。

「天国だね」

ため息をつくマキシモに、私も濃厚な美味しさに思わず笑顔になる。何しろチョコレートは人間にとって、大切なご褒美アイテムなのだ。チョコレートがくれる幸せを知らない人なんて信頼できない。だからマキシモがチョコレートを愛する人だとわかったことで、また彼のポイントが上がるのだ。

普通なら、ケーキを食べ過ぎると胃が悲鳴を上げるはずなのだけれど、儀式以来、私のお腹はもう快調だった。また、ここ数日間は疲れがとれなかったのに、今朝起きた時からは身体中に力がみなぎっていた。

「儀式の後に酷く疲れるのは仕方がない。人間は普通の状態で、1日に7万回も思考すると言われているけれど、儀式の最中には100万ものことが頭に浮かんでくるというからね」

「どういうこと?」

「アメリカにリック・ストラスマンという精神医学者がいるんだ。彼は、人間の脳の活動について、神経間の情報伝達を調べることで測定する器械を発明したんだよ」

「じゃあ、彼はそのマシンをアマゾンに持ってきて、実際にアヤワスカの儀式中にその数を測定したっていうの?」

「いや、そういうことじゃないよ」

マキシモはおだやかに言った。

「彼は実験に参加してもいいというボランティアを募って、ラボで実験を行い、モニターしたというわけだよ。半数はプラシーボの設定で、半数はDMT(ジメチルトリプタミン)、いわゆる、アヤワスカと同じ幻覚作用を起こす成分を用いたんだ」

そう言って、私の頬をつついた。

「アニータ、君はあの儀式で深いワークを行えたと思うよ。たくさんのビジョンに気付きを得ただろう? だからへとへとになるのも当然だ」

二人の間に沈黙が流れた。

「それで、どちらかわかったかい？」

「何が？」

「アヤワスカは幻覚作用を起こすドラッグなのか、または、聖なる植物なのか、ということだよ」

私の笑顔で彼はその答えを理解したようだ。


ワシアリュのロビーは、チェックアウトするヒッピーたちでごった返していた。皆それぞれが、涙目で別れを惜しみ、素晴らしい旅を回想しながら、必ずまた戻ってくると約束して去っていった。

キャロラインとメールアドレスの交換をしながら、ふと気付いたことがある。それは、この2週間、彼らの誰一人として「私がどんな仕事をしているか」などという質問をしてこなかったということだ。つまり大抵その後に続く、「オフレコでここだけの話を教えて」とか、「セレブの取材で誰が一番いい人で、誰が一番いやな奴だった？」などという会話もなかったのだ。

私がキャリアウーマンかどうかなんて、彼らにしてみればどうでもいいのだ。そのおかげで素のままでいられたし、自分自身の探求に集中することができたのだ。本当の自分でいられると、シャーマニズムというものに対してもオープンにもなれるような気がする。

もし、ロンドンの仲間たちと過ごしたならば、今回のように捨て身での体験はできなかったはずだ。きっとヘンに意識しすぎたり、外面を保つことばかり気にしていただろう。

ヒッピーたちとは距離感も感じたし、ちょっと世間知らずの考え方もどうかとは思ったけれど、こうして彼らが去ってしまうのは心の底から寂しいと思った。

けれども、これでやっとマキシモと二人きりの時間がやってくる。すこし緊張もするけれど、ワクワクもしている。ところが、マキシモは「ちょっと、用事があるから」と言うと、最後の夜を二人きりで過ごす妄想をあっさりと却下してきた。

「何でもしたいことをしてなさい、アニータ」

そう言い残して、どこかへ消えてしまったのだ。ジャングルでのあの出来事の後で、彼がこんな風にそっけない態度をとることが信じられなかった。当然、彼の仕事について行くことなんてできない。仕方がないので、一人の時間を堪能することにした。

庭を下りていくと見える白壁塗りの建物には、幾つかのセラピールームにジャグジーが付いたサロンがあった。薄暗い夕暮れの今のこの時間でも、ジャグジーの淵から水が気持ちよさそうに溢れ出しているのが見える。今晩は、ここでゆっくり過ごそうと決めた。

ところが、ちょっとやっかいなことに気が付いた。明日はジャングルでのトレッキングのためにマヌー国立公園へ行く予定なので、ビキニの水着を含め、衣類をすべてランドリーに出していた。でも、汚れた身体をキレイにし、温かいお湯で温めたい。マキシモも外出したばかりなので裸でも大丈夫。

さっそく裸になって、ユーカリのアロマが漂うお湯に気持ちよく浸かる。思い起こせば、ペルーに来てこうやってお風呂を独り占めできたのも初めてだ。まさに天国気分。思い切りリラックスして、木製のバスタブに背をもたれて、目を閉じる。

しばらくしてふと目を開けると、思わずショックで跳び上がりそうになった。

なんとマキシモが2杯のワイングラスを手にして、無邪気な顔でジャグジーの向こうに立っていたのだ。

「何しているの?」と叫ぶ間もなく、彼は私を見つめて、グラスを置くとゆっくりと自分のシャツのボタンを外し始めた。恥ずかしさがこみ上げてくる。私が裸だということを知っているの?

あまりのことに、反対側を向いて、星が今にも降ってきそうな澄き通った夜空を見上げる。マキシモがジャグジーの反対側に腰を下ろしたのがわかったけれど、お互いに一言もしゃべらない。今の状況は、ロマンティックでありながら、緊迫している。

ついに、我慢ができなくなって私から口を開く。マキシモの方をくるりと向くと、お互いの身体はお湯に隠れていた。

「ドン・イノセンシオは素晴らしい人ね、マキシモ」

「彼はシャーマンの中でもマスターだって言ったよね?」

マキシモはゆっくりと答えた。

「最初に会ったのはいつなの?」

「はっきりとは覚えてないな。私は物覚えがわるいから。でも、会った瞬間に、彼とは何か特別な繋がりがあると感じたのは覚えている」

しばらく間を置くと、その声がささやき声に変わった。

「そして、君との間にも何か特別な繋がりを感じるよ、アニータ。初めて君を見た時からわかっていたよ」

思わず彼を見つめると、繭の形をしたジャグジーの反対側にゆったりともたれかかり、空を見上げている。ボリュームのある髪は濡れて額にかきあげられ、いっそうセクシーな雰囲気を醸し出している。お湯の滴が引き締まった筋肉の上を弾くその様に、つい見入ってしまう。

「じゃあ、どうして最初はジャングルに来るなって言ったの？」

「あれはテストだったんだ」

「何の？」

「君が本当に次のステップに行く準備ができているかどうか、〝魂の蔓〟と一緒にワークができるのかどうかを見極めたかったのさ」

「アヤワスカのこと？」

「そう。こっちの人は、アヤワスカのことを〝魂の蔓〟って呼ぶんだよ。あと〝小さな死〟とも言うね」

「〝小さな死〟っていうとオーガズムのことだと思った」

とついジョークが口から出た。

するとマキシモはおもむろに立ち上がり、私を睨み据えると、ほっぺたをつねろうとこちらに手を伸ばしてきた。突然のことにどぎまぎしてしまう。

「アヤワスカは誰もが使えるものじゃないんだよ、アニータ」

その声は真剣だ。

「多くの人たちがアヤワスカを体験したいとやってくるけれど、準備のできていない人には決してトライはさせない。君のこともアヤワスカを使えるほど強い精神かどうか、知る必要があったんだ。そして、見てごらん。君は、グループの誰よりもアヤワスカとひとつになり、深いワークができたじゃないか。なんといっても、君は冬至（北半球の夏至）に生まれているわけだから、そんなことも自然にできたんだよ」

マチュピチュで私が誕生日を告げた時、驚いて私を見つめていたことと関係しているのだろうか。

「冬至は1年で一番重要な日なんだ。人間のパワーはこの日に生まれるからね、アニータ。シャーマンは宇宙の神秘も学ばなくてはいけないんだ」

こんな風に力説が始まると、なんだか怖くなる。はっきり言って、シャーマンの世界をちょっと覗くだけなら楽しい。でも、シャーマニズムの世界に本格的に飛び込むのは無理だ。マキシモは私に期待しすぎている。さっそく私の中の自己防衛システムが稼働し始めた。


気が付くと、マキシモは水面下で私と肌が触れ合うところまでにじり寄ってきた。お互いの顔の距離が数センチまで近づくと、彼の唇に引き込まれそうになる。

「こんな感じで弟子がやってくるんだ。シャーマンたちは何年もの間、自分の弟子にふさわしい人間が現れるのを待っているんだよ。それが伝統なんだ。時には何年もかかるかもしれないけれど、確実に弟子は登場する。ドン・イノセンシオにとって、それが私であったようにね。私にとってはそれが君、アニータだよ。君もアヤワスカと出会ってしまった。もう後戻りはできないよ」

そう言い終えると、マキシモはすっとお湯から立ち上がった。月光に映し出される彼のすらりとした背中と、形のよいお尻をちらりと見た。それからマキシモは腰にタオルを巻くと、ここに来た時のように音も立てずに去っていった。

チャプター14

夜明け前には宿を出発した。

ワシアリュには、もう誰も残っていない。残ったマキシモが、ネイビーブルーのエレガントなパジャマ姿にオシャレな皮のスリッパで私を見送ってくれた。

彼は昨晩のことには触れなかった。また、次はいつ会えるか、などという話も出なかった。私の方は、弟子の話をされたにも関わらず、マヌーで過ごす1週間のトレッキングを終えたら、もうイギリスに帰りたい気持ちになっていた。

「寂しくなるよ、マイ・プリンセス」

別れ際にこう言うと寝起きの額にキスをしてきた。マキシモはたっぷりと眠っていたようだけれど、悲しいことに私は一睡もできなかった。

昨晩マキシモがジャグジーから出ていった後、しばらくその場に残って考えていた。

彼から言われたことに対する驚きと、少しエロティックな気分になってしまったいらだちで混乱していた。彼はゴージャスな身体を見せつけて私をからかう一方で弟子の話で私を惑わした上、ユーカリの香りのミストの向こうにふわりと消えていったのだ。

ベッドに入ってからはセクシーな気分をはねのけ、言われたことを自分なりに理解しようと努めながら一晩中もんもんとしていたのだ。

6月21日生まれだからといって、それがなんだっていうの？　だから弟子になるっていうの？　そんなこと私からは頼んでないし、神秘的な世界には惹かれるけれど、そこまでの気持ちなどはさらさらない。何しろ、ちょっと興味があるということと、その世界に完全に入ることを決意するということはあまりにも違う。

だからこそあの時、マキシモは私に心の準備ができたかどうかを尋ねてきたのだ。こんな一方的な態度は、エドワードを思い出させるものがある。

目覚ましが明け方に鳴り響いた頃には、混乱と疲労と欲求不満は、怒りモードに変わっていた。そして、タクシーの窓からマキシモが手を振る姿を見ながら、この恋愛恐怖症の男やもめは、いつも魅力的な女性に出会うと、弟子と師匠というネタで女性をたぶらかすんだろうな、と思った。

そんな罠にハマってしまった私もバカだった。何かと自分に都合よく、ドラマチックに妄想してきた自分が情けない。


数時間後、私はバスで山の一本道をガタガタと移動していた。どの方向を見ても、丘陵が茶色と赤色が混ざった水平線にうねるように広がっている。今、私は地上を見下ろしている。

そんな私を現実に戻したのが、隣の席に座った20代のイスラエル人男性だった。クスコの町を出る前に、バスに乗り込んできた彼は、私の隣が空席だとわかるとうれしそうに座り、一人でしゃべり続けていた。

アヴィはイスラエル空軍のパイロットで、1機が45億円もする戦闘機に乗り国境線をガードしているエリート軍人らしかった。そんな自己紹介に適当に対応していたら、話が延々と続くのだ。彼は今、2年間の長期休暇中で、クスコで1週間を過ごしたらしい。そして、昨晩はなんとシティ・ホールで市長のリクエストでコンサートまで開いたという。

「僕はピアニストでもあるんだ。ピアノだけでも食べていけたと思うよ」

時計を見ると、ちょうど朝の9時。すでに新しいグループがワシアリュに到着しているはず。そして、マキシモはいつものように愛想をふりまき、皆は彼のルックスと知性、シャーマンの智慧にすっかり魅せられているのだろう。そんなことを考えると嫉妬してしまうし、虚しくなる。

するとアヴィが話をやめて、顔を覗き込んできた。

「どうしました？」

「君は何をしているの？　って聞いているんだけど」

「ああ、そうよね」

あわてて、頭を切り替える。彼は熱心にセレブに関するジャーナリズム事情を聞いていたけれど、すでに私にとってロンドン暮らしは、なんだかもう自分のものではないような感覚になっていた。すでに、自分の話でありながら、誰か他人の人生を説明しているかのようだ。マキシモに、もう今の仕事には戻らない、と言われたことにも混乱していた。あの、お腹に泥パックをした日の悪夢のことも頭から離れない。

ため息をついて窓の外を眺める。バスは、ようやく通れるほど狭い道幅の、それもほぼ絶壁のデコボコ道をジグザグに進んでいる。だからドライバーも気が抜けない。毎回、別の車と遭遇するたびに、激しくブレーキを踏む慎重さだ。けれども、これがあまりに頻繁に起きるため、進むのに時間がかかってしまう。1マイル進むごとに、だんだんイライラしてきた。


とにかく、もうあの美しいシャーマンには二度と会えない。一緒に過ごした魔法のような2週間は、こんなにもあっさりと終わってしまった。

しばらく行くと、アンデス高地の赤土の荒野がひょろ長い竹林と濃い緑の景色に移り変わり始めた。薄い高地の空気も、じっとりと重い湿った空気になってきた。結局、肌寒さが灼熱の暑さに変わる環境に辿り着くまでに、6時間もかかったことになる。

ツアーの一行とジャングルに着いた頃には、もう灼熱の暑さに負けそうになっていた。肌の上をアリが這うようなチクチク感がすると赤く発疹まで出てきた。皮肉にもこんな場所にはぴったりのたとえだ。

重い気持ちになりながら、一行と共にようやく最後の行程を歩く。目に入る景色は、庭師が理想とするような大自然の造形がそこにあった。ふと樹木の枝から、大きなバスケットのような籠が幾つかぶら下がっているのが目に入ってきた。

「オローペンドラの巣だ」

イタリア人ぽいクセの強いアクセントで驚きの声が上がる。気が付けば隣には、背が高く、額から後退ぎみの縮れ毛を2つのおさげに編み込んだ男性がいた。

「鳥はまだ小さいね。彼らは森の悪い奴らから卵が盗まれないように、ああいう風にぶら下がった籠のような巣を作るんだよ」

彼の発言に、落ち込んでいた私も現実に戻されてしまう。ヒッピーたちが去っていくと、こうしてきちんと彼らの代わりになるような人が登場するのだ。

「僕はアルバロ。君のガイドだよ」

今日はどこまでもツイていない。アルバロが歩いて去っていく後ろ姿を見ながら、オレンジ色のジャージのズボンのウエスト部分を幾つも折って穿いているのに気付いた。どうして彼はぴったりのサイズのジャージを買わなかったのだろう？

キャンプをする場所は、清潔とはいえないベッドが2列に並んだ、大きな屋外のバンガローだった。冷たいシャワー（想定内だけれど、やっぱり不快）を浴びた後は、夜の時間は旅の仲間たちのいびきの合唱（想定外で、これも不快）をなんとか無視しながら過ごした。

眠りに落ちると、マキシモのことは一瞬でも忘れられる。怒りの気持ちさえも、ウツウツとした気持ちには負けてしまう。彼はこれまで出会った男性の中で一番ステキな人なのに、どうしてあんなにあっさりとした別れ方になってしまったの？　私は何度も同じことを考えていた。

どうすればいいの？　ワシアリュから何百キロも離れたジャングルのど真ん中で電話もパソコンもない状態で、何ができる？　――何もできないのだ。

チャプター15

翌日、私は観光客のガイドが生業になったヒッピーと、アマゾン河の細い支流を簡素な木のボートで下っていた。

ボートは、ある老人と彼の甥っ子のものだった。ボートの持ち主である60代のフェリペは、なめし皮のように褐色に焼けた肌に、シワのせいで半分笑ったようになった表情で、潤んだ右目をしている。甥っ子がボートを漕いだり、止めたりと働いているにも関わらず、彼の方はボートの中で何もせずに怠けていた。ここではきちんと事が進めばそれでよし、とするのが常識なのだろう。

人工的な街のイルミネーションなどとは無縁な、墨のように真っ黒な夜空に夜明けの光が射す頃には、私の精神状態はもう限界だった。このツアーにおける今後の動き方として2つの選択がある。ひとつは、もう完全に投げやりになること。もうひとつは、こうなったらせっかくなので楽しむこと。どうするべきかと考えた末に、結局は自己防衛本能が働いて、後者を選ぶことにした。

何しろ今、私はアマゾンにいる。こんなことは人生でも一度きりの体験だ。それならば、思い切りここでの日々を堪能すべきだと思った。


太陽はあっという間に頭上まで上り、暑過ぎて考えることさえも辛くなる。でも、今の状況では、ちょうどいい。やっと、物想いにふけっていた自分にケジメがつけられる。それでも、ジリジリと肌を射す強い陽射しからは逃れられない。炎症を起こした肌をかきむしりたくなる頃、やっと目的地に着いたことがわかった。

茶色のスープのような水の上を漕いでいた私たちのボートは、氷河の水が流れ込み、キレイな水が流れる滝がある場所にやってきた。錨を降ろした瞬間、アルバロはTシャツにジャージのボトムスをさっと脱ぐと(これまで着ていたということで、節度があったことは認める)、水の中にザブンと飛び込んでいった。

我慢ができなくなって彼の後に続く。冷たい水は焼けた肌をヒンヤリ冷やしてくれる。でも、アルバロと一緒に上流に向かって泳ごうとしているのに、水の流れが強すぎて前へ進めない。

「ちょっと！　なんでそんなに遅いの？」

アヴィが冷やかす声がする。アルバロの方向を見ると、ほとんど無駄な動きをせずに泳いでいる。彼はいとも簡単そうに水に潜っていく。ツアーの他の皆も、奮闘しながらも流れに戻されているようだった。

「難しいよね」

アヴィは水から顔を出し、息を切らしながらそう言うと、また私とアルバロの間の水中に消えていく。アルバロがウインクをしてきたので笑い返す。こんな感じでヨーロッパ仕込みのウィットに触れるとやはり少し元気が出てくる。このイタリア人のユニークすぎる外見は置いておいても、彼のことは好きになれるかもしれない。

午後になると、一行はジャングルにある高床式の小屋が5つある村に到着した。

荷物を置くと、さらにジャングルの奥深くへ向かう。すでに足元は道なき道となり、アルバロはナタを手に、行く手を阻む植物を断ち切りながら進んでいく。彼はどのように進む方向を見極めているのだろう？　あたり一面はすべてジャングルで、前も後ろも、右も左も同じ景色なのに。

「このあたりは詳しいんだ。ペルーに来たのは29歳の時だったんだけれども、最初の2年間はマヌーだけで過ごしたからね」

「どうして？」

「地元の人に受け入れてもらうには長い時間が必要なんだ。彼らは外の人間とほとんど付き合いがないからね。ヨーロッパからの白人なんてなおさらだよ」

アルバロは笑う。彼は見た目よりも、なかなかきちんとした人なんだなと思った。その時、彼が素足なのに気が付いた。

「靴、履いてないじゃない!?　怪我するんじゃないの？」

「いや、大丈夫。もう12年間も裸足でジャングルを歩きまわっているから。1度も怪我したことないよ」

驚いて彼を見たとたん、彼から腕を掴まれ引き寄せられた。

「どうしたの？」

地面の枯葉の間から何か光るモノを指さしている。それは私の左の足元から1センチもない近さだ。

「毒を持つアカヒアリだよ。踏みつぶすと大変なことになる」

恐る恐る足元を見ると、2・5センチくらいある金色のアリが何百匹も列をなして行進している。どうして彼はこれに気付けたのだろう。このような野生の注意力があると、素足を傷付けることもないのだろう。

尊敬のまなざしで彼を見上げると、天から金色の日差しが射し、あたり一面に広がる緑の世界にまだら模様の光がキラキラと映っている。その不思議な世界に魅せられて、しばし立ちすくむ。さっきのアリたちは、ゴキブリサイズのハエが真ん中に引っかかっている大きなクモの巣を通り過ぎると、今度は巨木の幹の上を登り始めていた。

自然界の神秘がじわじわと沁みてくる。今まで肩に背負っていた目に見えない重石が溶けだして、気持ちが軽くなっていく。

ようやく一行は大きな湖に着いた。

湖の真ん中には、こんもりと木が茂った小島があった。湖の水際には、朽ち果てた木のいかだがくくりつけてある。近寄って、いかだの上に足を降ろしてみたけれど、やはりすぐに底が抜けそうだった。

夕方近くになると、アルバロの提案でボートに乗ることにした。ガラスのように動かないエメラルド色の水の上をボートは漕ぎ始める。

「この湖は、このあたりのアマゾン河にいる、絶滅寸前のカワウソの最後の家族が住んでいるんだよ。彼らは本当に恥ずかしがり屋だから、もし彼らの姿を見たいなら静かにしてね」

アルバロは小さな声で言う。聞こえてくるのは、水の上を静かに漕ぐ音と鳥や昆虫の鳴き声だけ。青空に、赤とオレンジの線がカミソリの刃のように走っている。透明で美しい水の世界は、どこまでもピュアで平和だ。

突然、何か銀色の物体が空に駆け抜けた。

「あれは鵜《う》だよ。あっちには2羽の鷺がいる」

そうささやきながら右側を指すアルバロ。離れた場所にいる鳥のことまで把握する彼に驚いた。穏やかに微笑みながら、大きな双眼鏡を覗き込んで木の上を指す。

「クモザルだ」

木の枝の上にいる大きな黒い猿がバランスをとりながら、長い腕で枝をゆすっている。猿は甲高い声で、「こっちを見て、ここにいるよ」とさかんにアピールしているようだ。その姿があまりにも面白くて目が離せない。

そういえば、マチュピチュでマキシモもウサギを操っていた。彼だったら、この猿とどういう風にやりとりするのかしら？　一瞬、マキシモのことを思い出してセンチメンタルな気分になる。

その時、粉砕機で何かを砕くような音があたりに突然轟いた。するとその音はあちこちから響き始めた。「このドリルで穴を開けるような音って何？　アマゾンの木が伐採されているっていうけど、このこと？」

アルバロは、指を口にあてて「静かに！」というサインをする。ボートが湖のコーナーを曲がると、そこにはカワウソの一家が、水中で茶色い大きな体を曲げながら皆で戯れていた。一家の中で一番大きなカワウソは、水面に潜ると、口に魚を加えて再び浮き上がってきた。そして、仰向けになり、幸せそうにもぐもぐとご馳走を食べている。小さな2匹のカワウソは、いかにも子供らしく、水の中を無邪気に転げまわっている。全部で9匹いるようだ。

「前までは12匹いたんだ」

「え？　どうしていなくなったの？」

「毎年、彼らは海の方まで行き、繁殖の時期にはこの湖へ戻ってくるんだ。でも、その道のりには危険がいっぱいなのさ。いくら保護されていても密漁も後を絶たないからね。この子たちは、いつまで生き続けてくれるかな」

アルバロはため息をつく。

青空が紫の層からなる夕焼け雲に吸い込まれて、昼と夜の空の色が混じり合い、夜の帳《とばり》が降りるまで、飽きずにカワウソの一家を見ていた。


生い茂る緑に酔いしれながら、静まり返るジャングルの中をアルバロの後について村へ向かう。

今、だんだん自分のことがわからなくなってきている。私の髪の毛はもうちりちりで、オシャレ度はゼロ、化粧っけもナシ。そして、私の支えになっていたアイテム――チョコレートにハイヒール、それに華やかな付き合いの日々と贅沢な衣食住。ロンドンで私が頼ってきたものすべてから遠ざかっている。

でも、私は今、自由を感じている。生きていることを実感している。そして、心は平和だ。こんな気持ちを感じられたのは、この場所だけかもしれない。

でも、ひとつだけ欠けているものがある。それは〝新しい自分〟を確認しながらも、やはりマキシモと一緒にこの体験ができたらどんなにいいだろうとつい思ってしまうことだった。

イタリア人ガイド、アルバロの良さも発見できた。それでも、私とこの完璧で美しい見知らぬ世界を繋げてくれるのは、やっぱりシャーマンのマキシモなのだ。

チャプター16

気付けばすっかりジャングルの虜になっていた。

それでも、やはり限界というものがある。特にそれを感じたのは、翌日、アマゾン河の中州の島の細いビーチにテントを張って寝た日のことだ。マキシモと一緒ならロマンティックなのかもしれないけれど、正直いって彼がいなければ、ただの原始的なキャンプなのだ。

「トイレはどこにあるの？」

長い一日のツアーを終えた後、ボートから降りてアルバロに聞くと、島の隅っこにある草むらの茂みを指した。

「夜になるとワニがビーチにくることがあるから、気を付けて」

ニヤリと笑うと、気を利かせたのか、向こうの方へ歩いていく。私もペロリと舌を出し、さて、どうやってテントを張ろうと思いを巡らせた。

この問題に関しては、アヴィのおかげで難なく解決できた。当然のことながら、彼は、手際よく完璧に自分のテントを作り上げていた。そこで私は、何もできない少女のようなフリをして彼に無邪気に笑いかけてみたところ、テント作りを手伝ってくれたのだ。

「おっ、もうテントができたんだ？」

残りのグループたちが焚火をしている場所に加わりながら、アルバロは言った。

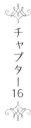

「まあね」

わざとそっけない返事をしながら、アルバロが渡してくれる、ラベルのない濁った液体のボトルを受け取った。

漆黒の空に低くかかる、大きな丸い電球のような月を見上げる。マキシモもどこかの山で同じ月を見ているのかしら？　彼は今、どこで誰と一緒にいるの？　そんな想いがこみあげてくる前にボトルのドリンクをがぶ飲みしてみたら、一気に咳込んでしまった。

「それは手作りのお酒だよ。今日の午後会った地元の人たちからもらったんだ」

涙目になりながらも、彼がいたずらっぽい表情をしたのを見逃さなかった。


翌日も再びボートで河を移動する。

我々を乗せたボートは、前触れもなく、土地に詳しくない人なら見つけられないような、草が高く茂る細い溝に滑り込んでいった。そこからさらに細い支流へ移動すると、気付けば湿地の草のぬかるみにはまってしまっている。そんな時に、なんと3人の強面の裸の先住民族が弓矢を手にして近づいてきたのだ。けれども、そんな緊迫した場面も、彼らがアルバロを知っていたことで、事無きを得た。もしかして、彼がいなければ「Keep the River on Your Right（ペルーのジャングルにいる人食い人種のドキュメンタリー映画）」を地でいくような状況になっていたかもしれない。彼らはジャングルの奥深くへ消えていった。


その後、私たちもジャングルの中へ入って行く。

行く道に蚊の集団が一緒に移動してくるのはいやだけれど、スリルがいっぱいだった。これこそめったに体験できない本物の旅であり、旅の醍醐味というものだ。

鬱蒼としたジャングルから抜けると、視界が一面に開けた場所に辿り着いた。そこには2本の竹の棒が広場の両端に突き刺してあり、広場を見下ろすように2つの大きな高床式の木の小屋が建てられている。

不意にアルバロが、リュックサックからサッカーボールを取り出した。その後、賑やかな歓声とともにゲームが始まるまで、2本の竹の棒が何を意味しているかわからなかった。

サッカーは世界共通の言語なのかもしれない。

村の広場は、バンガローから出てきた村人であっという間にいっぱいになった。母親たちは木綿のスカートに、垂れた胸をそのまま露わに出して、お尻に赤ちゃんを乗せている。その隣には金属の歯を剥きだしにして大笑いする老人たち。子供たちは素足に穴だらけのTシャツ姿。今ここには笑顔が溢れている。

ふと持っていた1本のバナナを小さな女の子に手渡した。女の子の着ている木綿のワンピースには、大きな裂け目があった。少女はバナナをかじり始めると、とたんに笑顔になった。すると父親らしき人が来て、何かを伝えている。どうやら弟にも分けてあげるようにと言っているようだ。彼女はバナナを半分にすると、大きい欠片を弟に手渡した。ここの子たちは西欧の子供のように言い返すこともせずに、素直に親に従っているようだ。けれども、彼女の顔からは笑顔はもう消えていた。

こんな様子を見ていると、色々と考えさせられてしまう。物質的な豊かさは、ある程度は必要だけれども、ここの人たちは、ほとんど何も持っていない。けれども、見方を変えると、彼らはすべてを持っているともいえるのだ。あのサクサイワマンで出会ったお祖母さんと孫のように。

彼らは自由で、勝ち負けなどにこだわらず、本能で充足することを知っている。また、両親の気を引こうとして叫んだり、だだをこねたりすることもないい。それはうらやましいほどシンプルな生き方だ。

小さな姉弟に写真を撮ってもいいか聞いてみた。撮った画像を見せると、きゃっきゃっと無邪気に笑い始めた。私たちには、当たり前のカメラのテクノロジーも、彼らにはうれしくてたまらないようだ。

ここの子供たちは、クスコで出会った少女と違って商売っ気などもないので、お金もねだってこない。その代わりに、小さな少女は私に近づいてくると、腕にしがみついてきた。彼女をぎゅっと抱きしめながら、ずっとこうしていたいと思った。

「ジャングルの人々からは、学ぶことが多くてね」

アルバロの優しいアクセントが耳に入ってくる。

「先進国の人々よりも、充実した日々を送っていると思うよ」

するとアヴィが彼の発言を遮った。

「なぜって、そうするしかないからだよ。教育も受けていないし、何も選択する余地がない。もちろん彼らだって、もっと幸せになりたいはずさ。でも、僕が無知なままでいたいかと言われれば、そうは思わないからね」

グループ全体に、いやな感じの空気が流れた。

「じゃあ、あなたに幸せを感じさせてくれるものってなんなの？」

とりあえずやさしく聞いてみる。

「ピアノを弾いたり、音楽を聴いたり、空を飛んだりとかね」

アヴィは自信たっぷりだ。別の他の女性は「私は、健康と家族かな」と答えた。

「君はどうだい？　フェリペ」

老人はいつもよりさらにシワだらけの笑顔で答えた。

「ボートをきれいに洗って、舵取りをすることだね。今は、片目しか見えないから、甥っ子がやってくれているけれど。でも今日は、水がおだやかなところは私に操縦させてくれたんだ。楽しかったよ」

それは、秘密を打ち明けるような小さい声だった。少し前まで、彼のことを怠け者だと思っていた自分を恥ずかしく思った。私はこれまで、人を見極める目を持っていると思っていたけれど、まったくそうではなかったことを痛感する。こんな感じで、出会う人や直面する状況をいつも誤解してしまう。

マキシモのことが頭に浮かんだ。彼に対しても何か誤解していないだろうか？

「大きいボートは欲しくないの？　あと、もう1つ別のボートが欲しいなんて思わないの？」

アヴィは攻撃的に質問する。

「どうして大きいボートが必要なんだい？」

フェリペが落ち着いて答えると、アヴィは呆れながら空に目を向けた。

「わかるだろ？　ここの人たちとは、こんな感じで会話にならないんだよ」

「彼の言うことはわかるわ、アヴィ。野心と幸せは、いつも一緒に成立するわけじゃないのよ」

反射的にそう言った後、都会のキャリアウーマンの発言らしくないことに、自分でも驚いてしまった。私に何が起きているの？　アルバロの方を向いて目が合うとこっくりとうなずいてくれた。アヴィはそれ以上もう何も言わなかった。

居心地の悪い湿気たテントに戻り、こうした自分の変化についてよくよく考えてみた。

マキシモからチェックインの日に、「アニータ、君には〝火の部屋〟を選んでおいたよ。火は変容を意味するんだ。だからもうペルーから帰る時は同じ女性じゃないはずだ」と言われたことを思い出す。

その時のシーンが今、映像となって頭の中で再現されていた。あの頃は、まだすべてのことをシニカルな目で捉えていたけれども、今思えば、彼の言ったことは正しかったのだ。それにしても、どうしてマキシモはわかっていたの？　彼は私を変えようとしてくれていたのだろうか？

次に、先住民の男性の金属の歯がキラリと光る笑顔、広場で痩せた少年がボールを追いかける様子、そして、それを楽しそうに見守る人々の姿が映し出された。あの小さな少女が、雛鳥が親鳥に抱き付くようにしがみついてきた時の温かさ。そして、あの平和と美が調和した湖。湖の騒々しい猿と遊び好きなカワウソたち。

ここでの体験は、心の奥深くにあったシコリのようなもの――心の奥で抵抗していたものを、ゆっくりと取り去ってくれている。

このままペルーから帰国するわけにはいかない。ペルーはこんなにも恵みをもたらしてくれている。もっと多くのことを知りたいし、色々な人に会って、彼らの生き方から何かを見つけたい。その中でも、マキシモこそがこの神秘の国を解き明かしてくれるのだろう。

不思議なことに、自分を変えたくない、冒険はしたくないと意地を張れば張るほど、より自分の状況は悪い方へ向かっていく。けれども、それらをあきらめて、すべてに身をゆだねた時に、これまで感じたことのない平和が訪れるのだ。

残っている休暇もペルーに滞在しよう。そう決めた瞬間、数カ月前に初めてこの旅を計画した時から感じていたもやもやも、すっかり消えてしまった。私の中にあった「生きるために作り上げていたニセモノの自分」と「本当の自分」の葛藤は、今終わりを告げたのだ。

もちろん私は本当の自分の方を選んだ。なぜならば、このジャングルでは、本当の自分でないと生き残れないから。

そうするとマキシモは、また二人が再会することを予測できていたのだろうか？　あの最後のそっけない挨拶は、またすぐに会えるとわかっていたから？

この夜、ワシアリュをチェックアウトして以来初めて、なかなか寝付けなかった。やっと眠りについた時には、もう水辺からやってくるワニのことなんてすっかり忘れて、ただ希望の光の中を漂っていた。

チャプター17

ここでひとつ、問題がある。

マキシモは、私にはシャーマンの素質があると言ったけれど、どうやってそれを育てていけばいいのか、ということだ。彼は、シャーマンの教えを伝授したいのだろうか？　もしそうなら、私と深い関係にはならないようにしているのもわかるし、その意思を尊重するべきだ。

でも、もし単にからかわれているのなら？　だいたい、ヨーロッパから来た女性なんかを弟子にするなどありえるのだろうか？

キャンプ地のテントは、土の上に直接ではなく、木材の土台で作られた床の上に張られている。そして、床の上には、簡単に組み立てられた2つの木のテーブルから成るダイニングルームも作られていた。「フォーシーズンズ」のようなホテルとまではいかないけれど、ここは、自然の良さを活かした贅沢なマヌースタイルが感じられる場所だ。

皆で、目の前のパスタをフォークいっぱいに盛って食べようとしていた。それは一見、クリームパスタ風に見えるのだけれども、実際には、アマゾンのヤシの実を細長く切ったサラダだった。

アヴィがテーブルの仲間に質問している。

「アヤワスカについて知っている人はいる?」

そんな質問をする彼にも驚いたけれど、アルバロはアヴィをちらりと見ても何も言わない。

「アヤ……、なんだって?」

誰かの反応にアヴィは繰り返した。

「アヤワスカだよ。本で読んだことがあるんだ」

「それがどうしたって?」

さっきと同じ声がまた質問したので、私もついに答えた。

「ひどい味がする茶色のドリンクよ」

「飲んだことあるの?」

アルバロとアヴィが同時に声を揃えて聞いてきた。

「ええ。でも、なんでそんなに驚くの?」

「で、どうだったの?」

アヴィがしつこく聞いてくる。

「それはもう、素晴らしい体験だったわよ」

アヴィは私の前まで席をわざわざ移動してきて座ると、先週の体験を熱心に聞いてきた。

「シャーマンは誰だったの?」

アルバロも話に入ってくる。

「ドン・イノセンシオという素晴らしい人よ」

アルバロは長椅子の上で後ろにのけぞると、驚いた表情で見つめている。あまりにも長く見つめられるので少し赤面してしまった。マキシモと一緒の時以外で、こうして顔が赤くなる感覚は久しぶりだ。なんだか居心地が悪い。するとアルバロは急に前のめりになって、がっしりとした腕で私の身体を抱くようにしてささやいてきた。

「君がどうしてグループの皆と離れて行動しているのかわからなかったんだよ、アンナ」

身体を離しながら、また続ける。

「時々、一人で過ごしているよね。それはアヤワスカを飲んだからだというのがわかったよ。それも普通のアヤワスカじゃない。一流のマスターが煎じた特別なアヤワスカだったんだ」

「彼のこと知ってるの?」

「もちろんだよ。皆、ドン・イノセンシオのことは知ってるよ。あのハーブは人間の内側を見せてくれるから。そして、思慮深さも与えてくれる。アヤワスカが君を変えたんだね。深い部分から」

アルバロは、マキシモに続いて〝私が変わる〟ということを語る二人目の人だ。

「アンナはドン・イノセンシオのところでワークをしたそうだよ」

彼は扉の近くにいた人影に伝えている。そこにはフェリペがペルーのブランデー「ピスコ」のボトルを大事に抱えて立っていた。

老いた舟人は、見える方の目で私を見つめると、「アヤワスカ……」とつぶやいてうなずいた。なんだかどぎまぎしてしまう。

「だからどうだって言うの？」

フェリペは笑顔でアルバロに説明を促す。

「アンナ、君はこのアマゾンで最も素晴らしいシャーマンの一人と儀式を行ったんだ。これはすごいことだよ。フェリペはドン・イノセンシオと一緒の村に住んでいるけれど、これから彼は君に一目置くだろうね」

「〝一目置く〟って？」

「つまりここでは、村で一番重要な人物はシャーマンなんだよ。医者でもあり、村人をまとめる村長でもある。フェリペは3歳の時に片目を失ったんだけれど、それはシャーマンのグループを覗こうとしていたところを捕えられたからなんだ」

「え？　何が起きたの？」

「シャーマンのうちの一人が、彼らの集会が壁の穴から誰かに覗かれていることに気付いたんだ。もちろんシャーマンたちは、その目が小さな子供の目だなんて思わなかったんだけれどもね。けれども、そこにいたシャーマンは、穴に槍を突き刺してしまった。そして、フェリペの目は傷付いてしまったわけさ」

「ひどい！　なんてことを！」

「それ以降フェリペは、シャーマンのことはきちんと敬い、尊敬しているというわけだよ」

「そんな形で学ばなくてはならないっていうのも、どうかと思うけれど」

「それがジャングルの掟というものなのさ」

アルバロは肩をすくめた。

扉がきしんで閉まる音がしたと思うとフェリペは出ていった。他の皆も少しずつ食事の席から去っていき、私とアルバロだけになってしまった。二人の間には心地よい沈黙が流れている。

「それで、どういういきさつでドン・イノセンシオと出会ったの？」

「最初は、別のシャーマンと一緒だったのよ」

「誰？」

「マキシモっていう人」

「マキシモ？　あのマキシモ・モラレス？」

アルバロが驚いたように反応するのでうなずく。

「あなたも彼を知っているの？」

「誰だって知っているさ。すごく力のあるシャーマンだ。どうして君が彼を知っているんだい、アニータ？」

そこでアルバロに、私たちがどういう風に出会い、そこから魔法のような2週間を一緒に過ごしたことを語った。そんな話を語っていると、どれだけここで孤独を感じていたかがよくわかった。こうして、誰かに打ち明け話ができるのは、とても安堵を感じる瞬間だった。

けれども、話が一旦始まると、もう自分でも止めることができない。今、心の内をすべて告白しながら、アルバロを心から信頼していた。話は、マキシモが私を弟子にしたいという内容にまで及んだ。

「え？　なんだって？」

アルバロは興奮していた。

「だから彼は私に色々なことを教えたい、というわけなの」

「それはすごいことだよ。そんな機会はめったにないよ」

「本当にそう思う？」

なんだかドキドキしてきた。

「もちろん！　まず、マキシモはドン・イノセンシオの唯一の弟子なんだ。ドン・イノセンシオのお祖父さんにあたる人は、ペルーでも伝説になるほど有名なシャーマンだったんだよ。きっとマキシモは、シャーマンとしてのその系譜を君に継いでもらいたいんだと思う。メディスンマンとして、また、生や死、宇宙のことなど、すべてを知り尽くす叡智を持つ魔術師としてね」

いつも落ち着いているアルバロが、こんなに情熱的に話すのは初めてだ。

「自分でどんなチャンスをもらったか、その意味を理解しているの？」

彼は目を見開いて、私を凝視する。

「マキシモが弟子をとるなんて話は聞いたことがないんだから」

ということは、マキシモは遊びで言っていたんじゃなかったんだ。なぜだかわからないけれど、私の目から涙が溢れて来た——それはほっとした気持ち、そして、希望の涙。彼の弟子としてシャーマンになることを提案されたことがどれだけ特別なことなのか、自分ではよくわからない。でも、最後まで自分の中にくすぶっていた抵抗は、期待が膨らむにつれて次第に消えていった。

すぐに、クスコに戻らなくちゃ。もう一度、マキシモに会わなくては。そう思うと、いてもたってもいられない。

でも、ここジャングルでは、すべてのことがジャングルのリズムで回っている。こんなにやきもきしているというのに、まだ、このジャングルでは、もうひとつの学びが残されていた。そして、この時の意味がわかるまでには、あと1年以上の時間が必要だった。

一行は不毛の地にあるマヌーの小さなエアポートを目指して、ボートで流れに乗って河を下っていた。インクをこぼしたような藍色の空がくすんだ灰色に変わり、やがて、その灰色もターコイズのクリアな青空に変わっていく。なんだかアマゾンでの新しい一日が始まる予兆のようだ。

ゆったりと揺れるボートは眠りを誘うのか、誰もがうとうとしている。でも、私だけはリラックスできずに色々な事が頭の中を巡っている。今、マキシモは忙しい？　新しいグループの世話で大変なのでは？　私がまた滞在するのは迷惑？　そんなネガティブな想いが次々に浮かんでくるのを打ち消そうとしていたら、アルバロが肩をつついてきた。彼は河岸を指さしている。

そこには、1匹の大きなジャガーがいた。

金色の体に黒と茶色のまだら模様のジャガーが、砂地の細い道をゆっくり歩いたり、すばやく動いたりしている。彼は、私たちに気付くと立ち止まってじっとこちらを眺めている。その佇まいは、威厳と自信に満ちて、何も怖いものはないという感じだ。

しばらくすると、ジャガーは目を逸らし、背を向けた。そして、ジャングルの入り口あたりで、もう一度こちらを振り向き、まるで別れを告げるように奥へ消えていったのだ。

「あのジャガーは何回か見たことがあるんだ。彼は王者クラスのジャガーだよ。今が一番、元気で勢いのある年齢の頃だね」

彼は、どうしてアマゾンに棲むツワモノたちをこんなに見事に見分けられるのだろう?

そう思ったのは、続いて水の中から、河を渡っている黒い物体がチラチラと見えた時だ。その黒いモノが頭だとわかったのは、岸について全部の身体が現れてからだった。それはまたもやネコ科の動物だった。その黒い身体は太陽の光を浴びてキラキラ輝いている。その姿は神々しいほどに美しい。

「あれはパンサーだよ。ブラックパンサー。めったにお目にかかれないよ。見てごらん、まだ若いパンサーだ。年老いているパンサーは、もう現れないからね」

今まで見てきた動物の中で、パンサーが一番美しい生き物だと思った。

時折聞こえる誰かのいびきと止まない昆虫の羽の音以外はボートの上は静かだった。

パンサーの青々と光る視線と内に秘めたパワーがいつまでも頭から離れない。それから何度もあの神秘的な黒いネコのことが脳裏に浮かんできた。

人生には、あるひとつの出会いが自分の人生の軌道の中に一瞬の偶然で入り込んでくることがある。そして、そのほんの一瞬の出会いが人生の方向を大きく変えてしまったりする。後でそのことに気付いた時には、その出会いは自分の前から消えていて、「ありがとう」と言いたくても言えないのだ。

私にとってそれはアルバロだった。彼が教えてくれたアマゾンの魅力と奥深い知識は、私の考え方をすっかり変えてしまった。マキシモの提案を絶対に受けるべきと熱心に説得してくれたのも彼だったのだ。

数時間後、小さな飛行機はクスコへ出発した。機中の窓から外を見ると、昨日のTシャツをひっくり返して着ている愛すべき友が裸足でジャングルの方へ戻っていく姿が見えた。彼を見たのは、この時が最後だった。

赤土のアンデスとふわふわの雲の景色が、緑色のジャングルの中をアマゾン河が渦を巻いて流れる絶景に変わる頃、アルバロと美しい熱帯雨林のことが、もう懐かしくてたまらなくなっていた。

チャプター18

クスコに飛行機が到着するやいなや、電話ボックスに駆け出した。

航空会社にチケットの変更をする前に、ロンドンに電話する前に、すべての前に、マキシモに電話をしなくては。もう緊張でガチガチになっている。でも、受話器を持っても、それを、ガチャリと下ろしてしまう。ようやく、息を吸って呼吸を整え、ついに思い切って電話をかけた。

「もしもし！」と同時に二人が言った。

マキシモは、ちっとも驚いた感じではなく「アニータ！」と相変わらず魅力的でけだるい感じの声で答えた。

「ペルーでの滞在を、休暇が残っているだけ延長しようと思うの。あと6週間ほど、こちらにいる予定にしたの」

マキシモは、何も言わないので、思わず息を止める。しまったと思った。もしかして、間違っていたかもしれない……。

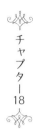

「じゃあ、始めよう！」

ついに発せられたその声は潔かった。

「どこにいるんだい？」

「エアポートよ。たった今、戻ってきたところ」

「1時間でそっちに行くから待ってなさい」


こんなにあっけないとは思わなかった。

受話器を下ろした瞬間は舞いあがってしまい、航空会社とエドワードに電話をしなくてはならないことも忘れそうだった。ちなみにエドワードは私の声が誰かわからなくて、3回も名前を言わなくてはならなかった。

その上、彼にこれまでのことを報告しても、ほとんど何のリアクションもなかった。

「え、何？」

その後はしばらく言葉が出てこない。

「それはすごいね！」

感情のこもっていない声だ。

「今、電話している場合じゃないんだよ。すぐにミーティングに出なくちゃいけないから」

早口でまくしたてられてしまった。受話器を置いた後の静けさこそが、彼の私への非難を表していた。それは、叫んだり、罵られたりすることよりも身にしみることだった。これからの夢と希望は、彼から嘲笑され、冷や水が浴びせられたようだった。

でも、とにかくエドワードは、もはや遥か彼方にいる。ジャングルに恋をしてペルーに魅せられた私は、あと6週間、マキシモと過ごすんだ。今の私は、自分でも信じられないほど強くなっている。すでに元彼のような存在になったエドワードの感じが悪かったことも、私の決心をさらに強くしたようなものだ。

それよりも、マキシモとの再会にあたって、もう少し自分の外見を気にするべきだった。

今日のマキシモは、顔映りのよいシルバーグレーのブルガリの上下に身を包んでいた。ジャングルから戻ったばかりのボロボロの姿に、臭いまで放っている私は、自分のことが恥ずかしかった。

けれども、マキシモはそんなことも気にせずに私の元へ近づいてくると、両手で私の顔を抱えて、額にキスをしてきた。

やっと彼の元に戻ってきたというほっとする気持ちと、高まる思いが交差していた。

「私が戻ってくるって、どうしてわかっていたの？」

強い日差しと乾燥した山の薄い空気の中、空港の外を歩きながら聞いてみた。

「ハーブで占ってみたんだ」

「占い？」

「そう」

「何のハーブで？」

「サボテンだよ。君もそのうちできるようになるよ、アニータ」

その言い方は少しミステリアスだ。

マキシモのランドクルーザーがスピードを上げて駐車場から出た。

シャーマンの世界にはまだまだ懐疑的な気持ちもあるけれども、学ぶことにワクワクしている自分もいる。これまで未来を予言する能力などはまやかしだと軽蔑してきたにも関わらず、今心のどこかではそんなことができたらすごい！　などとも思い始めていた。

数時間後、私たちはウルバンバのあるレストランの小さなテーブルに座っていた。

ここは、テーブルが6つあるだけの現地の人向けの店で、2ポンド（約360円）も出せば、前菜、メインにデザートという簡単なコース料理が食べられるレストランだ。埃っぽいメインストリートの中でいい場所にありながらも、このレストランは清潔感もなく空気も悪い。それでも、今はそんなことなど気にならない。何しろ、ここ1週間の間、この瞬間を待ち望んでいたのだから。

マキシモは私の手を握って力強い表情で見つめてくる。でも、その視線が耐えられなくなって、目線をはずしてしまう。私はまるで10代の頃に戻ったみたいだ。

「ジャングルはどうだった？」

強い視線から逃れようと、アルバロとの体験を夢中になって報告する。

「もうずいぶん昔になるけれど、マヌーの先住民と一緒に数日間だけど過ごしたことがあってね」

ジャングルの先住民族との出会いについてを報告したら、マキシモが語り始めた。

「彼らのシャーマンの伝統を学びたかったんだ。彼らは、アヤワスカにタバコを混ぜて、よりパワフルなドリンクを作るからね。でも、教えてもらう前に、一緒に宴会をしなくてはいけない。それがジャングルの掟なんだよ。彼らが飲むお酒は、チチャという濁ったビールなんだけれどね。年配の女性たちがイモの葉を口の中で噛み、やわらかくしたものをバケツに吐き戻して作るんだ。するとその唾液が発酵してお酒になるというわけだよ」

「うわ、汚い……」

アルバロがくれた飲み物のことを思い出した。彼が少し意地悪な顔つきをしていた理由がわかった。

「その夜の席で、村の首長の何人かの妻の中から、一人選ぶようにと言われたんだ。でも、その時、私はすでに結婚していたからね」

彼が奥さんの話をするのは初めてだ。

「それに、どの女性たちも美人じゃなかったんだよね」

私は思わず笑った。

「でも、首長からの提案は、名誉なことだから決して断れない」

「それで、どうしたの？」

「そこで一人を選んだよ。その夜は、もう飲んだくれて、酔い潰れることにした。具合が悪くなるまで飲んで、それでも飲み続けたよ。そして、翌日に目を覚ましたら、隣にはその女性が寝ていたけれど、私はジーンズを履いていたというわけさ」

「上手くいったのね」

「そう、上手くいったんだ。とにかく彼らの何が素晴らしいって、何も欲しいものがないんだよ」

「本当？　たとえば、チョコレートやアイライナーなしで生きていけるの？」

「もちろんだよ。必要なものは、すべてジャングルから手に入るからね。私たちの方から彼らに与える唯一のものがあるとすれば、それは風邪かな。でも、そうなると大変なことになる。だからいつも先住民たちを訪ねるときは、アルコールを浸した布で鼻を覆っていくんだ。アルコールは肺を痛めるけどね、それでも、そこまでしなくてはね」

マキシモは思いを巡らすように語る。彼はすでにあらゆる場所へ行き、あらゆることを体験してきているようだ。こんな話なら何時間でも聞いていられると思った。


さて、中年の女性のウエイトレスが笑顔でテーブルに近づいてきて、汚れたテーブルクロスを埃っぽいテーブルの上に置いた。二人分のセットメニューに、マキシモはインカコーラ、私は水をオーダーした。ウエイトレスが去っていくと、マキシモは私の方を向いて、さりげなくマヌーでネコ科の動物を見なかったと聞いてきた。

「見た！　見た！　見た！」

驚いて答えると、マキシモは私の激しいリアクションを読みとろうと鋭い表情をしている。

「珍しいね。それも昼間に遭遇するなんて」

「1匹は黄色の地に黒い点々があるジャガー。もう1匹はブラックパンサー。パンサーは私がこれまで見た動物の中で、一番美しいと思ったわ」

興奮のあまり声がうわずっている私を、マキシモは静かに観察している。

「偶然なんてないんだよ、アニータ」

そう言うと椅子の背にもたれかかり、ゆっくりとうなずいた。

「どういうこと？」

その質問には答えてくれなかった。

「そうだ。プエルト・マルドナドへもう一度行かなくてはいけないね」

しばらくして、ビーフシチューのメインコースを食べている最中にマキシモがつぶやいた。

「それに、もう2日したら君の誕生日だ、アニータ。冬至を一緒に過ごせることができてうれしいよ。アンデス人にとって、この日は最も大事な日だからね」

「6月21日は英国でも祝日なのよ」

毎年、ストーンヘンジにスピリチュアル好きの人々が集まるイベントのことを思い浮かべて、ちょっとふざけるように言った。

「イギリスのことは忘れなさい！ イギリスの話はここでは重要じゃないんだ」

急に荒々しい声で言われて唖然としてしまい、何も言えなくなってしまった。

「いいかい、君は今ペルーにいるんだ。ペルーに」

マキシモは、ウエイトレスがチェックを持ってくるまで、私の顔をそのまま黙って見つめていた。そんなマキシモからやはり目を逸らすしかなかった。

突然、彼のムードが変わる様子を見ていると、不安になってくる。ゴージャスで知的、そして、魅力的な彼に、魅かれてないといえばウソになる。でも、その表情の中には何か怖いものが潜んでいる。それは有無を言わせないほど冷酷で絶対的な決断力とパワーだった。

チャプター19

マキシモの宿の運転手が、薄黄色の液体が入った3本の大きなペットボトルを揺らしながら持ってきた。

「これはサボテンのサンペドロから作ったハーブウォーターだよ」

そう言いながら目の前のテーブルにドン！　と置き、メモを手渡してきた。マキシモの書いたメモには「水は飲めるだけ飲むこと」「トイレに行くまで飲み続けること。ランチの時間には戻ってくる」とある。

ボトルの底には何やら硫黄っぽい色の沈殿物も溜まっている。ボトルからグラスにその液体を注いで、匂いを嗅いでみたら、腐った卵の臭いがする。どうやらこのドリンクで腸のデトックスをするようだ。さらにはアンデス高地の泉から汲んできたこの水は、お腹の調子を整えてくれるそうだ。

手にとったグラスを長い間見つめた後で、息を止めて一口飲んでみた。意外にもそんなにひどい味ではないことがわかり、ほっと一息つく。


レストランでの出来事の後、再びおだやかなマキシモに戻ったので、あの攻撃性を探るヒントは見つけられなかった。けれども、あんなに激昂したということは、きっと何らかの意図があるに違いない。それが何かはわからないけれど、改めてシャーマンから教えを学ぶことに緊張感を持って臨むことになった。

マキシモのキャラクターは私を夢中にさせてしまうけれども、突然あんな風に豹変するとやっぱり怖い。たとえばエドワードがあのような態度を取ったとしても、なんとか対処する自信はある。でも、マキシモのそれはあまりにもパワフルでカリスマ性があって、手も足も出なくなる。


ひたすら水を飲み続けていた。

お腹はグルグルと大きな音を立て、苦しくなってきた。ついに妊娠7カ月目くらいまでにお腹が膨らんだところで、あたりを見回してシャツのボタンをはずす。

「調子はどうだね、アニータ！」

振り返るとマキシモが後ろに立っていた。この人はいつもこういうタイミングを逃さない。

「この水のせいで、なんだかすごく太ったみたい」

ジョークで、なんとか恥ずかしさをごまかした。

「いい調子だね」

そう言って額にキスをすると、テーブルに何冊かの本をポンと置いた。

「シャーマンの世界の伝統を学ぶといいよ」

大型の本をペラペラとめくってみる。本のカバーには、髭を生やし、大きな丸い身体にキリスト風のサンダルを履いた人類学者の姿があった。その本には、世界中の古代文化において、ヘビが宇宙を司る神として崇拝されていた、というような内容が書かれている。ふとアヤワスカの儀式で見た踊るヘビたちのことを思い出した。


しばらくすると、ついにお腹が痛くなって読書どころではなくなり、トイレに行かねばならなくなった。

そして15分後、お腹はぺったんこになり、洋服もやっとゆるくなった。結局、午後過ぎまで、私は8リットルもの水をすべて飲み干し、トイレに5回以上も駆け込むことになってしまった。

「これが、どう効果があるの？」

マキシモは肩をすくめる。

「わからない。でも、膀胱をキレイにする必要は特にないんだ。浄化が必要なのは胃と腸だよ。私たちの伝統では、そのためにこの水を使うんだ」

「マキシモも少し飲む？」

「後でね。年に2回、季節が変わる頃にサンペドロの湖にこの水を汲みにいくんだ。もう長い間の習慣になっているから、私自身は効果を感じるためにこの水を飲む必要はないんだよ。身体がもう覚えているからね」

「それはどういうこと？」

「身体は記憶する、ということさ」

「それは心の記憶とは違うの？」

「当然だよ。〝細胞は記憶する〟という話は聞いたことはないかい？ すべての細胞は、我々の経験を記憶しているんだよ、アニータ。細胞が記憶するということはポジティブな面もある。でも、ネガティブな面もあるんだよ。だからもし、ある人がトラウマを長い間抱えていたとしたら、その人はやがて体調を崩してしまうことになる」

「どんな病気になるの？」

「癌などは明らかにそうだね」

「でも問題は、病気になる人たちの中には、ニセモノの医者やヒーラーなんかに大金をつぎこんでしまう人もいるということ。そして、そんな人たちこそ現代医学を無視するでしょう？」

「どっちの医学であるべき、ということではなくて、どちらかを選んでもダメなんだよ。たとえば化学療法や放射線療法などは、癌の物理的な症状には優れた働きをする治療だ。でも、常に病気の背景には、感情的なトラウマが潜んでいる。そして、その部分には現代医学は決して触れないだろう？ だからそのためも、私たちにはハーブが必要なんだよ。当然のことながら、ハーブにはそこまで大金をつぎこむ必要もないしね」

アヤワスカをすでに試した私には、それは納得できるコメントだった。マキシモは完璧なタイミングで必要な情報を与えてくれる。気がつけば、いつのまにか私は彼の手の平で踊らされている。

それは催眠術にかかったようなゆっくりしたダンスで、かつ揺るぎのないリズムのダンス。どこへ導かれているのかわからないし、導く人が何を求めているのかもわからない。でも、今となっては、このダンスから逃れられないし、逃れたくない。


「クスコまでワークショップに行ってくるよ。明日には帰ってくるから」

数センチの距離で笑っている瞳の中には星が輝いている。私はすっかりメロメロになっている。

「4時にピックアップするから」

「午後の？」

「いや朝だよ」

「どうしてそんなに早いの？」

「君の誕生日がなぜそんなに重要なのか、その意味がわかると思うよ」

そう言うとマキシモは、自分の鼻をツンツンとつついた。

チャプター20

朝もやの中、ランドクルーザーがワシアリュの外に止めてある。

マキシモは1時間遅れでやってきた。「お誕生日おめでとう！」と何度も言いながら、急いで私の額にキスをすると助手席を開けた。

今、マキシモは、マチュピチュへの列車が出るオリャンタイタンボの町までの曲がりくねった道をスピードを上げて走っている。何しろ普通なら30分かかる距離のところを15分で行かねばならないのだ。頭上にはふわふわの白い雲が薄くなったコバルト色の空に浮かんでいる。

インカの遺跡は、町の端にある山を半分くらい登った場所に位置していた。

ここでは、険しい地形のために、気が遠くなるほどの階段が急カーブに沿って造られている。そんな階段をネコのような身軽さで登っていくマキシモを、息を切らして必死で追いかけても追いつけない。マキシモはどんどん上へ登ろうとしている。

「もっと先になるの？」

広い石畳のルートから外れた地点で、くたくたになって声を上げる。周囲は、全方位に渡ってところどころに植物が生え、山の頂が見えるだけ。下の方は、霞がかかっているものの、遠くまで蛇行するウルバンバ河の境界線上に、手入れされた田畑がつづれ織りのようになっているのが見える。

今、目の前にある石畳の中心には、6つのピンク色の巨石が鎮座していた。

「地元の鉱山は、谷の反対側にあるんだけれどね。インカ人たちは、これらの巨石をわざわざ遠くからここまで運んできたんだよ。どうして、そこまで苦労して持ってきたのか、未だにわかってないんだ」

マキシモも考え込むように語る。

「日の出の時刻にはこの石を見ているといいよ」

歩きながら肩越しにマキシモが言った。

石畳の上はだんだん人々でいっぱいになってきた。

鮮やかなポンチョに、ウールの帽子を被った地元のアンデスの人々は、パイプやガラガラ、大きなホラ貝がきちんと並べて置かれた織物の布の周囲を囲むように静かに集まり始めた。

一方で、観光客たちは、ウォーキングシューズにトレーニングウェアなのでわかりやすい。彼らは写真を撮ったり、大声でしゃべったり、その場の雰囲気を乱すかのようにお菓子を食べたりしてざわついている。

まだ、夜明けまではかなり時間がある。欧米の観光客一家の子供たちが騒いでいるのを、現地の人と同じようにポンチョ、帽子、サンダルを身に着けたヨーロッパからのカップルが、監視するように時々眺めている。

その場にいる全員の期待がじわじわと高まってくる。

ほどなくして、山から東に向かって、やわらかい銀色の光源から1本の銀色の光線が広がってきた。

するとマキシモが巨石の近くに近寄る。今、銀色の光は、何本も放射線状に広がり、その光は次第に力強くなっていく。そして、ついに白い球体の太陽が現れ、石畳の上には光の帯が降り注いだ。

「石を見る時は、直接、凝視するというよりも、少しフォーカスをぼやかすように見てごらん」

言う通りに、目を半開きにして見てみる。でも、何も見えない。次に、視線をはずして見てみる。それでも、何も変わらない。

ちょっとイラついてきたので、シャーマンたちが角笛を吹き、子供たちが手を取り合って輪になり踊っている方を眺めて見る。そして、ふと巨石の方を振り向くと、そこには2匹のヘビが石の上を這っているイメージが一瞬目に入った。驚いてじっくり確認しようとするとヘビはもう消えている。

今、見えた〝幻〟を頭の中で整理しようとしていると、今度は、別の石の角の上に、リャマの頭が映っている。続いてサボテンが、その次には「アンデスの十字架」と呼ばれる、南十字星を象ったダイヤモンドの形をした星が映し出された。

「さて、何が見えたかな？」

「ヘビに、サボテンに、アンデスの十字架に……。でも、はっきり見えた、というものじゃなくて、なんとなくそう見えるという感じのもので」

マキシモはうなずいた。

「リャマは見えたかな？」

うなずくと、「それでいいよ、アニータ」とうれしそうに、私をぎゅっと抱きしめた。

「今、君は〝見ること〟を学んでいるんだ」

「そういうことは、もう子供時代に学習済みだと思うんだけれど」

「今の君は、〝心の目で見る〟ということを学んでいるんだよ。君がそうやって学んでいることは、僕にとってもうれしいことなんだ」

そうささやくと、額にキスをしてきた。褒めてもらえる理由もわからなかったけれど、この体験はとても興味深かった。私に見えたものは、マキシモにも確実に見えたようだ。でも、ダイレクトに直視すると見えていたものが、消えてしまうというのが不思議だった。

「あの影は、今日だけしか見えないの？」

「そう。冬至の日の出の時間だけ」

「インカの人は、どのようにこれらを創り出したのかしら？」

「誰もわからないんだよ。でも、この日が私たちの伝統において、深い意味があることはわかっただろう？

そして冬至に生まれるということがどれだけ重要か、ということも。1年のうちすべてのことが可能になる、という日なんだよ」

その言葉の意味をじっと噛みしめてみる。


往路とは違い、ワシアリュにゆったりと戻ってくると、マキシモは私を庭へ連れ出した。花の蜜を吸うために空中で静止しようとするハチドリたちが、あたりいっぱいに羽音を立てて飛んでいる。

マキシモに背中を押され、白塗りのセラピールームの1つへ通された。途中で温室がちらりと目に入ると、マキシモとのジャグジーでの出来事がフラッシュバックする。あの日のことが、もう随分前のことのように感じられる。突然、彼が何かを言いたげにしているのに気付いた。

「どうしたの？」

「お腹の様子がどうなったか、見たいんだ。ズボンを脱いで、ここに横になってごらん」

何のためらいもなく言うマキシモ。

「どういうこと？　どうして必要なの？」

「サンペドロのハーブがきちんと効いたかどうか、お腹をチェックしてみたいんだ」

マキシモはただ期待に目を輝かせて私を見ている。確か前回の泥パックの時も、マキシモの目の前で下着姿になったのだ。とりあえず今日のところはセクシーな下着はつけている。

マキシモを見ると、彼は私に背を向け、棚にあるボトルをいじっている。もしかして、私は何か勘違いをしている？　二人の間にあるのは、師匠と弟子という関係だけ？

とりあえず、混乱する頭を振りながら、お互いの文化の違いに何か誤解があるのかもしれないと思うことにした。いずれにしても、6週間マキシモから学ぶことに決めたのだ。お腹をチェックすることで体調がさらに良くなり、そして、シャーマンの伝統的な知識も学べるなら、それでいいと思えた。

私はゆっくりとベルトをはずし、ボトムスを脱いで下着姿で横になって待った。マキシモが私の速くなる息遣いと心臓が高鳴る音に気付かないように、と心の中で祈る。

「目を閉じて、アニータ」

せっかく弟子としての清廉潔白な関係を維持しようと心に決めたにも関わらず、彼の冷たい指が肌に触れるだけでドキッとしてしまう。けれども、すぐにその指はお腹から離れ、しばらく沈黙が続く。数分が過ぎたのに何も起こらない。

じれったくなって、ほんの少し目を開けてみた。マキシモはテーブルの隣に立ち、目を閉じて、何かを待っているようだ。そのなめらかな肌、上唇の上にある髭そりの跡。シャーマンとしては、ありえないほどのハンサムぶりが私を脅かす。あわてて、また目を閉じる。すると同時に指が再びお腹の上に触れ、そのやわらかなタッチがうぶ毛を逆立てる。ついつい、どうしても意識してしまう。

「ずいぶんよくなった。サンペドロが効いたようだね。チャクラも以前にくらべて開いているよ」

ついにマキシモが言葉を発した。

「どうしてわかるの？」

目を開けて聞いてみた。

「見えるんだよ」

「目を閉じているのに、どうして見えるの？」

「見る方法は色々あるんだよ。今朝、君は心の目で見ることに挑戦しただろう？　今、私は〝手で見る〟ことでわかったんだ」

「触ることでわかったというわけ？　それはどういう風に〝見える〟の？」

「エネルギーで感じるんだよ」

「エネルギーってどういうものなの？」

「もう一度目を閉じて。ちょっとワークをしてみよう」

こんな感じで学ぼうとすると、気が散ることが多くなってしまう。それでも、もはや好奇心は止められない。

すると今度は、マキシモは私の足裏のツボを押し始めた。右足の裏の真ん中を押された時には、あまりの痛みに声まで上がってしまう。

「どうして、こんなに痛いの？」

「ここは腎臓のツボだよ」

「それで？」

「腎臓は恐怖心と関係がある臓器なんだ」

「どんな恐怖？」

「それは君の方がわかっているだろう？　アニータ。さあ、目を閉じて」

何食わぬ顔でそう言うと、指は足首とふくらはぎに移動してきた。まずい！　足の裏だけならわかるけれど、脚の方にも移動するなんて。いったいどこまで彼の指は上がっていくのだろう。

けれども、そんな邪心は激しい痛みでどこかへ飛んでしまう。マキシモはふくらはぎの上部のツボを押している。それはもう飛び上がるほどの痛みなのに、何度も押されている。

「自分で何を恐れているか、わかるだろう？　アニータ」

「怖いのはあなた」と言いたかった。いつまでこのツボ押しは続くんだろう。シャーマンの世界と、ツボにどういう関係があるの？　いつの間にか、冷たい指は、腿の真ん中まで移動している。肌に触れられるたびに、緊張が走る。彼の方も私が彼の事をどう思っているかくらいはわかっているはず。やっぱり私の事をからかっているのだろうか……。

「ここを押すと何を感じる？」

シャーマンは腿の内側の上部を触りながら平然と聞いてくる。

「緊張するわ！」

即座に答えると、すぐにその指は手から離れた。目を開けると琥珀色の濡れた瞳が私を見返す。

「落ち着かないのならそう言いなさい。すぐにやめるから」

「え？」

「鍼における経絡のツボを押していたんだよ。東洋医学なら〝気〟、ヒンドゥーなら〝プラーナ〟、そして、我々がエネルギーと呼ぶものを動かしていたんだ。前にも言ったけれど、恐怖感のように心に傷を負わせる感情は、身体を流れるエネルギーをブロックしてしまう。これをほうっておくと体調不良になるんだ。だから君の身体を流れるエネルギーのブロックを取り除き、スムーズに流れるようにしていたんだよ。でも、君がいやだと思うことは、決してするつもりはないから」

　そう言いながら、私の頬をツン！　とつついてきた。いつものように、自意識過剰になっていた自分が情けない。そう思えると、続けてもらっても大丈夫だ、と思った。

「君が不安を感じるなら、もうやっても無駄だよ」

「どうして？」

「私が行うことに同意していない、ということになるからだよ。君の心が私をブロックしてしまうんだ。人間の脳は恐ろしいほどにパワフルに働くものだからね。私たちは同じ思いを共有していないとダメなんだ」

結局、二人のリズムが合っていなかったのだ。新しい情報を次々に投げかけてくるマキシモに、まだ対応できずにいる。そして、さらに悪いことに、シャーマンとしての彼と、一人のセクシーな男性という彼が、私の中でごっちゃになっているのだった。

これには自分でも頭を抱えてしまう。

でも、アンデスのこの小さな部屋で隣にいるマキシモを見ていると、そんな混乱からも自由になれる気がしてきた。

確かに、ロンドンで通う鍼の先生も、同じポイントに鍼を刺していたことを思い出す。この二人の違いは、ロンドンの方は、東洋医学の女性の先生で白衣を着ていたということと、こちらの方は、背が高くて、ヒューゴボスのジーンズにブルガリのメガネをかけた両性具有のような美しさを備えた人だ、ということだけだ。

しばらくして、私は再び横になって目を閉じた。

マキシモは、最初に右、そして、左の足の裏の真ん中を押してくる。今回は、このシャーマンを心から信頼して身を預けた。

「さっきより痛い！」

左の腿を押されている時に声が上がる。

「当然だよ」

「どうして？」

「人間の右半身は男性性を表しているんだ。男性性とは、論理的なこと、支配すること、そしてエゴを司る。つまり外の世界での物理的な成功なんかを表すんだよ」

すべてエドワードに当てはまることなので、思わずにやにやしてしまう。

「反対に左半身は女性性を表していて、直感や創造性、スピリチュアリティを司っている。今、西洋の女性たちは、身体の左側が固くこわばっていて、痛みを感じる人が多くなっているんだよ」

「それは、西洋文化が女性性の持つ特徴に価値を見出してくれないからじゃない？」

「その通り。とにかく今は考えるのをやめなさい。私の押している箇所をただ感じることに集中して」

「痛い！」

「いや！　痛いのはもっと下のはずだ」

マキシモは言い返してくる。沈黙が部屋を包んでいる。痛みを感じながらも、長く細い指が私の脚の内側を押しているという、このやっかいなシチュエーションに、なんとか集中しようとしていた。

でも、やはりそれは難しい。お腹も空いてくるし、お昼には何を食べようという考えだって浮かんでくる。

「きちんと集中して、アニータ。これは大事なことだから」

厳しい声がする。再び押されている左のふくらはぎに意識を戻す。すると下から上に向かって押されている指の下から、何かかすかな動きが走っているような感触がしたので伝えてみる。

「よし、いいよ。じゃあ、ここはどうだい？」

「やっぱり痛い」

「これではどう？」

「指の下で何かピリピリした感じがするけれど」

「いいよ、その調子だ」

するとそのピリピリ感は次第に脚全体を巡り始め、やがて波のようになると、お腹あたりまで勢いよく流れ始めた。そして今、その波はさらに大きくなると、洪水のように身体全体を飲み込もうとしている。

その感覚は、まるで人間という発電機によってエネルギーがフルチャージされたようなものだった。そのうねるような感覚に身を任せているだけで体中が軽くなってくる。

「完璧だ！」

マキシモの声が遠くから聞こえてくる。目を開けてよしという優しい声がする。

「どうだった？」

「すごい。本当にすごかった」

マキシモも喜んでいる。

「これでジャングルに行く準備ができたよ。でも、その前にもう一度サンペドロで儀式をしないとね」

そう言って額にキスをすると、そそくさと部屋から出て行った。私はそのまま今起こった素晴らしい体験の余韻を味わいたくて再び目を閉じた。

チャプター21

瞑想ルームのドアを開けると5人の笑顔が私を迎えてくれた。

そのうちの一人はジャングルに住んでいる女性、ヴァレリーだ。前回彼女に会った時には、オウムの羽を髪に編み込んでいた。どうやら、他の数名もこの儀式に参加するようだ。

私はいつもの定位置になっている前方のマキシモの席の右側に座った。席に着くやいなや、マキシモはさっそく小さな白い磁器のポットに向かって何かをささやき始めた。すぐにサンペドロの強い香りが漂ってくる。

胃にストレスを感じながらも、ツンと苦い液体を飲む前に「自分の中にある抵抗を取り除くこと」という意図を、心の中ではっきりと宣言した。

それから全員でマントラを唱え、横になると部屋のライトは消えた。

大抵の場合、儀式は夜に行うようだ。けれども暗闇は人を不安にさせてしまう。ジャングルの時のように、強い浄化のパワーが働き始めたらどうしよう？　今回の儀式は、大きな痛みを伴うものでないといいけれど……。


そんなことを考えていると、「バカ者！」と突然頭のあたりで声がした。

今回は、前回のようにこの言葉には色や匂いは付いておらず、ただグレーのイメージだけ。

窓の外の満天の星を数えて、重苦しい感覚から逃れようとしてみる。けれども、星を数えることにも飽きてしまい、ふと横になっているヴァレリーの方を見てみると、彼女はイビキをかいていた。それもあたりに響くような大きさで。思わず笑ってしまった。やっとリラックスしてきた。儀式に期待しすぎてもダメなのだ、と思えるようになってきた。

その瞬間、部屋の遠くの隅にある影の部分に、黒い物体が動いているのが目に入った。何かの勘違いではないかと思い、瞬きをしてみる。

けれども、目を開けるとそのぐにゃぐにゃ動くモノは、次第にゴリラの姿になり始めた。なんとその顔には赤く光る目までついている。さらにはそのゴリラは、私が寝ているマットレスに向かって、のそのそとやってくるではないか。

マインドがこのイメージを創り出しているんだと、瞬きをしてゴリラを消そうとする。けれども、目を開けると、ゴリラは、どんどんこちらに近づいて来る。その醜い生き物からは、邪悪な雰囲気も漂っている。あまりの恐ろしさに、完全にパニックに陥ってしまった。

そんな恐怖から救ってくれたのは、他ならぬヴァレリーだった。

「マキシモ、もう少しドリンクをもらってもいい？」

この空気を変えてくれるきっかけを探していた私は、すべての意識をヴァレリーに注いだ。

「何も感じられないの」

マキシモは彼女に、追加のサンペドロを手渡している。もう一度、恐る恐る部屋の隅っこを見てみると、ゴリラはすでに消えていた。ため息をついて再び目を閉じる。

ところが、その恐怖はまだ終わってはなかった。

ゴリラはいつの間にか、私のお腹の中に入り込んでいたのだ。それも、アヤワスカの儀式の時に出てきた、あの美しい湖の景色の中にいるのだ。今両目は重くなり、開けることもできない。ゴリラが威嚇するようにゴソゴソ動いているのだけがわかる。とにかくこのゴリラを身体から外に引きずり出さなくてはと焦るけれども、その方法がわからない。

するとと今度は、ゴリラは1羽の大きな黒い鳥にその姿を変え始めた。鳥の口には、剃刀のような鋭い歯がぎっしり並んでいる。この鳥オバケは、湖の澄んだ水の周辺をバタバタと飛びながら、あたりかまわず便を撒き散らす。鳩たちは、その様子を恐怖で震えながら見ている。私も鳩と同様に、恐怖に慄きながらその様子を見ていた。最悪なことに、この鳥オバケが動くたびに、お腹が、よじれるほど痛い。

「大丈夫かい？　アニータ」

マキシモが隣に来ていた。目を開けると夜空には星がきらめいていた。

「痛い……」

やっとのことで声を出す。心の目はまたもや湖のビジョンを映し出していた。

鳥オバケは今度はうつぶせになって、赤い目をギラギラと光らせていた。鳥の羽の部分を叩いて追い払おうとしてみても、疲れたのか一向に動こうとしない。

その時、マキシモの口がおへその部分に当たるのを感じた。彼は、私の身体の中に熱い息を吹き込み始めたのだ。すると鳥オバケはのたうちまわり始め、ついに息絶えた。

ところが、ほっとしたのもつかの間、黒く細い煙のようなものがその死体から出てきたと思うと、ケタケタ笑う魔女の姿に変わったのだ。そして、魔女は、私のおへそからほうきに乗って外へ飛び出していった。

ついにこの鳥オバケを退治することができたのだ。

心の底から安堵した。

目を開けると、マキシモはヴァレリーのところにいた。

「調子はどうだね？」

すっかりいびきをかいて眠っている彼女に向かって声をかけている。明らかに寝ているのに、どうして声をかけるのだろうと思っていたら、彼女は質問に答えている。

「ええ。大丈夫よ」

彼女が、寝ていながら普通に会話をしているのが不思議だった。

ふと視線を前に戻すと、小さな赤い玉が目の前にある。

この赤い玉は、私のおへそから身体の中に入ってきたものであることはわかっていた。

「デイビッド・アッテンボロー（イギリスの動物・植物学者、作家、プロデューサー）」の自然を扱ったドキュメンタリー番組でよくあるような映像のギミックが目の前で展開された。それは赤い種が芽を出し、成長して1本のバラの木になるまでの様子が早送りで映し出されるような映像だった。すると根の部分は私の脚の下まで伸び始め、枝が胸まで上がってきた。なぜだかわからないけれど、赤いバラが身体の中で成長するということには幸せを感じ、満たされる思いが溢れ出す。

「〝赤〟はパワフルなパチャママ、大地の女神の色だ。君は戻ってきた」

どこからか、姿なき声が聞こえてきた。

「君の直感はパチャママと再び繋がらなければならない」

マキシモもそんなことを言ってたっけ。そんなことを考えていると、すぐに次の映像が映し出された。

今度は私は3歳の子供に戻っていた。

芝生の上に座って雲ひとつない空をながめている。大人たちが次々と近寄ってきて、頭を撫でたり、甘い言葉をかけていくけれども、なぜか孤独感を感じていた。けれども、小さな自分の世界にいることに幸せを感じている。大人が愛情をかけてくれることや、彼らの機嫌が良かったり悪かったりすることなどは、あまり関係はなかった。

そこでの私は何ごとにも執着せず、苦しみさえをも溶かすことができる小さなブッダだった。この世界で生きていくために必要な執着や心配、不安などには意味がないということをすでに悟っていた。その様子を眺めていると幸福感に満たされ、この気持ちを永遠に味わっていたいと思った。


ところが、シーンは変わり、私は7歳の子供になっていた。

友達のジェームス・シンプソンと一緒にベッドの中で横になっている。どういう状況なのか、近づいて見てみる。なんとジェームスと私は裸になっていて、ふざけて笑いながらセックスごっこをして遊んでいたのだった。すると突然、知らない大人が部屋に入ってきて怒鳴り始めた。

「あなたたち何をしているの⁉」

彼女は怒りながら、何度も叫び続ける。子供の私は、なぜ彼女が怒っているのかよくわからない。ベッドはふかふかで暖かく、とてもいい気分だったのだ。綿のブランケットに包まれていると、ゆりかごの中にいるようだったのに。それなのに意味がわからない。ジェームスと私はただ茫然とするしかなかった。

彼女はまだ狂ったようにわめいている。

「なんてことを！　ダメよ！　ダメ！　わかっているの？　二人とも、もう二度と会ったらダメよ！　絶対に」

その時、部屋の電気がついて、それまで見ていたビジョンが唐突に消えてしまった。マキシモはどうやら下の階に降りていったようだ。

「どうして儀式はいつも途中で終わってしまうの？　私のビジョンはまだ終わってなかったのに」

マキシモが戻ってくるやいなや文句を言う。

「今晩もジャングルの時もそうだったのよ」

「儀式では内側と外側の両方で旅をすることが重要なんだよ」

「わかっているわ……」

わかっていないのについ答えてしまう。マキシモの言う意味はわからなかった。

「7歳の時に戻っていたの」

そう言いながら、私のお腹の問題は7歳の時の出来事がきっかけになっているとマキシモが言っていたのを思い出した。

「わかっているよ。君が見てきた部分までで、儀式はきちんと完璧に終われているんだよ。それは子供の時にルートチャクラ（第1チャクラ）をブロックする原因になった恐怖のことだろう？」

マキシモの賢さには降参してしまう。しばらくじっと黙って見つめ合っていたけれど、すぐに彼の誘うような唇に気を取られてしまった。

「よかったじゃないか。これでチャクラのブロックを解くことができる」

「そうなると、どうなるの？」

「ルートチャクラは、すべてのパワーの基本ともいえるチャクラなんだ。性的なパワーだけではなくて、大地のパワーもそうだ。シャーマンにとっても、すべての源ともいえるチャクラだ。なぜならば、すべてはここから始まるからね」

マキシモの言葉があたりに響く。

「ヴァレリー、君はもうベッドに戻って寝なさい」

マキシモは私から目をそらさずにヴァレリーに告げた。いつものように彼は私に色々なことを教えてくれているけれど、すっかりヴァレリーの存在を忘れていたことが少し気まずかった。

「マキシモが話しかけたら、寝ているのにいつもきちんと答えていたわね。そして、また眠ってしまってたわよね？」

立ちあがる彼女に冗談ぽく話かけてみた。すると彼女は無表情で「大丈夫。問題ないわ」と言いながら、ふらふらとした足どりで部屋から出ていった。

「彼女はずっと自分に抵抗しているんだよ」

マキシモは残念そうに言う。その顔が近づいてくると、私の中にある欲望という名のバラの蕾が花びらを広げる。

「だから今晩も眠ってしまったんだ。彼女はまだ準備ができていないんだ」

「何の準備？」

「自分と向き合う準備さ。彼女にとってそれは夫の問題だ。今、彼女は離婚騒動の最中なんだよ。以前にも言ったけれども、ハーブと向き合うには強い自分でなくちゃ。自分の問題に直面する強さが必要なんだ。実は他の人たちは、君ほど強くはないんだよ、マイ・プリンセス」

その発言に答えるほど、私は自分のことを信頼していない。けれども、バラは今、私の内側で花びらを広げて花を咲かそうとしている。

マキシモの微笑む目に見つめられている。そして、その顔が近づいてきたかと思うと、彼のやわらかい唇が私の唇に押し当てられた。それはあまりにも一瞬の出来事だったので、それが実際の出来事だったのかどうか、後で自分でもよく思い出せないほどだった。

チャプター22

次の日は天にも昇るような気分で朝を迎えた。

外の空気を吸いに屋外に出たら、車を通りに出しているマキシモの姿があった。

「ちょっとクスコへ行ってくるからね」

車の窓を降ろしながら言う。

「え？」

「1週間で戻ってくるよ。その後はドン・イノセンシオとジャングルで一緒にワークをしよう」

キスの魔法はもうすっかり溶けてしまった。こんなにも早く。さらに悪夢は続いた。

「それまでこの宿から外に出てはだめだ。一人で過ごさなくちゃいけない」

「どうして？」

「一人だけの時間が必要なんだ」

その厳しい声と、あのレストランで見たような無表情な顔がそこにあった。

クスコに戻って電話をする前には、今後起こりうるあらゆる可能性のことを考えていた。けれども、このような流れになることだけは想像をしていなかった。

マキシモは、次のグループと過ごすジャングルのツアーまでの期間、私への計画が何もないというのだ。じゃあ、どうして、そんな日々も私と一緒に過ごそうと思わないの？　何かまずいことをしてしまった？　そんなにひどいキスだったの？


あっという間にマキシモは出発してしまった。

失望と混乱の中で一人取り残された私は、ただ車が去った後の砂埃を見つめていた。

そして、地獄の1週間が始まった。

持ってきた3冊の本は、それぞれ2度読んだので読む気もしなかったし、一人だけで過ごせというのなら、ここで友達になった宿のシェフとも一緒に過ごせない。言うまでもなく、人生の三大マストアイテムであるチョコレートにハイヒール、友達とのおしゃべりも手に入らない。本気で考え込んでしまった。いったいどうするべきかと。

滞在を延長してまで、シャーマニズムの奥義を学ぼうと思った矢先にこんなことになるなんて。

マキシモは私たちが親密な関係になり始めたとたんに消えてしまった。そして、抜け殻のようになった私は、こんな危機に直面しても誰にも相談できない。

時々出る、突き放すような冷たい発言に、私をするりとかわして逃げるというこの2つが重なると、それはダブルエスプレッソのような苦さで私の目を覚まし、現実に引き戻す。そして、今からやろうとしていることが間違っているのかと思えてくる。

実際にはこれから行おうとしているのは、2度目のアヤワスカ体験だ。マキシモから何かを学ぼうとすると、どこかでハーブとの対峙が必要になってくる。そして、それは吐き気やめまい、震え、恐ろしいビジョンを見たりと辛い体験も含むことになる。それさえも、なんとか受け入れようと思っていたのに。

とりあえず一人で過ごしながら、頭が混乱するまで勉強することにした。

マキシモが持ってきた本の中から、ある1冊を3度も繰り返して読んでみた。その本には、ジョンホプキンス大学の教授の調査報告が掲載されており、幻覚作用のある薬の使用が鬱やトラウマの治療に用いられているというリサーチ結果が書かれていた。

ふとその本から顔を上げると、マキシモが庭を散歩しながらこちらに向かって来る。彼はいかにも会いたかったという表情で部屋に飛び込んでくると、少しかがみこんで私の両頬に挨拶のキスをした。それが逆に私をイラッとさせてしまった。

「調子はどうだい？　アニータ」

しばしの間、冷めた目でマキシモを見ている。

「アニータ!?」

「最低よ。ひどい1週間だったわ。もう家へ帰ろうかと思っていたくらい」

「アニータ！」

驚くマキシモに、なんとか自分の気持ちを語り始める。

「今、考え直そうかと思い始めているの。ハーブが持つパワーのことなんて、よくわからない。私には合ってないかもしれないし……。安全かもしれないけれど、でも、それが、私に向いているかどうかまでは、わからないから。どちらにしても、強い下剤作用があることは確かだし、体調も心配だわ。ペルーに来るヒッピーたちは、ハーブでハイになりたいのかもしれないけれど、私は、そんなつもりはないわけだし……」

グチは自分がなぜここへやってきたか、ということにまで及ぶと言葉に詰まってしまった。隣の肘掛椅子に腰を下ろしていたマキシモが咳払いをする。

「君の言うことは正しいよ、アニータ。一部の人たちが、アヤワスカやサンペドロを、ただハイになりたくて飲むのは確かだからね。でもそれは正しい使い方じゃない。私たちにとってハーブは治療に用いるものだから。少なくとも私の場合は正しい目的でしか使わない。前にも言ったけれども、頼まれても誰とでも儀式をやるわけではない。断ることも多いんだよ」

「そうなの？」

冷たく答えながらも少しは心を動かされている。

「本当だよ。たとえば少し前に、アメリカの有名なＩＴ企業家に儀式を頼まれたんだ。でも結局、断ったんだよ。そんないい話を断るなんてバカじゃないかと友達にも言われたよ。でも、やっぱり直感でわかるんだ。その人は私が助けるべき人じゃない、ってね」

「どうして？」

「彼は、何千人もの社員が働く会社のトップで、毎日、大勢の社員たちが、さまざまな思いや感情のエネルギーを彼に直接投げかけている。さらにその会社は今、色々問題を抱えていて、彼に向けられるエネルギーの多くはネガティブなものなんだ。だからもし、彼と儀式をしたならば、儀式中にそれらすべてのエネルギーが噴出することになる。それは私が対処したいこととは違うんだよ。まったく君の師匠は臆病なヤツなんだ」

そう言いながらウインクされると笑顔になるしかない。マキシモは私の手を取り話を続ける。

「私には二人の師匠がいると言ったよね。一人はペドロというシャーマンで7歳の時に会った人だ。でも、彼と最初に出会ってから数年間は、私はシャーマンの道に進むことはなかったんだよ。自分の人生が上手くいかなくなって、初めて彼に助けを求めたんだ」

「何があったの?」

「妻と息子を数カ月の間に立て続けに亡くしてしまったんだ」

語る声が小さくなった。ギャビーは彼は奥さんを亡くしたと言っていたけれど、息子まで亡くしていたとは知らなかった。

「ごめんなさい。知らなかったわ」

「もう大昔のことだよ、アニータ」

事実をたんたんと説明するふりをしながら、無理やり作る笑顔が本心を語っている。

「……。何があったの?」

「息子は珍しい血液の病気だったんだけれど、医者は手遅れになるまでその病気を見つけられなかったんだ。そして、妻の方は本来なら簡単に済むような手術中に亡くなってしまったんだ。その時、私は彼女の側についていてやれなかったんだ。それから数カ月間はもう完全に自分を見失っていたよ。この人生を、神を、宇宙を恨んだものさ。でも、それ以上に自分のことがイヤになってね。自分に起きたことが信じられなかったし、罪の意識はいつまでも消えない。だからその頃は毎日、酒に溺れて完全にアルコール依存症状態だったよ、アニータ」

ロンドンでは毎日セレブと呼ばれる人々の悲しみや苦しみなどを聞いてきた。けれども、正直いって彼らが話すことは、常にPR会社によって入念に計算され、コントロールされている。だから彼らの本当の本音というものは、決して取材などでは引き出せない。

それに対して、マキシモがただただ正直に語る様子には心を動かされてしまう。ここまでの秘密を明かしてくれるということは、私は信頼されているのかもしれない。

「そして、ある日クスコのバーにいる時、ふと悟ったんだ。もうこのままじゃダメだって。アヤワスカは依存症を治してくれることを知っていたから、シャーマンの元へ助けを求めたんだ。他の人々を助けよう！　と思えたのは、もちろん家族を亡くした痛みを乗り越えた後だよ。これが私がハーブを使う理由だ。私は間違った使い方はしないし、一緒にワークする人にもそんなことはさせないからね」

しばらくは何も言わずに自分の思いをまとめようとしていた。ギャビーいわく、男としてのマキシモは、こと女性がらみの問題に関しては色々な噂もあるらしい。でも、奥さんを亡くして以来、彼が再婚していないのにはこのような理由があったのかもしれない。

「ところで、結局ハーブって安全なものなの？　たとえばドラッグは安全じゃないじゃない？」

やっとこちらから口を開く。

「もう忘れたのかい？　ハーブは私たちにとって聖なる植物だということを」

「いえ、忘れてはいないけれど……」

「北部に遺されている古代の土器や壁画にも、我々の祖先が5000年も前から聖なる植物を使用してきたことが記録としてあるんだよ。もし安全じゃないのなら、どうしてこんなにも長い間、受け継がれてきたと思う？　たとえばアスピリンは西洋で最も古い薬といわれているけれど、どれくらいの歴史があるかわかるかい？　たったの100年だよ。今後、1000年の間に、そのアスピリンもどうなるかもわからないよね」

確かにそれは納得できるとは思った。

「いいかい？　君はこの1週間の間に、心の奥底にあった不安や疑念を表面に浮き彫りにする必要があったんだ。エネルギーが二極化してしまうことが一番よくないことだから。明日の儀式では恐怖や抵抗を全部取り払うからね」

シャーマン、そして、私を掌の上で転がす男とも違う、もう一人の人間を見たような気がした。

まだすべてを理解できたわけではない。けれども、やはりマキシモのことを信じてみようと思う気持ちは変わらない。私の心も落ち着き、ここ1週間の間に感じていた不安もどこかへ消えてしまった。

チャプター23

とはいっても不安は完全に消えたわけではない。

翌日、私たちを乗せた小さなボートは、豊かな自然に恵まれた地域、マドゥレ・デ・ディオスを流れる茶色い河を移動していた。

するとマキシモが突然、数メートル前に銀色に光るものが降っているのを指さして叫んだ。

「さぁ！　すぐに上着を着なさい。早く！」

「え!?」

その瞬間、ボートは急激な土砂降りの中に突入していった。そして、5分後には頭上の太陽は再び燦々と輝き、雲ひとつない空の下をボートは走っている。

「魔法でも使って、さっきの雨をなんとかしてくれたらよかったのに」

「アマゾンにはそんな諺があったりもするよ」

昨日の告白以来、私はマキシモのことをいっそう身近に感じていた。

「ジャングルの天気は女性の涙のようだから信じちゃダメだってね。アンデスの山にも同じことが言えるんだ。今の時期の山の天気は変わりやすいからね。私も一度、雷に打たれたことがあるんだよ」

「本当に？　ケガとかしなかったの？」

マキシモは黙ったままだ。

「何かあったの？」

「ある日、ペドロから、クスコ郊外の村に住む夫婦に薬を届けるように言われたんだ。そこに行くためには山をひとつ越えないといけない。ペドロからは出発前に、山を越える時には十分に時間をかけて、楽しみながら行くようにといわれた。だからゆっくりと歩いていたんだ。時々、早歩きしすぎているかなと思ったら、あえてペースを落としたりもしてね。すると数時間後に突然空が真っ暗になりピカッと光ったんだ。そして、気付いたら地面に倒れていたんだ」

「それでどうなったの？」

「自分が大丈夫かどうか確認した後、起き上がったよ」

「それだけ？」

「いや。その時、雷に打たれて、ものすごいエネルギーが両手にうねるのを感じたんだ。シャーマンの手は最も重要な道具だからね。どうなることかと思った。シャーマンは常に死と隣合わせでもあるんだよ。こういった経験も修行なのさ。ペドロはもちろんすべてを見越していたんだよ。だから後で彼に聞いたんだ。もし、あの雷で死んでいたらどうなったの？　ってね。そうしたら彼はただ言ったよ。その時はそういう運命なんだ、ってね」

「それはきつい話ね」

「これも人生だよ。人生とは厳しいものだ」

そう言ってマキシモは顔をそむけた。この世界についてくる恐怖が私の中に今忍び寄ってきた。目に見えないこの世界を探求することは、恐怖と直面することでもあるのだ。けれども、そこには何かすごいものもある、ということもわかってきた。そんな世界へあえて入っていこうとしている。そう考えると、なんだか孤独感を感じてしまう。

さてエコツアーで泊まる宿といえば、灯油とロッジの木の香りが混じった匂いが特徴だ。

一行は宿のロビーに続く木の階段を急ぎ足で上った。マキシモが私の部屋の鍵を渡しにきた。

「どちらか選びなさい」

両手に1つずつ鍵を握って背中に隠したので、私は左手の方を選んだ。

「おお、アニータ！」

声を上げるのでよく見ると、「ハチドリの部屋」を選んでいた。

「ハチドリだとどういう意味になるの？」

「この地球上でハチドリだけが前にも後ろにも飛べる生き物なんだよ。思うがままに未来にも、過去にも行けるんだ。そして、パチャママである大地の母と、ウィラコチャである太陽の父が完璧な調和のもとで創造した

〝神の食べ物〟と言われる花の蜜を飲む生き物でもある。ハチドリはすべての源へ連れていってくれるんだよ。彼らはこの宇宙の秘密を知っているからね。君もその秘密を知るために来ている。それが今回わかるかもしれないね」

その日の午後はこの会話の意味を考えていた。

私は宇宙の神秘を探ろうとまでは思っていない。正直いってペドロが弟子であるマキシモが雷に遭遇した時に、冷たい対応をした話を聞くと心配になってくる。師として弟子に突き放したような態度をとることは、やはりどうかと思うのだ。マキシモは私が同じ状況だったらどうするだろう？

時々、彼が攻撃的な態度をとることを考えると、もし何かあったとしても、彼もペドロと同じような態度に出ることが予想される。そんなことを考えるとちょっとやりきれない。

エドワードと過ごしていた日々が、もう遥か昔のことのように感じる。なんだかセンチな気分になってしまうけれど、何に対してセンチになっているのかもよくわからない。

ロビーには儀式を待つ人々がたむろしていた。

その中にはヴァレリーもいる。彼女の仲間のことはよく知らないけれど、そのうちの一人が、シドニーから参加した、企業弁護士からヒーラーに転向したという男性だ。彼は大きな鼻に青い目をしたぽっちゃりさんだ。

「僕はジーン」

そんな彼が私の指を握りつぶすように握手をしてきた。

「私はアニータ」

「え？」

「アニータです」

声が小さかったのかと大きな声でもう一度答えると、彼は微妙にうなずいた後、すぐにくるりと後ろを向いて私を無視するような態度をとった。

「あなたがシャーマンですね。お噂はかねがね伺っていますよ、マキシモ」

そして、マキシモには笑顔で挨拶している。

マキシモと新しく来たグループの後について、ロッジを出てジャングルの中へ入って行く。辿り着いた小さな小屋の中は埃だらけで、1匹のカエルがいた以外は空っぽだった。

「あら、見て！」

カエルを指さすヴァレリー。

「触っちゃダメだよ。あのカエルは危険だ」

そう言うと、マキシモはカエルを外へおびき寄せた。

部屋の片隅には、よれよれのマットレスが重ねて置いてある。皆で何枚かのマットレスを半円形に敷くと、それぞれの場所を確保した。

いつものようにマキシモの隣に、ジーンは私の真反対の場所を陣取ると、すぐに身体を揺らしながら過呼吸ぎみになる。ふとヴァレリーを見ると、彼女は立ちあがって自分のマットレスをジーンからできるだけ遠ざけていた。

静けさの中で全員が何かが起きるのを待つ。しばらくすると部屋の空気がピリピリとしてきた。緊張のあまりに鼻が詰まってしまい、呼吸をするのも苦しくなってきた。

ほどなくしてドン・イノセンシオが部屋に入ってきた。グループの前に立つと、彼は一人ひとりに挨拶をしている。その手にはペットボトルがあった。できるだけハーブの方は見ないようにしていたのに、ついボトルが目に入ってしまった。あの濃い色の液体が目に入ると不安が即座に恐怖に変わってしまう。

ドン・イノセンシオはボトルの口を開けて煙を吹きかけた後、液体を順番にグラスに注いでいる。順番が回ってくると、前回は飲みにくい味ではなかったことを思い出し、気合いを入れて一気飲みをする。

その瞬間に戻しそうになった。なんとアヤワスカの味は、前回のものとは全く違っていたのだ。今回のものは、より苦く、黒い木の小さな欠片まで入っていて、それが喉にひっかかり落ち着くまでしばらく時間がかかる。

全員でいつものマントラを唱え横になった。ジャングルの夜の生き物が奏でる鳴き声や羽音、そして、時折聞こえてくるジーンの大きなため息を除き、ただ静けさだけがここに存在している。

心の中で「どうか自分の中にある抵抗を手放せますように」と、儀式に臨む意図を繰り返す。

少し時間が経つと、内側の世界が見え始めた。

目の前で2匹のヘビが踊っている。彼らは恥ずかしげもなくエロティックに絡み合っている。私は催眠にかかったように、その妖艶な美しさと周囲を気にしない彼らの自由奔放さに魅了されていた。世界のどの古代文化においても、ヘビが神として扱われていたことを思い出していた。

次に見えてきたビジョンは、広々とした美しい雪景色の中、家族やエドワード、ルルたちとスキーをしている自分の姿だった。雲ひとつない晴天の下、皆で風を切ってシュプールを描きながら滑り、パウダースノーがあたりに舞っている。

ところが、なぜか私だけが滑走コースから逸れて、皆と離れてしまう。そのまま一人で滑り続けていると、辿り着いた山の麓から美しい絶景が目に入った。遠く見えるのは、太陽の光を浴びて、二つの山の裾野に広がる小さな村だ。赤レンガの家並みと中世の教会の屋根が見える。

すると、どういうわけか村の景色が逆さまにひっくり返ってしまった。その景色は、一度は元に戻ったのに、またもやひっくり返る。そして、私の身体も逆さまになると、雪の上をごろごろと転がり始め、動かなくなるまで下へ落ちていった。

次に見えたのは他の皆が私の死体を発見したシーンだった。

ところが、私の死体から小さな身体が抜け出すと、意気揚々とスキーをしながら水平線の向こうへ消えていったのだ。

皆は新しい私には気付くことはなかった。彼らはまだ悲しみを乗り越えられず、その悲痛な思いが私の身体の中にどっと流れ込んできた。

次に私は、すでに皆が去った後の翌朝のシーンを見ていた。抜け殻の私は石のようにそこで動けずにいた。私は失ったもののことは気にせずに、未来へ向かっていくべきだ、今後のことに集中すべきだとわかっているのに、そこでただ凍ったように固まっていた。

次第に映像はスクリーン上の画素のドットのようになって消えていった。そして、今いる小屋の自分の意識に戻ってきた。

ジーンがドアの方へふらふらと歩いて行き、激しく吐く音が聞こえてくる。ヴァレリーもよろめきながら小屋の外へ出て行く。すると彼らの具合の悪さが移ったかのように私も吐き気を覚え始めた。けれども、実際に吐くまでには至らなかった。

一方でマキシモはいびきをかいて寝ているようだ。ドン・イノセンシオは椅子に静かに座っている。今回はシャーマンたちによるイカロ（歌）はなく、ガラガラなどの道具を使うこともない。

最初のアヤワスカの儀式の時もかなり殺伐としていたけれども、今回のこの密度の濃い殺気立つような雰囲気もかなり不気味だ。

気をまぎらわそうと部屋を見回すと、ジーンの隣の床に亡くなったおばあちゃんが座っているのに気付いた。私の心が創り出した祖母のイメージは、〝ヒーラー〟のジーンのように肉づきがよく、その顔はまるであのアンディ・ウォーホルの絵のように蛍光色に輝いていた。

ところが、その顔はだんだんと老いた表情に変化していくと、私のお腹の中にさまざまな色の細いフィラメント（繊維）になって溶けて入ってきた。

次に心の中の目に映し出されたのは、ネガティブなシーンばかりだった。

それはエドワードと喧嘩をしているシーン、マキシモがレストランで怒っているシーンなど。そして、それぞれがまた色に溶けだし、おへそを通ってお腹の中に入ってきた。

けれども、その時、〝怒り〟や〝涙〟などは、ただひとつのものの見方であり、実際には善や悪、また正しいとか間違っているなどということは存在しないのだ、ということが理解できた。最後に、浮かんでいたすべてのモノたちが同じように色になり、光になって消えていった。

アヤワスカが身体の中を巡っている。

そして、身体を巡りながら、痛いほどお腹を締めつけてくる。目を開けるとマキシモが隣にいて、お腹の上に手を置いてさすっていた。

彼は「完璧だ」と言うと、席に戻ってガラガラを手に取った。こんなに痛いのに何が完璧なんだろうと思いつつも、あれこれ考える余裕はなかった。

マキシモがガラガラを振り始めると、より一層お腹の中が泡立つほどの痛みになり、ついに脚までガクガクと震え始めた。けれども、ガラガラの音が一旦止まると、同時にお腹の動きと脚の震えも止まる。この世界がすべて静止したかのようだ。再びガラガラ音が始まると私の身体も震え始める。その震えはやがて私のすべてを飲み込むように強烈な振動になって脊椎を貫くように広がり始めた。マキシモはもう一度ガラガラを止める。すると揺れも止まった。

ところが、またガラガラを振り始める。すると同じように揺れも始まる。マキシモは私の身体を使って遊んでいるかのよう。でも、私にはそれを止める力ももう残っていない。

ガラガラ音は周囲に心臓の音を刻むようにずっと続いている。疲れ果てた私の痛みはもう限界にきていた。吐き気もコンスタントにやってくる。もうただ解放して欲しかった。

「マキシモ！」

叫ぶ私にマキシモはガラガラを止めた。

「外へ行きたい」

彼は私の手を取り、階段を急いで降りていく。

嗚咽のようなむかつきを感じるやいなや、悪臭を放つ赤い液体が喉と口を焼き焦がすように上がってきた。

そういえば、最初のアヤワスカの儀式では、お腹の中に炎が見えたのを思い出した。

マキシモが片手を背骨に、もう片方の手を胃に置いて、ゆっくりと両手を身体の上から動かすたびに、すべてを吐きだしたと思うのに、しつこく吐き気が胸まで上がってくる。彼の掌が喉まで上がってくると、再び吐き気を催す。

「まだ、全部出ていない気がする……。でも、もう吐き出せない」

勝手に言葉が出てくる。

「無理をしないで。しつこく残るエネルギーもあるんだ」

落ち着いた声が聞こえる。再びお腹と背骨をギュッと押され、上へ両手を引き上げられると、吐き気が上がってきた。もうマキシモの言うことも頭に入らない。これ以上吐けないと伝えると、マキシモも最後の手段に出たようだ。

それはマキシモが私の代わりになることだった。彼が吐き始めた瞬間、私の吐き気は一気に収まったのだ。

私の方へ戻ってくる彼をあっけにとられて見ていた。


何も言葉が出てこない。

驚きとバツの悪さを感じながら、震える手に持っていたティッシュでマキシモの口を丁寧に拭く。彼は私の手を取るとにこっと笑い、私の胃に手を当てて同じことを2回繰り返した。

すべてが終わり、お腹の調子も落ち着いた。マキシモは少しかがんで私の額にキスをすると、二人でゆっくりと小屋に戻った。

「光をそれぞれのチャクラに取り込むようにイメージしなさい、アニータ」

小屋に着くと、彼は自分の席につきながら私に告げた。

その日の残りの儀式は、すべてのチャクラに光が流れ込んでいく様子をイメージし、暗闇の中にレインボーの光が身体から溢れ出すまでビジュアライゼーションを続けてみた。

すると、イメージとこの世界の境界線が溶けてひとつになったのか、もう目を開けても閉じても輝く光が見えていた。

今度はいきなり、まぶたの後ろにあるインクをこぼしたような暗い闇の中から、アマゾンの景色が現れた。そのどこまでも深い神秘の世界は、銀色の半月に照らされている。気付けば私は歪んだ形で広がるジャングルの上を飛んでいた。巨大な木を見降ろしながら、ぐるぐると旋回していた。

急に視界が開けてきた。さざめく広い草原の中に何かが見える。そのピンと張りつめた緊張感のある姿こそ黒いパンサーだった。それはあのマヌーで見た黒いパンサーだ。じっとしていながらも、時折動く尻尾の俊敏な動きだけを見ても、どれだけこのパンサーがパワフルな存在かが伝わってくる。なめらかな毛並みは、月夜に照らされて艶めき、緑色の丸い目は藪の方をじっと観察している。そのあまりの美しさに目を離すことができない。

パンサーもまた、数メートル先の草むらから決して目を離さない。パンサーが何を見つめているのかはわからないけれど、その確実に何かを捉えている様子には一切の迷いがない。パンサーはただ、静かに、ひっそりと、何かを待ち続けている。その恐ろしいほどの明晰さには、ただただ圧倒されてしまう。

ふと「恐ろしいほどの明晰さって何？」という疑問が浮かんだ。この言葉をネコ科の動物を表現することに使うってどういうことだろう？　思わず理性で考えようとした瞬間、ビジョンはすっかり消えてしまった。


今回もまた、もう皆は先にロッジに戻っていたので、前回と同じようにマキシモが部屋まで送ってくれた。

ベッドに横になって、マキシモがもう一度胃を触ってチェックする。


「完璧だよ」

二人で見つめ合うと永遠に時間が過ぎるようだ。我が師のやさしい微笑みにとろけながら、儀式前に考えていたことに答を見つけたと思った。

確かにシャーマンの世界に飛び込むということは大きな挑戦だ。なぜならばそれは、自分の中に潜む恐怖心——得体のしれない恐怖、コントロールできない恐怖、本当の自分と向き合う恐怖であり、それらを乗り越えてからすべてが始まるものだからだ。

けれども今夜は、マキシモが必死で私の手を握ってくれていたことの方がうれしかった。

今マキシモには、言葉では言い尽くせないほどの尊敬と親しみを感じている。彼のことはこれからも完全には理解できないだろうけれど、こんなに誰かに対して心の底からの感情、そして、深い繋がりを感じるのは初めてだった。


ベッドに入ってからも頭がさえて眠れない。

マキシモが部屋から出ていった後、ロッジの窓の網戸から夜が明ける様子を見ながら幸せな気分で過ごした。何度も頭の中にマキシモのことがよぎる。彼が私を選んでくれたことは奇跡だ。彼はどうして私を？　そして、この借りはどうやって返せばいいの？

ふと気付くと2匹の大きなゴキブリが床を這っていたけれども、もはやなんとも思わなかった。そういえば、ペルーに来る前に、部屋にクモが出てきたな。私がいつの間にか虫のことなど気にも留めなくなっていたなんて、エドワードは絶対に信じられないだろう。今の私はなんだかとても自由になった気がする。

チャプター24

頭の中でコツコツと何かを叩く音が聞こえてきた。

内側で響くその音はしつこく続き、ついには頭の中から爆発しそうになる。それを止めたいのに、いつまでも続く。何度も容赦なく。やっと目を開けると実際に誰かが部屋のドアをノックしていた。

「イギリスの人はお茶が好きなんだよね？　だから持ってきたよ」

マキシモが意気揚々と部屋に入ってきた。

そんなお茶タイムの後、部屋から出ると他の皆はすでにボートに乗っていた。ジーン、ヴァレリー、その他オーストラリア人の女性が2人。

「昨日は本当に全員具合が悪くなっていたよね」

ボートが川岸から離れるやいなやジーンが大声で言う。

「最初にカエルを見たでしょ？　あれって何か意味があったのかしら？」

ヴァレリーの質問にジーンが「わからないな」と答えている。

「カエルって浄化のシンボルなのよね。だから全員が苦しんだのじゃないかしら」

「ドン・イノセンシオは昨日のアヤワスカをアニータのために作ったんだよ」

マキシモが彼らの会話を遮った。まだ疲れていた私は彼らの会話を話半分で聞いていたものの、マキシモの発言には思わず反応してしまった。

「どういう意味なの？」

「君がマヌーから戻って来た時にドン・イノセンシオと話したんだ。そして、君が必要とするものを瞑想から受け取って処方したそうだ。昨日のハーブは、抵抗を取り除くということを目的としていたんだ。だから他の皆にも同じような働きをしたというわけだ」

「じゃあ、皆の具合が悪くなったのは君のせいなんだ？　アニータ」

ジーンは私の方を向くといじわるそうに言う。私はその発言に気に留めないふりをする。

「でも、どれだけ長い間、その抵抗を取り除くのに闘ったかということだよね。あんな強さがあれば、きっとパワフルなシャーマンになれるよ」

マキシモの声は私に聞こえるだけのささやき声になっていた。

「だから昨日のアヤワスカはあんなに苦かったの？　最初に飲んだドリンクは昨日のものほどひどくはなかったと思う」

「前回は君のために処方されたものじゃなかったんだよ」

「じゃあ、その時のシャーマンのプラン次第で、ハーブの質が変わるというわけね？」

「もちろんだよ」

「どういう風に変わるの？」

「思考はフォトン（光量子）を生み出すからね」

「だから？」

「いいかい、すべてのモノは光でできているんだ」

確かにそれは昨日の儀式で画素のビジョンを見ていたので理解できた。

「フォトン、つまり光の粒子を加えることによって、何かを変えることができるんだ。たとえば量子物理学では、観察するという行為が観察されるという現象に変化を与える観察者効果という論理で説明されていたりもするよね」

マキシモはそこまで言うと、ボートから河の深い部分にザブンと飛び込んでいった。

ランチの後、マキシモは一行をジャングルに案内した。

彼は太いアヤワスカの蔓が木の幹に巻きついている様子を指さす。その蔓は、大きな木に巻きつくことで、その木から栄養を吸い取っているようにも見え、その悪びれない神経の図太さには感心させられるものがあった。

次にマキシモはある樹木から樹皮を剥いで見せた。樹皮の中にあった白くやわらかいものは、触っただけでニンニクのような強烈な匂いを放つ。また、手に持った1本の細い小枝がアンテナのように伸びて、マキシモの肌の上で這うように枝を伸ばしていく様子も見せてくれた。大自然の不思議さにはただ感心するばかりだ。

残りの午後はロッジのキッチンにある庭の周囲を散歩してみた。

それぞれのハーブに名前のラベルが付いている植え込みの中をぶらぶらと歩いていると、不意にある瞬間に目に入るものの〝見え方〟が変わった。

輝く葉の1枚1枚に、また枝の1本1本に、各々が秘めているパワーが感じられたのだ。それは強い生命力そのもので、この地球のすべてを繋ぐ意識が物理的に具現化されたものだということもわかった。

それは生まれて初めての〝ワンネス〟を感じる体験だった。その感覚こそが、仏教徒たちが瞑想や修行の中で得られるものなのだろう。ふとロンドンのヨガのインストラクターたちのことを思い出した。果たして彼らは、この感覚を味わったことがあるのだろうか？

「心の目で見ることを学ばなくてはいけない」ということも少しは掴めてきたのだろうか。その日の午後に体験したことは、これからも忘れることはないだろう。

夕食後、ジーンと私は部屋に戻る道すがら一緒に歩いていた。

月は緑の世界をやわらかな白い光で照らしている。その景色は、まるであのパンサーのビジョンを見た時の景色に匹敵するほどの美しさだ。想像と現実の世界、内側と外側の世界、という二つの世界が交わることについて思いを巡らせる。

その時、一緒に歩いていたジーンの声で我に返った。彼は丸い月の方を見ながら、シャツのボタンをはずしている。

「毎月の満月には、月の光を肌に直接浴びるといいんだよ」

説得するような口調のジーン。

「そうなの？」

「試してみて、アニータ」

「私は大丈夫よ」

「やってごらんよ。ほら！」

私の胸のあたりを見て急かしてくる。

「私はいいから」

「じゃあ、好きにすればいいよ」

不機嫌になった彼から逃れるように、自分の部屋へと足早に向かった。けれども、すぐ後ろに彼がいることが、聞こえてくる荒い息遣いでわかる。彼はすっかり月光浴のことは忘れている様子だ。

「ちょっと待って、アニータ。急がないでよ。ところで、君って何歳なの？」

息苦しそうな声で聞いてくる。

「30歳よ」

「まだ若いね。その年齢でスピリチュアルの探求をしているなんて感心するよ。僕なんて50代半ばになって初めて、人生は仕事だけじゃないって気付いたくらいだからね。それまで仕事だけの人生だったからさ。スピリチュアルな生き方ができない人生なんて空っぽだよ。だから君ももう僕たちの仲間ってことだよ」

同じ体験をする人すべてが、自分と同じタイプの人間だと決めつけるジーンの考え方は、ちょっと違うと思った。けれども、明らかに彼は法律の世界では成功してきた知性のある人だ。そんな彼にいったい何があったんだろう？

「私はただ休暇できているのよ」

「え？　何を言っているんだ！　君は偉大なヒーラーになれる人だよ、アニータ」

道で足を止めて彼を振り返る。次に自分の口から出た彼へのキツい言葉に、自分でも驚いてしまった。

「言っておくけれどジーン、私はヒーラーになる気なんか、さらさらないから！」

「そうなの？」

フフンと笑うと彼は私を追い越していった。

チャプター25

マキシモと私は夜明け前にはアマゾンの生命が息づく緑の世界を後にした。

ここ数日で初めて二人きりになれたことで、やっとほっとしていた。ジーンとの一件は、せっかく素晴らしい体験をしていた私の気持ちに水を差すものだった。

あの中年ヒーラーは、キャロラインのような繊細さや優しさなどはみじんもなく、私の苦手な、地に足のついていない典型的なスピリチュアルオタクであり、ペルーのシャーマンの伝統さえも自分の偏った視点で捉えているようだった。

はっきりいって、スピリチュアル系の人々が語る非現実的な〝愛と光〟に基づく考え方などは、マキシモが実際に雷に打たれてしまうようなリアルなシャーマンの世界とは、まったく別のものだと思う。もし、それらが同じものであるのなら、教えて欲しいくらいだ。シャーマンの世界については、あるがままに正しく受け止めなければならない気がしている。

マキシモが黒いシャツの下にある完璧な肉体を見せつけながらボートの中を歩いてくると、私の隣に座って肩を組んできた。私の怒りも少しは収まってくる。ボートの上でリラックスしてくると気になることを思い出した。

「儀式中に私の具合の悪いのがあなたにも移ったでしょう？　あれはどうやるとあんな風になるの？」

プエルト・マルドナドへ戻る方向へ、ボートがエンジン音をかけ始めたところで聞いてみた。

「同調するという〝シンクロナイゼイション〟は、シャーマンが治療に使う幾つかの方法の中でも、重要な技法のひとつだよ」

「でも、そのシンクロナイゼイションを行った場合、他の人の代わりに具合が悪くなったりするわけでしょう？　それはどのようにやっているの？」

「どうにもしないよ。それはただ起きるんだ。シャーマンなら皆、自然に行えるものなんだ。今、君の具合はもう大丈夫なんだよね？」

お腹はもう痛くないし、なんの不安もない。

「ところで、儀式はどうだった？」

そこで、スキーのビジョンを見たところから話し始めた。

「前から言っているように、これまでの古い生活から変化する時期がきていることを教えられているんだよ」

「そんなにシンプルにはいかないわ」

「いや、簡単なことだよ。宇宙の摂理に逆らうものじゃない。運命には素直に従うべきだよ。君は今、スピリチュアルの道を歩もうとしている。もう戻れないんだ」

その言い方は厳しかった。少し前まであんなにいい雰囲気だったのに。毎回彼の世界になんとか一歩踏み込んだと思ったら、必ず冷たく突き放されてしまう。まるでマキシモは、わざとこんな態度を取っているかのよう。

　とにかく今はロンドンでの生活のことは考えたくないし、自分の未来についてもまだ未定にしておきたい。今はただ、ペルーで休暇を延長したということだけ。それだけで私はいっぱいいっぱいだ。

　気持ちを落ちつけようと景色を眺める。

　空には灰色のカーテンがかったかのように重苦しい。その雰囲気は、まるで今の私の気持ちを表しているようだ。河岸ではワニが動かずにじっとしている。その姿は何世紀もずっとそのままでいるようにも見える。

「あと、昨日はパンサーのビジョンを見たのよ」

「それはまだ聞いてなかったね」

　マキシモの顔がいつもの少しふざけたような顔から、一気に冷静な表情に変わった。そして、あの漆黒の動物について何を見たか探りを入れてきた。彼の琥珀色の目はいつもより大きく、そして、鋭く光っていた。


　宿にはドン・ホセが山から訪れてきていた。

　ワシアリュに来た日、初めての儀式をしてくれたシャーマンが庭で私たちを待っていた。マキシモは彼を瞑想室に誘うと、その控えめなシャーマンに織物でできたポーチを手渡す。

「僕も入れて！」

　低い声が遠くから響いてきたと思ったら、背後からジーンが階段を駆け上がってくると輪に加わってきた。彼はおもむろに私の肩に腕を回してくるとガツガツした感じで言う。

「僕も見たいんだよ！」

私も好奇心いっぱいで、ドン・ホセがその織物を開けるのを待つ。けれども、その中身は1本の糸のところどころに結び目が施され、そこから紐が何本もぶら下がっているものだけだった。

「おお、これはキープ（結縄《けつじょう》）だね」

ドン・ホセは大きな両手を静かに上げながら驚きの声をあげた。

「キープって何？」

「村の資産を管理していた責任者が身につけていたものだよ。これは2000年も前のものだ」

「本当!?」

「大きなポテトが20袋に小さなポテトが15袋。そして、30匹の動物」

ドン・ホセが何かぶつぶつとつぶやいている。マキシモは昔のシャーマンが使っていたというケチュア語を訳した。

「何？　この結び目から読みとれるの？」

びっくりしてホセを見る。

「そうだよ、アニータ」

ドン・ホセも夢中になっている。

「動物たちは右側、つまり男性の側に、そして、植物は左側、女性の側に記録されている。メインの紐につけられる1本ずつの紐の色の違いで、動物や植物の種類もわかるんだ。たとえばこの左側にある黄色の糸はポテトを表している。そして、結び目の種類と位置は数字を表すんだ」

「すごいね！」

ジーンも甲高い声をあげる。

「大昔にはこんな賢いものがあったのね」

「すべての古代の伝統には叡智が隠されているんだよ。インカ人たちは無教養だったといわれているけど、それは間違いだ。スペイン人征服者たちが書いた記録がローマに保存されているのだけれど、そこにはインカ人たちには、自分たちの歴史を綴ったタブレット（書字板）もあったことが遺されている」

「そうなの？」

「博士課程でリサーチをしている時にそれを発見してね。バチカンに何度もその資料を見せてもらえるように交渉したものさ。なぜならば、そのタブレットはまだ発見されていないし、当時のその他の記録もすべてもう消滅しているからね。とにかく今の私たちよりも、古代の人々の方がよほど賢かったと思うよ。自然を支配するのではなく、自然と繋がって生きる大切さも知っていたしね」

紙がインクを吸い上げるように、マキシモの知識を自分のものにしておきたいと思った。


数時間後、ドン・ホセが帰ると、私たちは瞑想ルームのマットレスの上にいた。

ジーンと私は離れた場所にいたので今日はイラつくことはないだろう。マキシモは一人ひとりに3つずつ石を手渡しながら部屋をまわっていた。

「第1チャクラを開くようにイメージしてごらん」

「了解！」

ジーンの声がする。まったく彼の第1チャクラは本当に開く必要があるのかしら？

「アニータ、この石を会陰の部分に置いてみなさい」

マキシモは金色の石を私に手渡す。

「え？」

「この石を会陰に。肛門の手前の位置だよ。そして、この２つの磁石を股の付け根の鼠径部にあるリンパ腺のところに置いて」

当たり前のように言うマキシモにちょっと気まずい声をあげる。

「どうして？」

「エネルギーの流れを刺激するためだ」

そう言うとすたすたと去っていった。

「洋服の上から置いてもいいんでしょ？」

誰かが質問した。

「いや、ダメだ。肌の上に直接置きなさい」

ジーンが私の方を見て、自分のズボンをふざけながら下げて笑い、見たくもない彼の白いビキニパンツに石を入れようとしている。どうやら彼は自分の会陰を探すのに時間がかかっているようだ。彼のこういう態度が私のやる気を失わせるのだ。

「目を閉じて。石と繋がることに集中して。いらないエネルギーを手放すように」

マキシモの声が部屋に響く。あたりを見回すと、皆、自分の必要な位置に石を置いて横になっている。私は手の平にある石を見つめた。この石が本当にエネルギーの流れに影響したりするの？

マキシモからの指示はどんなものであっても、彼が私の師であるならば従うべきだと決心した。たとえその石が肌にはひやっとするほど冷たく、また、重たくても。

石を言われた通りの位置に置くと、マキシモはガラガラを叩き始めた。

すると、すぐに私の左半身はピリピリと反応し始める。しばらくすると右半身も同じようにピリピリした感覚が走り始めた。その振動はやがて痺れに変わり、身体の上に石を置いていることさえもすっかり忘れてしまった。やがてその痺れはじわじわと下半身に降りていき、足の裏から外へ出ていく。なぜだかこの動きには妙に疲れてしまい、何度もあくびが出てしまう。

「次に、今度は会陰からエネルギーを取り込むようにして。そして、できるだけ長くエネルギーを自分の中にキープしたら、力を抜いてリラックスして、そのエネルギーを再び会陰から外へ出すようにしてみて。それを7回繰り返すんだ」

そこでお腹と骨盤底筋を意識してみる。

エネルギーがシューッと腹部から胸を通り、両眉毛の間にある第3の目の位置まで上がってきた。そのあまりの強さには、思わず額のマッサージが必要なほどだ。それはよく冷えた炭酸水を一気に飲むと、鼻のあたりがツンとするような感覚と似ていて、あまり心地よいものではない。けれども、その感覚が過ぎ去ると、身体は軽くなり全体にエネルギーが満ち溢れるように感じられた。ほんの一瞬でのこの変容ぶりには、自分でも驚いてしまう。

「どうだい？　アニータ」

マキシモが手を取り、身体を起こしてくれる。

「素晴らしかったわ」

「見ていてわかったよ」

「いったい何が起こっていたの？」

「手放したんだよ。人は常に色々なものを手放している。息をしては吐き、水を飲めばトイレに行くようにね。ほとんどの人にとっては、手放すことは無意識に行われているんだ。でも、シャーマンはそれを常に意識的に行う必要があるんだ」

「それがあの痺れが流れていく感覚のことだったんだ。あれはなんなの？」

「エネルギーだよ。エネルギーが私たちのすべてなんだ。すべての感情や思考もエネルギーだよ。すべてが動いている光なんだ。覚えているかい？」

アヤワスカの儀式で見た、色のついた画素のビジョンを思い出した。きちんと正しいビジョンを見ることができているの？　まだすべては把握できないけれども、私の深い部分ではそれらを理解しているようだった。

「マキシモ！　ちょっと話せる？」

ヴァレリーとオーストラリアからの女性の一人が叫んだ。

「すぐにそっちに行くから待ってなさい」

マキシモは彼らの所へ行くと、また私の方に戻ってきた。ヴァレリーはなんだかそれが面白くない様子だ。

「シャーマンは人とシンクロしながらワークをしなくてはいけない。そうすることで彼らのネガティブなエネルギーを追い出すことができるからね。ジャングルで私の具合が君の代わりに悪くなったのを覚えているよね？　もし誰かとシンクロしたら、私の身体には彼らが考えていることと同じ感覚が入ってくるんだ。だから自分に入ってくるエネルギーはどんなものであれ、外に出さなくてはいけない。その人にとってネガティブなものは私にとっても同じだから」

あのジャングルの経験をした今、言われることは確かにそうなのだと思える。でも、何を信じればいいのだろう？　理論？　それとも西洋の概念の神？　それとも経験？　妖艶なペルーの女神？　どれかひとつを選ぶのは難しい。

「そして、ネガティブなエネルギーを手放したら、空いたスペースには新しいエネルギーを満たさなくてはならない。つまり再びエネルギーをチャージするということだね。このプロセスがシャーマンの技法の中でも最も重要なプロセスなんだ。シャーマンは常にエネルギッシュで健康でいなくてはいけないからね。2、3週間前にツボ押しを行ったのを覚えているね？　今回は自分だけでさらにそれを深いレベルでやることができたんだ。クリスタルの力を借りてね。ところで、石を使ってみてどうだった？」

二人で下の階へ降りながらマキシモが聞いてくる。けれども、石のことを思い出そうとしても、何も思い出せない。

「すっかり忘れていたわ」

「それでいいんだよ」

両手を握り締めてくると喜んでいる。

「なぜ？」

「石のことを忘れていたということは、つまり石たちが君の身体とシンクロしていたということなんだよ。身体に置いてしばらくしたら、もう石は冷たくもなく、重たくも感じなかっただろう？」

「ええ。でも、それがシンクロってことなの？」

熱さや冷たさまで自分の体温に同化するという考え方は、ちょっと非現実的ではないかと思う。

「その時、石は君の体温と同じ状態に、そして、体重と同じ重さになったんだよ。それがシンクロなんだ」

「でも、石はただのモノじゃない？」

「クリスタルだ。クリスタルはこの地球上で最も賢い物質なんだよ」

疑い深い目で見つめても、返ってくるコメントはまた理論的ではなかった。

「叡智とは経験から得られるものだとわかっているよね？　クリスタルは何千年もの間この地球に生きているんだ。長い間、地球の環境が変わり、地形が変わっても生き続けてきた物質だからね。だからさまざまな経験が石には刻まれているんだ」

「でも、それでもただのモノだから〝命〟ではないでしょ。感覚もないし意識もないはず。それに私たち人間が叡智を得るためには、何よりも意識的になることが必要なんじゃない？」

「アニータ！　この地球上に無意識なものなど何ひとつないんだ。そして、この世界のあらゆるものが光からできているんだ。だからすべてのものがすべてのものと対話できるんだよ。シンクロはそんなコミュニケーションの最も基本的なものだよ。私たちは皆、これが可能なんだよ。でも今の時代は、特に先進国から来ているほとんどの人たちは、このことを忘れているみたいだけれどね」

少し間を置いてマキシモはぐっと近づいてきた。

「でも、もうエネルギーを手放す術をマスターしたじゃないか。だから〝シンクロする〟ことを思い出すのも、もう時間の問題だと思うよ」

子供のようにキラキラした目でささやいてきた。

チャプター26

「手放し」と「シンクロ」を理解しようとすることは、これまで信じてきた世界を揺るがすことになる。けれども、少しワクワクしている。なぜならば、もしこの世界が本当に繋がっているのならば、これまで不可能だと思っていたことも可能になってくる。そして、ここで体験したことは、すべてそのことを証明しているのは確かだからだ。

翌日の朝目覚めた時、数カ月ぶりに身体の中からエネルギーが湧いてくるような感じがした。

そこで、まだ朝早いキッチンに忍び込んでお茶を作り、ハンモックに揺られながら、アンデスの赤い山脈に朝日が射す景色を眺めたい気分になる。

でも、それは叶わなかった。

庭への扉を開けると、そこにはラジオから地元の歌謡曲が大音量で響き渡り、さらにはジーンが身体にフィットしたトレーニングウェアに身を包んで音楽に乗って踊っていたのだ。そう、リズムを大幅にはずして。

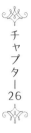

「一緒にどうだい？　アニータ！」

「ちょっと私には、まだ朝早すぎるかも」

せいいっぱいの笑顔でそこから避難すると、マキシモを玄関口に見つけた。マキシモは外のベンチに誘ってくる。温かくがっちりした腕に触れられると、朝から少し恥ずかしい。

そして、隣同士で座ると鋭い目で見つめる。何を考えているのかその表情が読み取れない。お互いの腿はくっつき、彼の腿の緊張が伝わってくる。彼はまたキスしようとしているのかしら？ 心臓がドキドキしてくる。

けれども、シャーマンの方はロマンティック度はゼロだった。

「もう何年も前のことだけど、アヤワスカを使う儀式でドン・イノセンシオのアシスタントをしていた頃があったんだ。その日のグループにはアメリカからの映画監督がいたんだよ。彼は過去にもアヤワスカを試したことがあったらしく、他の皆に儀式には何を求めるべきか、なんていうことを講義し始めたんだ。私は彼のことを傲慢だと思ったし、あまり好きではなかったんだよね。そして、儀式がスタートすると、彼の体調は助けが必要なほど悪くなったんだ。でも、私はその日は皆の手助けをすることは許されていなかったから、彼のことをただ見守り続けるしかなかった。考えてみれば、ドン・イノセンシオは、その日は〝謙虚になる〟ということを私に教えてくれていたんだね」

「賢い人なのね」

本当は今こんな話を聞きたいわけではないのだけれど。

山の頂上から少しずつ太陽が顔を出し、黄土色の景色を輝く白い光で照らし、満たしていく。そして、次に言われたことが理解できなくて、一瞬彼の顔を見返してしまった。それは思いもよらないことだった。

「今から10日間、ジーンと本格的にワークをすることになる。そこでぜひ、君にアシスタントになって欲しいんだ」

自分でも表情がこわばっているのがわかる。困ったことになった。それよりも困ったのが、私がジーンをどう思っているか、ということがマキシモにも隠し通せていなかったことだ。

マキシモは朝から私を抱きしめてくれたのだと思いこんでいたら、狙いは別のところにあった。そう、いつも彼は私の一歩先をいくのだ。彼の瞳には星がキラキラ輝いている。美しいシャーマンは静かに微笑んでいた。

1時間後、マキシモと私はジーンのベッドルームにいた。

その〝ヒーラー〟は、自分が私のためにモルモットになることを大いに歓迎して、ベッドの上のビニールシートにうつぶせで横たわっている。彼は全裸だ。どこに目線をやればいいのかわからない。

「誕生日にオリャンタイタンボで試した、視点をはずして対象物を見る方法を覚えているよね？　あの時と同じだよ。目ではなくハートで見つめるんだ」

そう言うと、マキシモはチチカカ湖の泥パックの準備を始め、忙しいのか私のことは無視している。仕方がないので、気まずさに戸惑いながらも、なんとかここはやり抜くしかないと心を決めた。そこでまず、目の前にいる苦手なクライアントの身体を観察する。

「何か仙骨あたりに問題があるかね？　ジーン」

マキシモはジーンの背中の下に泥を塗りながら私を見る。つまり私にもその部分をじっくり見ろということだ。その時、ジーンの指の下から、かすかな影のようなものが出ているのに気付いた。

「はい。弁護士になって以来、ずっと調子がわるくて」

うつぶせているジーンが声で答える。マキシモが「ほらね」という顔でこちらを見た。そういえばジーンが、「人生は仕事だけではないということに気付くのに長い時間がかかった」と言っていた。このあたりに彼の問題が隠れているのかしら？

「今度は仰向けになって、ジーン」

悪夢のような指示が出た。まさか本当に？　ジーンは私の方を向くとにやにやしながら、身体の向きを変えている。

「大丈夫だよね？　アニータ」

これればかりは、どうしようもない。一度彼の目を見た後、一瞬ちらりと彼のピンク色の小さな陰部に目をやり、少し笑うと彼の目を見た。

「大丈夫！」

そこにマキシモが厳しい声で割り込んできた。

「両腕を身体の横に置いて、そして、目を閉じて」

マキシモはジーンの身体にゼラチン状のネバネバしたものを塗っている。彼の下腹あたりから黒い影が出ている。それは膨張しているような感じで、明らかにいいものではないことがわかる。

マキシモが右側の位置を指さす。近づいて見てみると肌の下で瘤《こぶ》のようなものが振動しているのが見えた。一度、瞬きしてみる。けれども、再び目を開けて見ても、その塊はそのままそこにあった。なんだかくらくらしてきた。

マキシモがジーンの腹部全体に泥を塗り終えた後、二人で彼をビニールのシートと2枚の毛布で包む。

「ゆっくり休んで、ジーン。泥が渇いたらシャワーで流しなさい」

しばらくの間、コバルト色の空と茜色の山々に囲まれてハンモックに揺られながら、見た事をマキシモに話す。マキシモもかなり満足しているようだ。

「いい調子だと思うよ、マイ・プリンセス」

ハンモックがマキシモの方に揺れる。二人の視線が合うと私は彼の瞳の中に沈んでいく。ジーンのセラピーを手伝うように言いくるめられたのも、許せそうな気がしてきた。

「君が見たのと同じ影は、見えていたよ」

けれども突然、講義のような声になるマキシモ。

「あと彼の心臓のエネルギーのレベルと違う部分が、身体の何カ所かに見つけられたよ」

「たとえばお腹にあった塊みたいなもの？」

マキシモはうなずく。同じものが見えていたんだ。

「だから身体を浄化することが重要なんだ。粘土質の泥は古くなった細胞を取り除くのに役立つんだ」

「取り除くのは角質みたいなもの？」

「そう」

もっと早く知りたかった。自宅のバスルームは泥パックではなく、フレグランスが香る角質除去用のスキンケア製品で溢れている。

「そのプロセスをもっと深いものにするには、サウナで肌と内臓の間にあるエネルギーを浄化する方法もある。ジャグジーでもいいけれど、ジーンにはサウナの方がもっと効き目があるだろう。彼は自分の感情を表現することに問題を抱えているように見えるから」

私はそうは思わないけれどとちょっと思ってしまった。

「どんな効果があるの？」

「サウナの熱が深い呼吸を導き、表現の鍵になる喉を開いてくれるんだよ。さて、午後からはオリャンタイタンボで風を使うワークを行うよ」

「それは喉を開くことを助けるワークになるのかしら？」

彼はうなずくと、私の頬をつねった。その時、ジーンがちょうどこちらに向かって歩いてきた。ちょっとくやしいけれど、彼は全身から輝きを放っていた。

「すっきりしたよ！」

笑いながら座って話し始める。

「なんだか身体にエネルギーに満ちているっていうか。さっきの泥のセラピーの時、しばらくうとうとしていたんだ。その時、自分の人生が映画のようにフラッシュバックしてきて……」

マキシモがそれを聞いて、私のひじを突いてくる。

「その時、自分なりに、これまで人生にも、幸せなことがたくさんあったことを思い出したんだ。たとえば子供の頃のこととか。そのことがわかった時、なんだか心に平和を感じたんだ」

私も泥セラピーでは、同じように鮮やかな夢を見たことを思い出した。きっと高価な角質除去コスメでは、同じことまではできないだろうなと思った。


ランチの後、一行はオリャンタイタンボへ出発した。

〝風を用いたセラピー〟をすると言うけれども、道中は微風さえも吹いていない状況で、このままだと予定は中止になりそう。ところが、マキシモはそんなことは一向に気にしていない。

「遺跡に着いたら、きっと風が吹いてくるよ」

と自信たっぷりだ。けれども、1時間後に山際の道を半分程度進んだあたりまで来ても、まだ風ひとつ吹いてこない。ようやくマキシモが口笛を吹いたりブツブツと何か唱え始めた。

一行は山を半分登ったあたりから左へ曲がり、ローズ色をした巨石へ続く石畳を行く。1年のうちの冬至だけにミラクルな変容を起こすという巨石も、今日はもうただの普通の巨石だった。

私はすでに懐かしいものを見たような気持ちになる。マキシモを見ると私を見て笑っている。彼が笑うと、この世界には私たちだけしか存在しなくなる。二人だけの計画、二人だけの秘密が私たちを繋いでいる。

時々、彼の策略に見事にハマってしまうけれども、それでも私たちは強い絆で繋がっているような気がする。


マキシモはさらに口笛を吹きながら、一行は彼と共に石畳を超え、山の裾野にある細い小道へ移動していく。私たちの下には、キラキラ光るウルバンバ河が田畑の間を蛇のようにうねっている。畑のひとつに1頭の牛が大きな木の鋤を引っ張る後ろを2人の農夫が歩いている。午後の光の中で輝いているのは、やわらかい黄土色の大地の上を走る冷たい銀色のライン、それはマチュピチュまで真っ直ぐ続く列車の線路。

「山を背にして立ったら、目を閉じて」

皆への指示が出される。

その時、マキシモがつぶやいている「ワリャ」という言葉をどこで聞いたか思い出した。それはサクサイワマンの洞窟で風を呼び込んだ時に使っていた言葉だ。

するとまさにその瞬間、どこからともなく一陣の風が巻き起こった。そして、ほんの2、3分も経つと、もはやすべての感覚が無くなるほど、吹き荒れる暴風の中にいる状態になってきた。片目を開けてみると、背後でマキシモは両手を広げて大自然に語りかけるように立っている。

「目を閉じて！」

マキシモが振り返らずに言うので、目をしっかり閉じる。気がつけば今度は彼が私の前に立っている。その熱い手が私の胸に軽く触れると、ジャケットのジッパーを降ろしている。

「エネルギーがハートと喉の間を通り抜けるのを感じて」

え？　エネルギー？　他の皆はどうしているの？

そんな心配をよそに指が私のシャツのボタンをはずし始めた。そしてパニックになる前に、やわらかい唇が肌の上に押される。ただ吹き荒れる風の中で頭が真っ白になる。熱い息が胸に吹き込まれると全身が震える。今何が起こっているの？　今の私はココロとカラダはひとつになっている。自分には色々な側面があるはずなのに、今〝ひとつ〟になっている。特に感情の方はもっと露わになっている。文字通り今の私は真っ裸だ。

グループの皆と離れて、おせっかいなジーンからも離れて、本当はマキシモと一緒にいたい。けれども、彼は胸をはだけさせたままで――私の感情をむきだしにさせたままで――どこかへ行ってしまった。感情のうねりがこみあげてくると、身体は熱く、咳き込み、頬には涙が伝わってくる。


バスに戻る道すがらも、まだ咳が止まらない。

「いい感じだね」

咳のために言葉も返せず、ただ苛立ちながら彼を見つめた。

「喉の状態をクリアにするって言ったよね。そのために来たんだから」

「効いたっていうわけね」

咳が止まったすきに、なんとか答えた。

「その通り！」

初めて聖なる谷に着いた時、自分を表現することに問題を抱えているという会話をしたことを思い出した。その頃から、もうずいぶんと色々な旅をしてきたような気がする。マキシモは最初の時点でどうしてこのことがわかっていたのだろう？

「これからはハートで見たことをそのまま表現するんだよ」

まだ彼の言うことが完全に理解できたわけではない。

「明日はマチュピチュの遺跡で、君と私でサンペドロを飲むことにしよう」

「他の皆は？」

「彼らとは週の後半にもう一度同じ儀式をする。だから明日は二人だけだ。明日は君のビジョンを開く予定だから」

身震いがしてくる。今度は何が起きるのだろう。マキシモのマジカルワールドに巻き込まれてしまっている。彼は、人生にはもっと可能なことがあること、そして、人間同士の絆を信じることを教えてくれる。結局、師匠であり友人、そして、妄想の中での恋人であるマキシモという謎の人に私はすっかり囚われてしまった。

チャプター27

〝恋人〟という文字は、一応マキシモの辞書にもあったようだ。

「クリスタル・シティには長いこといられないんだよ」

マチュピチュの遺跡前の広場でバスが止まる。

「とにかくここのエネルギーは強すぎるんだ。私とマチュピチュの関係は恋人のようなものなんだよ。つまり〝激しくて続かない〟。二人で忘れられない瞬間を過ごして、そして別れていく、というわけだ」

そう言って私をしばらく見つめた後、二人は手を取りあって外へ出る。

外は大雨で、30センチ先はまったく何も見えない。すぐに急ぎ足で入口を通り抜けて坂を下り、一般公開されていない石の部屋がある場所を目指す。

途中で他の皆を待ちながら、下の聖なる谷からクリスタル・シティの方向に、ミスト状の1枚の大きな毛布がかかっているのを見る。その神秘さに魅せられていると、自分も毛布の中にすっぽりと包まれている感じがしてくる。これだけ大きな毛布を作るには、大勢のお針子たちが永遠にミシンをかけ続けなくてはならないだろう。

やがてグループが有料の入場ゲートに揃うと、マキシモはゲートの下をくぐるように指示をする。すると地元の考古学者に見つかって注意されてしまった。けれども、彼もマキシモを発見したとたんに、安心したように話をしている。マキシモは笑いながら戻って来て私を引っ張ると、かがんで入り口をくぐり抜ける。彼はどういう話をつけたのだろうか？

全員は小さな洞窟の入り口に到着した。

マキシモは花のエッセンスの「アグア・デ・フロリダ」を洞窟の入り口に吹き付けている。閉所恐怖症になりそうなほど狭い場所に身体を小さくして入っていく。

全員が入りきったところでマキシモは壁の光る部分を指さす。てっきり壁が濡れているのかと思ったら、そこは触るとひんやり冷たく、完全に乾いている壁だった。

「この壁が濡れたように輝いているのは、この洞窟にはたくさんのクリスタルが埋まっているからだよ。ここの壁のクリスタルのバイブレーションはとても高いんだ」

ジーンはそれを聞くやいなや、人々をかき分けて前の方へ移動した。より壁のパワーの恩恵に預かろうというわけだ。私はマキシモの方を向いてやれやれという顔をして笑った。

「ここがいわゆるパワースポットというわけだよ」

ジーンからはまた驚きの声があがり、私もニヤリとしてしまう。

「ここマチュピチュに住んでいたインカの高い位の人々は、疲れるとここへ来てエネルギーをチャージしていたんだ」

それぞれの土地や場所のエネルギーが違うという考え方は、興味深いものだった。実は〝パワースポット〟という言葉は、ここで初めて聞いたのだった。

「パワースポットとは、電気の接続口、つまりソケットみたいな役割をするってことね。もし疲れていたら、ここへきてプラグのスイッチをオンにする感じ？」

私の発言にグループ全体に笑い声が起きた。

「その通り。人間もエネルギーそのものだからね」

マキシモは真剣な顔をしている。ふと壁へ近づくとそこに手を置いて、パワーを確かめようと、ひんやりとした壁の表面の石灰石に額を当ててみた。するとすぐに両手の下からピリピリとした感触が伝わってくる。

マキシモは小さなカップにサンペドロを注ぐと、指をカップに浸して、グループの皆の額の第3の目、喉、手首につけて廻った。それから、彼はボトルにあった残りのサンペドロをカップに入れると手渡してきた。

「アニータが〝ハートで見て、目で感じる〟ことができるように」

そのフレーズはとても美しかったので、サンペドロを飲む前に同じことを繰り返した。マキシモも残りを飲んだ後、ガラガラを鳴らし口笛を吹き始める。私の両腕、両足はさっそくピリピリし始めた。

そのとたんに、自分の身体が壁の方に突然向きをかえると、身体全体を壁の岩に押しつけ始めたのだ。その動きの度に、エネルギーが私の胸に飛び込んできて、心臓のあたりでスパイラルを描く。

このハプニングにも、今日は特に感情的にもならならず、弱い自分を感じることもなかった。オリャンタイタンボで浄化されたからかもしれない。今、私の心はおだやかでオープンになっている。そして、グループの皆を見渡しながら、なぜかひとつの質問を思い浮かべていた。それは「泣くことは、苦しみなのか、癒しなのか？」ということ。シャーマン的な見地からいえば、涙を流すことで確実にポジティブな変容があるので、やはり癒しといえるのだ。

見渡すと、ヴァレリーの肩と腕からぼんやりとした黄色い光が出てダンスをするように動いている。次にジーンを見る。緑色の光のようなものが彼の体を包んでいる。もう少し近づいて見てみると、彼の下腹のあたりに、赤い玉のような光が宿っているのに気が付いた。その光からは悲しみの感情が伝わってきた。それは思いがけないことだった。同時にその感情が入ってきたのか喉が詰まってしまい、息を飲み込むのが苦しくなってきた。何が起こっているんだろう？

気付けばジーンが頭を前後に振っている。喉が詰まった感じはさらにひどくなり、ついには息ができなくなってパニック寸前だ。彼は何をしているの？　必死であえぎ続ける。

すぐにマキシモがジーンの側に飛んできた。彼はまず、ジーンの喉に彼の口から直接「アグア・デ・フロリダ」を吹きかけた後、身体全体にスプレーをする。そのとたんに喉の調子は楽になり、2、3分後には普通に息ができるようになった。

翌日の朝、このことをマキシモに報告してみた。オリャンタイタンボに戻る列車の中では興奮して質問攻めになってしまう。

「そういえば、昨日はドリンクのサンペドロを皆の肌に直接つけていたわね」

「ハーブはそれぞれ問題のあるところに直接塗ったりもするよ。たとえば昨日のグループには、直感力を養えるようにサードアイに、そして、自己表現ができるように喉と腕にも塗ったんだ。腕は人間の身体で一番重要なパーツだからね。でもアニータ、君が一番話したいことはこのことじゃないだろう？　昨日は何を見て、どう感じたのか話してみて」

そこで、身体から出ていた色の光のこと、ジーンの下腹にあった赤い光のこと、そして、私に襲ってきた悲しみの感情のことなどを伝えた。

「君はハートで見ることができるようになったね」

「どういうこと？」

「つまり本質が見えるようになったということだ。いわば、本当の現実がわかるようになったということかな」

「私が見たことは、すべてジーンの第1チャクラを開くことと関係しているの？」

マキシモはにこりと笑う。

「でも、どうしてそれが彼に必要だとわかるの？　ジーンは常に性的なことを言うじゃない？　第1チャクラは開いているんじゃないかしら？」

「私も自分のハートで判断しているんだよ。ただ星が教えてくれるのさ」

マキシモが星と会話するという表現をするのは2回目だ。混乱して彼を見つめても、その琥珀色の目にはいたずらめいた光が輝いているだけ。そこで話題を変えてみた。

「どうしてあの時、私の喉が詰まったようになったの？」

「私たちは会陰と口を通してエネルギーの出し入れをするんだ。彼の第1チャクラに溜まったエネルギーは、外に放出されずにブロックされているから彼の喉が詰まるんだよ」

「でも、それが私の喉を詰まらせてしまうの？　それにどうしてマキシモが手当てをしたら、すぐに私はラクになったの？」

彼は私をちらりと見ると、窓の外を眺め、それ以上は説明しない。

「ということは、私は彼とシンクロしたということ？」

ためらいながら聞いてみた。実はシンクロが実際に私に起こり得るとは思わなかったのだ。ロンドンから来た、普通の女の子に。

マキシモは常により多くを語らず、自分で理解することを促そうとする。でも、そのおかげでシャーマンの世界を自分なりに納得しながら学べている。彼がくれるヒントは、ただ笑顔を浮かべて手を軽く握ることだけだ。

チャプター28

「ハーブを使ったワークを行う前に大切なことを教えよう」

2日後、マキシモは講義するかのように目の前で語っている。今、二人は部屋に置かれたストーブの上の深い鍋を囲んで立っていた。サンペドロのツンとする匂いが部屋に充満しているので、吐き気をもよおさないようにTシャツの裾を鼻にずっと当てていた。

1時間後にはこの旅で最後の儀式が始まる。それは、つまりあと1週間と少しでロンドンに戻らなくてはならないということを意味していた。今はまだこの現実を受け止められていない。もうここで共に過ごす日々が当たり前のようになってしまっていて、他のことなど考えられない。

まだまだシャーマンの世界について知らないこと、学びたいことは沢山ある。帰国が頭に浮かぶ度に寂しくなってしまい、心も虚ろになってしまう。でも、どうにもならないことは、考えないようにするのが私のやり方。とにかく最後の日々をマキシモと過ごすことだけ考えよう。

マキシモは鍋をのぞき込みながら、何やら鍋の中になにかブツブツと唱えている。つま先立ちで鍋を覗き込むと、こってりとした泡が色の濃い液体の上に浮いている。呪文のようなものが終わるやいなや、さらに勢いよくぐつぐつと泡が煮え立ち始めた。

「今夜の儀式のことを聞いてみたんだ」

「煮えているハーブで占いができるの？」

「そうだよ。目の焦点をはずして、ぼんやりと見つめてごらん」

鍋の上の表面の泡は形を崩しながら幾つかの泡に分かれているものの、それぞれ形がはっきりしている。それらは、ヘンな形をした袋のような泡と、男性性器の形にしか見えないような泡だった。ちょっと笑って顔を上げると、マキシモは真面目に顔を覗き込んでいる。

「何が見える？」

袋の形が見えたことを伝える。

「ということは今日は誰かの胃の調子が悪くなるということかもしれない。他には何が見えた？」

「他の形？」

マキシモはさらに答えさせようとする。

「ちょっとわからなかったかも」

他には何も見えなかったふりをして肩をすくめながらも、恥ずかしさで顔が赤くなり、答えないのがバレてしまったようだ。

「今夜にはそれもわかるよ、アニータ」

本当に今日が最後の夜になる。この日がくるのをどれだけ長い間待ち続けただろう。エドワードからは、最後に電話で話して以来、音沙汰もない。私たちの関係もこんな風になってしまったので、彼に対してももうなんの罪の意識もない。だから今晩がどんな夜になるのかを考えるだけでドキドキしてくる。きっと旅の終わりにふさわしい、完璧なエンディングがやってくるはず。

これからは毎朝もうもやもやした気持ちで目覚めることもない。マキシモも私のことをどう思っているのか、私をどうするつもりなのか、それが今晩はっきりするのだ。

さて、瞑想ルームに着くとすでに人々でいっぱいで、マットレスは1つしか残っていなかった。幸運にも、いつもの私の定位置、マキシモの右側の位置は空いている。けれども、不幸なことに、その位置はジーンの隣でもあった。彼は数日前と同じ、身体のラインがピタッと出るトレーニングスーツを着ている。

「向こうに席を取ろうと思ったんだけれど、マキシモがアニータの横に来なさいっていうから」

そういうジーンに微笑み返した。彼を近くで観察できるのはいいことだ。でも、私の笑顔をまったく別の意味で受け取ったのか、ジーンはさっそく足で自分のマットレスを私のマットレスとぴったりくっつけた。


今晩、私が儀式に臨む目標は「ハートで見ること」。ハーブを飲む順番が回ってきた時に、私はこの意図を小さい声でつぶやいた。

しばらくしてマキシモがガラガラを鳴らし始めると、すぐに私の足は震え始め、さっそくハーブのパワーが内側で目覚め始める。

まず心の目に映ってきたのは、自分の目が金色に光り、鷹の黄褐色の眼球になるビジョンだった。なんだか私自身が鋭い視力を持っているような気がしてきた。さらに肩には羽も生え始め、鷹の能力をそのまま身に付けたような気分になってくる。上体を起こして部屋を見回してみる。

マキシモは具合の悪くなった女性の世話をしていた。彼は胸に手をおいて上下させている。その女性は私が初めて見る人だった。しばらくすると彼女は下へ降りてトイレへ駆け込んだ。儀式前に見た鍋の中の「ヘンな形をした袋」はやはり「胃」のことだった。鍋の中の泡を読むことは〝泡占い〟と呼べるのだろうか？

とにかく今はまだ儀式も始まったばかり。いつもと違ってまだまだ頭もクリアで、心と身体もバラバラになっていない。ジーンが私の勉強のための素材であることを思い出し、彼の姿を視線をはずしてぼんやり見ながら、心の目で何が見えるか集中していく。

ジーンの状態はマチュピチュでも見えたあの赤い光が同じように下腹の位置に見える。それに気付いたとたんに彼の悲しみが喉に込み上げてくる。今日は第1チャクラのあたりに、ぼんやりとした枠のようなものもちらりと見える。明らかに彼はかなり長い間トラウマを抱えてきたようだ。

「ハートで見ているようだね、アニータ」

見えたことをマキシモに伝えると彼も興奮している。

「それでは次に彼に必要な色を直感で選んで、ハートから送ってみてごらん」

マキシモは隣から指示を出してくる。どうすればいい？　シンクロができるようになったと思ったら、今度はその人に必要な色を想像上で送るというミッションが出される。

「心にぱっと浮かんできた色でいいから。見ていて、私は彼に青色を送ってみるよ」

するとなんとジーンの肩のあたりに、薄い青色が漂っているのがちらりと見えた。信じられなくて思わず頭を横に振ってしまう。マキシモの視線が私に注がれている。彼の顔は今にも私の顔にくっつきそうで暖かい息が伝わってくる。

それでも今は目を閉じ、ジーンに集中する。

心の中に深緑色がぱっと広がった。どうすればいい？　胸で心音を刻む心臓に意識を向けて、ジーンの方へ緑色を投げかけようとするけれど、重さがあって、なかなかうまくいかない。しばらくすると緑色が振動し始めた。目を開けてジーンをまっすぐ見つめると、青と緑の光が絡みながらジーンの胸に流れていった。

「いいね」

マキシモがハグをしてくる。

「見えた？」

「もちろん」

「何が見えた？」

少し躊躇しながら聞いてみる。

「青と緑色の光だよ」

マキシモは笑い、私の頬にキスをした。ジーンの胸からはまだ目が離せない。

「君が魔法を理解し始めたことがうれしいよ。魔法とはこの地球上にあるすべてのものとシンクロしてコミュニケーションを取るということだからね。動物、植物、月や星、その他すべてのものとね」

そう言って手をぎゅっと握ってくる。再びジーンの方に目をやる。でも、本当にただ意図するだけで誰かに影響を与えることができるの？　それも、この〝私〟がやることもＯＫなの？

すべてのことが可能だとは思わない。けれども、サボテンのジュースが浸透してくると、すべてのことが理解できないということにも、そこまで気にならなくなってきた。今はただ経験を積んでいる時期なのだ。

ジーンはゲップをし始めた。口からエネルギーを放ち始めたのだ。今度はマットレスに横になり、目を閉じると内なる世界へ入っていく。

見えてきたのは月夜に青白く照らされて光るジャングルの樹海。そして、またあのパンサーの姿。秘密めいたその姿は、完璧に物音ひとつ立てず、内に何かを秘めて立ちすくんでいる。ジャングルの隅で黒い氷のような塊になっているその姿に釘付けになる。

するといつの間にか、私はパンサーを見ているのではなくパンサー自身になっていた。両目は自分が統治するアマゾンの緑の王国を偵察し、両手はジャングルの大地を自信たっぷりに歩くしなやかな足になっていた。頬からは頬髭が湿気た空気の中で揺れている。緑の世界に一歩を踏み出すと、地面の濡れた草の香りが、蝶々の羽のようなやさしさで鼻に漂ってくる。身軽に木に登ると優雅に枝の上を歩き、下方に見える昆虫たちが永遠に行き来する様と鳥の動きを観察している。私はただじっと何かを待っていた。

ところが、瞬く間に再び両足は両手になり、曲線を描いていたネコの身体は人間の身体に戻ってしまった。またもや私は人間の目を通して、木の上にいるパンサーを見ている。パンサーは引き続き目に見えない何かをじっと待っている。彼女は私の方を向くと緑色の目で私を見つめ、「準備ができたなら……」と言ったような気がした。

その時、ビジョンから出て我に戻った。

ジーンがマットレスの上でのたうち回り始めた。彼が動くと私の身体も動いてしまう。何とかしなければと彼を見ると、ついに彼は唸り声をあげ腰を前後に動かし始めた。

大変だ！　と思いつつも、ついついその滑稽な姿に笑いが出てしまう。やはり彼の第1チャクラを刺激するべきではなかったんだ。いけないと思いつつ、笑いが止まらない。

その時、マキシモの視線を感じた。彼を振り返るとウインクをしてくる。彼はキャンドルに火をつけ、「そろそろ終わりにしよう」と言った。

よかった、やっと終わる。ジーンの激しい動きとうなり声も止まった。

儀式の前に鍋の中に見た泡の形はジーンのペニスだったというわけだ。今回の儀式でも沢山の経験と学びを得たけれど、私はなんだかがっかりしていた。でも、あの泡はジーンのものでもありながら、マキシモのものかもしれないのだ、とあえてそう思うことにした。それにまだ夜はこれからなのだ。なんといってもマキシモはいつも何かを先回りして計画している人だから。


あっという間に、私、マキシモ、ジーンを残して、瞑想ルームは空っぽになってしまった。フロアに残されたマットトレスと毛布の海の中で皆でリラックスする。私はチョコレートをつまみ、マキシモが入れてくれたお茶を飲みながら、アマゾンの野生動物の本をめくっていた。ふとジャガーの項目のページに黒いパンサーの写真があるのに気付いて声をあげた。

「パンサーってジャガーのことだったの？」

「そうだよ。前にも言ったけれど、ジャガーはジャングルでは捕食動物の王なんだ。パンサーはネコ科の王で、もっとも強く、勇敢で、どう猛な生き物だ」

「見たことはあるの？　パンサーを？」

「もちろん。何年も前のことだけれど、まだ若いシャーマンの見習いの頃、夜の儀式へ向かうために暗闇のジャングルを歩いていたら、荒い息遣いが聞こえてきたんだ。そこで懐中電灯をつけてみると、なんとブラックパンサーが近くにいる。もう怖くなってね。とにかく話しかけてみたんだ。もしここで殺されてしまうなら、抵抗はしませんってね。するとパンサーはしばらく私を眺めていたけれど、これから我々が儀式を行う方向に歩いていったんだ。だから私もパンサーとしばらく一緒に歩くことになったんだ。でもパンサーはある場所まで行くと、くるりと向きを変えると私を睨みつけて、そして、去っていったよ。その後、儀式の会場につくと、弟子の仲間が私があまりにも青ざめているので何が起きたんだと聞いてきたんだ。でも、私が答える前にシャーマンが言ったんだ。〝今晩、君はマキシモじゃない、オトロンゴ（ジャガー）だ〟と」

マキシモという人は、どうして雷に打たれても、どう猛な捕食動物に間近で遭遇しても、きちんとサバイバルできているのだろうか？　その時、ジーンが会話に入ってきた。

「今晩、君の姿にパンサーが見えたんだよ、アニータ」

「本当？」

思わず彼の方を向く。

「本当だよ。その姿にはなんていうか〝王者の風格〟があったよ」

一瞬どう答えていいかわからなかった。

「前にも言ったけれど君は生まれついてのヒーラーなんだよ」

またこの間のような流れになったら困るなと思った瞬間、有り難いことにマキシモが割り込んできた。

「ジャグジーへ行こうか、アニータ」

助かった！

ジーンの〝私はヒーラーになる説〟は今はどうでもいい。それよりも二人でジャグジーへ行くということこそ、私が泡の中に見たビジョンが叶うことになるんだから。

「これまでの人生で僕はセックスのことをずっと無視してきたんだよ」

ジーンは洋服を脱ぎながら告白する。彼は真っ裸ではなく、下着で入るらしいので助かった。彼がジャグジーに飛び込むと、あたりには激しい水しぶきが上がる。

マキシモと一緒にジャグジーに入るのはこれが2回目だ。本当なら二人きりになりたかったのだけれども、残念ながらジーンがいる。とりあえず私はビキニの水着姿で、シュワシュワと泡が湧く中に滑り込んだ。後ろを見ると、均整のとれた、カルバンクラインのスイム用トランクス姿の彼が私の後に続いて入ってきた。

ジーンよりも背が高い彼のキャラメル色の筋肉質の肌は、生白くぼてっとしたジーンとは大違い。水蒸気の中でマキシモが私に視線を送っているのがわかる。気持ちが高まってきたのか私の腕には鳥肌が立ってきた。

すると再びジーンの告白が始まった。

「10年前に妻が出て行ってから、もう仕事に打ちこむしかなくてね。他の誰かと新たな関係を築くなんてことは考えたこともなかったんだ」

彼の話に、前回の儀式中に下腹にある枠のようなものを思い出した。

「妻ともセックスレスだったしね。でも、それももう変わるんだ。これからはどんどん女性と関係を持っていくぞ！」

聞いている方が恥ずかしくなってくるけれども、彼の第1チャクラの問題はクリアになったのかもしれない。

話題を変えようとマキシモに聞いてみる。

「誰かが胃の問題を抱えるだろうって言っていたのは正しかったわね、マキシモ」

マキシモは笑みを浮かべて、水中でこちらに移動してきた。

「他には何を見た？」

「ある男性の第1チャクラは見えたわね」

「ビジョンはどんなものを見た？」

「またパンサーを見たわ。何かを待っているようだった。それに私自身もパンサーになったのよ」

マキシモだけに聞こえるように話していたはずなのに、突然甲高い声が上がる。

「だから僕が言っただろ！　今晩、君の中にパンサーを見たって」

そう言ってジーンが水中で足を広げてストレッチを始めた。残念ながら彼の足は短かいので、私たちの所まで届かない。自分のウエストにやわらかい手が巻きついているのに気付くと、もう何も考えずに私の腕をマキシモの首の後ろに回した。

「早いペースで学べているね」

今はもうマキシモが大接近しているということしか考えられない。彼の燃えるような肌が私に押され、彼の軽い息遣いと心臓の音が隣にある。酔いしれている私にジーンがちょっと不機嫌そうな声をあげた。

「僕はもう行くよ」

二人きりになるとマキシモが驚くことを言う。

「足を広げてみて」

もう躊躇することもない。あの鍋で見た予言が今から起きるんだ。ついに。

けれども、マキシモは私を触りもせず、代わりに私の両足の間に手を置きじらしている。彼に何をやっているつもりなのかと聞こうとしたとたん、エネルギーの流れが勢いよく私の身体を突き抜けて頭の中に入ってきた。その電気ショックのような刺激に、私はその場で飛び上がりそうになった。マキシモは私に指ひとつ触れていないのに。

「何⁉　何をしたの？」

「パーフェクト！　君の身体はもうエネルギーがブロックされていない。すべてと繋がりオープンになれている。もう体調もいいはずだし、エネルギーが行き来する〝チャンネル〟になれたんだよ。これで次のステップへの準備もできたということだ。それにしても、もう別れの時だなんて君のことが恋しくなるよ」

目の前にいるミステリアスな人の言葉に溺れながらも、寂しさと熱い思いで混乱してしまう。

「まだ教えたいことがたくさんあるのに」

私の髪にそうつぶやくと、やわらかい唇が最初は探るようにやさしく、それから激しく情熱的に、唇に覆い被さってくる。今、ほとばしる感情が爆発するほど痛みを感じている。彼に対しては生々しい欲情と深い愛情、そして、尊敬の念が常に一緒に存在している。私たちのキスは、希望と絶望、師匠と弟子、時には冷酷なことも言う友人、そして、決して離れられない恋人のすべてを意味していた。

でも、結局のところは、ただのワイルドなペルー人のシャーマンとイギリス人の女の子でもあるのだ。

チャプター29

数週間後、私はロンドンでデスクに着いていた。

将来をどうするかについて、また、次のフルタイムの仕事をどうするかなどについては、まだ決めかねていた。そこで、とりあえずは収入を確保するために、そして、心を整理するためにフリーランスになることにした。

昼下がりのオフィスで、私はジェリー・ホール（アメリカ人モデル・女優。ミック・ジャガーと離婚）のエージェントとの電話を終えたばかりだった。彼女の事務所は、我々が掲載する予定のインタビュー内容のことが気に入らないようだ。編集部側は事務所が雑誌の内容にまで口を挟んでくるのが気に入らず、私は板挟みの状態にあった。

結局、帰国後の日々は、以前と同じように締め切りに追われ、セレブへの取材やストレスフルなやりとりの渦に巻き込まれていた。でも、私はあえて自分を忙しくしようとしていた。そうすることで、過去3カ月の間に何が起き、これからどうするべきなのか、ということを考えないですむからだ。

今、ロンドンにいる。でも、私の心、私のすべては、まだペルーに残っていた。ふと時間が空くと、すぐに聖なる谷のシャーマンの世界に、マキシモに想いを馳せていた。

あの日マキシモが言ったことを思い出す。ジャグジーの中でずっとこのままでいたいと思った瞬間に、マキシモは私をお湯の中から引き揚げて、タオルでくるむと、私の部屋まで連れていったのだ。

私は期待でいっぱいだった。けれども、3カ月間の最後の夜のフィナーレは、望んだものではなかった。彼はどういうわけか部屋の前で話し始めた。

「音楽は音符と音符の組み合わせでできているよね。でも、実際には沈黙が音楽を作っているんだ。つまり音符と音符の間の〝間〟がメロディを作っているんだよ」

何を言っているの？　思い通りにならない流れに混乱して、何を言いたいのかも理解できなかった。

「ロンドンに戻るからといって、シャーマンの道を探求することが終わるわけではない。それは今、始まったばかりだから。だから君はもう前と同じ生き方はできないよ」

そう言うとやさしくキスをして、熱い目でしばらく見つめた後、去っていった。その後ろ姿を濡れた身体が冷えて身震いしてくるまで失意の中で眺めていた。

怒りが湧いてきた。彼にまたもやしてやられたのだ。あれは私とマキシモの今晩の成り行きを占ってたのじゃないの？ そう信じていた私がただみじめだった。それでもベッドに入りながら考えた。あの〝泡占い〟はいったいなんだったの？

マキシモの目にはウソはなかった。彼の瞳は私への気持ちを語っていたのは事実だ。だから彼なりに何かを考えて、二人の関係を深めることをストップしたのだ。でも、何がそうさせたのかはわからない。あの瞳は私を手玉にとって遊んでいるわけではなかった。

きっと彼も心の中で葛藤しているに違いない。私だけが苦しい思いをしていたのではないはずだと考えると、私の心も少しは落ち着いてくる。

冷たいベッドに横たわり、暗闇に包まれていると帰国するという事実が頭の中になだれ込んできた。ペルーとマキシモのいないところでどうやって生きていけばいいのだろう？ そんな不安に駆られながらも、前と同じ生活には戻らないと言われた言葉の意味を考えてみる。

言う方は簡単だ。でも、お金だって稼がないといけないし、ロンドンは私とっては仕事をする場所なのだ。友人たちも皆ロンドンにいる。今からどうやってそこへ戻っていけばいいのだろう？ そんなことをずっと考えながら、気がつけば飛行機はロンドンに着いていた。

イギリスの地を踏んだ瞬間、何かちょっと違うという感覚があった。クリスマスはまだ4カ月先なのに、ヒースロー空港は明らかに派手な感じでお祭り気分だった。

物質的なものを何も欲しがろうとしないフェリペと、彼の小さなボートのことを懐かしく思い出す。当然ながらエドワードは迎えに来ていないので、一人で自宅まで戻ることにした。

キレイだけれども、どこか無機質に感じるアパートについてスーツケースを降ろし、部屋に向かうとクリーム色の廊下のカーペットに、泥まみれのブーツの汚れがついていく。

部屋の前でしゃがみ込み、部屋の鍵を開けようとしていると、驚いたことにそこには偶然立ち寄ったエドワードが立っていた。老舗テーラーの「アンダーソン＆シェパード」のオーバーコートを着て。

私は、しゃがんでいた滑稽な姿とシャーマンの弟子風の自然児のような格好があいまって、異様に恥ずかしくなってしまう。

エドワードはそんなことも気にせずに近づいてくると、私を起こしお帰りのキスを浴びせてきた。彼は私の戸惑いには気付かない。そして、私の顔をまじまじと見て真面目な顔で言う。

「変わってないね……。着ているもの以外は」

なんだか緊張する。

「もちろん変わってないわよ。私に何かが起こったとでも言うの？」

ぶっきらぼうに答えるしかない。今はまだどう答えていいのかわからないのだ。

「いや、僕もわからないけどさ」

彼の目は冷静だ。数カ月前のぎこちない電話の雰囲気が二人の間にはまだ立ちはだかっている。

「あなたも全然変わってないわ」

彼の長い足から広い胸板にかけてをじろじろと見ながら冗談っぽく言い返す。相変わらず彼はステキだった。背は高く、均整のとれた身体つき、きれいに整えた髪になめらかな肌、そして、青い瞳。そんな私のまなざしを彼はどう受け取ったのか、私をグイッと引き寄せた。

「お帰り、アンナ。会いたかったよ」

私のジャケットのファスナーを下ろしながら、私の首にささやいた。快感が私の身体の中をくすぐると、私はそれに身を任せてしまった。お互いにキスをしながら着ているものを足元に落とし、ベッドルームに向かう。そして、エドワードは私をベッドに放り投げると、急いでドアの方に向かって命令した。

「動かないでね」

彼はローラン・ペリエのロゼのボトルに2つのグラスを手にして戻ってきた。

「さて、続きを」

そう言うとシャンパンのボトルを開けた。今回に限りエドワードのわかりやすいセックスへのアプローチは良しとしよう。なぜならば、彼とのセックスで何カ月にも及ぶ性的な欲望へのもどかしさやイライラが解消されたのは確かだから。あの日、マキシモに部屋の前に置いてきぼりにされてからというもの、ずっとむなしさと寂しさが私の中にあった。

そんな気持ちから少しだけでも抜け出せる。砂漠をさまよい歩いたあげくに、やっとオアシスに辿り着いた、そんな旅人の気分だった。というよりも、今は他にどうすればいいかわからないのだ。


しばらく二人での時間を過ごした後、私はバスルームへ向かった。

3カ月間、野生生活を送ったせいで、前までは当たり前だったバブルバスさえも、これからはとっておきの楽しい時間になりそうだった。お風呂から上がると背中の大きく開いたシルバーのドレスを選び、ディアマンテのハイヒールを履いて、鏡に自分を映す。一瞬、鏡に映った自分が誰かわからなかった。

ウォーキングブーツに、カーゴパンツ、そして、ウインドブレイカーなしでは、もう自分自身という感じではない気がする。ペルーの日々とまだ同じなのは髪だけ。きちんとカットされたボブではないけれど、とりあえず今夜のところは後ろにまとめてごまかそう。鏡の中の自分に「あなたは誰？」とつぶやいてみる。

「なんだって？」とがっしりした腕が後ろから私をくるむ。

「なんでもない」

そう言うとエドワードにもたれかかった。少しだけその温かさが今の自分を慰めてくれる。

1時間後、ソーホーの会員制クラブに到着すると、私はすでにソワソワし始めていた。ルルや他の懐かしい友達にやっと会えるんだと自分に言い聞かせて落ちつこうとする。今、私はすごく楽しいはずだし、ワクワクしなくてはいけないのだから。

「アンナ！　エドワード！　元気だった？　シャンパンはどう？」

ルルがそんな気持ちを知らずに声をかけてきた。そして、彼女は腕を掴むとバーの方へ引っ張っていく。

「本当に久しぶり。もう二度と3カ月もロンドンを留守にするのはやめて。会いたかったわ！」

彼女はまくしたてる。

「それに噂話をすべてメールで伝えるなんてことはできないんだから。知ってる？　ジュールがあの誰もが嫌ってるドイツ銀行の彼と婚約したのよ」

「その人には会ったことないかも」

「あなたも知ってる男よ。去年の夏の私の誕生日パーティーに来てたから。憶えてないの？」

私は憶えていなかった。彼女は私にカクテルのベリーニを握らせる。

「乾杯！　とにかくお帰りなさい！」

彼女は一口でグラスの半分を空けると私にすがってくる。

「旅の話を聞かせて。エドワードは向こうにいるから何を言っても大丈夫だから。まず、いけないこととかしなかったの？」

「何もないわよ」

と笑って顔をそらすけれどルルはまだ私を見ている。どうか気付かれませんようにと願いながら、マキシモのことを思い出す。ルルやロンドンの仲間たちは彼のことをどう思うだろう？　逆に、マキシモは彼らのことをどう思う？　そして、こうやって都会でオシャレな格好をして、うわべだけの会話を楽しむ私たちを。きっと彼はこんな姿をしている私に気付くこともないだろう。

マキシモにはこんな場所には似合わない。大自然に囲まれたペルーの山々やジャングルが、唯一ワイルドでパワフルな彼にふさわしい場所だから。

でも、不思議なことに、彼は私たちの世界には馴染むことはできないだろうけれど、私は彼の世界に馴染めるのだ。私はカメレオンのように二つの世界に存在できる。別の言い方をすれば、私はどちらの世界にも100％ぴったりとはまることはできない、ということでもある。そう考えると、逆に孤独感を感じてしまう。

「まあ、それはそうかもね」

ルルが今頃になって答えたことで、私の意識もバーに戻ってきた。

「エドワードみたいないい男はいないからね。カッコよくて成功していて、何より愛されているじゃない？

でも一番いいところは、気前がよくてお金をたくさん使ってくれるところよね」

彼女の笑顔に、こちらも笑顔になろうとする。ルルのことは大好きだけれど彼女にペルーの話はやっぱり無理。彼女が興味を持つような世界の話ではないからだ。今の私はたとえ成長した蝶々だとしても、あえて繭の中に戻りたい。蝶々になって羽があるのにも関わらず、今はまだその羽を閉じていなければいけないのだ。


エドワードはエリートの銀行マンたちと小さなグループになって会話に花を咲かせていた。

彼らの横のテーブルには空になったシャンパンのボトルが6本も置かれている。私はなんだか妙なデジャブの感覚を覚えた。この3カ月の間で私は自分の人生の価値観をすっかり変えてしまったのに、私が昔いた世界はなんにも変わっていない。

エドワードがするりと私の隣に来て私の腰に手をまわすと、見知らぬ大人しそうな女性を紹介した。

「ミリアム、僕の彼女のアンナだよ。3カ月の長期休暇でペルーから戻ったばっかりなんだ」

彼女がこちらを向くとアルコールの臭いがする。

「彼女が何をしに行っていたのか、よくわからないんだけどね。何かシャーマンが関係しているとかで」

その言い方がなんだか冷たかったのであわててしまい、なんと言えばいいかわからなくなる。けれども、有難いことに、その見知らぬ女性から助け舟が入った。

「ペルー⁉　私も大好きな国よ。ペルーでシャーマンと過ごしたなんて、なんてラッキーなの？　話を聞かせて」

さっそく彼女の方を向くと、ペルーを離れて以来、初めて素直な会話を楽しんだ。最初はそれを一緒に聞いていたエドワードは、数分後には興味がなくなったのかその場を離れ、銀行マンたちの方へ戻っていった。

けれども、彼はアパートへ戻る途中のタクシーの中で、再びこの話を持ち出してきた。そのおぼつかない手の動きを見ると、さっきよりも酔っ払っているし、呂律《ろれつ》もまわっていない。

「それでペルーで何をやってきたって？　アヤワスカを飲む以外にさ」

「え？　どうしてあなたがアヤワスカのことなんか知ってるの？」

「それくらいちょっと調べたらわかるさ」

すでに目はうつろになっている。酔っ払っている人にきちんとした話なんてできない。

「それで怪しいシャーマンの男は、君をジャングルの中に誘いこんだ後、何をしたって？」

「そんなんじゃないわ、エドワード」

ハーブの話、化学的な幻覚剤と聖なる植物の違いを正しく理解して欲しくて話そうとしたけれども、そんな話には興味がないということはすぐにわかった。彼はただしゃべりたいだけ、自分を押し通したいだけなのだ。

「そんな話はどうでもいいんだよ。とにかくドラッグは身体に悪い。それだけ！」

エドワードもかつてはドラッグにハマり、快楽に走った時期があったのを知っているので呆れながら見る。けれども、そんなことにも気付かず、ただしゃべり続ける。

「ペルーなんてどうでもいいんだ。アンナ、僕はただ君に戻ってきて欲しいだけ。昔みたいにね」

そう言うと、首をガタンと前に倒し、会話は終了してしまった。その後は、ロンドンのＢＧＭでもあるタクシーの唸るようなエンジン音に包まれながら、ライトアップされたフィッツロビアホテルを通りすぎるのを窓から眺めていた。

今から昔の暮らしに戻ろうとすることは大きな犠牲を伴うことになるだろう。友達やエドワードが望む自分を演じようとするときっと疲れてしまう。

ペルーでの日々のことが頭の中に蘇る。息を飲むほど美しいアンデスと、神秘の世界が広がるジャングルを背景に繰り広げられた、あらゆる出来事。マキシモと彼の瞳の奥に広がった琥珀色の世界。これから苦しい日々になりそう。肩に目に見えない大きな鎖をかけられ、そこに南京錠を付けられたように私はずっしりと沈み込んだ。

でも、どうすればいいの？　ペルーのことはもう遥か彼方にある。あれはもしかして夢だったのかもしれない。そんな夢のような時間を過ごした私も、そろそろ現実に戻り、何か熱中できる仕事をして生活をしていかなくてはいけない。

考えてみれば、ここでは誰もが憧れる夢のような仕事をしていて、イケメンでリッチな彼氏は、未だに私のことを彼女だと思ってくれている。そんなエドワードは、窓辺に顔を傾け、口を半分開けていびきをかいていた。

タクシーがアパートの前に到着する頃、マキシモが言った音楽の話、いわゆる音符と音符の間の沈黙が音楽を作るという話を思い出していた。彼は間違っている。そんなロマンティックな解釈は物語だけの世界であって、現実の世界ではありえない。現実の生活においては沈黙はただの沈黙なのだ。それ以上のものではない。

チャプター30

人生とは思うようにいかないものだ。

その上、変化を恐れて、ひとつの生き方にしがみついていると、もう現状維持することにボロボロになってしまい、もはや気付いた時には生き方を変えられなくなっている。私の人生はまさにそんな危機的な状況にあった。そして、このことを悟るのに1年の時間が必要だった。ロンドンでの生活に、そして、エドワードに私の居場所を、私のオアシスを見つけようとしたけれど、それはただの幻だったのだ。

結局、胃腸炎になってしまった。

10日間横になっている間、クローゼットのハイヒールには埃がつき、台所の棚にはチョコレートが減らずにそのままになっていた。この2つがないと私の人生には何かが足りない、ということが改めてわかった。

フリーランスになった今、働かない限りお金はない。この事実は私をよけい不安にしてしまっていた。毎朝、ビジネス仕様の洋服を着ようとすると、その前に具合が悪くなったり、またペルーへ行きたいという妄想が私を襲ってくる。

すでにペルーから戻って来て1年以上が経った。未だにフルタイムの仕事には就いていない中、ロンドンでの生活に馴染めていないものの、なんとか忙しくしていた。

ジャーナリズムは自分の天職だと思う。けれども、いつかまたペルーに戻りたい、またマキシモに会って色々なことを学びたい、という一縷の望みを持ちながら仕事を続けていた。

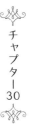

あわただしさの中でペルーでの想い出が記憶から消えればいいのに、毎朝目が覚めるとマキシモのことを考えてしまう。そして、再びセレブ取材に奔走し、すっかりシャーマンの世界とは無縁になっても、ペルーで過ごした3カ月のこと――パンサーのビジョンやオリャンタイタンボの巨石、エネルギー体験などすべてのことが、私の中にフラッシュバックし続けていた。


エドワードは、私がベッドにしばらく臥せっていた間、出張に出かけていた。

彼が戻る日が、私も仕事に復帰できた日だったこともあり、彼は私を夕食に誘ってくれた。新たにミシュランの星を獲得したメイフェアにある魚料理のレストランだ。その店は食通たちのレビューが高いことで有名なだけではなく、一晩の食事代が発展途上国のGNPに相当するほど高価なレストランとしても有名だった。

彼はいつものように早目に私を迎えに来て、私はいつものように少し遅れていた。彼が私を待ちながらグラスにバーボンを注いでいる間、ヘアアイロンでストレートヘアを必死で作ろうとする。

「アンナ！　一度くらい時間通りに準備できないの？」

「お帰りなさい、会いたかったわ！」

そう叫ぶ彼に駆け寄り、軽くキスをする。すると笑いながらウエストを掴んで自分の方へ引き寄せる。

「こんなにオシャレしてどこへ行く気？　君はゲイのシェフが作るどんな料理よりも美味しそうだよ。やっぱり家にいようか？」

「ダメよ。ここ10日間ほとんど食べてないんだから。私は美味しい物を食べたいわ」

彼は不思議そうな顔で私を見ている。エドワードは、基本的に落ち込んだり、体調が悪くなる、ということがない人なのだ。だから私はあえて彼に具合が悪いことは知らせていなかった。

「ちょっと胃が悪くて」

「10日間も？」

「そう。でも、もう大丈夫」

そう言いながら、なんとか笑った。


前菜から始まって何品か料理が出てくるまで、彼はその話題には触れなかった。彼が皿の上にフォークをガシャンと置いた時、私はロブスターの爪と格闘して、ほんの切手サイズの身を取りだしたところだった。

「本当にあんなに長い間、君が休暇を取っていたなんて、まだ信じられない」

リングイネで口をいっぱいにしながら話す彼。口の中をいっぱいにしてしゃべる行儀の悪い癖は、どうやら私がいない間に身に付いたようだ。私は汚い食べ方をする人が苦手だ。そんな彼の目の前に座るだけで、どんなロマンティックなキャンドルディナーも台無しになってしまう。

「何が信じられないの？」

「アンナ、僕は体調不良にならないように自分で気をつけているよ。君もそうするべきじゃない？ まだ僕たち若いんだから」

その表情を窺いながら、この会話がどんな流れになっていくのかを考えていた。

「はっきり言って君はペルーから帰ってきてからの方がよく体調を崩しているよね」

ショックだった。エドワードは私が黙りこんでいるのに驚いたのか、プレートから顔を上げた。ほんのりピンク色の頬の彼は、また口の中をいっぱいにしている。

「それはないと思うわ。出発する前はもっと不調だったのよ。だから長期休暇を取ったんじゃない？」

彼は私をじっと見て何も言わない。私は歯を食いしばる彼の顔の血管が震えるのを見つめている。

「もうお済みですか？」

その時、やわらかい声がした。彫像のように整った草食系のウェイターがエドワードに声をかけた。

「いや、まだ！」

彼はウエイターも見ずにどなるような声を出した。ウエイターはプレートを下げようと上げていた手を驚いて下に落とすと、怯えながら向こうへ消えていった。

「今回のその胃腸炎が、またドラッグが必要な状態になったりするんじゃないの？」

その声は挑発的だ。なるほど、言いたいことはわかった。

「ドラッグなんかじゃないから。あれは意識を変容させる……」

「ドラッグだよ」

宣言するかのように言い切る。だんだん怒りが込み上げてきた。こんな感じで攻撃されることもくやしいし、アヤワスカのことが誤解されたままだということも納得がいかない。

気まずい沈黙が続いた。そうはいっても、結局いつも大喧嘩にはならないのが私たちだ。表面を取り繕う二人の裏側では、それぞれの思いがバチバチと火花を散らしている。お腹がまた痛くなってきて、もう食べられなくなりフォークを置く。

「出張の方はどうだったの？　エドワード」

気持ちを落ちつけようとして、あえて質問してみる。面白いことに彼の怒りモードはあっさり消えたようだ。

彼からはさっそく出張中のビジネスの報告が始まった。新しい人脈との出会いなど自慢話が30分も続く中、できるだけ集中して話を聞くように努力する。

でも、会話が成立するというよりは、ただ一方的に情報を流されているという状況に、私の気持ちもまたさまよいはじめる。私たち二人はお互い違うリズムでダンスをしているようだ。

なぜこうなってしまったの？　不思議なことに、人生の大きな決断をする時には大きなドラマにはならなかったりする。逆に何気ない毎日の出来事の中にある平凡な瞬間に、意識は大きく目覚め、何かを決断したりするもの。それが私にとってはこの瞬間だった。

エドワードは常にいつも彼のペースで話す。でも、今夜に限っては、彼の一方通行のコミュニケーションではもうダメだと悟った。そう、彼ではダメなのだ。そして、これからもきっと彼ではダメなのだ。

彼がまだ話し続けている中、周りにいる豪華な装いの人々が目に入る。あるエレガントな女性は煌めくダイヤモンドのチョーカーをしている。それはまるで満天の星を集めて細い首にピンで止めたようにも見える。そんな彼女は、さっきのウエイターから毛皮のストールを手渡されていた。彼はあれ以来、私たちのテーブルを意識的に避けていた。そんな様子を眺めていると、こんなに贅沢な、けれども空っぽの人生に虚無感を覚えた。特にペルーを知った後では、マキシモに会った後では、もうダメなのだ。

パンドラの箱の中には、あんなにも神秘的な体験が入っていたということを知った今、もう蓋は閉じられずに開いたままだ。不思議なことにマキシモとの最後のジャグジーの夜以来、常に私につきまとっていた神秘の世界への不安は、もう感じなくなっていた。今では逆に私の支えになっている。その夜、エドワードとは結局そのままになり、彼は私のアパートには泊まらなかった。

おざなりなセックスに身を投じるよりも、マキシモに電話をしたい。ペルーから帰ってきて以来、彼とはまだ話していない。本人がつかまるかどうかわからないけれど、今私にできることはこれしかない。そう、ずっと本当はこれしかなかったのだ。


「アニータ！」

６０００マイル離れた場所から聞こえてきたハスキーな声を聞いたとたん、すっかりとろけてしまった。

「そっちに戻りたい、マキシモ。ロンドンにはもういられなくて……」

「いつ来られるんだい？」

彼の声はリラックスしている。こんなに簡単に話ができるとは、自分でも驚いてしまう。返事をしようと、一瞬頭の中で苦手な計算してみる。前回の滞在でいくらお金を使ったかなどを考えてみた。

「でも、あと6カ月は仕事をしなくちゃいけないかも」

「わかった。じゃあ、4月にはこっちに来ることができるね。ちょうど雨期が終わる頃だ」

今度こそ、本当に仕事をやめなければならないという事実が私に迫ってきた。でも、もう迷いはない。そして今回は、もう前回のように休暇という目的ではなく、クリアな目標を持つ必要がある。

「儀式をどうやって行うかを教えて欲しいの」

「もちろん。私のアシスタントになって欲しいと前から思っていたよ」

「それに儀式の時にはどうやって人々をサポートするとか」

「任せておきなさい」

マキシモの声は、ロンドンの仲間たちの生真面目さに比べてとても軽やかだった。

「たぶん5、6カ月は滞在できると思うの」

頭の中で計算して話す。

「6カ月は必要だね。もし長く滞在できるならフルタイムのシャーマンになれるよ。ずっと君は橋渡しになれると思っていたよ。沈黙の重要さの話を覚えているよね、アニータ」

あっさりと電話は終わった。電話を切った瞬間が私にとって帰国以来、初めて身体の底から力が湧き、最も自分らしいと感じられた瞬間だった。

マキシモが、私が橋渡しになる、と言っていた意味はよくわからなかったけれども、今はそんなことはどうでもいい。私にとって彼は誰よりも頼りになる人でオアシスのような存在なのだ。そう、エドワードではなく、ロンドンや友人、仕事ではなく、やっぱりマキシモなのだ。


さっそく金銭的な問題に直面することになった。

アパートの家賃はすでに前払いしてしまっている。留守の間、見知らぬ人に貸すのはどうかと思っていたところ、友人の一人が運良く5カ月間住んでくれることになった。

これからはペルー行きの費用捻出のために、自分のライフスタイルを変えなければならない。今後は自分にとって本当に必要なものと、そうでないものを振り分ける必要がある。

翌日、いつも掃除に来てくれていたハウスクリーニングの人に電話をし、あと2週間だけで契約を打ち切ることを話した。さらに仕事場に初めてランチを持っていくことにした。1週間、頑張って早起きして真面目にランチの準備をするのは私のプライドにもなった。けれども、これはちょっと失敗だった。

やはり毎日、皆がお昼になるとオフィスから飛び出していって、お店でサンドイッチやサラダを楽しんでいるのを見るとなんとなく疎外感を感じてしまう。豪華なレストランでの食事をやめたり、食費を削ったりすることは、心がすさんでしまう。でも、こうした困難も今の私には必要なのだ。

そんな節約生活の中でも、もっとも私に打撃を与えたのは、買い物フリークを返上することだった。これまでは一生懸命働いたら、自分にご褒美をすることでバランスをとっていた。それが私にとっては、新しいドレスにハイヒール、そして、常に「グリーン&ブラックス」のチョコレートの買い置きがあるということだった。それも自分の気分に合わせて、3フレーバーは最低限揃えておく必要があったのだけれど、もはや買い物よりもペルーを選んだ今、それらをあきらめることは仕方がない。


しばらくの間はちょっぴり現実逃避をして、月に1度のショッピングに、週に2回の「グリーン&ブラックス」チョコレートを自分に許していた。実はこれでも休暇の前と比べるとかなり頑張っている方だ。何しろ高いお給料をもらっていた頃は、買い物をする時に躊躇するということなんてなかったわけだから。

電話の後で改めて計算してみると、もっと倹約しないといけないことがわかった。でも、どうやって？

電卓を片手にソーヴィニヨンワインの白を飲みながら、ある結論に達した。

服はもう買わないということと、チョコレートは2週間に1度くらいが妥当であるということ。そして、ワインのボトルを空にしながら、お酒も控えなくてはと身を戒めた。


ある日、そんな倹約モードの私が、ルルのホームパーティーに招かれることになった。

お金の問題を抜きにすれば親友のパーティーはとても楽しいイベントだ。これまでだったら私もドレスを新調するか、または手持ちのドレスに何か新しいアイテムを加えるのが常だった。

そこで一応、「セルフリッジズ」を見て回る。けれども、200ポンド（約3・6万円）以下の予算に、見合うものが見つからない。ファストファッションのH&MやZARA、MANGOあたりものぞいてみたけれど、コレ！　というものはなかった。

悩んだあげくパーティーには手持ちの白い木綿のドレスに、髪をアップにしたスタイル（カラーリングが落ちているのを隠すため。まだしばらく美容院へはいけない）で出かけた。自分でもダサくてイケてないと思う。パーティーからは早い時間に帰って来てしまった。

この出来事は私に課題をつきつけることになった。私にとって、また同様にすべての女子にとってのライフラインは、女同士の友情だ。けれども、経済的な問題で、友人との付き合いが思うようにいかなくなることは、とても心苦しい。

それに皆から「ペルーがどうしてそんなに特別なの？」「そこで何をしているの？」などの冷たい反応を受け止めるのは、やはり大変だった。そんなやりとりに慣れてしまっていた私は、ルルのパーティーでもあんまり私の方から話すことはなかったのだ。この変化はもう皆にも気付かれていたようだ。

「大丈夫なの？　アンナ」

翌日の朝、ルルが電話をしてきた。

「皆、あなたのこと、いつもと違って元気がなかったたって言ってたわ」

彼女が親友として気遣ってくれているのはわかるけれども、何と返していいかわからない。いくら彼女が私の決断をサポートするふりをしてくれていてもだ。

その後、彼女は心配して私の家まで来てくれた。私は、お茶と生まれて初めて手作りカップケーキ（今後二度と作らない方がいいとルルも私も納得した）でもてなした。

彼女のリアクションは、「どうして？　ロンドンの生活の何がダメなの？　私たちの何がいけないの？」だった。彼女が、そして、他の皆がこのような反応をすることは責められない。なぜならば、自分でも説得できる説明ができないから。ペルーやシャーマニズムのことは慎重に伝えるべきだし、彼らのこの理解度に応じて話すことも難しい。これまで人とのコミュニケーションにはあまり問題を感じてこなかったのに、自分でも説明のしようがなくなることに直面することは、とても痛手だった。


けれども、唯一私の計画に自然な反応をしてくれた人がいた。それは私の編集担当だった。彼は、私がマキシモのところでシャーマニズムの勉強を続けたい、という考えを将来的に本にする可能性もあると言って心から喜んでくれた。

ジャーナリストとして、何事にもオープンな態度で、すべてのことにNOと言わない上司は、とても尊敬できる人だ。そして、それが職業柄からくるスタンスだとしても、他の皆いると疎外感を感じる中で、人間レベルで話ができる彼の存在は大きかった。私たちの会話は短く、常にやりとりしているわけでもない。けれども、今の私にとって彼との会話はかけがえのないものだ。

人はあえて自分の方から人々と遠ざかる時がある。それは彼らに近づくことによって、より深く傷つくことを避けるためだ。私もどんどんそんな状態になっていた。自分にとって大事な人たちにも、自分の考えや感じていることをあえて共有しないようになってしまっていた。

すると何が私に起こったか？

それは、エドワードや、周囲の友人や家族たちによる〝アンナを救えキャンペーン〟が発足したことにプレッシャーを感じざるを得なかったこと？

もしくは、また6カ月ほど留守にすることを伝えた時の同僚たちからの「キャリアはどうするの？」「帰ってきたら仕事はあるの？」という反応と向き合うこと？

それとも、もう避けることはできなかったエドワードとの別れに、さらに孤独を感じてしまうこと？

それは、マキシモからの揺るぎのない信頼と、これから第二の人生になるかもしれないシャーマンになるという運命を受け入れる自信がついたことだった。

これからまた半年一緒に過ごせるという事実は、すでにマキシモの腕の中にいるような気持ちにさせてくれる。シャーマンの世界を一緒に探求しながら、きっと彼の方も二人の関係が花開くことを望んでいてくれるはずだから。

Part 2

修行の日々

THE APPRENTICESHIP

ゴールとはパワーを勝ち得ることではない。
それを周囲に放射させることなのだ。

ヘンリー・ミラー

チャプター31

魔女に出会った。
ペルーに到着してたった2日目で。これからのすべての問題の根源となる魔女に。

私はマチュピチュ行きの列車に乗り込み、マキシモとの待ち合わせ場所へ向かっていた。列車から降りて駅を出ると、目に入ったのは一人の女性が彼の隣に座っている姿だった。中年で巨漢の彼女はくちゃくちゃとガムを噛んでいる。そして、今は亡きイギリスのシンガー、エイミー・ワインハウスの髪型を思わせるような、黒髪のトップ部分をハチの巣のようにセットしたユニークな髪型をしている。

彼女は誰？　マキシモと何をしているの？

ペルーの旅の第2章は決して幸先のいい始まりではなかった。あれほどマキシモに会いたいと願っていたのに彼は空港へは迎えに来てくれなかったし、ワシアリュにもいなかったのだ。その代わりに出迎えてくれたのは宿の愛すべきシェフだった。

通されたのは以前と同じ〝火〟の部屋。黄色いサクラソウの壁、木のフロアに小さなシングルベッドを見渡しながら、今度はどんな変容が自分に起きるのかと思い巡らせる。

いったいマキシモはどこにいるの？　こんなはずじゃなかったのにとちょっとパニック気味になる。彼は私の想像の中に1年半も毎日登場していて、そして、そんな彼のためにロンドンの生活を捨てたようなものなのに。それなのに私は今、普通のお客さんのように扱われている。

と思っていたら、荷物をほとんどほどき終わった頃に、ようやくベッドルームのドアをノックする音が聞こえた。そこにはいつものようにゴージャスな姿があった。

「アニータ！」

マキシモは笑顔で私を抱きしめる。けれども、そのハグは長くは続かなかった。

「今夜、さっそく儀式に参加しなさい」

「今夜？」

今晩くらいは二人きりでのロマンティックなキャンドルディナーを予想していたのに。

「そう、今夜」

その声に迷いはない。

「明日はマチュピチュでハーブを飲むから。じゃあ、1時間半後に上で会おう」

茫然としながら、本気で指導に専念しようとするマキシモを見て、うれしさと同時に混乱もしていた。いったい、私たち二人のことはどう考えているの？

そして、その夜の儀式は滞りなく終わった。2つの出来事を除いて。1つ目は、お腹の痛みに苦しんだということ。それはまるで過去数カ月のストレスが表面に出てきたかのようだった。

けれども、マキシモが琥珀色のクリスタルを持ってきて、お腹の浄化をするようにとアドバイスをくれてからは、痛みはラクになった。

「どう浄化するの？」

「直感を使いなさい、アニータ」

なんとかクリスタルを使いこなそうとしていると、学んだシンクロニシティの技のおかげなのか、クリスタルが痛みを和らげてくれたようだ。

2つ目の出来事は、あの美しい黒いパンサーのビジョンを見たということ。今回のパンサーはジャングルの中を楽しそうに駆け回っていた。また、前回と同じく自分の身体がパンサーになり、パンサーの目を通して世界を眺めていた。

周囲を見回していると、目の前に1匹の壮年期のジャガーが私を誘うように歩いているのに気付いた。そのジャガーは私を草むらの方へ導こうとしているのに、私はあたりを走りまわったり、地面を背に寝っころがったりしている。

すると、なんの警告もなしにジャガーが牙を剥いて飛びかかってきた。瞬時になんとか立ちあがると、自分の身を守りながらも、しばらくの間睨み合いを続ける。やがてジャガーは向きを変えると、ジャングルの方に私を導くように歩き去っていった。警戒してその後を追いながらも、ここジャングルでは油断は禁物であることを悟った。この世界は危険に満ち溢れていて、常に感覚を研ぎ澄ませておく必要があることを学んだのだ。

今、列車の窓から、ひょろ長い竹藪が午後の太陽の光を浴びて輝いている光景を眺めている。

マキシモには儀式で見たビジョンを話す機会がなかったので、自分なりにビジョンの意味を考えていたところ、甲高い笑い声が聞こえてきた。振り返ると、例の女性がマキシモの膝の上にまるまるとした小さな手を置いている。彼女はいったい何者なの？

それがわかったのは、マチュピチュの下にある町、アグアスカリエンテスに到着した時だった。中央市場で防水シートを張った屋根からぶら下がるTシャツの露店をひやかして歩いている時に、彼女は近づいてきた。

「私はモリーン・チャンドラーよ。アリゾナのセドナから」

さっそうと自己紹介をしてくると私に挨拶をする間も与えない。

「マキシモの持ってきたハーブで一緒に儀式をする予定なの。たぶん、あなたも参加できると思うけれど」

なんだか横柄な言い方だ。まだ会ったばかりだというのに目の敵にされている？　けれども、ここはまず彼女のことを理解しよう。

「ペルーではどう過ごされているんですか？　モリーン」

「数カ月前にディージーでの仕事をやめてこちらに来たの」

「ディージーって？」

「ワシントンDCのことよ。〝前の人生〟では助産婦をやっていたの。でも、今はウルバンバに住んでいるわ」

「前の人生？　でも、勇気があるんですね」

「そう。私、シャーマン志望だから」

「そのためにペルーに引っ越してきたの？」

「そうよ。マキシモが師匠なの。彼はすごい人よね」

なるほど、彼女の敵対心の意味がわかった。でも、どうして彼は事前に彼女のことを教えてくれなかったのだろう？　ということは、二人きりにはなれないということ？　はっきりいってショックだ。なんだか騙されたような気持ちになってしまう。マキシモは本当に根っからのお調子者だ。少しムッとしながら、この先どうなることやらと不安になる。

数時間後、バスがマチュピチュへ着く頃、マキシモがリュックサックを抱えて前の車両に飛び込んできた。

リュックのキャンバス地についた大きなシミから、鼻につくようなハーブのドリンクの匂いが漂ってくる。荷物をほどくと、ボトルにはほんの少しのサンペドロしか残っていない。

「なんてことだ！　ホテルから列車、そして、バスに乗っても、ボトルがきちんと閉まっているのを確認していたのに」

マキシモが慌てふためいている。

「しょうがない。今日はハーブを飲むのは君だけだよ」

背中にモリーンの視線が突き刺さるのを感じた。とりあえず第一回戦は私の勝ちだ。一応、彼女の方を向いて勝ち誇った顔をするのはやめておこう。

遺跡の入場改札口を通り、神秘の緑に覆われたクリスタルシティの中へ入っていく。マキシモは、私が最初にオーラを見た洞窟へと皆を案内した。腰を低くして秘密の洞穴へ入り、モリーンが後に続いていたので、彼女が通りやすいようにと手を差し出す。けれども、これが間違いのもとだった。彼女を支えるはずが、彼女の全体重が腕にかかって思わず転びそうになり、その時にギザギザの石灰岩の壁で左手の甲を怪我してしまったのだ。

「心配しないで、モリーン」

疼く傷をさすりながら言うと、彼女はその声が聞こえていないようだった。

マキシモは、モリーンの心臓と第3の目の部分にハーブの滴をつけ、残りのカップを私に手渡した。私はドリンクを飲むと、彼らに向かって笑いながら「では、後で戻ってきます」と告げた。

いつもなら、サンペドロを飲んだらマキシモと一緒にいるべきだと思うのに、そういう気分ではない。今日はなぜだか一人でもやっていけそうな気がしたのだ。一人でいることはもう怖くなかった。

「どこへ行くんだい?」

マキシモがいかにも監督するような声で言うけれども、一人になって考えたかった。

「ちょっと向こうまで歩こうかと思って」

マチュピチュの遺跡の中を歩きながら、聖なる谷から渦を巻いてやってくる霧に包まれていると、やがて神秘をたたえた山々が、揺りかごのように私を抱いているような感覚を覚え始めた。そのぼんやりとした感覚をあえて言葉にするならば、故郷に帰ってきた感じ、また、私はここにいてもいいんだという感覚だった。

まだ、モリーンとマキシモとの関係にどう対応すべきかはわからない。でも、今は過去6カ月の間に肩にずっしりと溜まっていた目に見えない荷物が、ゆっくりと溶けていくのを感じていた。

アグアスカリエンテスでの残りの滞在中も、モリーンは常にマキシモにくっついていた。結局、翌日にオリャンタイタンボへ帰る途中の列車の中で隣同士になるまで、マキシモと直接話せるチャンスは巡ってこなかった。

「ハーブの薬がこぼれてしまうなんてね、アニータ」

駅の改札から出ながらマキシモが話しかけてくる。その表情には温かさやセクシーさはなく、ただ言い訳がしたいという意思だけが垣間見えて何も言えなかった。

「何ごとにも偶然はないからね」

ドリンクがこぼれてしまったことも、何か私に関係があるとでもいうの? そんなことは想像してもいなかったけれど。

「本当に。なんてきれいな髪なの」

甘えた声に気付いて見上げると、モリーンが私たちの後ろに割り込んで入ってこようとしている。そして、頭上からぷっくりとした指でマキシモの髪を撫でていた。

「やわらかい髪ね、マキシモ」

呆れてマキシモとハチの巣頭の彼女を交互に見ながら、窓の外の景色に目を背けるしかなかった。それでも、会話だけは耳に入ってくる。

「マキシモ、質問があるんだけれど」

モリーンがマキシモに笑いかける。彼は私の手を取りながらも、〝どうぞ〟というジェスチャーをする。私はその手を払おうとしたけれどできなかった。

「シャーマンって〝NDE〟を体験しなくてはいけないの？」

「そんなことはないよ」

「よかった！」

その甲高い声に思わずびっくりして、飛び上がりそうになった。

「シャーマンにはなりたいんだけれど、NDEはちょっとできない。絶対に無理」

「NDEってなんなの？」

マキシモに小さい声で聞いてみる。

「臨死体験（Near Death Experience）のことよ」

彼女は常識でしょというような顔つきで言うと、まだマキシモの髪を触っている。

「それって前に聞いた雷に打たれた時や、パンサーに後をつけられた時のような体験のこと？」

「アニータ、シャーマンはいつも死と隣り合わせなんだよ。臨死体験はシャーマンにとってイニシエーションみたいなもの。なぜならば、現実を別の視点で見ることを教えてくれるからね。ほとんどの人は死を恐れて変化のある生き方をしない。でも、私たちは、ただ死というのは光への移行、つまり次のレベルへの移行だと知っているから、その間を行き来することができる。私はこれまでの色々な経験から、宇宙は必要とするものをいつでも与えてくれることを教えられた。もし君が正しい道を歩み始めたら、宇宙はきっと君をサポートしてくれるはずだ」

もうロンドンでの今までの暮らしには戻ることができない、という思いが頭をよぎる。

「でも、もし間違った道を歩んでしまったらどうなるの？」

「その場合でも、宇宙がきちんと正しい方向へガイドしてくれるよ。人間はすべてを理解していると思いこんでいるけれどね、アニータ。実は私たちは、宇宙の計画のほんの一部さえもわかってないものなのさ。たとえば今、誰もが地球温暖化をどう食い止めるか、なんていうことを考えているよね。でも、すべて起きていることに理由があるのなら、私たちは何も変えることなんてできない、ということに気付くべきなんだ」

「じゃあ、人間が気候の変化に対応することは無理だっていうの？」

三角関係のもやもやした気持ちはさておき、やはりマキシモとの会話には引き込まれる。

「人間はやれるべきことをやればいいんだよ。つまり、すでに〝偉大なる計画〟はもうそこにあるんだ。もしかして地球はある時期に限って、病気にならなくてはならないのかもしれない。もちろん実際のところは私にもわからない。でも、確かに言えることは、シャーマンの考え方からするとパチャママ、いわゆる大地の女神は想像する以上にパワフルな存在なんだ。だからパチャママが助けを必要としているなんて、とても考えられないね」

やっとマキシモと意味のある会話ができた。

愛してくれているはずの人々に自分のことを懸命に説明したり、自分が選んだことをなんとか理解してもらおうと話すことだけが会話ではないのだ。


彼のシャーマン的視点での考察に思い耽っていると、ふと埋もれていた記憶が蘇る。

「そういえば私、5歳の時に死にかけたことがあったわ」

「どんな風に？」

「扁桃腺を切った時に2度ほど大量出血をして、輸血をしなくちゃいけなくなったの」

手を握り、私の目を覗き込んでうなずくマキシモ。ペルーに到着して初めて二人の間だけに流れる親密さを感じてうれしくなる。ところが、そんな私に冷や水を浴びせる声が聞こえてきた。

「まあ、色々あるわよね」

モリーンがにやっと笑う。

「どっちにしても、臨死体験は経験しなくていいってことがわかって、とりあえずほっとしたわ」

チャプター32

翌朝、マキシモは私を探していた。

彼のトーンは、またすっかりビジネスライクになっている。彼は、私がお茶をすすりながらハチドリを眺めているベンチの隣にやってきた。

「修行時代に、サンペドロについて学ぶために北部に滞在していたことがあったんだ。師匠は、ハーブの薬を一口飲むのを許してくれる前に、2カ月間も私にサボテンの皮むきの仕事をさせたんだよ。丸々2カ月間だよ⁉」

「なんて退屈な」

マキシモの顔は真面目だった。

「でも、その2カ月が重要なんだよ、アニータ。そこで沢山のことを学ぶわけだから」

「たとえば?」

「たとえば忍耐力。もしイライラしたり、注意力が足りなかったら、サボテンの針で指を怪我してしまうだろう? その時に私は感情をコントロールする大切さを学んだよ。何度も、もうあきらめてクスコに帰ろうと思ったことか。最初は私も、時間のムダだと思っていたからね」

「でも、帰らなかった」

「そう。なぜならば、私の内側にいるダメ人間が、続けようと決めたからさ。シャーマンには、強さが必要なんだよ。いってみれば、すべてのシャーマンは、ダメ人間でもある。要するに、世の中に順応できない、という意味でね」

もし、世の中に順応できない、ということでいいなら、私もそうかもしれない。

「いいかい? シャーマンの世界の時間は、直線的ではなく、周期的なんだ。物事は、それが起きるべきときに起きるから。そして目的地よりも、そこへ辿り着くまでの旅路の方が大事なんだよ……。それじゃあ、私はちょっとクスコへ行ってくるから」

そう言うと立ちあがった。

「いつ戻ってくるの？」

「2、3日のうちには」

目線をそらして、はっきりとは言わない。彼は、私の頬に別れの挨拶のキスをすると、くるりと向きを変えて遠ざかっていった。こうして、一緒に過ごす時間もなく、そして、モリーンのことにも言及せず（おかげで自分たちで自己紹介し合うはめに）、彼は去っていったのだ。

なんだか怒りの気持ちが湧いてきた。

こんなことは前にもあったので、そこまでは驚かない。きっとこれにも理由があるのだろう。けれども、実際にはまったくそんな風には見えなかった。

たぶんさっきのサボテンの話が鍵なのだろう。でも、今の私にとってはその〝鍵〟の使い方がわからず、理解するための扉を開けられないのが問題なのだ。


不幸にも、マキシモからの弟子時代の話と突然の蒸発は、恐ろしい1日のほんの始まりにすぎなかった。部屋で本を読んでいる時に、それは始まった。

何か大きな叫び声が庭から聞こえてくる。

「よし！　そうだ！　そう、そうだ！」

メキシカンな訛りがあるアメリカ英語の男性の轟くような声がする。

「そう、そう、そうだ！　その調子で」

今度は、その声と手を叩く音がぴったり合って響き渡る。いったい誰がこんな馬鹿デカい声を出しているの？　と外へ出てみる。すると庭は、白いズボンに白い上着を着た男女で溢れかえっていた。彼らは、小さな声で呟きながら、お互いをハグし合っている。

そして、彼らの真ん中で指揮を執っているのが、上着に目立つゴールドのロレックス、背は高くがっちりとした体型に細い目、もじゃもじゃの口髭に短い黒髪をオールバックにした中年男性だった。彼は、キリストにも見えるけれども、AV男優と言われればそのようにも見えたりする。

「ランディ・サンチェスだよ！」

彼は自信に満ちた声で近づいてきて、手を伸ばした。

「シャーマンの中でも、トップ10に入る者です」

ジョークではなく真面目な顔で言う彼に、思わず吹き出してしまう。そんなランディが、自分のグループのか細い女性を折れそうなほどハグして、再び皆を煽りながら手を叩き始める様子を見ていた。

「いったい、何をやっているの？」

グループは2階の瞑想ルームへ静かに移動している。説明をしてくれたのはシェフの男の子だった。彼いわく、ランディは1週間だけシャーマンとして雇われたのだという。せっかくマキシモのいない間は、ゆっくりと一人で過ごそうと思っていたのに。

モリーンはウルバンバに住んでいて、ここには滞在していない。けれども、部屋のベルが鳴る度に、もしや彼女がここまで偵察に来たのではと、いちいちドキドキする。とにかく、やすらぎの時間は束の間で終わってしまった。

ランディと彼の率いるグループが、大挙して乗り込んできたのは完全に想定外だった。その後、4時間もの間長々と続く説教に、アレンジしまくりの聖書の引用文が幾つも聞こえてきた後には、柔道のユニフォーム風の格好をした一行がぞろぞろと下の階へ降りてきた。

彼らは、私がお茶（今回は、私の万能薬のお茶「ラプサン・スーチョン」を1箱スーツケースに忍ばせてきた）を入れていた食堂へ乱入してきた。そして、ビニール袋からテイクアウトしてきた食事を次々に取り出している。

「ウーフー！」

彼らと共に入ってきたランディは、用意された食事を見て雄叫びの声を上げた。

「ウエイトレスはどこ？　マリア、塩とケチャップがないか聞いてきて！」

ランディに窒息しそうなほどハグされていた小柄な女性が、何も言わずにキッチンへ消えていく。キリスト様は、さっそく自分の食事が入ったボックスを開けると、あわてて声を上げる。

「食べる前には、食事を祝福してね。神聖なものにしてから食べるように！」

そう言うと、大きなピザを一切れ、口にポンと放り込んだ。

彼を見ているだけで笑いが止まらない。マリアが戻ってくる頃、彼はピザをすでに半分食べ終えていて、サイドディッシュのチップスをつついている。食堂には、ランディが食事に集中している間だけ、束の間の静けさが訪れていた。けれども、彼は食べるのが速すぎるのだ。さっさと食べ終わると、またすぐに話しを始めた。

「皆、明日起きたら、僕の部屋をノックしてみて。たぶんブツブツ言っていると思うので」

え？　何？　目の前で繰り広げられる様子に釘付けだ。まるで私は、劇場にコメディを見にきて、ロイヤルボックス席にでも座っているかのようだ。

「つまり今日のようにね。実は、僕は朝起きるまで、皆とどんなワークをするかわからないんだよ。神と天使たちが事前に教えてくれないんだ。彼らは、僕が寝ている時にだけ教えてくれるからね」

プッと吹き出して周囲を見回すと、皆は彼の言うことを真剣に聞いている。

「そんなことができるなんて面白いですよね」

マリアの誠実な一言には面くらってしまう。

「もし、会社員みたいな普通の生活をしていたら大変。そんな生活だったら、どうなったでしょうね？」

「要はそんな生き方をしないことだよ。でも、僕も昔は普通に車のセールスをやっていたんだ」

あっさりと答えるランディに、にやにやしてしまう。

「最初は会社に雇われていたからね。でも、上司のために稼いでいたようなもので、自分の取り分は30％しかなかった。だから自分の店を開いて自分のためにだけ働くことにした。それで成功したというわけさ」

この〝キリストの復活〟は決して謙虚ではない、ということだけはよくわかる。

「そして、数千万ドルクラスの収入を得た後は、３台の車を手に入れて、こうしてスピリチュアルの世界に入ってきたというわけ。そしたら、この世界での最初の年は２００万ドル以下の収入だったけどね」

「それをダウンサイジングって呼ぶのよね」

マリアが笑いながら突っ込みを入れる。

「ちょっと！　ピザいらない？　残っているのでよかったらどうぞ！」

ランディがキッチンの女性のシェフに声をかける。

彼女は「ありがとう、ランディ」と少し恥ずかしそうに笑いながら相手をしてあげた。

「ところでヒーリングはいつ始めたのですか？」

マリアが質問した。

ふとトレーニングスーツを穿いたジーンのことが一瞬頭に浮かんでくる。

「12年間、情報だけはずっと来ていたんだよ。最初は、交通事故で自分の身体に麻痺が残ったのを自分で治して、ヒーリングができることがわかったんだ。それから父親の前立腺癌を治したりしてね。今、こうして会話をしていても、ヒーリングしているんだよ。君のエネルギーフィールドのバランスを取っているんだ。ちなみに、君は、甲状腺に問題があるね」

まったく、彼のこの恩着せがましい感じは、どうしたものだろうか。なんで、こんな人を慕うファンのグループまでいるのだろう。彼らは、この人から何を学ぶというの？

「私も、自分の糖尿病を治せたのよ」

突然マリアも大きな声で主張する。

「すごいね。じゃあ、もう人を癒せるんだから、どんどん皆へのヒーリングを始めるといいよ。こっちの人に、あっちの人っていう風に、次々にね」

「でも、そうすると自分が混乱しそうで」

「あのね、誰がヒーリングしているかってこと。君なのか、神なのか。もし、神にヒーリングをゆだねるなら、君は混乱しないはずだろう？　自分でやろうと思うから、そうなるんじゃないかな？」

「私もここ数カ月、そういう意味では、自分でも試されているなと思っているんです」

「簡単なことだよ。考えすぎるから難しく感じるんだ。すべてをゆだねるんだ、姉妹よ」

最初は、面白がってこの愉快なキリストを観察していたものの、その傲慢なキャラクターにだんだん辟易してきた。

さて、ランディはマリアとの会話には飽きたようで、今度は近くのテーブルの女性たちと話を始めた。彼らは、明日のマチュピチュでのツアーについて話しているようだ。

「明日、リュックサックを持っていくのは僕だけだよ。聖なる者だけが許されるんだ」

〝聖なる者〟って誰のこと？

「私もウォータープルーフのリュックを持っていくつもりなんだけれど」

誰か声を上げる。

「姉妹よ！　もし、君がリュックを持ってくるなら、夜のどこかで山に向かって投げ出したくなるだろう」

そう叫ぶと彼は右手を上げた。すると皆も、まるで10代の子たちがするように手を上げてハイタッチをしている。なんだか彼らがバカっぽく見えた。

「僕には、聖なる力が必要なんだ。今、村の人たちが僕のことを〝彼が帰ってきた〟って噂をし始めているよ。明日、村人たちが、僕の所に治療が必要な者をつれてくるはず。だから君たちが食事の時には僕はヒーリングをしていると思うよ。君たちと一緒に夕食は食べられないと思う。まあ年を取る一番早い方法は食事をすることだからね」

と言いながら、自分のピザをきれいに平らげる様を見て、私は大笑いした。グループの何人かの女性たちもその様子を見ていたけれど、彼は息もつかずにしゃべり続ける。

「地元の人たちは、本当にいい人たちだから。困っている彼らを救ってあげたいんだ」

そう言い終わると、ついに席を立った。そして、〝シャーマンランキングのトップ10に入るシャーマン〟が食堂を後にすると、一行も彼の後に続いてぞろぞろと出ていった。

彼は何者なの？　そして、ここワシアリュで何をするつもりなの？

ランディを見ていると、マキシモは一緒にワークする人々を選ぶ、という彼の言い分とは矛盾するような気がする。私のシャーマンも、どうしようもないカサノバというだけではなく、ニセモノなの？

シェフが、彼らが残していった山のように溜まったプラスティックのゴミを片づけるのを手伝いながら、ちょっと微妙な気持ちになっていた。

そういえば、さっきランディはシェフにピザをどうぞと声をかけていたけれど、ピザなんてもうどこにも残っていないことに気付いた。

チャプター33

5日後には、ランディの雄たけびと手を叩く音のコンビの騒音が、すっかり私の目覚まし時計替わりになっていた。

私の方はすっきりしない気持ちが続いていた。それは、マキシモが今回の滞在に関して、どのようなことを考えているのかがわからない、ということだ。それを知るにはやはりモリーンに会わなければならない。

マキシモは、モリーンを私が成長するために必要な〝駒〟として用意しているのか、それとも単に彼らの間には、プロフェッショナルな取り決めがあるのか、などを知りたかったのだ。

今はとにかくマキシモがすべての主導権を握っている。けれども、私の方としても、彼ら二人の関係を探ってみないと不安感は拭えない。

モリーンが賃貸で借りている、あまり小奇麗ではないレンガ造りのバンガローのドアを叩いた時に、最初に目に入ったのは彼女の髪の毛だった。あのハチの巣のスタイルが、今日はボサボサで、こんもりとハンチング帽を被ったように崩れていた。恋患いでボロボロになった風にも見える彼女の姿に、ちょっと同情してしまう。

彼女は私をキッチンへと案内した。そこは、石のフロアにペンキが塗られていない壁、飾り気のない木製のテーブル、そして台所のシンクには洗い物がそのまま積み上がっていた。ささやかな歓迎のしるしに水が入ったグラスを差し出して、彼女は席に着いた。

「マキシモに会った？」

私が口を開く前に彼女から話し始めた。私は首を振る。

「困るわよね。マチュピチュから帰ってきた後、彼に会ってないのよ。私、シャーマンの修業が必要なのに」

テーブルをバタンと叩き、さっそく怒りモードだ。

「週に2回は儀式をして欲しいと頼んでいたのよ」

どんどんヒステリックな感じで責めてくる。

「彼はなんて言っていたの？」

マキシモだったらこういう時にどういう対応をするかしらと、できる限り落ち着いて聞いてみる。

「何も言わなかったわ」

なるほど。マキシモは一応、彼女には指導する約束まではしてないいんだ。

「そうよね、わかるわ。マキシモも色々とやることがあるから」

「やることとって何よ？　あなたは彼がいつ帰るって知らないの？」

こちらとしては慰めたつもりなのに、彼女のテンションは激しくなる。この動揺ぶりを見ていると、自分も我が身を振り返ってしまう。やはり、こんな姿はあまりいいものではない。私の方も、彼の帰る日は知らないと首を振る。お互い黙ったままなので違う話題を振ってみた。

「あなたは、いつマキシモに出会ったの？」

「2カ月前よ」

たったの2カ月前の出会いから、彼女はウルバンバにまで引っ越すまでになったのかと思うと驚きだった。

「ペルーで2週間ほどあるヒーリングのイベントがあった時に、参加したのが始まり。その時にマキシモとは、すぐに強い結びつきを感じたの」

彼女の子犬のような目は今、宙を泳いでいる。

「彼みたいな人は初めてだったの。とてもパワフルで。部屋に入ってきただけで、誰もがはっとするような、そんな感じ」

遠い目をしている彼女は、すでに想い出の中をさまよっている。そんな彼女を見ていると、人生における人間関係というものを考えさせられてしまう。西洋的な考え方においては、性的な関係のある人間関係は絶対的な関係、つまり何があっても壊れず、元に戻る万能薬のような、魔法のような関係であることは確かだ。

そして、これまで考えたことはなかったけれど、たぶんシャーマンの世界における人間関係は、その次くらいに強い結びつきなのではないかと思う。

モリーンのことにまた頭を切り替える。今こそ一番聞きたいことを聞くタイミングだと思った。

「じゃあ、そのイベントであなたはマキシモの弟子になりたいと思ったの？　というか彼から聞いてきたの？　弟子にならないかって？」

「私が頼んだのよ」

ふむ。アルバロが、マキシモはこれまで自分の弟子をとらなかった、と言っていたことを思い出す。これで知りたいことはわかった。マキシモは約束を破る人ではないから、今回の私の滞在に彼女が登場してきたことについて、何らかの考えがあるのだろう。

でも、ひとつ答えがわかると、もう一つの質問が出てくる。それでは何のために？　この答えはさすがにまだわからない。私はペルーに再び戻ってくることで、彼に本気度をきちんと示している。それなのになぜ彼は、直接教えてくれなかったのだろう？

そんなことを考えていると、モリーンが突然聞いてきた。

「そういえば、今日ランチパーティーに呼ばれているんだけれど、もし誰かいれば一緒にどうぞって言われているの」

彼女から招待を受けるとは思いのほかだったので、椅子から落ちそうになる。

「ウルバンバで、私が知っているのはあなただけだから」

いかにも彼女らしい誘い方だ。こんなに歓迎ムードでない誘われ方は初めてだし、彼女の友達がどんな人かもわからない。けれども、すでにほとんど1週間一人で過ごしている私としては、色々と選べる立場ではない。

ちょっと悩んでパーティーには行くことにした。

ウルバンバ郊外の小さな村にはよくあることらしく、今日のパーティーのホストの家もはっきりとした住所がないらしかった。そしてモリーンが描いてくれたのは、はっきりいってわかりにくい地図だった。

私の乗ったタクシーの運転手は、その〝地図風〟なアドレスの解読に相当時間をかけた後、迷路を抜けて砂利道に出ると、よくある木のドアがある家の前で私を降ろした。その家の呼び鈴を2度ほど鳴らしたあげく、その家が訪問すべき家と違っていることに気付くと再び車に乗り込む。

もはや自分がどこにいるのかもわからないし、どこがその家なのかもわからない。けれども、運転手は大して悪気はなさそうに再び地図を見ながら走り始め、やっと正しい砂利道にある正しい家のドアの前に車を止めた。

車を降りて2度ほど慌ててノックをしてみる。すると扉は開くのに目の前には誰もいない。

ふと下を向くと、小さな女の子がドアからひょっこり笑顔をのぞかせていた。彼女は私の手を取り、草が伸び放題の庭を通って小さなバンガローまで案内してくれた。

くたくたのアームチェア、ソファー、古びたテーブルが置いてあるオープンエアのリビングを抜けて、キッチンまで辿り着く。すると肩までカールした黒髪が伸びた痩せた男性が、コンロの前に立っていた。

「君はアニータだね」

その男性は笑顔で出迎えてくれた。

「飲みものはサングリアに赤ワインにコーラがあるけれど、何がいいかね？」

彼は、ほとんどペルー訛りがない完璧な英語で、しかも歌うような声で尋ねてくる。

「ラム酒がお望みかもしれないけれど、もう空けてしまったよ……」

特徴のある深いスコットランド訛りがした。後ろを振り返ると、背の高い男性が食器棚にすがっている。ふさふさの白髪混じりの髪に、金縁のメガネ、くたびれたTシャツでは、彼の大きな太鼓腹は半分しか隠せない。

「ケンです」

そう言うと彼は握手をしてくると同時に、大事そうに腕に抱いたボトルを一気飲みしている。とりあえずサングリアのグラスを受け取ると、ソファーが置いてある方へと移動してモリーンの向かいに座る。するとケンも私の隣の椅子に腰かけてきた。

「アレックスは、たいした女の子でね」

さっきの小さな女の子が庭に駆け戻る姿を皆で眺めていると、ケンが話し始めた。

「彼女にはこれから頑張ってもらいたいんだ。キングスへの奨学金も受け取ったんだよ」

「キングス？」

「キングスカレッジ、ケンブリッジだよ」

「え!?　どうやって入れたんですか？」

「私も長年あそこで無駄に働いたわけではなかったんだ」

謎めいた言い方をするケンの言う意味がわからず見つめる。

「僕はあそこで経済学の教授だったんだ」

私の母校の教授が、ここウルバンバに住んでいる？　それは驚きだ。

「向こうでの生活は楽しめましたか？」

「いや、そうでもなかった。ケンブリッジを去った後、郵便配達員になったんだけれど、そこでの仕事の方がよっぽどいい出会いがたくさんあったね。もちろん勉強しない学部生や、最終学年になってもモルガンスタンレーの面接の直前まで身だしなみを気にしない子たちを教えている方が、よほどラクだろうけどね。彼らはその時になって初めて髪を整え、ネクタイをして知的にしゃべろうとするからね」

思わず笑ってしまう。

「おかしいかい？」

「まあ、でも私も、学生時代はそんなに楽しめなかったかもしれません。学生が興味があることって、結局、就職のためにいい成績を取ることだけですから。そして、まだ19歳なのに就職後の住宅ローンに、結婚、2〜3人の子供を持つ未来を計画し始める。創造性に欠ける生き方ですよね」

そう答えながら、シャーマンは社会に適応できない、という話を思い出した。私もそうだったのかなと思う。

ケンはじっと私の顔を覗き込んで聞いている。彼の息は温かく、ラムの匂いがする。

「アレックスは妻の娘なんだ。妻のカルメンは39歳で、私は60歳」

そんな彼に、自然に笑顔になる。私の目を見て話すケンは、私が広い心の持ち主かどうかを見極めているかのようだ。そして、それをチェックするかのような一言を投げかけた。

「彼女は6番目の奥さんなんだよ」

「どうして、そんなに何度も結婚されたんですか？」

「なぜって女性が好きだからだよ」

「でも、毎回結婚しなくても、女性を愛することはできるんじゃないかしら？」

「結婚は素晴らしいよ」

そう言うと咳払いをした。

「ところで、アニータはウルバンバで何をしているのかい？」

「シャーマンの勉強をしているんです」

「ケンブリッジの人間が、今までどれくらいシャーマンに会ったことがあると思う？」

少し意地悪な質問だ。

「そんなにいないでしょうね」

「どうしてだと思う？」

「それはあなたもご存知ですよね」

そう言って肩をすくめる。

「そうだよね。まずこれだけは言えるのは、シャーマニズムっていうのは、自分がこれからどうするべきか、自分の生き方はこれでいいのかなどを心配できる、経済的に余裕がある迷える北米の人々のためにあるものだからね。正直いって、生きるのにせいいっぱいの普通の人々には、どうでもいいことなんだ」

「確かにそうかもしれない。シャーマン関連のツアーの市場もすごく伸びているから。でも、私はヒッピーとか、いわゆるスピリチュアル系の人間というわけではないんです。シャーマニズムに何かが見い出せればとは思っているけれども。そのためにシャーマニズムについて学べればと思っていて」

何か反対意見がくるかなと思ったら、意外にも静かに頷いている。

「僕もよくわからないんだ……。シカゴに友達がいるんだけれど、彼は不動産開発業者で、何億もの年収がある奴なんだけれど。彼はハーバードでＭＢＡを取った後、シカゴ大で博士を取ったような、いわゆるやり手の人間だよ。わかるよね？」

「わかります」

「そんな彼が、シャーマニズムにハマっているんだよね」

そういえば、ある有名なIT企業家が、マキシモと一緒にワークをしたがっていた、というような話もあった。やはりビジネスで成功して責任のある立場にある人々の中にも、シャーマニズムに魅かれる人々がいるというのは事実なのだ。そして、それはもちろん悪いことばかりではないはずだ。

私もマキシモとの出会いを通して、自分を見つめ直し、改めて、大きな望みを託してここへやって来たわけだから。シャーマニズムにハマった不動産開発業の男性の例は、少なくとももう一度ペルーにわざわざ戻ってきたことが、大きな間違いではなかったのかもと思わせてくれる。

「2、3年前に、その彼と一緒に過ごしたことがあってね。ある朝、まだ早いうちに、叩き起こされたんだ。彼はシャーマンとアパートの敷地内で、〝デスパチョ（大地の母を祝福する儀式）〟の儀式をやるというんだよ。そこで、パジャマ姿のままで外へ出たんだ。彼らは、小さな布にクリスタルなんかを入れた包みを手にして、目を閉じると〝インチ！　インチ！〟って声を上げ始めた。僕はもう恥ずかしくてね。でも、どうしようもできないし」

二人とも笑いが止まらない。

「すると近所の人たちが、我々が小さな円になって儀式をしているのを木陰から覗いていたようなんだ」

ケンは、そこから、いかにもアメリカンなアクセントに口調を変えた。

「〝ヘイ！　ブラッドレイ！〟とそのうちの一人が叫んだ。〝ヤバイぜ！　狂った白人たちがいるよ。ここは精神病棟なんじゃないか？　逃げろ！〟ってね」

大笑いして涙が出そうだった。聖なる谷にも、こんなにもユーモラスで、皮肉も理解するという、地に足がついた人がいることがわかってうれしかった。

「今の話をモリーンにも教えてあげて」

そう伝えると、ケンは彼女にも同じ話を繰り返す。

「デスパチョはパワフルな儀式よ」

すると彼女からは、冷たい一言が返ってきた。ユーモアがわからない彼女には、ちょっとハードルが高いエピソードだったのかもしれない。そんな会話を楽しんでいた私たちに、甲高い携帯音が鳴り響いた。パーティーのホストが窓際に置いてあったシルバー色の携帯を手にする。原始的な風景の中にある携帯は、ここではまったく場違いに見えた。


彼は電話を終えると、パーティーはお開きになった。

「今日の深夜から交通ストライキに突入するらしいんだ。クスコまでの全ての道路は丸一日閉鎖されることになる。明日はクスコで講演があるから、今から出発しなきゃいけなくなったよ」

ケンは宙を眺めて呆れた表情をする。

「こういったナンセンスなことが、聖なる谷ではしょっちゅう起きるんだ。まったく、いつでもどこでもストライキだよ」

帰り道、私たちはウルバンバまでタクシーに一緒に乗ることになった。

「ここに地元の売春宿があるんだよね。知ってるかい？」

ケンはガソリンスタンドの隣にある小さなバンガローを指すので、首を振りながら聞いてみる。

「どうでしたか？」

「売春宿なんて世界中どこも同じだよ」

そう言うと、大げさに私の手を取りキスをして降りていった。

「あの人ったら耐えられない。なんだか失礼だわ」

モリーンがつぶやく。私はそれに反応せずにいた。彼が去っていく姿を見ながら、意外といい人かもと思った。

チャプター34

マキシモがいなくなってから2週間。

何度か電話をしてみたものの、いつも呼び出し音が鳴るばかりだ。私のフラストレーションも、だんだん怒りに変わりつつある。せっかくはるばる6000マイルもかけてやってきたのに、本人はいないのだから。

さらに困ったことは、たとえ不在に特別な理由がなくても、留守の間に彼がサボテンの皮むきをさせられていたような謎解きを、私にも同じように押しつけていることだ。モリーンは自分のバンガローに籠っていればいいのかもしれないけれど、私はそんなに従順ではない。もし、マキシモが指導をしないのなら、自分で学ぶ方法を探すだけだ。

こうして私は、この地で手に入るあらゆるシャーマン関連の本を読破しつつ、ウルバンバのコミュニティでも積極的にネットワーク作りを始めた。地元のシャーマンを見つけて、会える人には実際に会って話を聞いてみることにした。

そのうちユニークなシャーマンも何人か発見した。たとえば農業にも携わりながら、村人たちに尽くす役人のシャーマンや、欧米からのリッチな観光客に対して、役者のようにシャーマンを演じる人もいた。

結果的に取材で得た情報は、ノート4冊分にテープ20個分にも及んだ。けれども、マキシモのように魅力的なシャーマンはどこにもいなかった。やはりマキシモは例外的な存在なのだ。

ちなみに取材できたシャーマンの誰もが、地元のアルカニというシャーマンのことを口にしていた。この聖なる谷では、アルカニという人が最もパワフルなシャーマンらしく、その噂を聞くたびに彼に会いたいという気持ちが強くなってきた。もし、マキシモの代わりを誰かにしてもらうなら、きっと彼がいいだろう。けれども、コンタクトをしようとしても、なかなかその居場所を突き止めることはできなかった。


さて、〝役者〟タイプのシャーマンへの取材を終えて帰ってくると、ちょうどランディと彼のグループが帰宅したタイミングに鉢合わせてしまった。マチュピチュからのツアーを終えたばかりの彼らは皆、ぐったりと疲れ果てている。

「戻ってくるのが1日早かったじゃない？」

「泊ったホテルがひどかったの。それにアグアスカリエンテスに着いたら体調が悪くなって、結局2日間なんにもできなかったのよ」

声をかけると、マリアが部屋へ向かいながら答えた。彼女の後ろにはあの陽気なランディ・サンチェスがいる。出発した時は例の白い衣装だったのに、今日の彼は明るい黄色のシャツにベルトをした黒いパンツ、ピカピカの皮製のローファーを履き、髪はいつもよりも脂ぎっている。

「僕も具合が悪くなってね。なんと16年と半年ぶりに体調を崩したよ。今回のツアーで高熱は出るわ、下痢になるわで……」

一体どうしたというのだろう。

「何かヘンなものにあたったとか、そんなんじゃないよ。なんていうか、拡大する意識の一部になる、というか。僕はそのエネルギーの一部になったんだよ。神が人間の姿をとることがあるってわかるよね？」

一応うなずいてみる。

「このグループには、神があらかじめ定めた秘密のミッションがあってね。そのために今回マチュピチュに行ったんだけれど、そのミッションは1年後のイラクと中東の問題にまで関わってくるんだ」

「それはすごいですね」

皮肉っぽく相槌を打っているのに、それにも気付かない。

「何人かのメンバーは体調を崩してしまったのだけれども、それほどまでに皆、エネルギーを消耗したというわけなんだ」

この話を笑うべきなのか、真面目に受け止めるべきか、もはやわからない。

「まあ、もちろん僕は〝アセンディッドマスター〟なので、そのあたりは大丈夫なんだけれど」

「え？」

「アセンディッドマスターって知ってるよね？　今、我々の多くが人間を導くために地球に再び降りてきているんだよ」

グループの皆が彼を〝偉大なる存在〟と見なさないようにするには、どうすればいいのだろう？

「地球が銀河の中心にぶつかるまで、あと6年半しか時間がないんだ」

「そうなると、どうなるの？」

「愛と平和のスピリットで生きることができない人は、地球から去ることになるだろうね。でも、地球上のすべての人に、このことを説得できるものでもないからね」

ふむふむ。少しは生き延びられる望みもあるのか、と思った。

「この流れは臨界点までいく必要があるんだ。たとえばジーンズを例にとってみると、最初にある程度の本数のジーンズが市場で売られないと、皆はジーンズというものを認識しない。でも、セールスがあるポイントまで達すると、皆がジーンズのことを認知して購入し始める。それと同じで、人間の意識も、ある程度の集合意識にならないと変化は起きないんだ」

彼はまさにセールスマンのようだ。どうして彼のような人がワシアリュにいるのだろう。マキシモはお金儲けの為に彼をここに置いているの？　そんな人じゃないはずだと思ったのだけれど……。

マキシモにも疑問を持ち始めてしまう。人間関係において信頼こそが一番大切なものなのに、今それが揺らごうとしている。


数日後、ついにマキシモがふらりと戻ってきた。あまりに待ち焦がれていたので、本当に帰ってきたことを知ると、少したじろいでしまった。

私からはあえて挨拶に行かず、その代わりに彼が庭を行き来するのをちらちらと見ていた。彼の慌てている様子は、なんだかストレスいっぱいのビジネスマンのようだ。

「いやいや大変だったんだよ、アニータ」

やっと私の隣に座ったマキシモの姿はなんだかやつれていた。

「何かあったの？」

「税金のことで、もめていてね」

「税金？」

「税務署に買ったばかりの家具を差し押さえられたんだよ。ここに新しく増築しようと思っていた部屋に置く予定の家具なんだけれどね」

「どうして、そんなことになったの？」

「書類上の間違いさ」

マキシモは天を仰いでため息をつく。

「完全に彼らのミスなんだけれども、とにかく罰金を払わなくてはいけなくなってね。まったく頭にくるよ。家具はもう3週間も倉庫に置かれていて、まだこちらに持ってこられないんだ」

「大変だったわね、マキシモ」

そう言って彼の腰に手を置いた。しばらくの間、沈黙が流れる。正直いってマキシモのこんな姿を見るのはちょっとショックだ。シャーマンとはパワフルな存在で、現実をどうにでもできる人だと思っていたのに。けれども、実はこんなにも平凡な人だったのだ。

「でも、アニータ。そろそろ次のツアーのこと、ペルーで最も神聖なる山と言われているアウサンゲイトへ行く話のことをしなくちゃね」

ふと私のことを思い出したように語り始める。

「あなたも来られるの？」

「いや、モリーンと一緒だよ」

そんな……。

「モリーンが、山への奉納、いわゆる〝デスパチョ〟のようなものだけれど、儀式をしなくてはいけなくて。

だから彼女と一緒に行って欲しい」

「なぜ？」

明らかにマキシモはまた何か企んでいる。かつての「ジーンと一緒にワークをして欲しい」というパターンと同じではないか。聖なる谷にいるシャーマンたちを訪ねて取材していた日々が天国のように思えてきた。

「なぜかというとジャガーの湖を見てきて欲しいんだ」

ジャガーという単語を聞くと、少しは興味が湧いてくる。でも、その湖と私のビジョンに出てくるパンサーに何か関係があるのか聞いてみると、マキシモもよくわからないと言う。

「前にも話したけれども、未だに自分にもわからないことだってあるんだよ。君には生まれついての才能があるんだ。何にでも真面目に取り組むし、すぐにマスターする。私の所に学びにくる者で、何年もかかることを君は数週間でやってしまうんだからね」

そうなんだろうか。でも、モリーンがなぜここまで来たかはわかったけれど、マキシモの意図はやはり知りたい。

「たくさんの人が学びにくるの？」

マキシモは、まあね、という風に肩をすくめる。

「教えてと言われても断ったりもするの？」

「前にも言っただろう、アニータ。宇宙は必要なものを与えてくれるんだ。ここへ生徒としてくる者たちは、言葉を変えれば私の師でもあるんだよ。でも、もし彼らにシャーマンへの道が用意されていないのならば、お互いにとって必要な学びをした後に去って行くことになるんだ」

この説明には納得がいかなかった。彼はいつも宇宙などという単語を持ち出して話をごまかすだけでなく、生徒と師の関係にきちんと線引きをしていない。私の忍耐力もそろそろ切れそうになる。もう真正面から話してみよう。

「私はあなたと一緒に、あなたがやることを見ながら学びたいの」

彼の目が私を見た。マキシモが私をきちんと見るのは、今日初めてだ。あいかわらず、いい男だ。彼のふさふさとした黒髪がかかる頬骨を眺めながら、会話に集中しようとする。

「だからもし私が学ぶなら、あなたがどんなワークを行うかを実際に見ることが重要なの。それは最初に話したことよね?」

「今から数週間の間に2つのグループがやってくる。彼らとは君と一緒にたくさんのことをやるつもりだよ」

強く宣言してみたら、マキシモは笑っている。〝ペルー時間〟では、今から数週間というのは数カ月のことかもしれない。けれどもそんな計画があることを知って、少しは気持ちも落ち着いてきた。

「あと、一人でいる間に、シャーマニズムの本をたくさん読んだのよ。ある本に載っていたんだけれども、卵を使った浄化法というのを知りたいので、見せて欲しいの」

「わかった。来週やろう」

そう言うと、シャツのポケットからメモ帳を出してメモしている。

「それから、ここで会えるだけのシャーマンに会って、色々と話を聞いてみたの」

「シャーマンって?　誰に会ったんだい?」

マキシモの声が突然厳しいトーンに変わった。そこで、ウルバンバで色々とリサーチをしていたことを話すと、マキシモは黙りこんでしまう。少し憤慨しているようだ。少しはマキシモを嫉妬させているのかしら?

と思った。

「なんていうか、不思議なんだけれども、シャーマンの人たちってストレートに答えてくれないの。そうじゃない？　シャーマンって、なんだか捕まえようとすると逃げるヘビみたいなのよ」

「そうだね。シャーマンはヘビっぽいかもしれないね」

そう言ったあと、しばらく間を置く。

「これだけは覚えておいて欲しいんだ、アニータ。多くのシャーマンが自分のことを神官や聖職者だと思っているけれど、実際はそうじゃない。私だって違う。私の内側にも光もあれば暗闇だってあるんだ。どんなシャーマンも同じだよ」

そんな言葉に少し不安を覚えながらも、私の頬にキスをするマキシモを見ていると、今はあまり考えないようにしようと思った。


とにかく、半年間学ぶことはもう決めたのだし、あきらめるわけにもいかない。今は弟子として学ぶことを最優先するべきだ。マキシモへの不信感もあってはならないし、あのモリーンとのワークも必要ならば、受け入れるのみ。

何よりも、私自身が迷いを無くしたいなら、今は師としてのマキシモのことだけを見るべきかもしれない。そんなことを考えながら、それでも彼を前にすると、やはりデレデレになってしまう自分がいる。

ハチの巣頭のモリーンとのツアーには不安がいっぱいだ。

けれども、マキシモがジャガーの湖という〝餌〟も投入してきた。数週間前の儀式で見たビジョンの意味、あの大人のジャガーと若いパンサーの意味は未だにわからなかった。だからこそ湖に行くことで、何かそのヒントが見つかるのではとも思った。

チャプター35

2、3日後、ウルバンバからワシアリュの宿に急いで戻る途中に、1台のバイクが私の隣で止まった。ちょうど翌日からのツアーに向けての買い出しからの帰り道だった。
「アニータ!　アニータ!」

スコットランド訛りのアクセントが響くので振り向くと、ケンが身ぶり手ぶりで叫んでいる。

「ランチに来ないかい?」

「いつ?」

「今日だよ」

「何時に?」

「ランチタイムに」

今日は取材の予定もないし、もう一度読もうと思っていたアヤワスカの分厚い本は、化学的な内容で退屈しそうなので、ためらうことなく行くことにした。
2、3時間後、ケンは敷地の門の所で片手にウイスキーのグラスを持ち、にこやかに出迎えてくれた。彼の

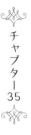

足元では6匹の犬がさかんに吠え立てている。

「さて、シャーマンさん。修行の方はどうかね？」

私がどのように過ごしているかを尋ねてくれた人は、ここ1カ月で彼だけだ。だからこそ表面的な「いい感じですよ」なんていう表現ではなく、正直に答えることにした。

「それが上手くいってなくって」

マキシモからは、まだほとんど何も学べていないこと、モリーンとのツアーは精神的にも気が重いことなど本音を話す。ケンはちょっと困った表情をしている。

「この1カ月、マキシモとはほとんど一緒に過ごしていないから」

「どうしたのかね？　彼は君に色々と教えるはずなんだろう？」

「そうなの。でも、なにやら税金問題でトラブっているみたいで」

突然ケンが笑い始めた。

「なんだって？」

大笑いをする様子を見ていると吹き出しそうになる。

「税金問題で大変みたいなの」

「まったく困ったもんだね。シャーマン様はどうしようもないじゃないか、アニータ。脱税でもしてしまったのかい？」

もはや私も、シャーマニズムについて、あれこれ言えなくなってしまう。

満開の桜が咲き乱れる彼の家の小路を黙ってついていく。

桜の甘い香りを嗅ぐと故郷を思い出し、しばしその場で立ち止まる。ふと顔を上げると、ケンが玄関の入り口で私を待っている。彼の笑顔は人の心をなごませるのか、少しずつリラックスしてきた。

ケンの家の玄関から一歩中へ入ると、そこは、まるでペルー版のシスティーナ礼拝堂のようだった。壁のあらゆるスペースには、聖母マリアにイエス・キリストなどあらゆる聖人たちの16世紀の絵画が競うように掛けられている。

その中で私の目を引いたのが、華やかな白いガウンを纏った、一枚の聖母マリアの絵だ。それは、英国のルネサンスともいわれるエリザベス様式の衣装に、ふくよかな顔、桃色の頬に、長いブロンドヘアを2つのおさげにした聖母マリアの絵だ。

「それは僕も一番のお気に入りだよ」

ケンは私に大きなワイングラスを手渡すと応接間に案内した。

「困ったことに、これらの絵には保険がかけられないんだよ」

「どうしてですか？」

「どの絵画も価値がありすぎるんだ。だからどこの銀行もリスクを請け負いたくないという。でも、世界銀行にいた時代から投資するお金があると、こうして世界中の美しいものを集めてきたんだよ」

「世界銀行にいたんですか？」

「世界銀行のリマ支店の頭取だったんだ」

この人はそんな人だったんだ。クリーム色の豪華なソファーに座って向き合いながら、ペルーで初めての上質な座り心地をしばらく楽しんでいた。

ふと、テーブルの上にある二人の男性が写ったモノクロの写真が目を引いた。そのうちの一人は、どうやらかつてイギリスの首相だったウィンストン・チャーチルのようだ。

「この写真の人、私が想像している人と合っていますか？」

何食わぬ顔でうなずくケン。

「その写真は、戦争のすぐ後に撮られたそうなんだ。父親はスコットランドの貴族だったんだけれど、彼が僕たちのサッカーチームの見学にウィンストンを招待したんだよ。彼は、僕の後見人なんだ」

「あのウィンストン・チャーチルが？」

「そう、彼が」

「彼はどんな人だったんですか？」

「覚えてないな。彼はまだ僕が若かった時に亡くなったからね」

そう言うと彼は話を戻した。

「〝あてにしない〟っていうのもペルー式の生き方でもあるんだよ、アニータ。ここ聖なる谷で、思い通りにことが進むことは、ほとんど不可能に近いと思った方がいい」

私はため息をつく。

「僕は昔、農場を持っていてね。農場の敷地の中には、ビルカノタ河が通っていたので、隠居したらフライフィッシング三昧の日々を送りたいと思っていたんだ。それで結局、初日に何匹の魚が獲れたと思う？」

私は首を振る。

「ゼロ匹だよ。河が汚染されていたんだ」

「どうして？」

「地元民たちは、環境保護の意識がまったくなくてね。ここ聖なる谷のゴミが河に捨てられているんだよ」

そういえば、ビルカノタ河で身体を洗ったり、洗濯をする人々を沢山見てきた。彼らは水が汚れていることを知っているのだろうか？

「だからなんとかしようと思ったわけだ。それでクスコの高官たちと昼食会を開いたんだけれども、どうなったと思う？　誰もこの話に乗ってこないんだよ。もちろん皆、なんとかしたいとは思っているようなんだけれども、政治的な問題が関わることには、誰も首を突っ込みたくないんだ」

「それは大変でしたね」

「そのあと状況は少しよくなったんだ。今度は目標を少し下げて、市長やウルバンバの地元の有力者たちとの組織を作ったんだ。名付けて〝ビルカノタ河を救うための聖なる谷フォーラム〟」

「いいネーミングじゃないですか」

「でしょ？」

彼は笑った。

「最初の打ち合わせから数週間たった頃、一人のメンバーに偶然に会ったら、問題が起きたっていうんだよ。どうやら、組織の中心人物と私とで組織のお金3万ドルをカリブ旅行に使い込んだという噂が立っているらしくてね。それも僕らが若い女性を二人連れて行き、彼女たちにバイソンの毛皮のコートまで贈ったことになっているんだよ」

ケンは再び高笑いをする。

「こういうことさ、アニータ。熱帯のリゾートの土産に毛皮だよ？」

「それでどうなったんですか？」

「どうすることができる？　これがペルーで起こることなんだよ。だからマキシモのことでもいちいちイライラしていたらダメということさ」

「結局、河はどうなるの？　キレイな水になる望みはあるんですか？」

「もちろん望みがないと生きている意味はないからね」

もっともらしく答えるケン。

「さてと、コックたちがきちんとランチの準備をしているか、見てくるよ」

そう言ってキッチンへ消えていった。


ケンがいない間、蔵書がぎっしり詰まった本棚をじっくり眺めた。

モロッコの農耕経済についての厚い本に、インドのタントラ、フライフィッシングの本。その中でサーモン釣りの薄い本に目が止まった。なんだか実家に戻ったような気持ちになる。釣りが上手い兄と一緒に、子供時代は河岸でよく遊んだことを思い出す。

「マスとサーモンだったら、どちらの釣りが好きですか？」

私のグラスにワインをつぎたすケンに聞いてみる。

「いい質問だね。マスかな？　マス釣りって、ひとつの生き方というか哲学なんだよ」

再び二人でソファーに座る。

「もし、マキシモから学べない時はどうするんだい？」

そこで、ここ最近行っているリサーチについて、今のところ30人くらいのシャーマンに取材が済んでいること、そしてここウルバンバで唯一話がわかる彼に、ランディ・サンチェスのことも話してみた。

スコットランド人には、この話は案の定大いにウケた。ケンの明るさは周りをも明るくする。メキシカンな自称・救世主の話を堪能した後、今度はケンが語り始めた。

「かつて知り合いのシャーマン、アルベルトが、聖なる谷にヒーリングセンターを持ちたいという話があって、私の農場の敷地内に施設を立てようということになったんだ。彼はペルー人ながら、フロリダのパームビーチに住んでいるんだけれどもね。まあ、その方が商売になるから。それである日、彼が私の所にそのための相談にやってきたんだ。ちょうど彼は、ネパールに北米のお客を連れていったスピリチュアルツアーから戻ってきたところだったらしい。ところが、こちらへ来て最後の夜に、彼の部屋に5人の女性たちを連れ込んで、いかがわしいことをしていたわけだ」

私は思わず目を丸くする。結局、シャーマンってこんな人たちなのか、と怪しさはつのるばかりだ。

「だからアルベルトに伝えたんだよ。もう君と一緒に組むつもりはないよ、ってね。それで、もう話は断ることにしたんだ。何をやっていたのかは知らないし、シャーマンらしくないことをやろうとも僕には関係ないことだけど」

「じゃあ、何がダメだったの?」

「彼が話すことがまったく愚かすぎてね」


それから数時間の間、笑い声はさらにヒステリックに部屋に響き渡った。

街灯はついていないけれど満天の星に照らされた道を、私はワシアリュまで歩いて帰った。

今の状況は前途多難だ。マキシモは再びどこかへ消えてしまっている。そして、私が会ったほとんどのシャーマンは、残念ながら消えてしまった我が師とはまったく比べ物にもならない。さらには明日、モリーンと4日間の旅に出るのだ。

そんな日々の中で唯一の慰めがケンに出会えたことだ。知的で、ウィットに富み、その印象的なキャラクラーで私を楽しませて、思慮深いアドバイスをくれる彼。何しろ一度も〝ヒーラー〟なんていう単語は彼から出てこないのだ。ウルバンバに心のオアシスができた。そう思うと、とても温かい気持ちになる。

チャプター36

翌日の夜、私は臭いの漂うテントの中で震えていた。

ここは標高6000メートルのアウサンゲイトの山の麓。凍りついた地面の上で過ごしていると、標高の高さにお腹が反抗しているのか、ここへきてひどく痛み始めた。はっきりいって調子は良くない。

今日一日、一行は鮮やかなオレンジ色のバンに乗って過ごしていた。ペルーに来て初めて、情熱的なタンゴ風な色合いを見た気がする。

道中では、不毛な山並みの間をヘビがうねるように通る片道通行の道路で、3回以上も車が故障したあげく、大事故からかろうじて逃れるという出来事にまで遭遇した。なんと、トラックに引っ張られた「危険・爆発物」と書かれたコンテナが滑って、もう少しで私たちのバンに突っ込んできそうになったのだ。コンテナの上には、爆発物とも知らずに地元の男女や子供たちが笑いながら乗っているのだった。

この危ない道中に耐えられなくなったのか、モリーンは豊かな胸をぎゅっと抱きしめ、胸の痛みをずっと訴えていた。

このドラマティックな状況は、ランチの時まで続いていた。オコンゲートという小さな町にある粗末なカフェで、目玉焼き2つだけの簡素な食事中にも彼女はずっと呻き続け、女性用トイレに駆け込み、ついに金切り声を上げた。

そこは地面に穴が掘られているだけの簡易トイレで、トイレットペーパーはなく（想定内）、手洗い場もなく（同じく想定内）、なぜか頭上に洗濯物がぶら下がっていたのだった（これは想定外）。

この珍道中は、荒れ地の真ん中で、我々のバンがずっと後をついて走っていた泥だらけのトラックがエンストを起こして消えた時点で、一旦、静かになった。


情熱のタンゴ風バンの座席に座って8時間、ガチガチに凝った身体を一刻も早く思い切り伸ばしたかった。

それにしても、このあたりの環境は、比較的天気の良い聖なる谷の気候とは大違いだ。ここの空はどんよりと灰色で、空気は凍えるように冷たい。枯れた土地からはゴツゴツとした岩が顔を出し、低木とサボテンが所々に生えているだけだ。

雲の上に見える、頂上に雪を抱いたアウサンゲイトの山の荘厳な景色を見ていると、大自然に対する畏敬の念を覚えると共に、人間をちっぽけな存在に感じさせる。


さて、小柄でずんぐりした陽気なガイド、チノは、私たちに車を降りて歩くようにと指示する。

これから3日間キャンプをするブルー・ラグーンという場所まで、ここから3時間もかかるという。なんとか日没前にそこに到着しておかないといけないらしい。

そこで、ただひたすらに、道なき道を進む。目印になるものも何もないのに、チノは自信を持って前へ進んでいく。険しい道に標高の高さも手伝って息切れがしてきた。

すでにモリーンはバテバテだ。彼女は車を降りて、ほんの数分後から真っ赤な顔でゼイゼイ言い始めていた。さらには、途中で石を拾い集めながら腕に抱えて歩いているということも、全体の動きを遅くしているのだ。

「それをどうするの？」

彼女が私に追いついた時に聞いてみた。

「祭壇にするのよ。まともなシャーマンなら皆、持っているわ」

自信たっぷりに答えると、延々とコレクションの説明が始まった。

「これは地球以外の星からの石ね」

そう言うと、どうみてもその辺によくある普通の灰色の石を見せてくる。

「どうして、そうだとわかるの？」

「これが地球の石に見えるっていうの？」

とにかく、私には見分けはつかない。こんな感じで無事にブルー・ラグーンに着くのだろうか？　日暮れ前に着くのはもう無理だろう。さらに雨まで降り始めて、また足取りも重くなってしまう。

しかしながら、奇跡的にチノと私は予定通りブルー・ラグーンに着いた。

アウサンゲイトの麓に静かに座って山を眺めていると、この山は深い緑の湖の中から生まれてきたのではないかと思えるほどだ。私たち以外には、水面上を飛ぶ大鸕《おおばん》が数羽と、近くには放し飼いのリャマがいるだけ。

沈黙に包まれていると、危険だった道中のことや、ムカつく旅の友のことも忘れていられる。しばらくの間、平和をかみしめた。

続いて旅の仲間たちも到着してきたので、彼らがテントを張るのを手伝うことにする。皆と共同で使う大テントを作り終えた時には、すっかり星がまたたき始めていた。

皆が和やかに共同テントに集まってきた。すると突然、小石のサイズほどもある雹が降り始め、テントの薄いキャンバス地を打ちつける。あっという間に気温も下がり、吐く息も白くなってきた。

そこで、チノが夕食のスープを作っている小型のストーブに近づいて暖を取っていると、モリーンが一直線に駆け込んできた。慌てていた彼女はパンの入った籠をひっくり返して、あたりに撒き散らしてしまう。けれども、彼女はその後始末もしようとせずに、さらには入ってきた際に開けたテントのジッパーも閉じようとしない。そのせいで、すぐにテントの中まで雹が入り込んできて、フロアは水浸しになりツルツルすべってしまう始末だ。

「大丈夫だよ」

チノが彼女にやさしく声をかけながらパンを拾い、私もテント内のフロアにモップをかける。けれども彼女は、自分が巻き起こした騒動に気付かず、何のリアクションもない。

その代わりに彼女はストーブの前を陣取り、チノが準備したスープを配ろうとすると、誰よりも先に奪い取った。さらには、あっという間にたいらげ、誰もがまだ1杯目を食べ終える前にお代わりをもらった。せっかく快適に過ごそうと思っても、彼女の行動がいちいち神経にさわってしまう。

けれども、あまりの疲れに眠気が襲ってきて、今日の出来事のすべてがやっと忘却の彼方へ消えていった。

鋭い針のようなものに足をちくちく刺されている!?

朝早く、そんな感覚に目を覚まして飛び起きると、思わず頭をテントにぶつけてしまった。あわてて寝袋を整え直す。

するとふくらはぎのあたりに、何百本もの細いパスタの束のような白い光がぼんやりと漂っている。足を撫でてみると、その光は閃光のようにきらめき、空気中へ消えていった。

このような足のしびれを〝見た〟のは初めて。思わずクリスタルを使うエネルギー・マッサージのことを思い出した。マキシモの「ハートで見て、マインドで感じなさい」という言葉も頭に浮かんでくる。すでにマキシモとは1カ月以上一緒にワークをしていないし、これといった新しい学びは1年以上教えてもらっていない。けれども、私の中で古代の叡智が少しずつ目覚めてきているようだ。

数時間後にテントを開けると、雪がどっと中に入ってきた。

凍えるような気温にも関わらず、空は晴れ渡り、太陽は輝いている。湖の表面から流れ出す霧の波が、アウサンゲイトの頂上を撫でている。今、沈黙がこの世界を包んでいる。体調が万全だと、私の心も落ち着いている。

けれども、やはり私の気分はモリーン次第だ。どうやら彼女はよく眠れなかったらしい。彼女のテントからはいびきが響き渡っていたのに……。

そして彼女は朝食を食べ始めると、チノにもう少しで出発の時間だと言われてイライラしていた。

「今からどこへ行くの？　というか彼は何者なのよ？」

彼女は、テントの外で静かに待っている小柄な男性を、失礼にも顎で指し示しながら言う。赤褐色の彫りの浅い大きな顔のその見知らぬ男性は、笑うと歯のない、くしゃくしゃの顔になるところが、なかなか可愛い。

「彼は今日、皆に儀式をしてくれるシャーマンだよ」

チノが説明した。

「あら！　そうだったのね！」

モリーンの態度が突然変わると、私を押しのけて共同テントから飛び出していった。


シャーマンは一足先に山で儀式の準備をしてくれていた。

変化の乏しい大地をシャーマンが早歩きをする後をついて行くと、草が茂る高原の真ん中に辿り着いた。

「ここがジャガーの湖だよ」

チノが私にささやく。するとモリーンも叫び声を上げて突然ひざまずいた。

「ジャガー・レイク！」

と、何かすごいものを見たような声で繰り返している。思わず天を仰いでしまう。なんとマキシモは、私だけではなく、彼女にもこの湖を見るようにと言っていたのだ。これには、少し呆れてしまった。

とりあえず、湖に近づいてみる。草陰に隠れたようにたたずむ湖は、誤ると落ちてしまいそうだし、深さもかなりある。蛍光グリーンの藻が、深いロイヤルブルーの水の中で、じっと動かずに渦を巻いている。その神秘的な光景は、そこだけ、時間が止まっているかのようだ。


シャーマンは皆にそれぞれ4枚のコカの葉を手渡し始めた。

「この旅で願うことをはっきり意図して、この葉を水の中に放ちなさい」

シャーマンは告げた。

私は、前回ペルーに来て、まだ休暇を楽しめればいいとだけ思っていた頃に、ドン・ホセから受けた最初の儀式のことを思い出した。コカの葉を手に持ち、水際まで近付くと、もう不安は感じなかった。それよりも、こうして儀式で意思を固めることによって、より願いが叶うパワーも強くなることを感じていた。

アウサンゲイトの山を振り返ると「弟子として、もっと成長できますように」とつぶやいて、葉を湖に投げ込んだ。コカの葉は銀色の湖面を滑るように流れていった。


するとその瞬間、肩と背中にパンサーのしなやかな感触を感じた。儀式中以外にパンサーの気配を感じるのは初めてだ。これは何を意味しているの？ 儀式をしなくても現れるパンサーとは、いったいどんな存在？

モリーンも同様に葉を投げ込むと、シャーマンは次の場所に移動を促した。

「今度はどこへ行くの？」

チノに聞いてみる。

「女性のジャガーに会いにいくんだよ」

「じゃあ今のは？」

「男性のジャガーだよ」

雄のジャガーだったんだ……。

マキシモはたびたび、男性性と女性性の元型における完璧な二元性について、また相補性の関係について説いていた。シャーマンの考え方はここでも当てはまるのだ。どうして男性の湖は、女性の湖なしで存在できるだろう？ そう考えると納得だ。

女性の湖は男性版よりも小さく浅い湖で、明るいターコイズの色で水は澄みきっていた。水底に見える完璧な骨格で残された動物の骨は、最後の瞬間を胎児が身体を丸めているような形で迎えたらしく、その姿はまるで生と死の映し鏡のようだ。

シャーマンから今度は3枚の葉っぱを手渡された私たちは、ここでも同じ儀式をもう一度繰り返す。私とモリーンは偶然にも、同時に湖の側にある苔むした岩場を見つけた。彼女はそこに駆け寄り、私が後に続こうとすると叫んだ。

「ここは私の場所よ」

そこであきらめて反対側の土手へ歩いて行く。すると葉を手にして目を閉じたとたん、鋭い叫び声が聞こえた。目を開けると、モリーンが苔の上ですべってしまい、起き上がるのにあたふたしている。

「ちょっと!」

彼女は悲鳴を上げている。

「チノ! チノ! まったく湖に落ちるとこだったじゃない!」

その様子を見ながら動こうともしないチノは、なかなか賢い男だと思った。結局、彼女は足を引きずりながら私がいる場所まできた。

コカの葉を湖に投げた後、彼女は持ってきた祭壇グッズと思われる布のポーチを取り出した。そして天然石のコレクションを地面に並べて置くと、湖の水の中にひとつずつ浸し始める。これがまた延々と続くのだ。彼女を待ちながら、私はその場の雰囲気を味わうことにした。

この場所には、沈黙の中にも何か命のパワーのようなものが漂っている。これがジャガーの本質——静かに耐え忍ぶこと、そして生命の力強さ、というものを表しているのだろうか？　ジャガーのことを、こんな風に捉えたのは初めてかもしれない。この2匹のジャガーについて思いを巡らせながら、マキシモがこの旅で何かを学ぶだろうと言っていたことは、ある意味正しかったんだと思った。

今回はほとんど一緒にマキシモとワークをしていないけれども、自分自身がシャーマンの世界への理解を少しずつ深めているのがわかる。こうして〝体験〟から学んでいると、教育の現場で、教師がただ口頭で知識や情報を論理的に伝えることが、今の教育のあり方であることも疑問に思えてくる。

マキシモはただ私を翻弄しているように見えるけれども、それはシャーマンならではのゲームであり、私を指導するということには彼なりの考えがあるのかもしれない。

マキシモの顔が心の中に映り込む。あいかわらず彼は想像の中でも美しく謎めいていた。

さて湖に戻ると、シャーマンはテントから持ってきていた沢山の小さな包みを取り出した。

「これから全員のための儀式用の供え物をひとつ作ります」

そう言うと、彼は1枚の紙の上に、ドン・ホセの儀式の時と同じように、種や花、お菓子などを積みあげ始めた。

「皆さんもそれぞれ自分の供え物を作ってください。今夜の儀式でそれらを燃やしましょう」

夜になり、小さな焚火の中にそれぞれの供え物を投げ込んでいく。

「弟子としてたくさん学べますように。そして、パンサーの秘密も教えてください」

夜空に燃え上がるオレンジ色の炎に向かってつぶやいた。

チャプター37

儀式の効果が早く出て欲しいという甘い期待は、ワシアリュに戻ってすぐに裏切られてしまった。真っ暗になったワシアリュには、人影もなく閑散とし、すべての部屋には鍵がかかって入れないようになっていたのだ。仕方がなくキッチンでお茶でも入れようと思ったら、ガスコンロのガスも止められている。つまりツアーの間中、待ち焦がれていた熱いシャワーも浴びられないということなのだ。タンゴ風のバンに8時間揺られて戻った後で、この仕打ちはひどい。マキシモに電話をしてみても呼び出し音が鳴るばかり。

ここへ再びやって来たことは間違いではなかったのか、ということは考えないようにしていた。なぜならば、一旦疑問を持ち始めたら、もう学ぶことに集中できなくなることがわかっているから。でも今は、不安が逆に私のやる気を鼓舞させる。弱気になってはダメだと何度も自分に言い聞かせた。

ふと自分の部屋の鍵がキッチンの引き出しに入っているのを発見した。その隣には私宛ての郵便がある。何だろう？　開けてみると、連絡が取れていなかったシャーマン、アルカニからの手紙で、彼が自宅に招待してくれるというものだった。

なんとか気持ちを切り替えようとする。まったくマキシモめ！　モリーンめ！　と部屋の鍵を開けながらつぶやく。もう新しい師匠を見つけるわよ！　今からすべてのことは、よくなっていくはずなんだから。

ウルバンバ郊外の埃っぽい通りにアルカニの家はあった。

黒いペンキがすっかり剥げて、塗り直す必要がありそうな扉を叩く。しばらくすると、アンデス人の女性が呼び鈴に答えた。まだよちよち歩きの小さな子供2人が、子犬と遊んでいる中庭から、ちらりと私のことを観察している。

どうやらアルカニは不在らしく、彼が戻ってくるまで待つことにした。彼の簡素な住まいを見ながら、ランディみたいな生き方をすれば、もっと豪華な暮らしができるはずなのに、と思ったりもした。

そして30分後、浅黒い肌の小柄な男性がゆっくりと庭に入ってきた。彼の小さなお腹は、まるでサッカーボールを飲み込んだかのようにまるまるとしている。挨拶をすると頬にキスを返してくれ、笑顔で自分の家を案内してくれた。

埃っぽく狭い居間は、粗末な木のテーブルに古びた木の椅子が4脚、そして窓際には水晶のフクロウの置物が置かれている。

「まだ、できあがっていなくて」

恥ずかしそうに語るアルカニ。女性のような声なのでびっくりする。

「ご自身で改装中なんですか？」

うなずくアルカニ。

「じゃあ、シャーマンでもあり、アーチストでもあるんですね」

「皆、一緒だよ。作家も、アーチストも、ミュージシャンも、今の現代に生きるシャーマンだよ」

高い声で答えるアルカニ。なかなか面白いことを言う人だ。ユニークな見かけや声だけで人を判断してはいけない。

取材の方もなかなか実りのあるものとなった。アルカニは、アルコール、セックス、コカインに溺れるというリマで暗黒時代の20代を過ごした後、残りの人生は意味のある生き方をするべきだと決心して、シャーマンになったという。

彼の実直さは、シャーマンとはヘビのようなものだと称したマキシモの意見とは珍しく逆のタイプで、もっと彼のことを知りたいと思った。

次に、彼は自分がシャーマンとして、どのようなことを行っているかを話し始めた。面白いことに、彼は人々をそれぞれ違う色の光でできたパスタが入ったプレートにたとえていた。これこそまさに、アウサンゲイトでの夜、テントの中で見たものや、ハーブのドリンクでワークをしている時に見えた光景のことではないだろうか。

「儀式では、その人をブロックしているものがあれば、それを取るようにしているよ」

きっと彼もマキシモのように力のある人なのだろう。私もいい人に会えたことがうれしくなる。

ふと彼が私を見つめているのに気付いた。

「じっと見ていると、その人のエネルギーがわかるんだよ。よかったら私とサンペドロを飲んでみないかい？」

こちらも願ったりだった。前回サボテンのドリンクを飲んで以来、すでに数週間経っている。実は、取材をしたシャーマンの何人かも同じオファーをしてくれたのだけれど、今一つ彼らを信頼しきれない部分があったので丁寧に断っていたのだ。

けれどもアルカニには、直感的にこの人なら大丈夫と思わせるものがある。彼からの提案は光栄だし、彼のなんらかのテストに受かったのかしらとも思えた。

その日は彼との別れを惜しみながら、湖での儀式で願ったことは、こんな感じで効果が出たんだ、と考えたりもした。もしマキシモが私とワークができなくても、アルカニというシャーマンから学べるものは学んでおこう。

さて、この世に偶然はないということを証明するかのように、翌日マキシモはワシアリュにいそいそと戻ってきた。けれども、もうあまり驚かない。

「お土産だよ！」

そう言いながら軽く挨拶をすると、キッチンテーブルの上に大きな袋をポンと置いた。中には本が15冊ほど入っている。

「本を読んで勉強する方法も素晴らしいと思うよ」

数週間ぶりに会うマキシモ。アウサンゲイトから戻ってきたら、ここはもぬけの殻だったのに、今はまた親しげに振舞ってくる。いったい、あなたはどこへ行っていたの？

「ツアーはどうだった？」

私の不満そうな態度に気付いていないのか、笑いながら尋ねてくる。どこから話をすればいいのかわからない。

「湖は見たかい？」

「ええ、ジャガーの湖は見たわ」

「2つとも？」

「ええ、両方とも」

「そう。両方見ることに意味があるんだよ」

た。

「どうして?」

けれども、その答えを聞く前に、マキシモは瞑想ルームへの階段を駆け上がっていた。いつも、こんな感じだ。私が学びたい、という時には、彼はするりとどこかへ行ってしまう。彼の後ろ姿を恨めしそうに見つめた。


そして、数時間後、マキシモは慌ただしく階段を下りてきた。

「遅くなってしまったね」と、私の顔を見ないで言う。どうして、マキシモと話そうとすることが、こんなに難しいのだろう。けれども、もうこういうのもたくさんだ。そして、この状況を変える方法はひとつだけ。もうためらわない。

「アルカニと一緒に儀式をすることにしたの」

この告白は期待通りの展開になった。マキシモは立ち止まり、振り返ると私を見入っている。

「アルカニって誰?」

「聖なる谷に住むシャーマンよ」

「この谷に住んでいる?」

といぶかしげな顔をする。

「そう」

「聞いたことないな」

「彼が儀式をオファーしてくれたのよ」

「どんなことをするんだ?」

「ウルバンバの上の丘でサンペドロを使う儀式よ」

彼はじっと私を見つめている。

「やってみたいのよ、マキシモ。もし、あなたがＯＫならば」

少し強気の態度で彼を凝視する。

「わかった、やってみなさい。でも、夜ではなくて日中に行いなさい。わかったかね？」

「なぜ？」

「プマフワンカの夜のエネルギーは強すぎるから、一歩間違うと悪い影響の方が多いよ。戻ってくる時には、ここで待機していてあげるよ」

私の決心は揺らがないけれど、そう言われるとちょっぴりうれしかった。どちらにしても、今どんな気持ちでいるかは彼には知っておいて欲しい。


目の前では緑が爆発していた。今、私は、植物の蔓が絡んだ塊を両腕で押しのけながら進んでいる。かつて大都会にいた私が、この自然がそのままの土地の上で、よろめきながら歩いている。

プマフワンカは、閉所恐怖症にさせるほどの狭さで襲いかかってくる。鼓動もだんだん早くなってきた。すると突然、私とアルカニは鬱蒼としたジャングルから抜け出て、見晴らしの良い、眩しいほど明るい緑の草原へ抜け出た。私たちを取り囲み、見降ろすかのように立っている巨大な木々の樹皮は、練乳のように白く、老婆の肌のようにシワがたくさん刻まれている。

その木の幹のところどころは、樹皮が剥がされて、内側の肌色が顔をのぞかせている。これは木の上に棲むヘビたちが、樹皮を剥ぐことで、木々を傷づけ、老化させているのだ。

なら、なんということもないと思えるほど、ここは天国のような場所だった。

険しい道を泥だらけになりながら、2時間かけてやっと辿り着いた。アルカニの作った耐えがたいほどに苦いサンペドロの粉も、スプーンで何杯か口にしている。でもそんな苦労も、ここエデンの園に来るために必要なら、なんということもないと思えるほど、ここは天国のような場所だった。

笑顔になるアルカニ。

「エデンの園へようこそ」


大自然の作品である美しい場所に吸い込まれて、すでに鋭敏になった感覚はくるくると回っている。アルカニが、白い巨木の太い幹に耳を当てるように促す。耳を当てるとシュワシュワという音が聞こえてくる。シワだらけの樹皮を触ってみると指に鼓動が響いてくる。この大きな木も、心臓が鼓動を刻むように、確実に息づいているのだ。

「木のエネルギーを感じるかい？」

黙ってうなずいた。このまま、ずっとエデンの園にいたい。けれどもアルカニは、さらに奥深い森の方へと私を導く。二人で流れの速い小川を渡り、雨ですべりやすくなった岩の上を登り、泥だらけの茂みを四つん這いになって進む。

今どこにいて、どこへ行こうとしているのかもわからない。どちらを向いても同じ森の景色ばかりで、今ここで止まってしまったら、もはや完全に迷い、取り残されてしまうだろう。

ふと顔を上げるとアルカニの姿がない。すると、少し離れたところでベージュ色の彼の姿がちらりと動くのが見えた。けれども、彼の姿を捉えたと思ったら、すぐにその姿は魔法のように消えてしまう。

あたかも、アルカニは、シェイクスピアの「真夏の夜の夢」ならぬ「真夏の白昼夢」に出てくる妖精で、私は劇中の一出演者のようだ。

やっと彼が岩の上にいるのを見つけた。彼は小さな音楽プレイヤーを取り出し、シンプルな調べを流し始めると、私を木の幹が逆さまにひっくり返った場所まで連れて行く。

そこには彼の茶色のポンチョが敷かれていた。その上に座って改めてアルカニの顔を見ると、彼のつやつやでシワひとつない顔が、苦労を重ねてきたような老人の顔になっている。思わず『ドリアン・グレイの肖像（オスカー・ワイルド作）』に出てくる、ポートレイトが老いていく様を思い出した。これは彼の20代の苦悩の日々が表現されているの？

けれども、また一瞬のうちにアルカニは消えてしまった。彼のベージュ色の姿は再び、逃げるように木の間に消えてしまったのだ。

彼が戻って来た時、すぐに吐き気に苦しんでいたことが私の喉に伝わってきた。なんと、シャーマン自身が自分で作ったハーブにやられているのだ。でも、これは一時的なもののように感じられる。それよりも今度は私の方が吐き気を感じ始めた。シンクロを起こせるのはマキシモと一緒にいる時だけかと思ったら、どうやらそうでもないらしい。

とりあえず今この場では、吐き気を感じながらアルカニのことに集中する。私は吐き気が治まるまで、意識を1本の木に向け続けた。それからアルカニに伝える。

「すぐに道を探して出ましょう。森の中にいると吐き気がもっとひどくなるはず。ここから出ると気分が良くなるわ」

　自分でもよくわからないまま、ただ言葉だけが口をついて出てくる。

　アルカニもうなずく。けれども、さらに彼は深い茂みの方へ私を案内しようとする。どうなっているの？　ただ彼の後をついていく。

　その時、背後から指で背骨をすっと撫でられているような気配を感じた。それは快感を呼び起こすようなぞくっとする感触。あわてて振り向いても、そこには誰もいない。ただあるのは木々の茂みだけ。森の木々たちが笑いながらピエロを演じているかのようだ。

　こうして茂みを幾つかくぐり抜けると、突然なんの前触れもなく、プマフワンカを四方に見渡せる平地に出ることができた。

　振り向くと、私たちの足元には、聖なる谷を覆う木々のてっぺんが屋根のように連なっている。

　ここにいるのは私たちだけ。空と地上の間のどこかに私たちは浮かんでいる。アルカニの頬にもゆっくりと血の気が戻ってきた。私の吐き気も静かに引いてきた。

「君は具合が悪くならなかったのかい？」

　私は首を振る。

「普通は、大抵誰もが具合が悪くなるものなんだよ。ハーブはまったく効かなかったのかね？」

　そこで、五感が鋭くなって、周囲の様子がいつもと違って見えたことなどを説明しようとした。けれども、ハーブのせいで唇が腫れてしまって、思うように言葉が出ない。そんな私の様子をじっと見ていたアルカニも、来た道を戻り始めた。

森を取り囲む道をアルカニについて降りていく。

ついになんとかアルカニの家に辿り着いた。すると彼は私の腰に手を当てて、夕焼け色に染まった山の方向に私の身体をくるりと回転させた。

「私たちがどれだけ歩いてきたかわかるね、アニータ」

彼の言葉は温かかった。その顔からは、もはや苦悶の色はすっかり消えている。私の感覚もすっかり戻ってきた。彼の肌は再びつやつやでシワひとつなく、調和のとれた表情をしている。

「君は今まで一緒にワークした誰とも違っていたよ、シャーマニスタ」

私の前でお辞儀をすると控えめな声でささやいた。

「シャーマニスタ?」

「そうだよ。シャーマニスタ」

と言って、二人だけの秘密を共有したように笑うアルカニ。

「君には力がある、アニータ。そして、君はそれにまだ気付いていないんだ」

チャプター38

朝食のテーブルに座ったとたん、マキシモが前日の儀式について質問責めをしてきた。

彼は、私がエデンの園へ行ったことや、木の鼓動が聞こえたことなどについて感動したことを話しているのをじっと黙って聞いている。

けれども、マキシモがプマフワンカや私が体験したことに一切興味がないことはすぐにわかった。

彼の興味はアルカニのことだけなのだ。彼はアルカニが行ったすべてのこと、彼が吐き気をもよおしたことまでを逐一知りたがった。

「彼はシャーマンじゃないね」

アルカニのことを馬鹿にするような口調だ。

「だからここがこんなに腫れているんだよ」

そう言うと、立ち上がって私の肝臓の部分を押す。確かに固い。実は今朝は肝臓のあたりに痛みを感じて目を覚ましたのだった。

「痛っ！　どうしてわかったの？」

「それくらいわかるよ。アルカニはサンペドロを粉状にしたものを君に飲ませたって言ったね。私の師匠が最初に教えてくれたのが、サボテンのデンプン質を茹でて飛ばすことがどれだけ重要か、ということだよ。そうしないと、肝臓を酷使して痛めてしまうんだ。私がこの薬を作るときは、少なくとも3日間は煮るようにしている。時にはもっと長く煮出すよ」

沈黙が二人の間を流れる。マキシモの反応を見るのが面白くもありイラつきもした。

「アルカニはどの先生についていたんだ？」

「パラカスの誰かだって言っていたわ」

「名前は？」

「名前は言わなかったわ」

「フン。まあ、どっちにしても、あのあたりにはきちんとしたマエストロはいないからね」

口を開けたままマキシモを見つめる。どうしてそんなことが言えるの？　と聞きたかった。でも、彼も自分が何を言っているのかわからないような気がして、質問するのもやめておいた。

その代わりにモリーンのことに話題を変えた。アルカニが、私にはシャーマンの素質があると言ってくれたことに関して、戻ったらじっくり考えようと思っていた気持ちは、ワシアリュの玄関を入った時点ですっかり萎えてしまったのだ。

それはある出来事のせいだった。

ワシアリュに戻った時、応接間の方から光が漏れているのに気付いたので近づいてみた。すると驚いたことに、マキシモとモリーンがお互いに背を向けて黙ったままで座っているのだ。しかも、二人の間にはただならぬ緊張感が漂っている。

「ただいま！」

とりあえず声をかけてみる。

「アニータ！」

マキシモはホッとしたような声を上げると、席を立って一直線にこちらへ近づいてくる。

「モリーン！」

彼女に声をかけても無視したままだ。私は再度声をかけてみるが、また無視をする。どうやら完全にマキシモのことしか目に入らないようだ。

「マキシモ！」

マキシモが逃げようとするとモリーンが呼びとめる。

「あなたが必要なのよ」

彼は困った顔で私の手を取り、頬に挨拶のキスをして、再び魔女の方へ戻っていった。

このやりとりを目撃したことで、その夜は彼らのことで頭の中がいっぱいだったのだ。そんなモリーンの名前を出したとたんにマキシモは笑い始めた。

「モリーンはね、君がここに滞在しているからか、毎日ここで僕と一緒に修行をしていると思っていたようなんだ」

まったく彼女らしい。

「だから彼女に伝えたんだ。アニータは弟子として修行しているわけじゃないんだってね。ただシャーマンの世界について学んでいるだけなんだってね」

無邪気に笑うマキシモ。え？　何を言っているの？　怒りの気持ちが湧いてきた。結局、彼女から逃げようとして、私に指導していないことを自分でも認めているの？

「私がここで弟子として修行していないなら、私はここで何をしているっていうの？」

「シャーマンについて学んでいるのだろう？　どう違うんだい？」

肩をすくめるマキシモ。

「だって君はシャーマンにはなるつもりはないのだろう？」

「あなたはシャーマンになる、ならないは、なろうとするものではなくて、運命が決めるって言ってたじゃない？」

何も言えないマキシモ。

「モリーンは君に嫉妬しているんだ、アニータ。彼女のエネルギーは嫉妬そのものなんだよ。彼女はシャーマンになりたいと言うけれども、そう願う人はまずなれないんだ。彼女は45年間生きてきて……」

「まだ45歳だったの？」

「そう。彼女は45年間生きてきて、年齢的にも焦っているんだ。彼女の住む社会の環境がそう思わせるんだろうけれども。でも、シャーマンの世界は時間軸ではないからね」

「シャーマンの時間は時間軸ではないことはわかるわ」

「まず第一に、シャーマンとはシャーマンになりたいという人間がなれるというものではない。次に、この競争心は彼女の問題であり、君の問題ではない。だから彼女の嫉妬のことは気にするべきではない。気にすることによって君の時間が無駄になってしまうからね」

「でも、もし前に教わったように、時間は直線的なものではなく、周期性があるのなら、そして音符と音符の間の空白、沈黙にこそ意味があるのなら、そんなことどうだっていいのじゃないかしら？」

厳しく言い返してみる。二人とも黙ったままで見つめ合い、火花を散らし合う。

「私が、あなたについて修行をしているわけじゃないと言ったけど、私を指導してくれるという話し合いはきちんとしていたはずでしょ？」

「その通りだよ、マイ・プリンセス」

そう言うと、頬をつねろうと手を伸ばしてきたけれども、それをすっと避けた。

「モリーンのことは無視していなさい。彼女は、君が私から学ぼうとするのをこれからも邪魔しようとすると思うから」

これには完全に脱力してしまう。私はペルーに戻ってくるために、ロンドンで節約しながら頑張った。そして、ここに到着してからは、マキシモが自分の問題に奔走して時間がどんどん過ぎる中、読書や取材をしながら、自分なりにシャーマンの勉強をしてきた。けれどもマキシモは、今この場をなんとかしのごうとしているだけだ。

マキシモと共に修行をすることと、自分なりにリサーチをして学ぶことには変わりはないというのなら、それでもいい。でも、完全に逃げ腰になっている。彼がモリーンになんと説明しているのか知らないけれども、こんな感じでごまかされることには納得がいかない。まったく、彼はどうしてこんなに臆病者なのだろう。


太陽が空の低い位置まで降りてきた夕方近く、ハンモックにぶら下がっているとマキシモがこちらに駆け寄ってきた。

「卵を持ってきたよ、アニータ。卵を使った技を見せようか？」

「今は大丈夫」

未だに怒りが収まらないので、こう返すのがせいいっぱい。

「でも、君は学びたいんだよね？」

視線をそらしながらちょっと無視する。

「じゃあ、説明しようか」

愛想よく続けようとするマキシモ。

「まず、卵はオーガニックのものを用意すること。そして卵を手にしたら、クライアントの身体を前から、そして後ろから卵で撫でてみる。そしてその卵を割ってボールに落とすんだ。卵の黄身は、クライアントの身体の縮図を見せてくれるものなんだ。たとえば黄身に黒い点や影のようなものが見えたら、それが、卵が身体から取り除いた悪いエネルギーであり、彼らが抱える問題ということになる。この卵の技法もシャーマンの素晴らしい伝統のひとつだよ」

私の反応を期待して語るマキシモにようやく答えた。

「今は、やりたくない……」

そう言うと、本を掴んでその場から離れた。

みじめだった。私は新しい自分になるために、かつていた世界に別れを告げて、希望を胸にもうひとつの世界への扉を叩いたのだ。

とにかく貪欲に、シャーマンの世界の知識を満足のいくまで身につけるという〝希望〟。

マキシモは、もしかして私の人生でやっと出会えた大切な人、という〝希望〟。

新しい道で成功するためには、前のように燃え尽き症候群にはならない、という〝希望〟。

こんなことを考えていた私は、なんて間抜けだったんだろう。マキシモのことを神格化しすぎていたのかもしれない。

そういえば、エドワードは私がペルーに戻ると聞いて皮肉を言いながら大反対していたけれど、今の私の状況を知ったらきっと大喜びするだろうな、なんて思った。馬鹿なことをしてしまったのかもしれない、と何度も自分を責める。

さあ、これから私はどうすべきなの？　その答えは簡単にはわかるはずもない。

チャプター39

翌日の朝、この気持ちを少しでもアップさせたいと思った。

そこで、スーツケースに1本忍ばせてきた「スペースNK（イギリスのコスメセレクトショップ）」のシャワージェルの甘い香りに包まれながらシャワーを浴びる。マキシモの従業員が箱買いしてくる安っぽい石鹸では、気分は上がらないのだ。

身体中を泡で包んだその時、左足から数センチのところに何やら茶色い塊が見えた。あわててメガネを掴んで見てみると、その茶色い塊はなんとサソリだ。サソリはまさに空中に尻尾を上げて、獲物を刺そうとするように、こちらに近づいてくる。

すぐにバスタオルを身体に巻き付けて、部屋から飛び出て宿のスタッフを呼ぶと、泥だらけのブーツでサソリを踏み、ベッドルームの床に足跡をつけながら出ていった。肌に残ったシャワージェルをざざっと洗い流すとすぐに服を着る。

「とにかく、ここを出よう！」

まずは、現金の持ち合せが少ないのでお金を下ろそう。ウルバンバには銀行のATMがないので、聖なる谷の東側にある町、ピサクまでバスで行かなければならない。そこまでは往復で1時間もかかるけれども、まだ今は朝の8時前なので、朝食までにには戻ってこられるはず。

週末は聖なる谷を通るバスの本数は少なかった。ピサクまではすぐに着いたものの、帰りは1時間も待たなければならなかった。地元の農民たちや、果物売り、子供たちなどバスを待つ人々もどんどん増えてくる。

やっとバスが到着して乗り込んだと思ったら、人の波に押されて、他の乗客とバスのハンドブレーキの間に押し込まれ身動きが取れない。小さなスペースにぎゅうぎゅうに詰まった人々のこもった臭いにも負けそう。さらに信じられないことに、車掌は乗客が降りる際ではなく、バスが動いている間に人の波を押しのけながらバス賃を回収し始めた。

なんとかリュックサックを開けて、財布を取り出す。けれども、リュックサックのファスナーの紐を落としてしまい、バッグを閉じることができない。

その後、ウルバンバに戻って、引き出した現金が全て盗まれていることに気付いた。あまりにショックで、目に涙が浮かんでくる。ここまでの仕打ちが待っていようとは。

ワシアリュの宿に着くと、もうこれまでだ、もう十分だと思った。聖なる谷での日々、モリーンとの日々、そして、マキシモとの日々に疲れてしまった。

とにかく、どこかへ行こう。まずは自分の住んでいた片鱗が感じられる場所で自分らしさを取り戻したい。さっそくクレジットカードでクスコのホテルを予約した。クレジットカードをこんなにありがたいものだと思ったことはなかった。あえて都会に籠るのは癒しとは違うかもしれないけれど、今の私にとって、これがこの状況では最高のプランだ。

荷造りのために部屋に戻りながら、内側から力が湧いてくるのを感じていた。いつになったらマキシモが私を教えてくれるのだろうと、もう受け身の立場で待ち続けなくていいのだ。

出発前に最後の食事をとろうとダイニングのテーブルに座っていると、マキシモがどこからともなく現れた。彼はクスコへ行っているものと思っていたら、そうではなかったらしい。

扉の前に立っている彼は太陽の光を浴びて、キラキラと輝いている。この場に及んでも、その姿に思わず息を飲むほどに魅了されてしまう。それは税金問題に悩む情けないマキシモではなかった。

結局は運命の悪戯がモリーンと私が張り合うように仕向けただけ？　ここまできてもマキシモは、仕事や彼氏、そして自分の人生をすべてあきらめてペルーに来させるほど、謎めいたいい男なのだ。

モリーンがどうして彼にこんなに必死になるかよく理解できる。それを思うと彼女にも同情してしまう。


でもすぐに、今回のことはここに来てから始まったことを思い出した。モリーンは私のことを初対面から嫌っていたということを。そして、彼女との間で板挟みになったマキシモが、すべてを混乱させたということを。それがどれだけ私をがっかりさせたのか、ということを思い出した。

だから私は負けないつもり。ただ、マキシモにきちんと説明もせず、ここから去らなければならないことは残念だった。けれども今はそうすることで、マキシモにも少しは苦い思いをして欲しい。


彼は私のテーブルに近づいてくると、一緒に過ごす時間が取れることを伝えてきた。そこで私の予定を話すと、さっそく別の話をする。

「サソリは怒りの象徴なんだよ、アニータ」

さっきまでのやさしい雰囲気とはうって変わった冷たい言い方をする。私の反抗的な態度に気付いたのだ。

「君がサソリを部屋に呼び込んだんだよ」

信じられない。何を言っているの？

「クスコに行ってはダメだよ」

「なぜ？」

「今日は新しいグループが到着するんだ。君も一緒に学べるからここへいるべきだ」

「どうしてもっと前にスケジュールを教えてもらえないの？」

あきれながら言い返すと、マキシモも困ったような顔をする。

「もうホテルを予約してしまったのよ」

「キャンセルしなさい」

カチンときたので話を変えてみる。

「彼らとは今日は何をするつもりなの？」

実は、マキシモは初日にはスケジュールを入れない。聖なる谷についた初日は、標高の高さに慣れるために身体を休めることになっているのだ。

「特に何もしないよ。今日はリラックスするだけ」

案の定、自分で墓穴を掘ってしまう。

「でも、明日の朝、早く出発するから」

「何時に？」

何も言えない彼。

「わかった。じゃあ、ここに7時にいるから」

そう言って彼の両頬にキスをした。朝食はホテルでルームサービスを取ることにして、マキシモがぼんやりと私を見つめる中、その場を離れる。やっと今回は私の勝ち！　と思えた。

ウルバンバの乗り合いタクシー乗り場に到着した。今回、誰も乗っていないタクシーに遭遇したおかげで、ここへ来て初めてドライバーの横という一番いいシートに座ることができた。その代わり、あと数人の乗客が集まるまで30分程度待たなければならないらしい。

その間、自分の行き詰まった状況について考えてみる。まだ、さっきのマキシモとの会話には、怒りを感じていた。ホテルの予約は1日しかしていないけれど、もはや残った荷物を取りに帰る以外には、ワシアリュには帰りたくない。

ついに乗り合いタクシーも出発し、山間を抜けていく。

これからが本当の旅になるのかもしれない。どうして今までの方法が上手くいかなかったのか、ということについて考えてみた。要するに常に私は忍耐強く待とうとして、受け身の状態の中で、できることをやろうとしていたのが悪かったのだ。もうマキシモに振り回されたくないのなら、彼から必要なものを自分で選択するべきなのだ。

彼の弟子になりたいのか？　それとも、彼の恋人になりたいのか？

まもなくタクシーは織物で有名な町チンチェロに到着した。髪を三つ網にしてレッグウォーマーを履いた老女たちが、わいわいと騒ぎながら道の横を通るのに合わせて、ドライバーは速度を落とす。

結局、男という生き物は、狩人なのだと速度が再び上がる車の中で考える。マキシモにも狩人になってもらわないとダメなのだ。そう考えると取るべき道も明らかだ。

また、弟子になるということと、恋人になるのか、という二つのどちらかを選ぶ必要もない。なぜならば、マキシモにとってこの二つの境界線ははっきりしていないから。私ならそのどっちも手に入れられる戦略が立てられるのだ。

とりあえず心配ごとは後回しにして、予約を入れたホテルへと足を踏み入れる。

17世紀の初めに、スペイン貴族によって建てられた宮殿がホテルとして改装された「ピコアガホテル」。敷地の中央には、当時のヨーロッパの建築様式の特徴である、ルネサンス様式の支柱で飾られたオープンエアのアトリウム（中庭）がある。アトリウムを歩いていると、ヨーロッパの世界主義（四海同胞主義）の世界観を思い出した。

ベルボーイに部屋を案内されると、すぐにお風呂に入りたい！　と汚れた服を脱ぎ、ロンドンを離れて以来初めてのバスタブに直行する。

けれども、生ぬるくて茶色いお湯が出るのを見ると、そんな思いも一気にヘコんでしまった。それでも、まだ最悪というわけではない。とりあえず手足の指がシワシワな状態にふやけるまで、ぬるい茶色のスープに浸かってゆったりとした時間を過ごす。

午後からは、贅沢なダブルベッドの上でつまらないテレビ番組を見ながら、ルームサービスの食事をお腹いっぱい食べて至福の時を過ごした。こうしたことが私にとって〝命の電話〟にも匹敵するのだ。

夕方近くになると、すっかりヨレヨレになったリュクサックから、いそいそと夜の洋服を取りだす。今晩は、ケンに会うことにしたのだ。スキニージーンズに黒いホルターネックのトップス、足元はペルーまで持ってきたハイヒール。メイクもばっちりキメて、お姫様気分で部屋から出ていく。

修復されたアルマス広場をヒールでコツコツと音を立てながら通り抜ける。広場では、小柄な老人たちがそよ風に当たりながらベンチに座り、若者たちはたむろしながら、外国人観光客を眺めている。

手入れされた中央の庭を通り抜けながら、ふと一瞬立ち止まってパンジーの花の匂いを嗅いでいると、2〜3人の男性に見られているのに気付く。きっと私がシャーマンの勉強をしているなんて思いもしないだろうな。

今、すべてから解き放たれている。自分勝手なマキシモから離れて、ひとときの間かつての自分自身に戻っていた。

そんな私は、スピリチュアルとか一切興味のない普通の人々に、まだまだ私は一人の魅力的ないい女なのだと証明しようとしているかのようだ。事実、私はもともと物質主義者で、今でもシャーマンになりたいという精神至上主義ではない。彼らの視線を浴びながら、ローラン・ペリエのロゼを飲む時に浸るような気持ち良さを味わう。

広場の中心を占める植民地時代の大聖堂までやってきた。

空には月が昇り、月光がやさしく肌を照らし始めると、さらにリラックスして歩くペースもゆっくりになってくる。趣のあるアーチスト街のサンブラス地区に向かって、細いデコボコ道を登っていく。

どこからともなく夕餉の匂いがしてきた。静けさの中にも普通の家族が生活している音が聞こえてくる。赤ちゃんの泣き声に、何やら大声で叫ぶ大人、台所を流れる水の音など。こんなに普通の世界がこの異国にもあることを、逆に不思議に感じてしまう。1匹の黒ネコが私の足元を横切って、暗闇の中にすっと消えていく。

ゆったりと歩きすぎたことと、急な坂道にふさわしくないハイヒールを履いたせいで、ケンとの約束に30分も遅れてしまった。でも、この30分の間に自分を信じる気持ちを取り戻していた。

スコットランドの男、ケンは、私の大好きなクスコのレストラン、「チチョリーナ」のバーのスツールで私を待っていた。

ここは、この街で唯一、前菜風の小皿料理を出してくれる洗練されたお店だ。雰囲気もモダンでセンスが良く、クスコの高価なレストランなどによく見られる、大味で派手な装飾や古臭さがまったく見られない。また、このあたりで唯一、アンデス女性が歌い上げる地元の歌謡曲ではなく、エラ・フィッツジェラルドのジャズをかけてくれるような粋なお店でもあることから、私の中で評価が高いのだ。

「今日は飲みたい気分なの」

スツールの背にバッグをかけながらケンに宣言する。

「昔は、このビルのオーナーだったんだよ」

そう言いながら、氷結のついたカクテルグラスを私のグラスにカチンと当てて乾杯をする。

「でも、数年前に開発業者に売ったら、こうしてこのレストランや下の階にお店も幾つか入ったんだよね。売らなければ今、儲かっていたかも。とにかく自分の話はさておき、修行生活はその後どうなっているのかね？」

首を振りながら、ペルーの国民的カクテルともいえる、ブランデーと卵白をシェイクして作った冷えたピスコサワーを一気飲みした。

「上手くいってないの」

空になったグラスをテーブルにカツンと置いて、お代りを頼む。

「新しい学びと言えば、卵を使った浄化法を習ったくらいかな」

ケンは興味深そうに聞いている。

「とにかく、状況は良くなくて。マキシモは何かと自分の都合で勝手に私を振りまわすという、なんだか旧石器時代の人って感じなの」

その後はモリーンとのゴタゴタまで話は及び、ケンは、それを苦笑いしながらじっと黙って聞いている。

「どうしてマキシモは、私が彼の元で修行をしていることを彼女に伝えられないのかしら。彼と私、そして彼と彼女の関係はまったく別モノだと思うのよ」

ブツブツと不平をまくしたてる。

「そうすると君は、望んでいた通りに彼が動いてくれない、ということに腹を立てているわけだね」

「頭にくるのは、彼らが大人げないというか、まるで子供みたいに振舞うことなのよ。なんだか、ロンドンが恋しくて。ここにいると疲れてしまう。もう人を振りまわすシャーマンや、機嫌の悪いスピリチュアルオタクはこりごり。今はほんの数日でもロンドンに戻って、気の合う仲間たちと楽しく過ごして、何もかも忘れたいくらい」

「すべては思い通りにはいかないものだよ、アニータ。今、君はペルーにいるんだからね。自分の国にいるのと同じように、ことが運ぶと思ったら大間違いだ。ところでアルカニとの儀式はどうだった?」

「どうして、そんなことを知っているの?」

「聖なる谷では秘密はあってないようなものだよ。というか、実はアルカニは私の親しい友人の息子さんなんだよ」

「なんてこと！」

「実は僕も数カ月前までそれを知らなかったんだ。僕の友人のレオは離婚した妻や長男とクスコに住んでいた時にアルカニの母親と恋に落ちて、不倫の関係にあったんだ。でも彼女が妊娠したとわかると、彼は彼女をリマ近くの実家に戻したんだ。彼はその後も彼女へ支援をしていたのだけれども、二人はもう会うこともなくなっていたから、僕らは誰も彼と彼女の間に子供が生まれていたことを知らなかったのさ。レオは70代になった時に、妻と離婚して彼女の元へ走ったんだ。彼はその女性と死ぬまで一緒だったんだよ」

ケンは寄りかかってきてささやいた。

「こういう話って、とってもペルー人らしいよね」

「レオはビジネスマンとして成功した人だったの？」

「真の実業家、という感じだったよ。聖なる谷に最初にホテルを作ったのも彼さ。もうひとつ、別の話なんだけれど。僕はレオが亡くなった時に、彼の長男からレオが所有していた事業を購入しようと思って、世界銀行時代の人脈から投資家を14人も集めて、打ち合わせをすることにしていたんだ。ところが、それがどうなったと思う？」

私は肩をすくめる。

「レオの息子は遅刻してきたあげく、すっかり酔っ払っていて、すべてが台無しになったんだ。私の人生で、最も恥ずかしい事件のひとつになってしまったよ、アニータ」

その後、数時間かけて、二人して12杯のピスコサワー（ケンは7杯、私は5杯）を飲み干し、小皿料理を思う存分楽しみ、店を後にした。

足場の悪い木の階段を、二人で腕を組みながら、よろよろと中庭に向かって降りていく。小さな星がまたたく透き通った夜空の下を、ふらつきながら、ホテル近くまで戻ってきた。

親しい友人であり、助言者でもあるケンと一緒に時間を過ごしたら、暗い気持ちも少しは和らいできた。シャーマンの世界のゴタゴタを忘れようとして、ロンドンでの日々のような一夜を過ごすことは無理というもの。でも、ここクスコでもケンと会うと、まるでロンドンにいるのと同じような気持ちになれる。


広場の中央で立ち止まると、深遠な黒い世界はてっぺんまで広がっている。遠くに見える民家の光が粒状になって、山のアウトラインをかたどっている。

最初にこの旅が始まる時に、ペルーという土地の美しさに震えたように、今、再び、ここから見える景色に心を奪われていた。

チャプター40

翌日の朝、サン・ブラスの新しいカフェで、ここへ来てから初めての〝まともなカプチーノ〟をすすっていたら、ケンから電話が入った。

ちょうどエコストアで買った戦利品を吟味していた時だった。チチョリーナの下の階に、新しいお店がオープンしたという噂を聞きつけて覗いてみたら、めでたく私がそのショップの顧客の第1号になったのだ。

ショップには、ハーブティーやグラノラバーなどの品が揃う中、私が選んだのはペルー産のオーガニックチョコレート。ペルーの平均的な物価からすれば法外なほど高い値段だったけれども、やっと見つけた〝きちんとしたチョコレート〟に、ここぞとばかりにお店のストックをすべて買い占めてしまった。

皮肉な、そして悲しいことに、ペルーはカカオが豊富な国でもあるのに、聖なる谷で手に入るチョコレートといえば、ほとんどが輸入されたネスレの製品ばかり。ついに本格的なチョコレートが買えるお店を見つけたことで、また一歩、ペルーが第二の故郷に近づいたような気がした。


「アニータ、正直に言うよ。僕は君のことが心配だよ。君はすでに〝ジャーマンワールド〟にどっぷり浸かってしまって、このままだと現実の世界からどんどんズレていくような気がする。だから僕と数日、一緒にぶらぶら過ごさないかい？」

ケンの提案はもっともであり、ありがたかった。また、マキシモを狩人にする戦略を考えても、彼の方からなんらかの動きを取らせるためにも、クスコにしばらく滞在しようと思った。

彼が必死の行動をとるまで。私がいなくなって寂しいと思うまで。そんな時間を過ごすための友人として、ケンはこれ以上ないほど完璧な人だった。


その日の午後、町の郊外にある市場をひやかした後、二人でカフェにいると電話がかかってきた。その市場には、スリや泥棒が仕入れたばかりの品物が並んでいた。そして、それを実際に買うことになるのは、それらを盗まれた人たちというわけだ。

「このあたりの事情を知っている人たちは、ここへ来て買い戻すんだよね」

ちょうどケンから彼のケンブリッジ時代の話を聞いていたところだった。

「最初にキングスカレッジに入った時、僕の仕事は、あのE・M・フォースター（イギリス人作家）に朝のお茶を届けることだったんだ。彼は鼻に疾患を抱えていたので、彼のベッドはわざと傾斜していたんだよ。だからお茶をこぼさずに彼の枕元に届けるのが本当に大変だったな」

笑いながら想い出を語るケン。

「彼はどんな人でした？」

「フォースターかい？　すごく内気な人だったよ。バーに入る時も、いつもドアから頭をちらりと覗かせて、自分が入れるかどうかチェックしていたよ。周囲のやんちゃなお坊ちゃんたちとは、くらべものにならないほど臆病な人だった」

ケンの話はまるで小説のようで、つい夢中になって聞いてしまう。こんな人とウルバンバで出会ったなんて、今でも信じられない。

「あの経済学者のケインズも同時期に一緒だったよ。実は、彼はゲイだったんだよ。彼はお気に入りの男子を見つけるために、校内でバレーボールの試合をよく企画していたんだ」

そんなケンの話を楽しんでいると電話がかかってきた。

「アニータ！　いつ帰ってくるんだい？」

そのハスキーな声が誰かはすぐにわかったけれども、あえて黙ってみる。しばらくの間、沈黙が続く。

「我が弟子がいないと寂しいよ。帰ってきてくれないか」


そういうわけで、相乗りタクシーでウルバンバに戻ることになった。

ところがその道中で、さっそく邪魔が入った。それはモリーンからのメールだった。

「マキシモと素晴らしい時間を過ごしたわ。私たちの間には深い絆があると信じてる。二人ともレムリアの時代にいたんだけれども、二人は出会った瞬間にそのことを思い出したの」

この人は何を言っているの？　まだ彼女はあきらめていないのかしら？　そこでメッセージを返した。

「レムリアって何？」

返事がすぐきた。

「レムリア人たちがアトランティスを作ったのよ。私の故郷でもあるわ。マキシモもその時代にいたのよ」

人間とは新しい状況に直面するたびに、コロコロとその本質が変わってしまうものだ。ケンと丸一日過ごした後、すっかりモリーンのことなど忘れ去ってしまっていた。

けれども、また不安が襲ってくる。どうかヘンなことになりませんように。さらに運が悪いことに、ワシアリュに到着してもマキシモはそこにいなかった。これもよくあること、と胸に言い聞かせる。

すると自分の部屋に戻って1時間後、部屋をノックする音が聞こえてきた。マキシモは部屋に入ってくるやいなや抱きしめてきたので、さっと離れてマキシモの目を覗き込む。その瞳からは熱い想いが伝わってきた。それは前回の旅での最後の夜、部屋の外で見たあの時と同じ、決して遊びではない感情を私に抱いていることがわかる瞳だった。

「戻ってきてくれてうれしいよ、アニータ」

黙ったままで目を見つめる。

「明日は新しいグループを紹介するよ。明日の朝は8時にキラルミヨクへ出発するから。都合がつくなら、ぜひ参加して欲しい」

「次はいつ儀式をするの？」

「まだ決まってないんだ。でも、決めたらすぐに報告するよ」

彼が私をもう振りまわさないということは確信できないし、まだモリーンの影もちらついている。でも、とりあえず、この瞬間を信じることにした。

これがマキシモとの本当の師弟関係の新たな始まりになりますように。そして私たち二人の関係も、もっと深まりますように。

チャプター41

翌日の朝、ワシアリュにはヒステリックな声が響きわたっていた。

モリーンが泣きはらした顔で館内をうろうろしている。彼女の目は腫れて、頬は赤く染まっている。

「マキシモが私を無視するの。どうしてこうなるの？」

これまでの彼女との一連のことを考えると、あまり同情する気持ちにはなれない。けれども、しばらくすると、彼は彼女だけを無視していたのではなく、他の皆をも無視しなければならなかったことがわかった。マキシモは、新しいグループの一人が体調を崩したために、その看病で大わらわになっていたらしい。

結局、やっと9時にキラルミヨクへ出発することになった。

ところが、一行を乗せたミニバスは、目的地に直行せずにクスコに立ち寄り、さらに新たな別のグループを乗せる予定らしい。今度の一行は、11人のオーストリア人とアメリカ人が1人。心理学者、心理療法士、精神科医などと、職業のタイトルの頭に〝心理〟とか〝精神〟などがついた、心のプロ集団だった。そして同時に、そのほぼ全員が、典型的な中年のヒッピー軍団だ。

ちなみにモリーンは大泣きしたことで疲れ果てたのか、今回のツアーには参加しないことになった。

さて、ミニバスではマキシモの隣に座ろうと思っていたら、新しいグループのリーダー、イザベルという女性が隣に座ってきた。細身で茶色の髪に、シワのある表情からは、少し心配症な感じがうかがえる。

「ツアーのまとめ役を引き受けるって本当に大変よね」

ため息まじりの声で静かに語り始める。彼女を見つめると、茶色い大きな目が私を見つめ返してきた。

「こちらに来る2、3週間前、1人の参加者がサンペドロについて相談してきたの」

「どんなことですか?」

「よくあることよ。ドラッグを使うのはいやだっていうの」

「でも、サンペドロはドラッグではないですよね。少なくとも、こちらでは治療の一環として使っているわけだし。特にあなた方のような専門の方たちこそ、このようなことには理解が深いのではないのかしら?」

「そうなんだけれど、彼女は私の言うことを聞かなくて。それならツアーには参加しないことも提案してみたんだけれど、こちらには来たいって言うのよ。結局、こっちに来てからもあれこれ言って、皆を困らせているのよね」

「ご苦労さまです」

「明日はついに儀式の日よね」

「え?　明日なんですか?」

思わず息を飲んだ。それが本当なら私は知らなかったことになる。イザベルは私の動揺にも気付かず、うなずいた。

「本当に？」

「ええ、そうよ。マキシモとはもう数カ月前に日程を一緒に作って確認しているから」

マキシモに、また呆れるしかなかった。

「もう、皆がハーブを飲む、飲まないって色々と言い始めて大変だわ。相手をしていると、すっかり疲れてしまって。私はただ皆にマキシモと一緒にワークをして欲しいのよ」

そう言うと、ささやいてきた。

「彼は素晴らしいヒーラーよね。あんな人には会ったことないわ」

「ええ、私も」

にこやかに答えると、マキシモが女性たちの視線を受け止めながら、せわしなく準備のためにバスを乗り降りしている様子を目で追った。彼は、小さなピンク色の錠剤を女性たちに配っている。

「あれはなんなのかしら？」

イザベルが前に座っている女性に聞いている。

「わからないわ。でもマキシモが私にもくれるなら、たぶん問題ないものなんでしょう」

またもや私は少し絶望感を感じ始めている。

「ところで私の名前はアニータです」

そう言ってイザベルに手を差し伸べると、彼女は私の手を力なく握り返した。

クスコを出発して1時間後に、一行はコリカンチャの南側にある小さな石畳の上にぎゅうぎゅう詰めの状態で立っていた。

コリカンチャはインカ帝国の時代にクスコで最も聖なる場所として太陽の神殿を造り、銀や金も奉納していたとのこと。今ではコリカンチャは廃墟となり、この場所からは口の上手いツアーガイドのおしゃべりとカメラのシャッター音だけが聞こえてくる。

「コリカンチャには43ものレイラインが集まっているんだよ」

マキシモが皆に説明する。

「レイラインって何？」

「〝光の線〟という名前の通り、エネルギーが線状に走っているラインのことだよ。それらの線がクロスする場所が、いわゆるパワースポットなんだ」

「マチュピチュにあった洞窟のようなもの？」

「そうだ。インカの人々は、この土地にエネルギーの巨大な渦を発見したことで、ここに神殿を建てたんだよ」

ここで、マキシモがエネルギーワークのデモをするために、参加者からボランティアを募った。するとイサベルが恥ずかしそうに一歩前へ出た。

「目を閉じてごらん」

マキシモは、自分の片手を彼女の心臓の上に置き、もう片方の手を背中側に置くと、両方の手の平を小さな円を描くように回し始めた。しばらくすると彼女が、操り人形のように、前後に激しく揺れ始める。

「カリフォルニアにいる私のセラピストも、同じことができるわよ」

誰かが私の耳にささやいてきた。大きな身体に、青い瞳、灰色の髪をクルクル巻きにした女性が隣にいる。今回のグループで唯一のアメリカ人だ。

「彼女が同じことをするには、43ものレイラインは必要ないわよ」

ここ数週間で、ひさびさに笑えるジョークを聞いたことで、思わず吹き出してしまった。すると心のプロ集団とマキシモは一斉に私の方を見た。ミステリアスなアメリカ人女性がウインクをしてきた。

「私はバーブよ」


午後には、ミニバスは一行を泥だらけの広場に残して、走り去って行った。

今、私たちはあたりに何もない見知らぬ場所にいる。近くには、人家もなければ人気もないこんな場所で何をするのだろう？ しばらく全員で立ちつくしながら、電話中のマキシモからの指示を待つ。

全方位が、だだっ広いだけの草むらは、緑、茶、赤色の布をごちゃまぜにしてパッチワークにした毛布を敷いたような場所だ。


ようやくマキシモが電話を終え、数名を従えて歩き始めた。バーブと私もグループの後を追いつつ、他の女性たちがマキシモの後を小走りで追いかける姿を見ていた。

「私はこのグループの中では何か浮いちゃっているのよね」

バーブはそう言うと、グループの皆がマキシモの気を引こうと一生懸命になっている様子をながめている。

「じゃあ、なぜ彼らと一緒に来たの？」

「単にペルーに来たかっただけ」

その答えには納得だ。常に生命力に満ち溢れた山を訪れる度に、私だって自分の心の故郷へ戻ってきたような気持ちになれる。風に吹かれるユーカリの木々、枯れた黄土の土壌、古い鋤と牛で広大な田畑を耕す地元の農民たちの風景は、もう自分の一部になりつつある。

「なんだかこのグループの人たちってちょっと心配だわ。それに、シャーマンのマキシモもね。でも、美しい景色を見ると、やっぱり感動するの。自分の選んだことはすべて受け入れること。後ろを向いたり、後悔をするべきではないって1975年に学んだのよね」

前を見つめる彼女の方を向く。彼女の言うことは理解できなかったけれども、今は詳しい話を聞くべきではないということだけはわかった。


さらに丘の頂上まで1時間ほど歩く。やっと滝が勢いよく流れ、インカの石壁がところどころに残る広い草原に到着した。雲ひとつない空には太陽がギラギラ輝き、日よけする場所さえない。そこでクモの巣のような模様がついた赤黒い大きな岩の陰で日よけをすることにした。ここからの景色は雄大で、ただ静けさだけがこの場を支配している。

すると、マキシモは滝の側の岩を登り始めた。滝の上にはまた別の大きな岩場につくられた草むらがあり、マキシモを見下ろしている。

「これがキラルミヨク、月の神殿だ」

そう言うと、イザベルに半円の周囲に7つの四角形が刻まれた岩の下まで上るように指示した。この岩を神殿というのはちょっと大げさだな、と思っているとマキシモが説明を始めた。

「何千年もの間、人々はここで月のエネルギー、いわゆる女性性のエネルギーと繋がっていたんだ。この岩を背にして座ってごらん。自分に必要のないものを手放すことをイメージしてみて」

イザベルは緊張しながら、神殿の岩場にその細い体を当てた。他の人々は草むらをぶらついているので、私も岩場に移動する。プマフワンカでのアルカニとの体験で、シンクロができることがわかったので、ここでもハーブやマキシモの力を借りずに、同じことができるか試してみたい。

これは私にとって次のステップへの挑戦だ。今後も常にハーブを飲むとは限らない。だからこそ、私自身も力をつけておきたい。

マキシモがガラガラを鳴らし始めると、イザベルに意識を集中する。すぐに、胸のあたりが押しつぶされるほどのような悲しみを感じ、彼女の上半身を大きな影が覆っているのが見えた。同時に彼女の頬には涙が伝い始める。マキシモは彼女の身体全体が大きくむせび泣きで震えるまで、ガラガラを振り続けている。

ふと上着が引っ張られる感触がしたので振り返ると、6歳くらいの鼻水を垂らした女の子が歯の抜けた顔でにこにこ笑いかけてきた。

側では女の子の友人たちも、マザーグースの歌を手を取り合って輪になり歌っている。彼女は、私に〝待った〟の合図なのか手を上げて、これ以上イザベルに同調しないようにと念を押すようにして、友人たちの輪の中に戻っていった。

子供たちが輪になって遊ぶ童謡のリズムに巻き込まれると、世界がグルグル回転する。歌い終わって他の子たちが全員座っても、その子だけは私の方を見上げて笑っている。その無邪気さは、私にとって、新しいインスピレーションになった。この日の午後はずっと、この女の子と一緒に花を摘んだりしながら楽しく過ごした。

気付けばマキシモがバスの方へ向かおうとしている。

彼がひとりのところを見計らって、話しかけることにした。儀式の予定があるのに、ないと言っていた彼の調子のよさは、小さな女の子と過ごしたことでもう気にならなくなっていた。

「人にシンクロする方法が掴めたようなの。今晩、儀式でイザベルにどのようなワークをするつもりか教えてくれない？」

マキシモは、私の相手をせずに、歩くペースも緩めない。

「同調できると、感じたものがそのまま見えてくるのね」

マキシモは私を無視したままだ。彼がスタスタと歩き去っていく姿を、驚きながら見ていた。何かが変わってしまった。そして、変えてしまったのは、私の方だったのだ。

私はケンと過ごすことやアルカニとの儀式を通して、私らしさと自信を取り戻したのかもしれない。また、バーブと会って、プロとしてあるべき姿も考えるようになった。こちらへ来て色々と悩んだことが幸いにもこれらのことに気付かせ、そして、シャーマニズムとプロフェッショナリズムはそれぞれ別のものであるということもわかってきた。

「もし正しい道を進めば、宇宙はサポートをしてくれる」

それが本当なら、マキシモがいなくても、自分の力でシャーマンになることも可能なのかもしれない。今、シャーマンになることをあきらめると、きっと後悔する。だからこの道を進むことをあきらめられない。シャーマンの修行はもうマキシモ次第ではなく私次第。これが私の選択であり、今の私の人生なのだ。

結局、マキシモに腹を立てて自暴自棄になるどころか、さらにシャーマンになる思いを強くすることになった。

チャプター42

儀式の場所、瞑想室には早めに到着した。

参加者たちも集まり始め、会場はざわざわと落ち着きがなく、儀式前の興奮に包まれていた。

「あなたはハーブは飲むの？」

「どうしよう。あなたは？」

「まだ決めてないの。マキシモはドラッグじゃないと言うけれど、知り合いはドラッグと同じと言うのよ。どっちを信じればいいの？」

「ドラッグならやりたくないわ。絶対に手を出さない」

周囲から色々な意見が聞こえてくる。それにしても、心の薬を処方しながら生計を立てている精神科医たちの言葉には思わず吹き出してしまう。実際に、サンペドロは傲慢さやエゴを取り除いてくれるハーブでもあるのに。密室で患者に生き方をアドバイスしている心のプロ集団は、サンペドロの存在が広く世の中で知られることで必要なくなるかもしれないのに、と思った。

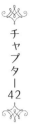

授業が始まる前のような雰囲気の中、やっとイザベルが現れた。やつれている彼女の姿を見て、大丈夫かしらと心配になる。彼女は私の向かいに座ると、笑いかけてきた。彼女が私の近くのマットレスを選んでくれたことで、儀式中に彼女を観察しやすくなる。

続いてマキシモも部屋へ入ってきた。彼はモリーンを連れている。驚いたことに、彼女のハチの巣のヘアスタイルはブロンドのボブに変わっていた。思わず自分の髪の毛が気になって触ってしまった。けれどもそんな彼女のアピールにも関わらず、マキシモは私の元へすたすたと近寄ってくる。

「サンペドロが効いてきたら私に言いなさい。一緒にワークをしよう、アニータ」

モリーンの視線を感じるけれども、もう気にしていられない。再びマキシモがこんな感じで接近してきた理由もよくわからないけれども、今では特にウキウキするということもなかった。

マキシモがサンペドロを配り始める。幾つもの視線がサンペドロに集中する。その緊張感が伝染しそうで誰とも目を合わせないようにした。

マキシモはバーブの前に立ち、サンペドロのボトルに木製の小さなコップをカチカチと当てながら、彼女の名前をつぶやき続けている。こんな様子を見るのは初めてだ。

「バーブ、君はまだ準備ができていないね」

そうバーブに告げると「どうして?」と彼女は強気で歯向かっている。彼女こそ皮肉なことに、何の抵抗もなくサンペドロを飲むことに決めていた一人なのに。それでも、マキシモは彼女の質問には答えない。

「でも、ハーブなしの人でも儀式は行えるからね」

それだけ言うと、彼女の喉と額、胸の部分にハーブ液を塗った。

「それに、後でクリスタルも使うから」

そう言いながら、彼女の隣の人へと移動していく。

結局、マキシモがグループの半分にしかサンペドロを許可しなかったことで、騒動が巻き起こった。彼が部屋の電気を消す前に、一人のセラピストが部屋から出るためにドアの方へ向かう。ハーブが許されなかった彼女は泣き顔になっている。

「私はこのためにお金を払ったのよ。サンペドロを飲むために。だからペルーに来たのに！」

「ハーブに、一人ひとりが飲む準備ができているかどうかを聞いていたのを見ていたかい？」近くにいたマキシモが私にささやく。あのつぶやきは、そういうことだったのだ。

「サンペドロがすべてを教えてくれるんだ。私が決めるのではない。もし恐怖心があるならば、水を飲んだだけでもオバケを見てしまうものなんだ。だから準備ができていないと危険なんだよ」

ここ数週間で初めてマキシモがプロっぽいことを言うなと思った。

「そして、ハーブが自分の叡智をこの人と共有したいと言うなら、私はたとえ自分のエゴが反対してもそうするだけだよ」

そう言いながら彼は部屋の電気を消しにいった。横になりながら、マキシモは自分にもエゴがあることを少なくとも理解しているんだな、と苦笑いする。

目を閉じて、ここ数時間にあった色々なことを手放しながら、内側の世界へと入っていく。

「イザベルのためのワークをさせてください」、そして「私がこうして学んでいることをマキシモがきちんと理解してくれますように」と心の中で祈った。

目を開けると、以前にも見たことがある透明な幾何学模様が目の前で揺れ動く。そして、さっき会った女の子たちが、再びここにも現れてきた。

儀式前の騒動を思い出しながら、シャーマンの伝統には敬意を払いながらも、この世界を味わいつくそうとする注文の多い旅行者たちに、シャーマンの世界を伝える難しさをも感じていた。

「吐き気がする！」

その声に目を開けるとモリーンが部屋から飛び出していくのが見えた。儀式中、ほとんどの人は何か起きても迷惑をかけないように小さい声しか出さないのに、モリーンはお構いなしだ。

「今晩、儀式をすると伝えていたのに、お昼を食べ過ぎたと言っていたからね。まったく彼女は」

近くにいたマキシモは、やれやれという感じでガラガラを手にした。

私も再び目を閉じる。

すると何の前触れもなく、透明な丸が幾つか空中に見えていた状況を押しのけるように、〝理性〟が飛び込んできた。そんな馬鹿な？　どうして？　そして、ついに理性がしっかり戻ってきてしまった。

儀式でこんなことは、初めてだ。今までは、ハーブが連れていってくれる世界の中へ、いとも簡単に入っていけていたのに。

どうすればいいの？　貴重な時間を無駄にしているような気がする。久しぶりにハーブを飲む儀式に参加できたというのに。


すると突然、パンサーに繋がるべきだ、という考えが降ってきた。前回の儀式でパンサーに会った時は、パンサーが私をリードしていたのに、今回は逆でこちらから繋がるのだ。ジャガーの湖へ行ったことを思い出す。あのアウサンゲイトへの旅に何か意味があるなら、今私はパンサーに繋がる必要があるのかもしれない。

最初の頃はシャーマンが動物をパワーアニマルと呼び、スピリチュアル・アドバイザーと見なしていることには疑心暗鬼だったけれども、今ではその考えも変わってきた。

もし、パンサーが私のパワーアニマルであり、シャーマンとしての能力を開発してくれるのなら、きっと助けてくれるはず。

部屋に目をやると、真ん中あたりの床の上でジャガーの気配がうごめいている。それは、マキシモのパワーアニマルのジャガーの毛皮のマットレスだった。毛並みの上には明るい白い光が輝いている。それは死んだ動物のスピリットであることがわかった。

意識がそのスピリットに引っ張られそうになったとたんに我に返った。ヒッピーたちみたいに怖がっている場合ではない。クスコで2日過ごして、私はいざという時にはハイヒールを履いた普通のオシャレな女の子に戻れることもわかった。

なんとか立ち上がると、マキシモにジャガーの毛皮の上に座ってみてもいいかと聞いてみた。

「もちろんだよ、アニータ。そうしなさい」

私は、身体を毛皮の上に伸ばし、手を腕の部分に重ね、指をかぎ爪に合わせた。肌の上に見えていた黄色いもやのような光が手の平に伝わると、エネルギーがチャージされるような感覚がやってくる。

パンサーの力強さが肩から入ってくると、体中にネコ科特有のしなやかさを感じ、何も考えずに起き上がると、四つん這いの体勢になった。そして、イザベルの顔のあたりに近づくと、かつてマキシモが教えてくれたように、心の深い部分で彼女とひとつになろうとする。

赤い色が浮かんできたので、目を閉じて少しドキドキしながらも、全身全霊で彼女へ赤い光を送ってみる。目を開けると、彼女のお腹のあたりで赤い光がクルクルと回っている。

マキシモが私の所へ来た。

「いいね。彼女の胸を見てごらん。もう消えているから」

そういえば、昼間には彼女の胸に影が見えていたことを思い出した。

「注意深く観察するんだ」

彼はイザベルに歩み寄ると、彼女の上着のジッパーを下ろして、アグア・デ・フロリダのエッセンスを心臓と喉に吹きかけて、その場から離れる。すると彼女の上半身に白い光がきらめき、光が広がっていくのがわかった。

次に部屋を見渡してみると、モリーンが暗闇に包まれている。その様子がまったく誰とも違うことに驚いてしまう。彼女の身体は、どんな光も発していないのだ。どうして？

「彼女はまだ旅の途中なんだ。シャーマンは自分で変わろうとしない人の手助けはできないんだよ。シャーマンも神ではないからね」

マキシモがキャンドルに火をつけて下へ降りていく姿を見ながら、そのコメントを噛みしめる。

やがて儀式も終わり、皆が部屋から退出し始めた。

両手がまだ痺れて熱かったので、瞑想室に残っていると、いつの間にか私とモリーンだけが取り残されていた。儀式の後ということもあって、過去のことは水に流してもいいかなと思えてきた。部屋を出る時に、彼女に「お茶を持ってきてあげようか？」と聞いてみる。まだ毛布を被って横になっている彼女からは、反応がない。ただ、ため息のような声が聞こえてきた。

キッチンは閑散としていた。

そこでは数人が集まって、イザベルから儀式中に彼女が体験したことを聞いている。

「今回の儀式の目的は、別れた夫とのことを乗り越えたいということだったの。見えてきたビジョンは、結婚していた時にどれだけ辛い思いをしていたかということばかり。今、出会った男性との関係に飛び込めないのは、彼のことを愛していないからだと思っていたの。でも、違ったわ。離婚して以来、他の誰かを愛するということを自分に許していなかったのね。もう変わらなくちゃ」

彼女が必要とする赤い光は、そういうことだったのだ。赤い色は彼女の第1チャクラ、セクシュアリティを表している。そして、マキシモが放った白い光は、彼女が再びハートを開くことをサポートしたのだろう。私たちが行ったワークはきっと上手くいったんだ。

儀式の最初に感じた私の質問には今答えが出た。それはシャーマニズムは意味のないものではないということ。

突然マキシモの「アニータ！」の声に振り向くと、こちらへ来いというジェスチャーをしている。

彼は両手に1つずつ大きなバケツを持ち、下の階のトイレの外にあと4つのバケツが並べられている。

「水が出なくなったんだよ」

「一人でやってるの？　手伝うわ」

「もう水を汲むのは終わったんだけれどね」

そう言うマキシモを見ながら、どうして皆に助けを求めないんだろう、いつも一人で問題を解決しようとするんだろうと思った。けれども、マキシモはこの件を私に話したいわけではなかったようだ。彼はもう一人の弟子のことを気にしている。

「瞑想室へ行ってみたんだけれどモリーンがいないんだよ」

「居間にいるんじゃない？」

そう言って、彼の腕を取り連れて行く。けれども、そこにもモリーンはいなかった。それだけではなく玄関の扉が開いたままになっている。モリーンは誰にも別れを告げずに、こんな深夜にここから出ていったのだった。

「まったく彼女は子供なんだから……」

少し怒った顔でそう言うとマキシモは玄関の扉に鍵をかけた。モリーンは最後までこんな調子だったんだと思うと言葉もない。

チャプター43

翌日の午後、ベッドでごろごろしていると、マキシモが部屋をノックしてきた。

「アニータ、散歩に行かないかい？」

起き上がって答える。

「どうしたの？」

儀式の後で疲れていたし、心のプロ集団と一緒なのも気が進まない。

「君と僕の二人だけだよ。もし、よければだけど」

煌めく琥珀色の目、キャラメル色のなめらかな肌、顎のラインにほどよくかかる黒髪の彼に、結局は磁石のように吸い寄せられてしまう。


すでに夕暮れの時刻、ウルバンバの丘に続く道を、湿った空気に包まれながら手を取り合って歩く。道の両側は高い垣根が襲うように取り囲み、閉所恐怖症になりそうなほどだ。道行く人が誰もいない中、植民地時代の遺跡まで登ってくると、前日の儀式についてマキシモが聞いてきた。

「理性が突然邪魔してきて、その瞬間何も見えなくなったの。だからジャガーの所へ行って彼の上に座らないといけなかったの」

「理性はすべてをダメにしてしまうからね。シャーマンの一番の敵といえるくらいだよ。でも、君は自分でそのマインドゲームに打ち勝ったわけだから、順調に学べているということだ」

そう言うと顎のあたりをちょんと突く。そんなことをされると眠っていた想いが目覚めてしまう。長い間待っていた、やさしくて、美しくて、側にいてくれるシャーマンとしての彼。もう邪魔も入らない今、彼はかつてないほど近くにいる。色々なことがありすぎたので、こうして親密になることに逆に緊張してしまう。

「昨日の夜は両手にすごいエネルギーを感じたの。次はそれをどう使いこなせばいいのかを知りたいわ」

歩きながら聞いてみる。

「両手を伸ばしてごらん」

指示通りに両手を広げた。

「何か感じるかい？」

「うーん、左手が右手に比べて少し重いかな？」

「いいね。重い方がエネルギーを受ける方、そして、軽い方がエネルギーを出す方なんだ。これは大事なポイントだ」

「それは場合によって変わるの？　そうすると左手はいつも重く感じるものなの？」

「変わることもある。それを今日、練習してみなさい。新しいグループが来たら、それを試してみるといい」

遺跡に到着すると、マキシモはジャケットを石の上に置き、隣同士でその上に腰をかけた。彼は私の肩に腕をまわし、私は彼にもたれかかって黙ったまま太陽が畑に沈んでいく様子を見ていた。音なき音が聞こえるほど、あたりは静まりかえっている。

時おり聞こえてくるのは家路を急ぐ鳥の群れの鳴き声だけ。鳥のシルエットが夕暮れの空に切り絵のように浮かび上がっている。

「まだロンドンが恋しいかね？」

太陽が水平線の彼方に消えゆく前に、最後に燃えるようなオレンジ色で世界を包み込む瞬間、マキシモが聞いてきた。

「ぜんぜん」

すでにロンドンの生活を懐かしむこともなかった。でも、こうして再びマキシモが私の手を取って指導をしてくれることに、少し戸惑いも感じている。同時に夕日をマキシモと一緒に見ている私の心は平和に満ちている。視線を感じて彼を見ると、私の目線を引きつけながらも、じらすようにして私を困らせる。彼の唇が私の唇に触れると、何も考えずにそれに応えた。

ところがその瞬間、私たちは現実に戻り、お互いが同時に飛び上がるように離れたのだ。どうしたの？　何が起きたの？　同じことをマキシモも感じているのがわかる。突然、空から冷たい空気が私の肌をかすめたと思ったら、「帰らなくては」とマキシモが腰を上げた。

マキシモの後について戻りながら、二人の関係について考えてみる。

私たちは親密になったり、距離感があったりという間を行ったり来たりしている。愛と憎しみ、引かれあったり嫌ったり、ということの繰り返しだ。それはまるで2匹の動物が、ぐるぐると円を描きながら牽制し合っているような感じにも似ている。あなたは一体誰？　マキシモ・モラレス。あなたはいつも私にそう思わせる。そして、何を求めているの？

チャプター44

儀式において、約半分もの参加者にサンペドロを許可しなかったことは、その後の動きに影響を与えてしまった。皆、マキシモに近寄らなくなったのだ。

今日は、彼がバスの乗り降り時に一人ずつ手を取ってエスコートしながら、小さなピンクの錠剤を手渡すこともなくなってしまった。

ミニバスはピサクの上にある駐車場に止まり、そこから歩いていくことになる。

ペルーでは大抵の場合、インカの遺跡がある山側とは反対側に観光客用の駐車場を作っているので、遺跡の真ん中にある神殿の数々を廻ろうとすると、駐車場から相当歩かないといけないのが常だ。

しばしの間、足を止めてみる。頭上には剃刀の刃のように鋭い山頂が空を突き刺し、足元の遥か彼方にはウルバンバ河が明るいブルーの色で大地の間をくねる。今日は市場が立つ日なのか、ピサクの中央広場には出店が並び、果物や野菜、観光客相手にポンチョを売る土産物屋が軒を連ねている。

ペルーに来てから歩くことにはすっかり慣れてしまったので、一人で緑の草原をどんどん進んでいく。心のプロ集団とマキシモもゆっくり後からついてくる。

30分後に一行は神殿がある場所に到着した。ここには、太陽、月、そしてその他の自然現象をシンボルにした神殿が集まっている。それらはどれも屋根のないシンプルな石の部屋でできている。

マキシモは、インカ人たちは壁を作るのにもセメントを使わずに、すべて石を組み合わせる職人技で、重苦しくない雰囲気を創り出そうとしていたことなどを解説した。

バスへの戻り道にマキシモは私の側にやってきた。途中で幾つかの神殿を廻りながら、二人は荒削りの石を重ねただけのようにみえる、ガタガタになった壁の前で立ち止まった。

「これは何か知っているかい?」

「よくわからない……」

「これはインカ人たちがあえて、〝失敗〟を象徴するためにこういう風に作ったんだ。あちらは〝完璧〟」

そう言うと、完璧に石を組まれて造られた神殿の方を指す。

「そして、こちらは失敗。こんな神聖な場所に、不完全なものと完璧なものが一緒にあることで、人生には二つの側面が存在することを教えているんだ。完璧な人生なんてないからね、アニータ。失敗だらけという人生もまたありえないものだ。完全なる善人もいないし悪人もいないものだよ」

マキシモの声はおだやかで、謙虚さも感じられた。

「昔、我が師に言われたことがあったんだ。人生には良い事も悪い事もある。なぜならば、両方あることで人間が初めて成長できるんだってね」

シャーマンたちへの取材を通して、彼らは遠まわしにものを言うことが分かっていたことから、このコメントはマキシモの謝罪の表現なんだろうと思った。けれども、同じ人間同士であることを伝えながらも、やはり、ここでも師と弟子という上下の関係をはっきりさせる言葉遣いをしているのも伝わってくる。


お互いに黙ったままでバスまで戻る。

マキシモが謝りたいという気持ちは理解できる。けれども、今後も師としてのパワーを振りかざそうとしているのかしら？


夕食には、マキシモがグループの最後の晩餐のために、いかにも観光客向けという雰囲気のクスコ料理のレストラン「ラレタマ」を予約していた。

皆は、会話ができないほど大音量の音楽が流れる中、お腹にもたれるアンデス風シチューを食べ、リズム感の悪いダンサーが踊る様子を見ていた。

イザベルがなんとかシチューを食べきった瞬間、ダンサーの男性が踊りながら彼女に近づいてきて、ダンスフロアに彼女を引っ張っていった。その強引さに、彼女はシチューのスプーンをテーブルに置く暇さえなかった。

私とバーブは、騒ぎから隠れるようにテーブルの隅っこにいた。イザベルがダンスフロアに私たちを誘おうと近寄ってくると、バーブは大声で断る。

「アニータとここで話していたいの」

イザベルは、すっかり彼女らしさを取り戻していた。

「あとで少し話しましょう」

彼女に微笑んで伝えると、彼女も私たちのテーブルから離れていった。バーブは、半リットルのビールをオーダーすると、その半分を一気に飲み干し、マキシモのことに話題を変えた。

「彼はヒーラーとは思えないのよね。なんか自分のことしか考えていないっていうか」

幸か不幸か、あまりいい話題ではなくても、周囲がうるさすぎるのでバーブも好きなことが言える。

「儀式の後、風邪を引いてしまって。それで昨日の夜は、調子が悪かったのでルームメイトがマキシモを連れてきて、彼がボディワークをしてくれたの。あと皆に配っていたあのピンク色のサプリメントの錠剤ももらったわよ」

ああ、あの薬はそういうわけだったのか、と思った。

「それでも全然具合は良くならなくて、結局、レセプションに電話してスタッフに市販の風邪薬を持ってきてもらったら、あっという間に良くなったの。本当に助かったわ。それにマキシモは、私にサンペドロも飲ませてくれないだろうというのは、なんとなくわかっていたのよね」

儀式中に、私も理性との葛藤があったことを思うと、理性で生きているバーブのような人が、理解ができないことがあるのはよくわかる。そして一方で、マキシモが、誰がハーブを飲んでもいいかということを彼なりにチェックする理由もわかる。

けれども、ペルー旅行をしにカリフォルニアからやってきた心を学問で解く専門家に、サボテンのパワーがどのように働くかなどということを説明できるだろうか？

「ハーブを飲むことは絶対に必要なわけでもないのよ、バーブ。もちろんサンペドロは飲むとマジックを起こしてくれることも確かなのだけれども」

「そうなのね」

彼女は答えた。

「でも、私の体験もイザベルと同じくらいパワフルだったのよ。妙なことに、私も彼女も、儀式には同じ問題で臨んでいたの。それは、離婚した夫との過去をふっ切ること。夫は、私を捨てて若い女性の元へ走ったのよ。その当時は、もう精神的に参ってしまって」

バーブの声は消え入りそうだ。これが１９７５年に起こったことだったんだ。

「儀式中も彼のことをずっと思い出していたわ。一人ぼっちであることがどれだけつらいか、そうなってみないとわからないものなのよ」

濡れている彼女のまつ毛を見つめながら、今もう一人のバーブを見ている。それは傷つきやすく、弱いところも見せる本当の彼女だ。彼女の手をそっと握る。

「昨日の夜は、彼のことを思い出していたんだけれども、私の元へ戻ってきて欲しいというのは、悲しいけれども、無理だということもわかっている。でも、なぜか心は落ち着いていたの」

二人とも沈黙のまま、しばらく時間を過ごした。すると彼女が何か言いたそうな感じでためらっている。こんな彼女も珍しい。

「あとね……。儀式の時に不思議なことがあったのよ、アニータ。だからちょっと聞いてみたくて」

「なんでも！」

勇気づけるように笑いかけると、彼女は一息ついて語り始めた。

「儀式の途中であなたは部屋の真ん中に移動したでしょ？　最初、マキシモのところに行ったと思ったのよ。ちょっと何やってるの？　って思っていたわけ。それで起き上がって、あなたがどうするのか見ていたのよ。そこからがちょっと信じられないんだけれど」

バーブがおろおろしている。

「その時、暗い影の中にいたあなたを見たら、あなたが黒ネコになっていたのよ」

彼女はためらいがちに私を見ている。

「私はハーブを飲んでないから、トリップしているとか、そういうのじゃないのよ」

それから彼女は黙りこくった。これには驚いてしまった。

ずっと前にジーンが私の姿にパンサーを見たと言っていたけれども、彼の言うことだからと、ほとんど気にかけていなかった。でも、少なくともバーブは信頼できる人だ。彼女の言うことは無視できない。私はゆっくりと深呼吸した。

「バーブ。私がジャガーの毛皮の上に移動したのは、シャーマンたちが〝パワーアニマル〟と呼んでいるものと繋がるためだったの」

「それは聞いたことあるわ」

「私のパワーアニマルは黒いパンサーなのよ」

彼女はまじまじと私を見入る。

「アニータ、あなたは正しい時に、正しい場所で正しいことができる人だと思う。ほとんどの人は日々迷いながら人生を生きているわけよね。朝起きると、今日もきっと意味がある一日なんだって自分に言い聞かせたりしてね。そうじゃないと、生きている価値がないとわかっているから。でも、あなたは生まれついてのシャーマンだと思うわよ。もしかして、すでにマキシモを超えているのかもね」

チャプター45

翌日の日曜日、私はケンの家の庭でぶらぶらしながら、バーブから言われたとてつもないことを一人でじっくり考えていた。今日ここを去っていったバーブが、もうすでに恋しくなっている。

ケンは植物に水をまいている義理の父を指さす。

「彼はいつも忙しそうにしているんだよね」

玄関を通り抜け、居間にある大きなソファーに案内してくれながら話をする。

「だから彼に言ったわけ。お願いだからリラックスしてって。日曜日なんだから自分の部屋に籠って好きなことでもしたらって。もちろん彼は言うことを聞かないけどね」

ため息をつきながら、ケンの笑い声が響きわたる。

「ところで、その後、修行の日々はどうなの？　アニータ」

そこで〝シャーマン村〟で展開された一連の事件を話した。マキシモとのいざこざは、今は落ち着いたということ。そして、モリーンの最後の事件や心のプロ軍団襲来による、てんやわんやの顚末を報告した。

「要は最初に言われたように〝リッチな西洋人たちの探求〟による騒動に巻き込まれていたわけなの」

「だから言っただろ？　シャーマニズムなんてクソくらえだ」

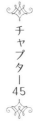

「私はそこまでは言ってないわよ」

「アニータ！　だからすべては見世物の〝ジョー〟なんだよ。アルベルトのことは前に話したよね？」

「パームビーチに住んでいるシャーマンのこと？」

「そう。こんなこともあったよ。一度、彼がアメリカ人の観光客30人を連れてきて、うちの農場でセミナーを開いたことがあってね。アルベルトはコカの葉っぱを使った儀式をしていたんだ。皆で輪になって踊りながら〝インカカルミ！　インカカルミ！〟と歌っているわけ。そこでクスコから来ていた者がいたので、何をやっているのか知りたくて聞いてみたんだよ。そうしたら、その彼もその様子を見てもわからない。一体あれはなんなんだ!?　って一緒に驚いていたよ」

「でしょうね」

「だからそういうこと。すべては演出だよ。聖なる谷に住んでいる住人の8割くらいが、シャーマンってなんのことだか知らないと思うよ。アルベルトも興行師みたいなものだよ。もし、彼が行っていることを録画してそれを検証したら、すべてウソっぱちとまでは言えないかもしれないけれど、そんなに褒められたものでもないと思うよ」

「わかるわ。スピリチュアル系のツアーの市場では、グルを設定して集客するツアーが増えてきている。私もすでに何人かそんな人に会ってきたからわかるわ」

ランディ・サンチェスのことを思い出す。

「彼らはお金儲けのために本来の伝統をゆがめてしまっているし、お金のあるツアーの参加者たちがグルに依存することで、グルの方もいい気になって、傲慢になってしまう。ヒーラーと呼ばれる人たちに、ついつい盲目になってしまう人もいるから」

ケンも真剣にうなずいている。

「15年前に聖なる谷に引っ越してきた時は、観光客たちは皆マチュピチュやサクサイワマンなんかの遺跡に興味を持っていたけれど、今はすっかり変わってしまった。最近ではニューエイジだの、精神世界にハマっている人たち向けに、シャーマニズムが大きな商売になってしまっているから」

「それも表面だけの薄っぺらなシャーマニズムがね。でも、前にも言ったけれども、私はシャーマニズムの裏側までをも見るつもりでやってきたのよ。それが本当のシャーマニズムを理解することになるから。もちろんそれがあればだけれど」

「で、それは、あるとわかったのかい？」

「あるわ！」

私は確信を持って答えた。まだ、ケンには体験したパンサーの話までを言う心の準備はできていない。けれども、シャーマンの世界に真実があることには、すでに自信を持っていた。

「当然、短期間のツアーなんかで、シャーマンが使うパワーを手に入れようとすることは無理ね。シャーマンにとってそれらは秘儀であり複雑な世界。でも、もし彼らの世界に近づくなら、真剣にこちらも向き合わないと」

ケンは黙って私の話を聞いている。

「でも悲しいことに、ニセモノのシャーマンが多いのも問題なのよ。そんな人たちがこの世界の評判を落としているの。たとえば卵をパッケージで買って、そのうち2つが腐っていたら、残りの卵はもう食べようと思わない人がいるのと同じよね」

「面白いことを言うね。君は変わったよ。きちんと学んでいるんだね」

「あなたに会えたからよ、ケン。ここに来て随分助けられたわ」

そう言って彼に微笑む。

「必要な時はいつでもここへ来なさい、アニータ。ただおしゃべりに来るだけでもね。いつでも大歓迎だから」


翌日、マキシモと私は二人きりで朝食をとっていた。

「週末にモリーンからメールがきていたよ」

実はモリーンがあれからどうなったかは気になっていた。

「彼女いわく、私が自分よりアニータを選んだことが許せないのでアメリカに帰るそうだ。彼女はここに3カ月いたんだよ。私は師匠の指示で3カ月間もただ山歩きをしていたのに。3カ月間、毎日同じ山を登ったんだよ。彼女は耐えるということを知らないから、シャーマンにはなれないだろうな」

もう少しで言い返しそうになった。彼女のヒステリーは耐えられなかったし、マキシモに与えた影響も受け入れがたい。さらには、マキシモが彼女に振りまわされていたのもどうかと思っていた。

でも、もしマキシモが言うように、その人がシャーマンへの道を歩むことがふさわしくないなら、宇宙がそのことをきちんと教えてくれるはずなのではないの？　それとも、とりあえずこれで一件落着だと思うべきなの？

「何千年も受け継がれてきた伝統をモリーンのためだけには変えられないからね。私たちの教えは教室で黒板やパソコンなどを使って学ぶものではなく、想像力を用いるクリエイティブなものだから」

いつもペルーとイギリスの文化の違いについてケンが語る時は、マキシモの振舞いが大人げないだけだと話半分で聞いてきた。けれども、お互いの世界の価値観の違いで、どうしても理解できないこともあるのかもしれない。

「そういえば儀式の途中で、ジャガーの毛皮の上に移動したのを覚えている？」

話題を変えるとマキシモはうなずいた。バーブが言っていたことをマキシモはどう思うのか聞いてみたい。

「あの時パンサーと繋がりたかったの。私のパワーアニマル、パンサーに」

「パンサーはいわゆる君のアーキタイプ（元型）だよ。君の無意識がシンボル化されたものだ」

コーヒーを注ぎに席を立つ言うマキシモ。

「パワーアニマルではないよ」

さらにこちらを振り向き、はっきりと言う。

「だからアーキタイプなんだ。君の中の内なる洞察力やパワーが形をとったんだよ。もし、パンサーがパワーアニマルなら、君自身もパンサーになっているはずだから」

どうして私のパンサーの話が気に入らないのだろう？　やさしげなトーンから冷たい態度への変貌に、もういちいち惑わされたくない。とりあえず席に戻ってくるのを待ち、冷静に話そうとする。

「ジャガーの毛皮の上にいた時に、バーブが私のことを見ていたらしいのね。そうしたら私が大きなネコに見えてきたというの」

マキシモは朝食のプレートから顔をすっと上げた。

「毛皮の上にいる時、私は自分のパワーアニマルであるパンサーに繋がろうと思っていたのよ」

そう繰り返してもマキシモは何も言わない。これまでの私ならおろおろしたかもしれないけれども、今では逆にスリルさえ感じていた。

今私は自分の足でシャーマンの世界に一歩を踏み出している。もはやマキシモの天気のように変わるムードには左右されなくなった。彼がかつて私にかけた魔法の効力は、もう消えてしまったのかもしれない。

チャプター46

オシャレでスタイルの良い、和やかなイケメンたちがワシアリュにやってきた。

新しく到着したグループは、ニューヨークからの弁護士に、医師、ファッションデザイナーなどのそうそうたるメンバーで、そして、皆ゲイだった。

スピリチュアル系ではなく物質主義に生きる彼らは、オシャレなセンスと気の効いたウイットで、ここワシアリュを華やがせている。彼らはヒッピー的な要素もなくバリバリのリアリストだ。

彼らの旅の目的は、自分探しをしにきたというよりも、精神性の高いペルーの歴史や伝統を学びたいという感じだった。そんな彼らとなら友達になれそうだ。

また、バーブが教えてくれたように、彼らを見ているとシャーマニズムは単にスピリチュアル好きの人々のためにあるだけでなく、現実の世界に生きる普通の人にも役立つのだということも確信できるようだった。

何よりも彼らといると、これまでのように疎外感を感じることもない。私の2度目の滞在もすでに最後の1カ月に突入した。

モリーンが去っていくのを見送り、マキシモのことも、ほぼどんな人かわかったし、シャーマニズムについても、その片鱗を少しは掴むことができたと思う。あとはシャーマンの技法が実際に使えるかどうか、つまり日々の生活の中で実用的に使えて、かつ結果を伴うものにできるか、ということが今後の課題になる。

新しいグループは、まず北ペルーへのツアーを行うことになった。

数日後、私は彼らと共に何もない平坦な砂漠の中を移動していた。時折目に入ってくるのは雨に濡れたバナナの木や、うず高く積まれたガラクタの焼き跡、トタンで作った家が並ぶスラム街の景色くらいだ。灰色の水平線としてうっすらと遠方に見える太平洋の海は、灰色の空との区別がつかない。

こんな景色ばかりが続くと気分が重くなってくる。クスコや聖なる谷では、景色の美しさや人々の明るさが貧しさをそこまで感じさせないけれど、ここ北部ではどの方向からも貧困が溢れ出ていた。

今回のミニバスは、これまでにないほど狭いシートで(モリーンがいなくなったことで、もうそこまで問題ではない)、サスペンションもなく(舗装されていない道ではひどいことになる)、古いエンジン(時速50キロメートル近くのスピードが出れば奇跡的といえるくらい)を積んだ車ときた。

車がピンポン玉のように跳ねる中、マキシモがふらりと私の所へやってきて、手技を使ったワークをして欲しいと提案してきた。

「ニックが頭痛で苦しんでいるみたいなんだ。よかったらみてあげてくれないか?」

ニックは黒髪の鍛えた身体つきをした漢方医であり、グループのリーダー役だ。施術の勉強になるので心よく引き受けた。どのようにワークを行うかを聞く前に、マキシモはもうどこかに消えていた。

とにかくこのチャンスは無駄にしたくない。けれども、シャーマンらしくクールに通路を歩くつもりだったのに、右に左によろよろと揺れながら進み、ニックの席に着くと彼の膝の上に格好悪く倒れかかってしまった。それでもニックは慌てることなく、白い歯が輝くビジネススマイルで私を抱きかかえてくれた。そんなニックに少しびくびくしながら、彼の頭痛をみてもいいかと聞いてみる。

「もちろん。どうぞ」

ニックは思わずこちらがリラックスしてしまうほど、ものうげな感じで答える。

「マキシモから教えてもらっているんだって？　アニータ」

「そうなんです」

笑顔で彼を見る。目の焦点をはずしてぼんやりと見つめると、自分の首から脳にかけて焼けるような痛みが走った。

「首がひどく凝ってね。胆嚢が悪いせいなのか頭の右側が痛むんだよ」

よし。シンクロする能力はきちんと働いている。では、どうしたら痛みをラクにしてあげられる？　まず彼の頭に手を当ててみる。

「何かわかるかい？」

しばらくの間そのままの状態でいる。

「右側の頭に温かさを感じるんだけれども、左側はそうでもないことがわかるわ。手を使うワークは今も学んでいる最中なの」

少し照れながら正直に告白した。

「そのまま修行を続けるといいよ。君からはパワフルなエネルギーを感じる。手を少し離してやってみてごらん」

彼の言う通りにしてみる。

「頭の左側は、なめらかで丸い風船のような感じがするのに対して、右側からは、トゲトゲした感じが伝わってくるの」

「そうだろうね。そうだと思うよ」

「そうなの？」

「そう。じゃあ次に、トゲトゲしいエネルギーを感じた部分がなめらかな感じになるまで、手を置いてみてごらん」

その通りになるまで数分の時間がかかった。

「ありがとう、ニック」

こうして実際に人の身体を通して学べることがありがたかった。このようなシンプルなトレーニングこそ、私がもっとも望んでいたものだ。

「こちらこそ、ありがとう。君には素質があると思うよ」

「本当に？」

「僕はそう思うよ。もう随分、頭痛で苦しんできたけれども、こんなに、すぐに痛みを取れる人は、そんなにいないから」

その言葉に驚きながら、うれしくなって自分の席へ戻る。シャーマニズムも、きっと現実の生活で十分に活用できる、と確信した。

あたり一面が、海辺の砂浜という光景の中に、大きなピラミッドがひとつ、頭頂部のない状態で立ちはだかっている。ここまでくるのに6時間、やっと座席が狭くサスペンションもないバスから降りることができた。

ニックのパートナーのアンドリューが、誰もが思っていたことを口にした。

「はっきりいって、乗ってない方がましだよね」

だからこの人たちが大好きなんだ。

「エルブルホ遺跡へ、ようこそ！」

エルブルホの「魔女」という意味の名前にちょっとドキリとする。

現地の考古学者が一行をピラミッドから別の場所に案内している間に、マキシモがすっと寄って来て、口に指を当てると手を握ってどこかへ連れて行こうとする。マキシモの後について砂浜を渡り、暗く細い通路を抜けると、エルブルホの顔の部分に辿り着いた。

暗闇の中で目が慣れてくると、次第にはっきりとした輪郭が見えてくる。

「2週間前に、ここで女性のミイラが発見されたんだよ」

そうささやく彼の顔は私の顔のすぐ近くにあって、熱い息が頬に伝わってくる。

「そのミイラの身体には宝石に覆われて、ヘビに蜘蛛の入れ墨が施されていたんだよ」

「彼女がエルブルホ？」

「そう。女性のシャーマンだよ」

「女性のシャーマンには、まだ会ったことがなかったわ」

「とても珍しいからね」

マキシモが何か言いたげだ。

「実は、女性こそがパワフルなシャーマンになれるんだよ、アニータ」

彼の声はあまりにやわらかく、彼に寄りかかると私の耳が彼の口に当たるのがわかる。心の中では抵抗しながらも、彼の方を向いてキスをしたくなる。けれども、それが二人にとって正しいことかわからないので、そのままじっと動かずに会話に集中する。

「どうして？」

「シャーマンの力は自然のパワーを取り入れることによって可能になるんだ。特に女性は月経のサイクルや出産のサイクルがあるので、より自然のリズムと同調しているんだ。男性が女性と同じだけ自然と繋がるには、とてつもない努力を要するんだよ」

とため息をついた。

「こっちへ来てみなさい」

古代の秘密が漂う堀の中の空間を、音を立てずにつま先立ちで進んでいると、マキシモが急に立ち止まった。強い腕に抱えられてくるりと振り向いた先には、完全な状態で保存された１５００年前の女性のミイラがあった。その姿は骨のパーツを集められて人間の形となっており、大きな歯と、ウェーブがかかった髪、腕は大きなカニのつめのように曲がっている。

「すごいだろう？」

マキシモは私の髪にささやく。

マキシモへの気持ちの高ぶりと、この美しく洗練された古代の芸術に出会った驚きに混乱しながら、ただうなずくことしかできない。

「エルブルホは自然のパワーを具現化して、神そのものになっている。男性のシャーマンたちは、ただそこに辿り着きたいと願うばかりだよ」

一行が待つ遺跡の入り口まで戻りながら、自分の生き方に小さいけれども確実に変化が起きていることがわかる。今ならマキシモがサボテンの皮むきの修行をしたことを数週間前にわざわざ話した理由も理解できる。

彼は弟子を辛抱強く待たせながら、シャーマンになるということの意味を時間をかけて育てていたのだ。モリーンとのことも、きっとそのプログラムの一部だったのだ。

マキシモとピサクの壁の前で彼が話した事を思い出していた。

今思えば、あの時の教えはとても貴重だったと思う。それは、シャーマンは聖人ではないし神でもない、ただシャーマンなのだということ。それはセレブや経済学の教授、ノーベル賞の受賞者たちと同じ、ただの人間。そして、ただ動いている光としての存在であるということ。そういう意味においてはマキシモも私も、これまでも、そしてこれからも同じ人間同士なのだ。

チャプター47

ウルバンバの墓地は家族連れで溢れかえり、花々やキャンドルの火、そしてお墓掃除に使う安い消毒剤の匂いが充満していた。

老女たちは乱立するお墓の敷地内で自分の家の墓石を見つけると磨き、小さな孫たちは1年分の雑草やゴミを集めると焚火の中にほうり投げている。まだ朝早い澄んだ空気の中で、焚火から一筋の煙が立ち上る。

昨日の午後からクスコへやってきている私たち一行はこの後、聖なる谷に戻ることになる。

墓地がこんなに人で賑わっているのを見るのは初めてだ。それもまだ朝8時にもなっていない時間帯だというのに。

「今日は〝死者の日〟なんだ。この日は生きている者と死んだ者が一緒に一日を過ごすんだよ。一家で集まってパーティーをやりながら、先祖の魂と一緒に食べたり飲んだり、わいわいやるんだ」

「どういう風に先祖と過ごすの？」

ニックが質問した。

「お墓の隣にお皿やグラスを置いてね、自分たちが食べたりするものの一部を先祖にも捧げるんだ。たとえば、もし誰かがタバコを吸うのなら火を2回つけるんだよ。自分のタバコに、そして、先祖にも一服してもらうんだ」

一行は墓地の中をぞろぞろと歩く。ある一家はお墓を掃除した後、カラフルな花で墓石を飾り、墓地に楽団を呼んで演奏をしてもらっている。おさげの髪に白い上着を着た10代の若者のたちが、ちょっと退屈そうな感じで先祖たちへセレナーデを奏でている。

ここでは誰もが悲しむ様子もなく、ただ粛々と熱心に先祖のための儀式をこなしている。彼らにとって死とは、魂の長い道のりの中でのひとつのステップなのだ。イギリスのうら寂しい墓地のことを思うと、アンデスの人々の死に対する考え方の方がしっくりくる。人の命とは最後に灰色の墓石の中に閉じ込められるのではなく、こんなにも明るく賑やかに祭られてこそ、よりリアルなものとなり完璧なものとして完成するのだろう。

町をあげてのパーティーは夜まで続いていた。

ウルバンバの町は飲めや歌えやの大騒ぎで、通りは笑い声と踊る地元の人々で溢れかえっている。ふと見渡すと人ごみの中にケンがいる。彼も私に気付いて、人をかき分けながら手を振ってこっちにやってきた。

「しばらくぶりだね、アニータ。修行の日々は順調かい？」

ハグをしながら挨拶をしてくる。彼の温かい目を見ながらうなずくと、このスコットランド人の友を心から愛しく感じていた。

夕食にはウルバンバのピザ屋でニックと隣同士で座ることになった。この機会に手技を使うエネルギーワークのことを聞いてみたかったのだ。

「手や鍼を使ってエネルギーを調整するのが僕の仕事だからね。以前はよくある西洋医療のドクターだったんだけれども」

「何をやっていたの？」

「外科医だよ」

「外科医は、よくあるドクターなんかじゃないと思うわ」

「20年間、現代医療の病院に勤務していたんだけれども、西洋医学の中で長い間培われてきた権力は、我々の医学部時代に神秘的な考え方を一切排除してしまうからね。ただ合理的なアプローチのみをよしとするから。でも、科学がすべてを説明できるわけじゃない。何しろ西洋医学が答えを出せないこともたくさんあるんだから」

「たとえば？」

「なんといっても心と疾患の関連性。プラシーボ効果とも呼べるかもしれないけれど」

「プラシーボって、その人の精神状態が創り上げるものだと思っていたんだけれども。想像の産物というか」

ニックは笑いながらも続ける。

「医学的にはそうも言われているけれどね。プラシーボってよくない言葉だと思う。科学的に数量化できなから。もっと言えば製薬会社はそれではお金が儲けられないからね。実際にはプラシーボ効果というのは、ある一定の人にはなぜ治療が上手くいき、ある一定の人はたとえ症状が同じであってもその治療の経過がよくないのか、ということを説明する時に用いられるものなんだ」

「というと？」

「要するに患者の信念次第なのさ。もし、その患者がその治療が自分の病気を治せると信じるなら、実際に、その人の症状は治癒する可能性は非常に高くなる。だからプラシーボ効果は、治療において最も有効な考え方でもあるんだ。なぜならば結局、人間の身体は自らを癒そうと働くものだからね。さらにいいことに、なにしろ無料だし副作用もない。そして、どんな人にも使える。どうして、医者としてこのプラシーボ効果を使いこなしたいかって？　それはシャーマンたちが何千年もこれを使ってきているからだよ」

ニックからは学ぶことが多く、もっと色々な質問をしたい。けれども、狭いレストランに楽団がぞろぞろと入ってくるやいなや、突然アップテンポの「コンドルは飛んでいく」の演奏が始まった。

ニックや他の皆は、踊ろうと席を立ち上がる中、アンドリューと私だけがその熱気に巻き込まれずに、醒めたままで席を離れない。アンドリューが何かに気付いて笑って叫んでいる。

「外を見て！」

レストランの窓に顔をくっつけた地元の人々が、男同士で踊っている様子を見ながら笑い転げている。彼らは外国人たちが自分たちの国でこんなことをしているのをどう思うのだろう。それでも私は、このグループの一員になれてよかったと思った。

今回の友人たちは私がずっと求めていた人たちだった。それはシャーマンの世界にオープンでありながら、知性があり、そして物質主義もOKといえる人々だ。彼らと一緒にいると私も自分自身になれるのだ。

チャプター48

儀式の日、瞑想室へ入ると、まだ誰も来ていなかった。

ジャガーの毛皮は床の上に敷かれている。その上に腰を下ろし、ニックの状態を調べるのに力を貸して欲しいと毛皮に頼んでみた。

彼の頭痛の原因と、それを私の手技で治せないものかと思っていたのだ。このことを考えると、責任重大な気がして、吐き気までもよおしてくる。けれども、ニックが向かい側に座ると、そんなふりは見せずに少し強気に笑ってみせた。

全員がハーブのドリンクを飲んだすぐ後から、ニックの首と頭のまわりに白い光がちらほらと出ているのに気付く。さっそく近くに寄って観察してみる。するとマキシモが声をかけてきた。

「アニータ！　ハーブは効いてきたかい？」

「ええ」

彼はすぐにガラガラを手にした。いつものマキシモなら、儀式中の私の行動はほとんど気に掛けないので、ちょっと不思議に思った。けれども、今日は私を指導しようとしている。

エルブルホで私たちの関係はまた変わったのかもしれない、と思うとワクワクしてきた。ガラガラを鳴らし終えたマキシモが近づいてくる。

「今から君のお腹の中をきれいにするので、自分でもイメージしてみて」

そう言うと私の側にひざまずいた。さっそく2本の指が、ちょうど吐き気を催しそうな胃の下のあたりに触れ、3本目の指が胃のトップに触れるがわかる。彼の洞察力はさすがだ。マキシモの指使いは、胃を捉えながら、まるで2本の足で歩くようにゆっくりと進み、指が触れた部分の下は、エネルギーが脈打つように収縮する。

そして、指の下にあったエネルギーがボールの形に縮まると、まるでネコがネズミを捕まえるような動きで、そのエネルギーのボールをすばやく捉えると、身体からポン！　と外へはね飛ばした。この動作が何回か繰り返されると、私のお腹は浄化されたのか、むかつきもすっかり消えてしまった。


やっと目を閉じてワークをスタートする。

しばらくすると、一人の黒髪の少年がビール瓶を抱えた女性の前に立っている。その少年は、ニックであり、女性は彼の母親であるということはすぐにわかった。酔っ払った母親が何やらわめく一方で、ニックは身動きもせずに唇を噛んで息を殺し、自分はその場にいないように振舞おうとしていた。

そんなニックの悲しみに圧倒された私は、その想いをなんとかしたいと思うと同時に、頭痛はこの時から始まったのだ、ということもわかった。

まずは自分のハートに意識を向けて、ニックへ青い光、自分を表現できるようにするための色を送ってみた。目を開けると、青い光がニックの頭と喉の部分でふわふわと舞うように動いている。すると突然、彼が激しく咳き込み始めた。5歳のニックは自分で理解できない状況を誰かに伝えたかったこと、そしてそれが、どんな感情であるか自分でもわからないことを伝えたかったのだ。

「何かのエネルギーが、私の1番目と2番目のチャクラに入ってきたんだ、アニータ」

不意にマキシモが他の誰かのワークをし終えて私の側にやってきた。

「え？」

手を使うワークはまだまだ始めたばかり。ほんの少し練習したばかりなのに、すぐに試験のようなことをするの？　プレッシャーを感じていると「直感のままにやればいいから」と気軽な感じで言い、私のマットレスの隣の床の上に横になった。

〝力強さ〟と、〝辛抱強さ〟というアウサンゲイトでの学びが頭に浮かんでくる。さっそくマキシモの隣にひざまずくと、窓から射しこむ月光に彼の顔が照らされているのを見て思わず息を飲む。美しいマキシモ。彼の口には、うっすらと笑顔が浮かんでいるのを見て、ちょっと呆れてしまう。

もし、これがプライベートな場なら、もっと違う展開になっているのかもしれない。でも、今は儀式の真っ最中。私はシャーマンとしてプロの精神で臨まなくちゃ。

深呼吸をして、彼のタートルネックをつまんで上に引き上げ、ベルトのバックルをゆるめる。マキシモの顔を見ると彼は天井をじっと見つめている。次にクリスチャン・ディオールのカーゴパンツを下げると、マキシモが一瞬ビクッとするのを感じた。二人の目が合う。

ドキドキしながらも彼を征服した気分にもなってくる。マキシモが、天井を見つめる中、彼のお腹の具合を調べてみる。なめらかで、褐色のぴんと張ったお腹の筋肉を見ていると気が散ってしまう。おへその下からはお腹に毛が生えているのがわかる。いけない、と自分の仕事に集中する。

注意深くどちらの手が重たく感じるかをチェックした後、左の手の平をお腹の上に置き、目を閉じて手に伝わってくるものを受け取ろうとする。けれども何も感じない。お腹全体を軽く触ってみても、なんの問題もないような気がする。どうして2番目のチャクラが詰まっていると言うの？　これもまた彼なりのゲーム？

今度は下半身に手を移動させてチェックする。何も感じない。もしや私に身体をタッチさせるための言い訳だった？　と思いつつチェックを続けていると、思わず股間にも手がかすめ通る。一瞬たじろぐと暗闇の中で彼も私を見ている。沈黙の中で二人の息遣いだけが響いている。

すると突然、指の下に痺れるような感覚が走った。やっときた、と第1チャクラに意識を集中させる。手を空中でポン！　とはじくと、静電気のような白い糸が何本かゆらゆらと彼の足に入っていった。できた！　人間は動いているエネルギーというのは本当なんだ。他に気になる場所がないかチェックして、私の役目は無事に終わった。

「ありがとう。マイ・プリンセス」

マキシモは立ち上がると丁寧におじぎをする。

「君は大したものだよ、アニータ」

こうやって褒めてもらえると、やっぱりいい気分になる。その日の夜は、マキシモのキャラメル色の肌が月の光の中で輝いていたことが頭から離れなかった。結局、私がどんなに理性的になって自分を自制しても、あの色気には勝てない。いや、そうであって欲しいと私もどこかで思っているのかもしれない。

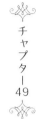

チャプター49

「今日はとてもいい気持ちなんだ」

隣の席のニックは気分が良さそうだ。一行はまた、次のツアーに向かう旅路のミニバスの中にいた。

「咳が出始める前に、君が僕の喉と頭のあたりのエネルギーを動かしているのを感じたんだ。もちろん触りもせずにね。これはすごいなと思ったよ」

ちょっとくすぐったい。これまで奮闘してきたこと、この世界をまだ斜め目線で見ていること、そして学んだことは信じられるようになった自分のことなど、複雑な感情が波になってどっと押し寄せてくる。

ひとつだけニックに確認してみたいことがある。

「昨日の夜、ビジョンを見たの。ちょっと聞いてみたいんだけれど……」

繊細な質問かもしれないけれどもダイレクトに聞いてみたい。

「あなたのお母さんってアルコール依存症ではなかった？」

「どうして、そんなことを？」

「頭痛は小さい頃から始まったんじゃないかしら？　5歳の頃とか？」

うなずく表情に小さなの彼が唇を噛む姿がオーバーラップする。

人生はあっという間に過ぎてしまうので、ここぞという時には勝負が必要だ。私にとってそれが今なのだと思う。1週間前はシャーマニズムの技法が、一般の人々に実際に活かせるかどうかについて考えていた。自分がこんなことを考えるなんて、少し前だったら想像もできない。

同じく1週間前は、マキシモは私に本当に指導したいのだろうか、そしてまた、私に好意を持っていることを本人は認めるのだろか、ということも考えていた。これらのことも、かつては疑うことになるとは思いもよらなかったことだ。

心の中ではつじつまの合わない思いが渦を巻いている。もし、叶わない妄想を追いかけることに時間を費やすのなら、シャーマンの修行に集中する方がよほど価値があるだろう。けれども、残りの日々をマキシモとロマンティックに過ごしたいという期待もまだどこかにある。もし彼もそう望むのなら、二人はきちんと付き合ってもいいのではないかとも思えるのだ。


マチュピチュの下方にあるアグアスカリエンテスは温泉という意味の町だ。

そして、その名の通り町の端から険しい丘の上に沿って、幾つかの温泉プールが作られている。この場所は山の麓のくぼみの部分にあることから、夕方以降は立ち入り禁止になっている。

観光客がすべて帰った後に到着した私たちに、マキシモは温泉を使ったセッションを準備していた。冷たい夕暮れの空気に、お湯が吹き上がる中ビキニ姿になって、温泉プールに降りて行く。砂だらけの地面が足に当たり、硫黄の匂いが鼻にツンとくる。

夕暮れの薄暗さがネオンの光にかき消される。裸になっている部分が、夜のライトアップを受けて特に露わに際立ってしまう。

「いやはや皆セクシーだね」

ニューヨーク訛りの声が聞こえてきたと思ったら、アンドリューがプールに大股で入ってきた。ここへ来るのは他のグループの時じゃなくてよかった、と思っていた。

するとなんの説明もなく、温泉の従業員がライトアップを消してしまった。じわじわと温泉にはミステリアスな感じが漂い始める。

マキシモもプールに入ってきて、威厳を保つように皆の前に立ちはだかる。

「パートナーを選んだら、1人が水に浮き、もう1人がその人を支えなさい」

肩をポンと叩かれたので振り向くとニックが隣に来ていた。身体を抱えられてお湯の中に注意深く浮く。ニックに支えられていると思うと、少し緊張してしまう。

私たちを見下ろすようにそびえたつ山々を見上げる。その暗い姿が、町の灯りの中で残り火のようにチラチラと輝いている様子を見るうちに、少しずつ緊張もほどけ始めた。

水中にベルの音色が響いてくる。その澄んだ音色はすべてを浄化するような気がする。

それはまるで、羊水の中にいる胎児のような気分。無防備な状態になりながらも、それでも守られているという感覚を味わっていた。私はただその感覚に身を任せて時間を忘れて水の中に漂う。

気付けば、マキシモが隣に来ていた。グループの皆は帰りの支度を始め、水中にいるのは私たちだけになってしまった。マキシモは2つの金色の小さいベルを手にしている。

「それを鳴らしていたんでしょう？」

「水の中でベルを鳴らすと、子宮の羊膜腔を通して胎児が初めて聞く音を再現できるんだよ。大人になってこの音を聞くと、愛情に包まれていた昔に戻れるんだ。そして、身体に溜まっていた怒りや悲しみなどのストレスが解き放たれ、深いリラクゼーションを感じられる。これこそが本当の深い癒しなんだよ」

水中でまったく同じことを感じていた私はその言葉にうなずいた。

「そして、私たちは深い絆で繋がっているからね」

そう言ってマキシモは私を腕に抱き入れた。なめらかな肌が押しつけられ、荒い息が耳に当たる。また、気もそぞろになる。

「アニータ。君はすでに、クライアントの症状にシンクロすること、そして心の目で見ること、エネルギーを動かすことをマスターしてきた。次はエネルギーを逃がす方法を教えよう。指圧の方法でクリスタルを使うやり方を前にやったけれども、今度は自分でそれをやるんだ」

そう言うと私から離れる。

「足を広げて立ち、会陰部分の筋肉を締めたり緩めたりしてみなさい」

冗談かと思いきや、マキシモは真剣だ。

けれども、クリスタルなしで、そしてマキシモの手の導きなしでは、あの時のエネルギーが流れていく感じは、すでに記憶の彼方にあって何も感じられない。

「股の間に手を置いてみて。何を感じる？」

恥ずかしさと少し淫らな気持ちで、わけがわからなくなる。果たしてシャーマンになりたいのか、彼の恋人になりたいのか混乱してくる。けれども、その厳しい目を見ると、そんなことで悩む場合でないことはわかる。

もはやこの二つの境界線はどうでもよくなってきた。今、私は必要なことをするだけ。そう決心してビキニをゆるめる。

「目を閉じて」

ついに彼の手が私の手の上に乗ってきた。ついにこの時がきた？

「何を感じる？」

その声に、もやもやした気持ちを無理やり押しのける。

「何かがぎゅっと固まっている感じ」

「それでは、ここを感じてごらん」

私の手を取ると、自らのヒューゴボスの海水パンツのヒモを緩め始めた。さすがにここまでは想像していなかった。どういうつもり？　と彼の目を見ると、暗闇の中でうっすら見えるその顔は、何を考えているのか今ひとつわからない。マキシモは私の手に重ねた指を自分の元へ近づけていく。けれども、その手は彼のペニスに導かれたわけではなく、彼の会陰を探そうとしていた。たじろぎながら、彼が真剣であることを知り、状況を判断しながらも、やはり今にもとろけそうな感情に押しつぶされそうになる。

「どうだね？　私の会陰からは何か感じるかい？」

マキシモの声が遠くから聞こえてきた。

「何もなくて、穏やかな感じ」

「その通り。私たち二人の違いを感じられるかね？」

それは当然じゃないの……。

「今のことを何度も練習しなさい。シャーマンは人々をワークしている間に色々なエネルギーを取り込んでしまうからね。私がいないところでも自分でそれを取り除く必要がある。エネルギーを動かす方法を身に付けて、さらにそれを自由に出し入れする技を身に付ければ、優れたシャーマンになれるはずだ」

そう言うと顎に指をツンと当ててささやいてきた。

「それに、すばらしい性生活も送れるよ」

口の端にできる笑いジワに気を取られていると、顔を近づけてきて私の唇を探し始めた。もう迷わずにそれに応える。前回のやさしいキスとは違い、今日のマキシモは激しく攻撃的だ。唇があざになってしまうけれども、気にしていられない。するとあっという間に彼は離れた。彼は私の手を取り約束をした。

「今はまだその時じゃない。でも、いつかその時がくるから。もうすぐ……」

チャプター50

眠られず、食べられず、何にも集中できない。

マキシモのことで頭がいっぱいで、恋の病にかかったようになってしまった。このまま欲望に走ることと、マキシモの私を振りまわすゲームの犠牲者になることと、どちらが最悪の結果になるだろう。

翌日の夕方、シェフに声をかけられ、マキシモがキッチンに呼んでいるというので行ってみた。彼はなんだか楽しそうだ。そのいたずらっ子のような目が私をしばらく見つめた後、鍋を火の上に戻した。

「今晩の儀式の前にハーブのリーディングをしないとね」

そう言って、鍋を覗き込んで私の名前をつぶやいている。茶色の煮汁は激しく煮立ちながら、表面にヘビがくねるような形を描き始めた。それを見て、腸のように見えると伝えようとすると、マキシモの方から興奮してささいてきた。

「ヘビだ、アニータ」

またもやヘビの形が現れたのだ。

「君はヘビと対面することになるんだ」

ぎゅっと抱きしめてくる。けれども、今のところまだなんのヒントも浮かんでこない。


それから30分後の儀式の場で、マキシモは私の目の前でハーブのドリンクが入ったコップを差し出していた。

「ヘビが意味することを教えてください。そして、身体の中のエネルギーが動きだしますように」

鍋の中で勢いよくうごめいていたヘビを思いながらつぶやく。すると大いなる野望を意図したとたんに、一気に眠りに落ちてしまった。


ふと気付くと、マキシモが最初のガラガラタイムをスタートさせたところだった。すぐに私の身体は揺れ始め、急に身震いするほど寒さを感じてくる。すると、マキシモがすぐに気付いて駆け寄ってきて、手の平でお腹をさすりながら、湧きたつエネルギーを下半身から足元に流していく。そして、祭壇へ行くと小さな金色の丸い石を手に戻ってきた。クリスタルを用いてシンクロのワークを学んだ時に使ったのと同じ石だ。

「これを会陰のところに当てなさい、アニータ」

さっそくその石を置くや否や、身体からエネルギーが引っ張り出されるような刺激が始まる。腰から足にかけても左右に揺れ出した。そのとたんに、まるでスキーで滑走する時に水平線上の回転の中に入ったような感覚になり、背骨も震え始める。かつてアヤワスカの儀式で、スキーの滑走コースから外れて、見たこともない美しい未来へ滑っていったビジョンのことを思い出した。ヘビのイメージは、その時のことを思い出させるためだったの？

目を開けると、たくさんの光が身体を駆け巡っているのが〝見えて〟きた。アウサンゲイトで、身体の痺れを〝見た〟時のことをが頭をよぎった。今回は身体全体から光が洪水のように溢れ出し、自分自身が爆発してしまうほどのパワーだ。とにかく落ちついてその状況に身を任せ、身体が動くのだけを見ていると、だんだんとその動きはくねり始め、まるでヘビが憑依したかのようになってきた。今、私の身体は、爬虫類のパワーに乗っ取られ、激しくコイルを巻くような攻撃を容赦なく仕掛けられている。古代にヘビが信仰されていた本のこと、アヤワスカの儀式でヘビがのたうちまわっていたこと、マキシモがヘビはアヤワスカのモチーフであると言っていたことなどが走馬灯のように頭を駆け巡る。けれども、この状態は何を意味しているの？　心の中で問い続ける。私にとってのヘビの意味を。

次第に意識が頭骸骨から脳の内側に入っていくのがわかった。理性の方は激しい身体の動きに驚きながらも、マインドの方はこれがヘビのパワーによるものなのだということをきちんと理解していた。

「ジャングルへ行きなさい！」

どこからともなく声が聞こえてくる。マインドはこの声を聞くと、なぜかほっとしている。今度は意識が脳から出て心臓の方へ降りていくのがわかる。鼓動が脈打つ音がもう爆発しそうになっている。気付くと頬には涙が伝っていた。それはヘビに降臨されてしまった恐怖の涙だった。

何が起きているのかわからない。それでも、今何かが変わろうとしているということ、そして、その変化が今後の自分を大きく変えていく、ということだけは理解できた。

ただ静かに流れ続ける涙を止めようとは思わない。自分ですべてのことを体験しながら、同時にそれを目撃しているという、主観と客観が入り混じる感覚を体験していた。

次に意識が心臓から身体へと移動し始める。身体はまだ揺るぎないリズムで動き続けているものの、涙の方は脈打つ鼓動が身体を巡る様子を楽しみ始めると、やがてぴたりと止まった。

私はこの瞬間に生きている！ 今、生命力の素晴らしさを味わっていた。ヘビは身体の中心をその叡智で貫こうとしている。現代人が捉えている思考や時間、そして理性など太古からの叡智で貫こうとする中、ただその叡智をもっともっと学びたいと夢中になっていた。

どれだけ時間が経ったのかわからない。

やっと静かに目を開けた。マキシモは他の参加者のケアをしている。アグア・デ・フロリダを、ある男性の胸に吹きかけているその姿は、背中が弓のように曲がり、まるでネコのようだ。ペルーに着いた日の夜に見た、２匹のネコのビジョンが頭に浮かぶ。

その日は儀式が終わるやいなや、すぐにベッドに直行した。とにかく、ただ疲れ果てていた。

翌日の朝もまだ疲れが取れない。

「当然だよ。ヘビとワークすると疲れるからね」

マキシモはそう言うと、額にキスをして両手で私の頬を押さえる。

「昨日は、君は儀式の間中、背骨をヘビのようにくねらせていたんだよ」

ヘビのエネルギーがずっと動いていたけれども、やはり実際に身体も動いていたのだ。

「あんなパワフルな生き物と同化している様子は、なんとも美しかったよ。ヘビはすべてのものが始まる源なんだよ、アニータ。すべてのシャーマンはヘビの秘密を学ばなければならないんだ」

「僕も確かに言ったよね？　君はシャーマンなんだって」

ニックが横から入ってきた。

ふと儀式中に聞こえてきた「ジャングルへ行きなさい！」という命令を思い出した。それを伝えると、マキシモは急に真顔になる。

「シャーマンのマスターとワークをしたいのかい？　ちょっと考えさせて欲しい」

そう言うと部屋から出ていってしまった。


数日後にマキシモは、やはり私はジャングルへ行くべきだと判断した。

「わかったわ。じゃあ、まずはどうすればいいかしら？」

その指示はあまりにも途方もないものだった。まず私はヴァレリーを経由して、ドン・イノセンシオの弟子であるクリスチャンに連絡をしなければない。そしてクリスチャンの手配を経て、ようやくドン・イノセンシオに辿り着けるのだという。マスターに会うにはこんなにもややこしいのだ。

何しろヴァレリーにはもう1年くらい会っていない。彼女が私のことを覚えているかどうかすら怪しかった。けれどもきっとマキシモには、いざという時には何か方策があるに違いない。

この日の朝、マキシモはグループの皆を見送りに空港まで出発することになった。愛すべき男たちが去っていくのは本当に寂しい。

「君が儀式をオーガナイズするようになったら教えてよ。きっと参加するからね」

ニックは笑いながら、やさしく別れのハグをしてきた。

「僕もだよ」

アンドリューも応援をしてくれる。

彼らが私のシャーマンとしての能力を信じて、その能力も認めてくれたという事実は、何よりも有難いことだった。もうマキシモが仕掛けてくるゲームにも、正面から立ち向かえそうだ。

ただし、ドン・イノセンシオと対面することは、思った以上にハードルが高いことがわかった。クリスチャンはもうドン・イノセンシオの元では学んでいないことがわかり、さらには電話も持たずネットもやらない彼と、直接連絡を取る方法はないのだ。この難問を解決するべくヴァレリーに相談してみる。

「難しいわね。まずはエコ・アマゾニアのオーナーと話してみるといいわよ。なんとかしてくれるかも」

そしてそれは上手くいかなかった。そこで彼のクスコのオフィスを訪ねて、なんとかならないかとねばってみた。

「君が依頼の手紙を書いて、プエルト・マルドナルドのうちのオフィスのスタッフが、それを彼の家に直接届けるという手しかないだろうね」

オーナーがしぶしぶ答えた。そんな手間のかかる方法しかないのだろうかと思ったけれども、それが残された唯一の方法らしかった。それから10日の間に私はオーナーのオフィスへ3回赴き、計3回のメモを残すことになった。なぜならば、スタッフはドン・イノセンシオの所へ行くと、会って直接ＯＫをもらうために、そのまま滞在しなければならなかったからだ。

こうしてようやくマスターから、いつでも訪ねて来てＯＫであり、かつ必要なだけ滞在してもいいという回答をもらうことができた。ついにジャングル行きが決定した。ほっとした気持ちと共に不安も大きい。ジャングルへ行くということは、旅の間に起きるリスクをすべて受け止めなければならないという覚悟が必要だからだ。


出発前夜、皆が見送ってくれた。

こうして私は、シャーマンのマスターと呼ばれる人とアヤワスカを使ったワークをするために、アマゾンの奥深く、見知らぬ場所へたった一人で旅立つことになった。

シャーマニズムの世界への探求をさらに一歩深めながらも、一方で自分は何をやっているんだろうという気持ちもどこかに残っている。

チャプター51

頭の上に鬱蒼と生い茂るジャングルの緑をかき分け、１週間分の食料が入ったリュックを背負って汗だくになりながら、戦々恐々と進んでいる。手には今ひとつ解読不可能な地図を持ち、道なき道を前進する。

今、私は一人きり。この苦しい姿を誰にも見られないでよかったと思いつつも、もしかしたらドン・イノセンシオのところに辿り着く前にアマゾンのどこかで遭難してしまうかも、と思うと気が抜けない。

やっと視界の開けた砂地が広がる場所に到着した。中央には小屋が３つほど建てられており、その向こうには森を抜ける茶色の河が流れているのが見える。

きっとこの場所に違いない。けれども喜んだのもつかの間、ドン・イノセンシオの名前を叫んでみても、なんの答えも返ってこない。今、この場所はもぬけの殻だ。ああ、どうしよう？　丸太の上に座って待つことにした。

彼が戻ってくるまで。


その日の朝早く、クスコからの飛行機でプエルト・マルドナルドの小さな空港に降り立った。

空港では、エコ・アマゾニアの女性スタッフのナンシーが、フューシャピンクのジャケットに同じ色の口紅の姿で私を出迎えてくれた。

「ドン・イノセンシオのところでは〝アヤワスカダイエット〟をすることになるわよ」

彼女のバイクの後ろに乗り、古びた店に野良犬が多いガタガタ道を抜けて町の中心に向かった。ナンシーはエンジンの爆音が響き渡る中、説明を始める。

「口に入れていいのは卵にお米、プランテン（料理用バナナ）に水くらいね」

「それだけなの？」

「消化のいいものしか食べちゃだめなのよ。その方がアヤワスカが効きやすくなるから。いいビジョンも見られるしね」

そう言って町の市場の外にバイクを止める。

巨大な石を削って作った空間に造られた市場には、青いキャンバス地の屋根がついている。

これからしばらく食事の楽しみはなくなるんだ。滞在が1週間だけでよかったとつくづく思う。

市場に行きかう地元の人々の鋭く、物珍しそうな視線はなんだか落ち着かない。聖なる谷やマヌーで会う地元の人々は親しみやすく、白い肌とブロンドの髪には好奇心があるのか、お互いを笑顔にするきっかけになったものだった。でも、ここではなんだか居心地が悪い。

ナンシーが肉屋が並ぶ場所を通りに入ったので、生肉を処理する人々の血が飛んだエプロン姿や、処理台に肉の残骸が残っている光景が自然と目に入る。朝早い時間から生肉の臭いを嗅ぐと気分が悪くなってくる。


ナンシーがドラッグストアに入る。暗い洞穴の壁をそのまま棚にした陳列台には埃っぽい缶詰や瓶、卵の大きなパックが並べられていた。黒髪に歯が抜けた老女が1ダースの卵を、私の心配をよそにビニール袋に荒々しく割れそうな勢いでひとつずつ投げ込む。

続いて迷路状態で並ぶ店先を通り抜けていると、ある小さな店の入り口の前でナンシーが立ち止まった。それは知らない人ならきっと通り過ぎてしまうほど目立たない店だ。看板もなく、目印といえば店の中に置かれているネコの大きな骨と、乾燥させたネコの胎児が幾つか外に吊るされているくらいだ。好奇心いっぱいでナンシーの後に続く。

低い鴨居を身をかがめて抜けると、まるでガリバーの女性版になって小人の国に入り込んだよう。

その不思議な店には、小さなスペースにごたごたと色々なものが置かれていた。店の真ん中にあるガラスのキャビネットには、内容量がそれぞれ違う何百もの小汚い瓶が陳列されている。棚にはクリスタルや派手な色の羽、パイプ、ガラガラ、笛にベルなど。ここはロンドンのインテリアセレクトショップ「グラハム&グリーン」ではなく、素朴で野性味あふれるシャーマンショップだ。

ナンシーはカウンターの中にいる若い女の子に声をかけた。彼女は汚れたエプロンに大人びた目をしながらも、無邪気な表情を漂わせている。私たちはアグア・デ・フロリダと黒タバコを買い、足早に店を出た。

「ドン・イノセンシオのところまではタクシーで行くのよ。わかった？　1時間ほど乗り合いタクシーを待って、乗ったらインフェルノの入り口まで連れていってくれるから」

「〝インフェルノ〟って地獄っていう意味よね」

「そう。そこにドン・イノセンシオはいるのよ」

「彼は〝地獄〟に住んでいるの？」

「そういうこと。でもインフェルノは前より随分ましになったのよ。もちろん、まだ売春やアルコール依存など色々な問題もあるけれど。私の方でドライバーにしっかり伝えておくから、必ず彼の家まで連れていってくれるはずよ。あの人は村のはずれに住んでいるの。つまりジャングルの奥。だからもし迷子になったら……。まあ、そんなことは考えないようにしましょ」

シャーマンのマスターを待ちながら、今日のこれまでの出来事を思い出していた。

身体が何かに反応しているのか、お腹が少しジンジンとしてくる。マキシモがいたらこの現象にも何か言うだろうな、と彼の笑顔が心に浮かんでくる。

考え事で時間をつぶしていると、擦り切れたベージュのシャツにサンダル姿のドン・イノセンシオが、どこからともなくふらりと現れた。がっしりとした上半身は自信に溢れたシャーマンであることがよくわかる。

ところが、こちらから自己紹介をしても彼は無表情のままだ。なんだか気まずい。もう一度、丁寧に説明をし直してみる。今度はエコ・アマゾニアのナンシーのこと、そして、自分の師であるマキシモのことにも触れてみた。ドン・イノセンシオはやっと熱心に話を聞き始めた。

「ああ、君がマキシモの弟子だったんだね」

そう言いながら一番近い小屋まで案内してくれた。彼が話す声を聞くのは初めてだ。

暗闇の中にベッドが3つあるのが見えてきた。壁には古いマットレスが立て掛けられ、プラスティックのテーブルとイスが数脚備えられている。

厚い埃が溜まった床、そして穴だらけで壁伝いに掛けられている緑色のネットは、窓辺にかかるところでちょうど剥がれている。このせいでベッドルームには確実に怪しい虫が出没するに違いない。

こんなところに滞在すると思うと気が遠くなってくる。暗い気持ちになったので、気分を変えようと外を探索してみる。敷地の端には小屋が2つ建っていた。どちらの小屋のトイレにも汚物が溢れていて、ハエが飛びかい、水を流しても流れない。その場にいるのはいたたまれなくなり、ジャングルの方へ向かった。

その帰り道、ここには手を洗える場所がないことを発見した。もうパニックになりそうだ。一体どうすればいいの？

数日前はマキシモとの関係にもついにクライマックスを迎える時がきたとウキウキしていたのに、そんな気分も吹っ飛んでしまった。

昼食は目玉焼きが1つに、安いオイルで炒めてギトギトになったチャーハン。普通なら食欲も失せるところだけれども、あまりにもお腹が空いていたのできれいに平らげてしまった。

その後はもう何もすることがないので、持ってきた本を読むことにした。その本によると、アヤワスカのような幻覚作用のあるハーブは、人によっては幻覚症状を後まで引きずることもあるので、扱い方に注意するべきだとある。なんとなく気分も落ち着かなくなり、本を閉じるとテーブルに置いた。

再び表に出てみる。

すると、ドン・イノセンシオが切り倒した木の半分を、河の方へ引きずっている姿が見えた。

身体を動かしたかったので、すぐに彼の元へ走り、焚火の場所まで木の枝を運ぶのを手伝うことにした。火の上の大きな金属の桶の中には、太い蔓やハーブの葉が入った茶色の液体がぐつぐつと泡立っている。

「これが今晩一緒に飲む薬なんだよ。もう2日間ほど煎じているんだ」

マスターが働く姿を見ていると、今晩の儀式がだんだん待ち遠しくなってきて、ここの悲しい環境のことを一瞬でも忘れることができた。焚火の隣に枝を置くと、ドン・イノセンシオは錆びたトタン板を立て掛けて、アヤワスカの鍋の屋根代わりにした。彼が板を動かすたびに、埃や小さなゴミが鍋の中に落ちていく。

「雨が降った時のために、屋根の代わりにしようと思ってね」

「今晩、雨が降るんですか？」

笑いながら言う。

雲ひとつない青空を見上げて聞いてみる。

「雨が降って、薬に混ざってしまうと見えるビジョンも変わってくるから」

彼は質問を無視してマイペースで語る。

「どんな風に変わるんですか？」

「薬は作っている時の環境がそのまま映り込むんだよ。もし、静かで平和な状況で煎じることができないと、薬も興奮することになる。それを飲むと儀式中に具合が悪くなったりするからね」

「私もアヤワスカを飲んだ時には、具合が悪くなったこともあったわ」

マスターは謎めいた薄茶色の目で私をじっと見つめる。

「それとこれとは違うよ。悪い煎じ方をされた薬がもたらす具合の悪さは、そんなものではないよ。それはもう、嵐がきたような感じの衝撃で、ビジョンなんかも見えないからね」


マスターの手伝いが一段落したので小屋へ戻ることにする。

するとその帰り道に、突然なんの前触れもなく、〝地獄〟村の中に〝天国〟が現れた。歩いて数分の敷地のある砂地のその奥に、忽然と湖が現れたのだ。

さっそく小屋からプラスティックの椅子を湖へ持ち出すと、親鴨と4羽の子鴨たちが水の中で遊ぶ姿をぼんやり眺める。日が暮れて空が翳り始めると、今晩の儀式にむけて一抹の不安がよぎってくる。そしてその悪い予感は、どう拭おうとしても消えない。

この場所に滞在することは、まさに地獄そのものかもしれない。地獄とはキリスト教の想像上の世界ではなく、アマゾンのこの小さな村のことではないだろうか。

そして今夜は、変性意識を導くハーブの中でも最もパワフルなアヤワスカを、シャーマンの中でも最高クラスのマスターが煎じたをドリンクで飲むことになる。

恐怖心は自分自身が創り出していることはわかっている。でも、頑固な私のことなので、恐怖心もなかなか消えてくれない。あたりは暗くなり、夜になる頃までには、その時が近づくことへの気持ちの高揚で、もうどうにかなりそうだった。

チャプター52

ドン・イノセンシオは椅子に座っている。

弟子の一人らしい童顔のラウルが、マスターの左側のマットレスを取ったので、右側に座ることにした。ラウルは、ペルー一のシャーマンになりたいという夢を掲げ、自分の父親が北部出身のシャーマンであることから、南部のマスターであるドン・イノセンシオの元で学ぶことにしたという。シャーマン志望の彼は茶色いシミのついた白いプラスティックのお椀を側に置いた。

「吐く時はこの中にね」

続いてコップの縁いっぱいにまでアヤワスカが注がれる。それを受け取る手が、震えすぎて液体をこぼしそうになる。

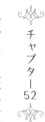

「ヘビが意味することを教えてください。そして、ラウルとドン・イノセンシオの内面を見せてください」
この儀式に臨む意図を小さくささやいた。
アヤワスカはすぐに効き始めた。さっそく亡くなった祖父母の姿が見えてきたので驚いてしまう。なぜならば、この儀式のために意図したことと祖父母がどう関係しているのか、まったく理解できなかったからだ。
二人は、黄昏時のような薄暗い空間の中に閉じ込められていた。色褪せた生気のない灰色をした風景の中にいる世界で、彼らは生きているのか、死んでいるのか、はたまたその場所は地球なのか、知らない次元なのかもよくわからない。

でも、二人が、その世界から抜け出したくて、私の助けを必要としていることは伝わってくる。けれども、どうしていいかわからない。焦りながらもどうにもできなくて、悲しみに打ちのめされそうになったその時に、1羽の鳥が羽をばたつかせながら小屋に飛び込んできた。

苦しみからなんとか抜け出して目を開ける。ちょうどそのタイミングで、ドン・イノセンシオは、乾燥させた葉を束ねて作ったチャカパと呼ばれるハタキのようなガラガラで音を立て始めた。すると迷い込んできた鳥は、どんどん上へ高く飛んでいく。

一方で、私の方は床の中に沈んでいくような感覚を覚えていた。なぜだか身体が床を突き抜け、地面の下に沈んでいく。あたりの空気が色づいて、クルクル回りながら息をしている。

目を閉じると瞼の裏で蛍光色のヘビたちが笑いながら舞っている。ところが1匹の大蛇が現れたとたんに、他のヘビたちはあたりに飛び散っていく。するとドン・イノセンシオがハーメルンの笛吹き男のように現れ、ヘビたちを誘いおびき寄せると、手首を2、3度クルクルと振ってアヤワスカの精であるヘビたちに命を吹き込んだ。

大蛇の方は私をその薄茶色の目で瞬きもせずにじっと見つめている。そのぞっとするような爬虫類系の冷たさが私の全身を駆け巡った。さあ、この大蛇と今から対決するんだ、と心が震える。

するとその瞬間に、ラウルがイカロス（儀式で用いられる歌）をとうとう大声で歌い始めた。そのヘタな歌は、母音を長々と繋げたようななんだかよくわからないものだった。

大蛇がすぐに姿を消した。けれども、ラウルはまだまだ歌い続ける。その時突然、見えない手が延びてくると、私の胃をぎゅっと掴んだ。吐き気などはまったく無かったのに……。「まずい！」という感覚が襲ってきた。なんとラウルが私の胃を掴んでいる。でも、どうして？　こんなにひどいことをするシャーマンは初めてだ。彼は私を攻撃しようとしている。思わずパニックになる。

「アグア・デ・フロリダを使いなさい！」

頭の中で声が聞こえてきた。

その声がマキシモの声だということは、すぐにわかった。でも、どうやって使えばいい？　この場に及んでも、彼のことを思い浮かべると、一瞬きゅんとしてしまう。けれども、すぐに恐怖がそんな想いも打ち消してしまう。

さっそく買い物袋に手を伸ばし、市場で買ったアグア・デ・フロリダを口に含み、身体に吹きかけて肌の上に伸ばした。するとおへそのあたりから気持ち悪さがスッと抜ける。すぐに身体がラクになったので、もう一度横になる。

けれども、ラウルの歌はまるで暴力のように耳に響いてくる。そして、またもや手の攻撃が始まった。今度は自分の手の平で攻撃から身を守るエネルギーの膜を張ることを思いつき、向かってくるエネルギーをラウルの方へ押し返した。吐き気も再び消えていった。

やっとのことで、おぞましい歌が止まり、今度は突然彼が思い切り吐き始めた。激しく、声を絞りながら、全身からすべてを吐き出すように永遠に吐き続けている。ついには吐くために準備していたお椀では足りなくなって、外へ出ていった。

よかった。なんとか無事に闘いは終わった。小屋の中の空気も落ち着いて静かになった。

「気分はどうかね？　お嬢さん」

ドン・イノセンシオが穏やかな優しい声で聞いてきた。

「大丈夫です」

小さな声で緊張ぎみに答える。目を閉じるともう大蛇の姿はどこにもない。

その代わりに今度は、最初に見た薄暗い空間の中を自分が漂っている。たくさんある灰色の顔の中に祖父母を探してもいない。灰色の顔は何千人もの人の顔だった。この人たちは誰？　それに、ここはどこ？

しばらくすると、ここが「煉獄《れんごく》（カトリックの教義において、死後、地獄へ行くほどでもない人たちが、天国に行く前に罪の浄化を受ける場）」のような空間であるということがわかってきた。ここにいる人々は、永遠の光の世界に行く前に、この世で犯した罪を清めるためにここをさまよっているのだ。

この空間からは、望みのないむなしさが伝わってくる。なんとかそこから離れようと無理やり目を開け、自分のいる空間に戻ってこようとするけれども、瞼は固く閉じたままで開かない。煉獄の空間が私を捉えて離そうとしない。私は捕えられてしまった。またもや恐怖が襲ってくる。

「歌いなさい、アニータ！」

はっきりとした声が聞こえてきた。またもやそのタイミングは絶妙だ。

「アヤワスカのために歌いなさい」

その瞬間に意識がポンと小屋へ戻ってくると、目も開けることができた。マスターが椅子にじっと座っている。

「歌いなさい！」

さらに命令のように響く。でも、歌を歌うのはなんだか照れてしまって咳払いが出る。そこで何をどう歌っていいのかわからないので、ただ口を開けてみた。

すると、自分でも聞いたことのないメロディが口からとうとうと流れ始めた。いつ終わるのかもわからないその堂々とした自然な歌いっぷりに自分でも感心する。まるで私の中に何かが憑依して歌っているかのよう。

「きれいな歌だね。君らしい歌だったよ、アニータ」

歌い終わるとドン・イノセンシオはつぶやいた。笑顔になってまた目を閉じる。

ところが煉獄ワールドが消え去ったと思ったら、またあの大蛇が戻ってきていた。やれやれ私は歌うことでこの大蛇を呼び戻してしまったのかしら。

これは一体どういうことなんだろう、と思ったとたんに、マスターが立ち上がって小屋から出て行ってしまう。

アマゾンの深夜のジャングルで、それも儀式の真っ最中に一人きりにされるなんて。あの陰湿なシャーマン見習い中の青年が外でまだ吐いているというのに、何かあったらどうしよう……。

けれども、その場の静けさに慣れると、落ち着きが戻ってきた。どうやらマスターは歌うことを通して、アヤワスカにただ一方的に支配されるだけでなく、アヤワスカと同等の立場でワークするということを教えようとしていたようだ。

いつアワヤスカが誘う暗闇に飛び込めばいいのか、そして、いつこの現実に戻ってくればいいか、ということも自分自身で決められるのだ。これこそ今回の最も重要なレッスンだ。このことが理解できたことは大きな収穫だった。

外から話し声が聞こえてくる。

「彼女にはまったく効かなかったんだよ」

「そういうこともあるよ。自分も経験したことがあるから」

どうやらラウルが不満を言っているようだ。やっぱりだ！　ラウルは実際に私を攻撃していたのだ。

そんな彼を阻止できたと思うと、我ながらよくやったなと思う。彼が意図したことで私は苦しみ、そして、その攻撃を追い払ったことで、今度は彼の具合が悪くなったのだ。彼の狼狽する声が聞こえてくるのは、なんだかとても面白かった。

「彼女はシャーマンだよ。アニータは力のある女性だ」

ドン・イノセンシオがささやいている。


ドン・イノセンシオは自分の世界を確立しているシャーマンであり、とても優れた力を備えた人だと思う。そして、私への〝テスト〟もとてもスリリングなものだった。

地獄に滞在しながらまた別の地獄を体験するという試練があったにも関わらず、今回の体験を通して自分がやっていることにも自信が持てるような気がした。

マスターが小屋に一人で戻ってきた。

彼が私の頭のあたりでパチパチと手を叩いて起こしてくると、ほっとして一息つく。ラウルもいなくなり、意地悪な攻撃も終ったことで、やっと今から自分が意図したことに改めて集中できる。

「ヘビが意味することを教えてください。そして、マスターの内側も見せてください」

ドン・イノセンシオが座ると小さく声を出した。

しばらくするとトイレへ行きたくなったので起き上がった。

「身を守るためにタバコを忘れないように」

マスターが急に声を上げて、ナンシーが買ってくれたタバコを私に手渡す。

「何から身を守るんですか？」

「ジャングルは危険な場所だからね」

タバコに火をつけて外へ出ると、マスターの言葉が頭の中でこだまする。でも今の私は、恐怖を感じるよりも、ジャングルの変わらぬ静けさに引き込まれていた。邪気払いのタバコを時折吸いながら草むらに向かって歩いていく。

森に棲む生き物の鳴き声や虫の羽音は耳に心地よく、大きなシダの茂みを見つめると、みずみずしく濡れた葉っぱは息づいて生命力に溢れている。この不思議で素晴らしい地上の世界を、ひとときの間思い切り味わう。

小屋に戻ってドン・イノセンシオをちらりと見てみる。

彼の椅子には1羽の大きな茶色い鳥が止まっていた。何度瞬きをしてみても鳥はそこにいる。

横になって再び見ると、それは彼の内なる自己であることがわかった。つまりバーブが私の中にパンサーを見たように、私も彼の中に鷲の姿を見ているのだった。

それを理解した瞬間、バードマン《鳥男》になったマスターがガラガラを手にとり、羽をはばたかせながら鳥のスピリットで部屋をいっぱいにした。その甘く、やさしい鳥の鳴き声は暗闇を突き抜けながら、アヤワスカのスピリットを人間の世界へ誘っている。歌声は永遠にどこまでも続く。歌声のシャワーを浴びながら、このベテランのマスターと、死の蔓や魂の蔓とも呼ばれ、古代の叡智を体現するヘビをも意味するアヤワスカとの深い関係を考える。

私は今、神のみぞ知る、この世の最果てにあるボロボロの小屋の汚いマットレスの上にいる。けれども、この瞬間がずっと続いて欲しいと思っていた。

そして、ついに歌がやんだ。

バードマンも去り、小さな老人がぜいぜいと疲れ切って椅子に座っている。するとアヤワスカが再び効いてきた。身体が大きな渦の中に巻き込まれて、電気ショックを受けたように震え始める。

大蛇に「私は抵抗しないわ」という意思表示をすると苦しさが和らいでいく。キラキラと輝く巨大な黒い大蛇の頭の横の部分は虹色をしていた。その美しさにしばし見とれる。今、私はこの世界で初めての神である唯一の存在に出会っている。そのパワーは無限大で広がり、その膨大で深遠なる叡智が伝わってくる。

「娘よ」

シューシューと音を立てるような舌足らずな声が聞こえる。顔の上にいる大蛇の頭を見上げると、一粒の涙が母なるヘビの瞬きをしない瞳からポロポロと流れ落ちてきた。それは、地球が生まれた時に、彼女の記憶を私の中から消さなければならなかったことへの涙だった。今、母なる大蛇は私を身体ごと貫き、身体の中心からひとつになると、長い間眠っていた万物の根源へとその記憶を呼び起こそうとしている。

私はそれを心を躍らせながら受け入れた。なぜならば〝思い出す〟ということはこの上ない喜びだから。

今、古代の智慧たちが歓喜のダンスをしている。噴出するようなエネルギーが脊椎を駆け巡り、身体全体のすべての器官から細胞にまで達すると、これまで感じたことのない至福感が広がってくる。私は今、すべての始まりと終わり、また時間という概念と宇宙の一部分でもあり、同時にそれらをも超えた存在であることがわかった。

けれども、瞬く間に背骨を駆け巡るエネルギーは弱くなると、大蛇との魅惑的なデュエットは終わってしまった。

目を開けてドン・イノセンシオを探す。

彼は自分の場所で静かに辛抱強く座っていた。彼を見つめながら、シャーマンとはどんな人たちなのかについて思いを巡らす。

彼らが出してくる難解なテスト。そして予言する能力に留まらず、天気まで変えてしまう能力。また、ものの本質を見極めるだけでなく、どんなことにも影響を及ぼすような能力。たとえば、彼らは私の心に映るビジョンにまでにも影響を与えるパワーだって持ち合せている。もちろんハーブの薬も煎じれば、その薬が連れていくもうひとつの現実をも見せてくれる。当然ながら、それには彼らのガイドが必要だ。

これらすべてを操ることこそが、本物のパワーと呼べるのだろう。このパワーという言葉は、誤解されやすい言葉でもある。それは目に見えるような権力や成功など、そして人に振りかざすものでもなく、当然一時的なものでもない。それは、ここではシャーマンとしての内なる鋭い本質のことを意味し、またそんな彼らが生み出す完璧で永遠なる世界なのだ。

そして、それらが謙虚さの下で顕在化されていることこそが本来のパワーというものであり、私を虜にするシャーマンの世界の在り方でもあるのだ。

目を閉じると、ヘビが緑の丘を滑るように去っていく姿が見えた。その丘の光景はイギリスの景色に似ていたことから、再び祖父母のことを思い出す。

ふと、ヘビの神なら彼らを光の方へ、魂の故郷へ導いてくれるのではないかと思えた。アヤワスカに支配されるのではなく、共に同じ立場でワークができることがわかったので、あの薄暗い空間に自ら飛び込んでみた。

祖父母はまだそこにいた。ヘビの頭の陰に隠れていた彼らを引っ張りながら、どうして私が煉獄のビジョンを見たのかも理解できた。アヤワスカは祖父母という存在を通して、ヘビがすべての始まりであり終わり、生命の源であるということを私に伝えたかったのだ。それはかつてマキシモが教えてくれたことでもあった。

儀式の前にアヤワスカに願ったことには、こんな形で答えが出たのだ。ヘビと祖父母が遠くへ消えていく姿を見送りながら少しだけ喪失感を感じ、ドン・イノセンシオの方を向いた。彼に再び歌を歌ってもらい、ヘビに戻ってきてもらいたかったのだ。

「もう少しだけ、お願いします」

けれども彼からは答えはなく、私の願いも叶わなかった。すでに私の身体も限界にきていたので、マスターも帰る準備をし、私も部屋に戻って休むことにした。

部屋に戻ると張られた蜘蛛の巣の真ん中に、大きなタランチュラが鎮座していた。けれども、もうそんなことも気にはならない。

とりあえず、蚊帳を自分の周りにかけておく。蚊帳からはむせかえる臭いがするし、枕にもシーツにも臭いがしみついているけれども、もう構わない。今はアヤワスカという驚異のジャングルの蔓との闘いに、心身共に疲れ切っていた。

けれども同時に、それは本物のシャーマンのガイドにより、アヤワスカの精であるヘビとも出会えた、私の人生における最高の夜でもあったのだ。

翌日から数日間は、マスターがハーブを煎じる仕事を手伝うことにした。

マスターを見ていると、お腹の痛みに泣く赤ちゃんの治療から、やんちゃな10代の少年を指導することまで、その優しさと慎み深さで、村人のために日々生きていることがわかった。

彼は75歳になっても自分のことは後回しにして人々を助けている。そんな彼を見ていると、自分の住むコミュニティに尽くすという本当の意味を知ることができるようだった。

普通なら75歳であれば、この世の中での役目は終えて今度は世話をしてもらう番だという風に考えがちだ。けれども彼の場合には、そのような一般社会の常識など関係なく、内に秘めたパワーを外側に謙虚に放射させながら人々のために生きている。

その後、私も彼と共に2つの儀式に参加する機会に恵まれた。

〝地獄村〟で過ごした最後の日までには、私の中に大きな変化を感じることができた。

それはもう、怯えたインナーチャイルドが内側にいる自分ではなくなったこと。また甘やかされた、自分がない私ではないということ。今、私はマスターが言ってくれたように〝力強い女性〟になりつつあるのだと思う。

さらにマキシモに何度も言われた「手放し」と「受け入れる」という法則を擬人化した存在でもあるヘビとも付き合えるようになった。これが可能になると、よりエネルギッシュに、健康的に、前向きになることができるのだ。

あと残る課題と言えば、マキシモが言うセックスライフが充実するということを試すことだけ。そして、これを試したいのはただ一人だけ。その人は地獄村にはいない……。

チャプター53

けれども、その人はウルバンバにもいなかった。

すでに帰国が1週間以内に迫っているのに、マキシモは例のようにペルー内を忙しく飛びまわっていた。そこで、逸《はや》る気持ちを聖なる谷の友達たちに会って話すことで紛らわせていた。

今日はケン宅を訪れることにした。両手に買い物袋を抱えて訪問すると、ケンと8匹の犬が騒ぎながら出迎えてくれる。

「この子たちは？」

初めて見る2匹のふわふわした子犬を指すと、ケンが呆れ顔で言う。

「妻が娘のために買ったんだよ。先週学校で〝ペットデー〟なんていうコンテストがあってね、生徒たちが学校にペットを連れていくんだよ。娘は前の日には、この2匹を一日かけてシャンプーしたり毛並みを整えたりで大変だったんだ。まったく勉強以外のことに学校にお金がかかるのもどうなんだろうね」

と文句を言いながら部屋に入っていく。ソファーに座ると彼にお土産の買い物袋を手渡した。

「チャバタだ！　こんな本格的なパンは久々だよ。それにブリーチーズもある。どこで手に入れたんだい？　地元のパンとチーズはひどいからね」

「あのチチョリーナがベーカリーをオープンしたのよ」

「じゃあ、高かっただろう」

ちょっと意地悪そうに言うと、近づいてきて長いハグをしてくる。

「もう会えないなんて残念だわ、ケン」

「こっちこそ寂しくなるよ。君がいない聖なる谷なんてつまらないさ。じゃあ、皆が帰ってくる前に、このパンとチーズをいただこうか。僕はウイスキーにするけれど、君はワインがいいかな？」

うなずく私。

「ところで、いつも結局、二人の間では決着がつかなかった問題だけれども、君の意見を聞きたいよ」

そう言いながら、ブリーチーズの大きな欠片と半分に切ったパンを手渡してくる。

「こんなには食べられないかも」

「食べられるさ。ジャングルに行っていたからか痩せたね。それで君の見解は？」

「シャーマニズムについてということ？」

「そう、シャーマニズムについて。その前にこの言葉自体が問題だよね。なにせもともとはロシア語だから」

「ええ。でも今ではハーブや植物を使ってワークする人のことを指すわね。シャーマンというのは、それらを使ってヒーリングに携わる人をひとくくりにした便利な言い方にもなっているわ」

ケンはしぶしぶとうなずく。

「それで、私が学んだことは……」

そう言いかけて少し自分でも改めて考える。シャーマニズムには否定的なケンではあるけれども、もう笑われても自分の思うことをすべて話したい。ジャングルでの体験で得た自信から、もう慌てることもなかった。

「最初にこちらに来た時は、マキシモが学校での先生のように色々と教えてくれると思ったの。でも、シャーマニズムの知識や理解は、教えたり、教わったりするようなものじゃないのよ」

「どうして?」

「なぜって、シャーマンへの道を探求するということは、知識を積み上げることではなくて叡智を授かるということだから。そして教えと学びは経験を通してのみ得られるものなのよ」

「どのように?」

鋭い視線からケンも真剣であることがわかる。

「〝その瞬間に生きる〟ことで、自分の周りで起きていることを、すべて自分の中に取り入れるの。たとえばシャーマンがどんなヒーリングをしているのか、そのシャーマンからヒーリングを受けている人はどんな様子なのか、そして、その時の空の状態に至るまで、すべてを吸収するのよ。私たち西洋人のほとんどは、刺激を受けすぎていると思うの。常に同時に5つくらいのことが心や頭の中でうごめいているわ。どこで夕食を食べるか、ということから、目をつけていた〝7 For All Mankind〟《セブン・フォー・オール・マンカインド》のセクシーなジーンズを買うべきかどうか、仕事場で立場的にどういう風に立ち回るか、ということまで。つまりそんな忙しい毎日では、結局何にも集中できていないっていうことなのよ。今に生きる、本当にその瞬間に生きるということは、とても難しい。でも、それさえ可能になれば、持っている五感はどんどん拡大していくのよ。それがシャーマンの技法をマスターする鍵だと思うわ」

そこまで言うと、しばらく沈黙が流れた。

「続けて」

ケンが急かしてくる。

「そして、もちろん儀式でハーブを使うワークも……」

「アルベルトの太陽崇拝の儀式のようにね」

皮肉っぽい突っ込みが入る。

「もちろんそれとは違うけれどね。儀式とは、シャーマンが音楽や音などを用いて、祈りを捧げる者、つまり参加者たちを導きながら、すべてのものに生命を吹き込んでいる大いなる意識と繋ごうとするものなの」

ふとマキシモが魔法という言葉について、この世界にあるすべてのものと繋がることと説明していたことを思い出した。

「私も学んでわかったことがあるの。それは、もし儀式でハーブを飲むなら、何を知りたいか、何を学びたいかを明確に意図していないといけないということ。もし、その意図がクリアで、そしてその人が謙虚な気持ちで臨んでいるのなら、ハーブはその人が望むことをきちんと教えてくれるのよ」

ケンからはウィットに富んだ突っ込みがこないので、さらに続ける。

「そして、シャーマンには、学びの過程に必ず師が存在する。経験の長い熟練したシャーマンはガイド役になり、迷えば道を正し、物事を明らかにしてくれるのよ。マキシモやドン・イノセンシオが私にそうしてくれたようにね。でも、何よりもハーブが一番の師と言えるの。アヤワスカやサンペドロとワークをしてそれがわかったわ。ハーブを通して見て経験してきたことが、私がこうして学んでいることを支えているから。それにハーブとワークをすると、誰もが時には同じビジョンを見るという事実も確信が取れたわ」

「どんなものを見るんだい？」

「この世界のすべては、細いパスタの束のような〝動いている光〟から成り立っているということ。でも、もし苦しみの感情や体調不良など何か問題があれば、その光は動かずに止まってしまう。その場合は、その光が、エネルギーが再び自然に流れるように、シャーマンがブロックを取り除いてあげるのよ」

「どんな風にして？」

「色々な方法があるわ。直接触ることや音を使うこと、意図することなどでね」

ケンが会話に夢中になっているのがわかる。

「僕もこれまで何回もアヤワスカを飲んでみないかって誘われたことがあるんだけどね、でも一度も試したことはないんだ」

「どうして？」

「なぜかって、本当の自分の姿を知るのが怖いんだよ」

「じゃあ、それは逆にハーブの力を信じているってことじゃない？」

「そうだね……」

真面目な表情で、何やら思いつめたようにゆっくりとうなずいているケン。

数分間が過ぎた。沈黙の中、ケンをじっと見つめていると、彼の肝臓のあたりに黄色の光がちらちらと光っているのに気付いた。ようやくケンも私がこの場にいることを思い出したように顔を上げた。

「君に最初に会った時は、いわゆるただの女の子だった。わがままで、自分の考えでしか物事を捉えられないような子という感じ。ところが、今やすっかり成長した女性になった。パワーのある一人の女性にね。もし、アルカニの言うことが正しいならだけどね」

少し挑発するように、にやりと笑った。

「ワインのお代わりは？」

チャプター54

ウルバンバのさびれた大通りを歩いて帰りながら、私の心はいつの間にかすっかり心の友であり相談役になってくれたケンに会えなくなるという寂しさでいっぱいだった。もうあのルネサンスの芸術品が置かれた空間や上質なワイン、機智に富んだジョークのすべてから遠ざかることは、考えただけでも辛い。

翌日はさらに落ち込んでしまった。ついに本当にロンドンに戻らなくてはならないのだ。

皮肉なことに、ここで過ごした学びの日々は大変なことばかりだったのに、ペルーはもう私の故郷同然になっていた。

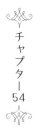

動物たちの鳴き声や山の甘い空気とは正反対の、けたたましく響く車の騒音や息が詰まるような都会で毎日目覚めることは、もう想像できない。

それに、これからの人生を一人で生きていくことも、もう考えられない。シャーマンであり、師、友人、そして、ほとんど恋人同然のマキシモがいないなんて。もう1週間以上も彼には会っていないけれども、常に頭の片隅には、マキシモのことがあった。


「ジャングルはどうだった？」

ハンモックに揺られながら、リラックスしているところにマキシモがやってきた。それはちょうど赤く染まったアンデスの山々と、深緑色をしたハチドリが花の蜜を吸う様子を見ていた時だった。大自然の滋養たっぷりの蜜をハチドリが吸う様は、ペルーに対する抑えられない渇きを、最後の一滴まで吸い上げようとしている姿にもみえる。

マキシモのことで頭がいっぱいになっているとはいえ、突然本人が現れるとやはり驚いてしまった。彼を見上げる。べっ甲のメガネ、レザーブーツに細身のプラダのジーンズを穿いた姿は、今更ながらほれぼれする。

「どうだった？　ドン・イノセンシオとのワークは？」

急かしてくる手を握る。これまではいつも私の方が急かす方だったのに、と思うと少し楽しくなる。

「それで？」

「ええ、やってきたわよ」

「なんだって？」

「マスターとたっぷりワークをしてきたわ。最初の儀式はドン・イノセンシオとラウルが一緒だったの」

「クリスチャンじゃなかったのかい？」

「彼はもういないのよ」

「じゃあ、どうやって行ったんだい？」

「エコ・アマゾニアが助けてくれたわ」

マキシモはあんぐりと口を開けた。

「とにかく最初の儀式でラウルが帰った後、マスターと二人だけになったの」

「じゃあ、ドン・イノセンシオと二人だけでアヤワスカを飲むことになったのかい？」

「ええ。合計3回ほどね」

「彼は普通、弟子以外の人間とは二人きりでハーブは飲まないんだよ」

マキシモは視線を合わせないようにしてつぶやく。そこで最初の儀式でラウルにされたことを説明すると、彼は何かを確認するかのように何度もうなずいている。

「シャーマンへの道を駆け上っているようだね。普通は黒魔術のことを学ぶには数年はかかるんだよ」

「どういう意味？」

「シャーマンになるための過程では、どんな者も黒魔術を消すことを学ばなければならないんだ」

何？　黒魔術って？

「いいかい？　私は君の師であるということを忘れないで。師とはいつも弟子の後にいて、いつ何があっても弟子を支えるべき存在だから。そのことを憶えておきなさい」

マキシモが真面目なトーンで語る。思わず背筋がゾクッとした。黒魔術などというものは私の辞書にはなかった。だからラウルは私に悪意はあったのかもしれないけれど、本気で黒魔術をかけているとは思っていなかった。けれども、混乱してマキシモの目を見つめると、その心配もすぐに消え去ってしまう。

「ところで、ヘビについての君の見解はどうなったんだい？」

マキシモが話題を変える。

「ヘビはよくクンダリーニにたとえられるでしょう？　つまり脊椎の中をエネルギーがそれぞれのチャクラを

ヘビのように通り抜けることによって精神的、肉体的に目覚めるわけよね？ そして、ヘビはすべてのソース、根源である存在とされている。ということは、ヘビとは命あるものの物質的な性質と精神性の完璧な融合を具現化した存在ということになる。一般的にスピリチュアリティとは、物質主義とは反対の意味で受け取られているけれども、実際にはこの二つが合わさってひとつになるものだと思う。そうじゃないかしら？」

マキシモはうなずいた。

そうであるならば、勝手な解釈をすると、私のハイヒールが詰まったクローゼットもいわゆる〝神殿〟と言えたりするかもしれない。

「昔、私の師匠が教えてくれた話があってね、アニータ。あるシャーマンが、この世界の真理が保管されている図書館に納められた最初の本の、その1行目を読んだというんだ。そこにあった文字については、英語ではなくスペイン語の方が、この話が通じるんだがね。その単語が〝serpiente（スペイン語でヘビの意）〟だったんだ。要するに単語を分解すると、スペイン語では〝ser〟は〝人間〟であり、〝pi〟は〝命の器〟そして〝ente〟は〝宇宙〟を意味することになる。つまりまさにヘビは、この宇宙のすべての叡智を司っている存在というわけなんだよ」

「だから、どんなシャーマンも、ヘビのことを学びたいと思うのね」

「太古の人間たちは、エネルギーをこの目で見ることができたと言われている。だからインド人たちはマントラの秘法を絵で描くことができたんだ。ここアマゾンに住む先住民族のシピボ族も、インド人たちと同じ絵を描いているんだよ。お互いの文明は何千マイルも離れているけれども同じものを見ていた。つまりどちらも真理を見ていたんだね。そして、今の時代に生きる私たちは、ビジネスやお金、サイエンスなどこの現実世界だけを見るようになり、エネルギーを見る能力を失ってしまったんだ。それでも私たちは、太古と同じ宇宙に生きているからね。太陽は南米でもアジアでも同じように昇り、そして沈む。世界のどこに生きている人も皆感情を持ち、同じように生きている。ただ光のエネルギーとしてね」

黙ったままで、ずっと話を聞いていたかった。

再びマキシモの元から去ることを考えるとセンチメンタルな気持ちになってくる。もうこうして話すことも学ぶこともできなくなるのだ。

「そうだ、今晩の儀式がキャンセルになることを皆に伝えないといけない」

「どうして？　私が帰る前の最後の儀式がなくなるの？」

こうして話していると、本当に自分が帰るのだという実感がわいてくる。もう24時間後には私はここにいなくなるのだ。けれども、マキシモの一言は、私をその悲しみから救ってくれた。

「今晩は私たちは二人きりで過ごすんだ。今晩二人で共にヘビに祈りを捧げよう」

チャプター55

それは、人生を変えた一夜になった。

それは、シャーマニズムの世界に入ってから始まった変容の最終ステージだった。

そして、それはこれまで抱いていた愛情やセックス、欲望への概念を大きく覆す体験だった。また、命に限りがある者が生きるこの世界では、自分が見て、知って、愛したものの中にだけ真実が存在することを確認するということ。さらには1匹の黒く美しいパンサーが生まれた夜でもあった。

今でも、その時の光景を覚えている。誰もいない瞑想室には、ただブロンドとブラックの2つのジャガーの毛皮のマットが敷かれ、満月の銀色の光に照らされていた。二人の身体は月光を浴びて発光しているかのようだった。

今でも、その時の匂いを覚えている。芳《かぐわ》しいアグア・デ・フロリダが、タバコとマキシモの誘うようなムスクの香りと混ざった匂いを。

今でも、その時の味を覚えている。ゆっくりと、ソフトでディープなペパーミントの味のキスの味を。そして、かすかな塩の味のする肌の味を。

今でも、その時の音を覚えている。押し殺した深い息遣いに、静かな喉のうなり声を。そして、沈黙を。言葉を越えて、二人だけで分かち合った理解と秘密を共有した完璧な沈黙を。

そして、その時の感触を覚えている。やさしくなく、激しすぎもせず、恥ずかしさもなく、ただ本能のままの絶妙な感触を。

部屋に入るとマキシモはジャガーのラグマットの上でくつろいでいた。私は今から起きることへの期待を込めて、今回唯一持ってきた「コントワー・デ・コトニエ」の水色のシルクのワンピースを着ていた（一応、下着の色も合わせておいた）。

マキシモは目を見開いて私を見つけると、自分の隣にエスコートする。深呼吸して隣のジャガーより一回り小さく、新しく、まだどこか馴染んでない黒いパンサーのラグマットの上に座った。指でマットの頭の部分から尻尾までを撫でると、その揃った毛並みはベルベットのようにやわらかなのに、爪は鋭く牙をむいていると いうギャップがエロティックだ。

手渡されるハーブのドリンクを受け取る手が震える。一気にそれを飲んで横になると、マキシモもすぐ隣に横になった。気持ちが高ぶってくると息もできなくなり、窓の外の星を眺めようとする。その張りつめた空気に耐えられなくなり隣を見てみると、マキシモの目は閉じられたまま。そして、腕は死んだ人の手を胸に置くように固く組まれ、身体は石のように動かない。もはや緊張しすぎて叫び出しそうになってきた。

けれども、すぐに薬が効いてきたのか、大蛇が私の背骨を上ってくるように現れた。身体が動きそうになると、マキシモが目を開けて言う。

「前にも言ったけれども、今後人々にワークを施す時に、自分の中に取り込んでしまうエネルギーはいつもリリースできるようにしておかなければならないよ。だからこれから、私がいないロンドンでワークの時には、ヘビの招き方を知っておく必要がある」

それを一緒に今からワークするのではないの？　そう思ったとたんにマキシモは次の行動に出た。

「まずは私を見ていなさい」

そう言うと、じっとこちらを見たままシャツのボタンをはずし、ベルトを緩めるとパンツを脱ぎ、カルバンクラインの下着姿を露わにすると、それさえも脱いでしまった。これまでにも彼の裸はちらりとは見たことがあったけれども、そのなめらかな肌に引きしまった胸筋、腹筋だけでなく、全裸を目の前にすると、身体の奥から彼を求める気持ちが湧きあがってくる。

そんなマキシモが顔を近づけてくるとキスをしてきた。慌ててそれに応えながら、我を忘れそうになり、はぐらかすように離れると、再び両足の裏をくっつけて横になり、両膝を外側に開くポーズを取った。

「よく見ていて」

数秒後にマキシモの背骨はうねり始めた。なんと一瞬でヘビを自分の中に呼び込んだのだ。彼のおへそに手を置いてみると、電流のようなものが手の平に伝わってきて、手が痺れるような感覚がする。その手を置いたままくるくる摩りながら、胸の上へ、さらにはマキシモの頭部にまで流すように動かした。

「いいね、アニータ。ただ直感に従って」

両手をそのまま動かし続けていると、やがてはマキシモや私という境がなくなり、ただひとつの光になっていくのがわかる。周囲に見えるものも、すべて光に溶けている。それは息も止まるほど美しい光景だ。

「それでは今度は自分でやってみなさい」

光の中で声がする。マキシモが私の肩のワンピースのストラップに手をかけた。その有無を言わせない動きに思考は停止すると、振り向いて唇を合わせる。優しくワンピースを脱がしながら、唇を噛んでくるマキシモ。最初は優しく、やがて激しく。その手はブラジャーのホックをはずし、下着にも及んだ。ついにこの時がきた。

私は期待に震えていた。身体の奥には、ここ数カ月マキシモとのユニークな二重奏の関係において、ずっとじらされ続けていた思いがもう溢れそうになっていた。

けれども、再び身体を離す。そして、私に横になるように指示が出た。完全に露わになった私の身体は、今の赤裸々な気持ちそのままだ。マキシモの瞳の中に私の思いが映り込んでいるのがわかる。そんな状況でも頑固に指示をしてくる。

「自分でヘビと向き合いなさい」

横になり、なんとか骨盤に意識を向けて筋肉を収縮させると、すぐに身体の中で電流のようなエネルギーが回転し始めた。求めれば私だってヘビを招くことができるんだということに満足しながら、自分自身が光の中に溶けていくのをただ傍観していた。今、私の身体は、電気そのものになっていた。

「いいね」

笑いながら私の顔を両手で包みこむマキシモ。今度こそ……。ところが、また顔を凝視するほど見つめてきた後、マキシモは再び横になる。まさか冗談でしょう？　イラつきながら、彼にとって人生はただのゲームなのではないかと呆れてしまう。

目を閉じると、マキシモが私と車座になった人々の前に座っているビジョンが浮かんできた。どうやら、私たちは儀式中のようだ。私は立ち上がり、参加者の胸のあたりに手を当ててヒーリングをしている。そんな未来があるなんて、とてもワクワクしてくる。けれども、目を開けて、今自分がどこにいるのか、今何をしているのかに、集中する。

再び目を閉じると、今度は別の儀式のビジョンが見えてきた。私は少人数のグループの前でガラガラを手にしていた。今度は一人きりで、場所もペルーではなく、スタジオのようなところにいるようだ。すぐにその場所がロンドンの自宅であることがわかった。

ハーブの効果が消えてしまう前に、見えたビジョンについて考えてみよう、と思ったとたん、マキシモの手が私のウエストに伸びてきた。ただしそれは人間の手ではなく、ネコ科の動物の前足だった。しなやかな前足は軽やかに、好奇心旺盛に、そしてしつこく動き、私をゾクゾクさせる。部屋の中の緊張感はすでにピークに達し、爆発寸前の私はもうこれ以上は耐えられない。でも、マキシモのゲームにずっと付き合わされてきた私は、もうあえてマキシモの方に顔を向けない。

ところが、何が起こったのか自分でもわからないまま、突然身体が四つん這いのポーズになってしまう。背中は弓なりに曲がると、肩は斜めになり、浅い息で喉を鳴らしながら低い声でうめいている。両手は大きな前足となり宙を切る。私は、パワフルで羞恥心のない、自信に満ち溢れたパンサーに変身していた。

何が起きているの？　パンサーが私を呼んだの？　それとも、私がパンサーを呼んだの？　もしかして、マキシモが呼んだのかもしれない。ふとマキシモの方を向くと、思わず息を飲んだ。その顔に身体、そして彼の動きがジャガーになっていたのだ。

「ジャガーになっている！」

そうつぶやくと同時にジャガーは私を押さえつけてきた。顔の向きを変えて、よく様子を見ようとするけれども、その動きは力強く、抵抗できない。さっきまでは慣れた人間の指が下着を剥ぎ取っていたはずなのに、この動きは、首に噛みつき、唸りたてるような、闘いを臨んでくる獰猛なジャガーそのものだ。

そして、そんなジャガーと一体化した時、人間としての複雑で混乱していた部分は一切消え去り、ただパンサーのクリアな感覚だけが私の中を支配していた。

シャーマンの学びをスタートした時からずっと見てきた、パンサーとジャガーのビジョン。その中にはマキシモに話していないものもあれば、今でも自分でも理解ができないものもある。けれどもすべては、今のこの瞬間に至るためのヒントだったのだ。

ジャガーはパンサーを目覚めさせるために、成長させるために、そして、そのパワーに命を吹き込むために唸り声を上げていた。確かに、これまでの道のりがなければ、今のこの瞬間を、ずっと求めていたこの時を迎えてはいなかっただろう。そのことを理解した時、私は自分の中にいるパンサーに完全にひれ伏したのだ。そしてパンサーはジャガーに、完璧なまでに生の歓喜の中で降伏していた。

今、2匹のネコ科の動物たちは、お互いの本性を晒し合い、恐怖と欲望の火花を散らし合いながら変容している。もはや私にはなんの迷いも不安もなく、なぜかロマンティックな気分でもなかった。そのような人間界にある属性などはここにはない。今ここにあるものは、ただ本能のままの欲望と、私自身が、孤高の存在として、ハンターとしてサバイバルする捕食動物であることを自覚したという事実。

これはセンチメンタルになっているのではなく、またむなしい性の交わりという意味でもない。ただ純粋な生命の悦びと、強烈な電気のエネルギーが身体の中心を駆け巡り、すべてを溶かしているという現象だけだった。そして、この有形の身体という物理的な在り方を通して、私は魂から震えるほどの至福の絶頂に達したのだ。それは言葉を越えた、思考を越えた世界のその向こうにあるものだった。

ジャガーはパンサーを、すべての源がある場所へ案内した。そこは時間の概念が始まる前の場所だった。また、進化の概念、個人という概念の始まる前の場所でもあった。私は私自身ではなく、彼でもなく、すべてだった。二つの火は燃えさかり、大きなひとつの炎になっている。かつての私自身は、今炎によって焼き尽くされ、そして灰になっていく。

目を開けると、マキシモはすでに身支度をして部屋の前に座ってタバコを吸っていた。気付けば私もスリップをつけていた。

「パンサー」

マキシモがつぶやくその顔からは、敬意を表す表情が感じられた。

「でも、この間は私はパンサーではないと言っていたでしょう？　どうして？」

「私の中のジャガーが、ネコ科の王であるパンサーを目の前にして嫉妬していたんだよ」

率直なその答えで私はすべてを理解した。ふと手の中に何かがあるのを感じて広げてみると、そこには1つの大きな歯があった。

「それはブラックパンサーの歯だよ。昔、私の師匠にもらったものだ。そして、その師匠もまた、彼の師匠にもらったものなんだよ。これは伝統なんだ。師匠は弟子がパワーを得た時に、自分の道具をひとつ譲ることにしているんだよ。君はシャーマンだ、アニータ。パワーを勝ち得た一人の女性だ」

この言葉こそ、私がここ数カ月ずっと待ち焦がれた言葉だった。

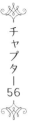

チャプター56

――4週間後。


その日は、ある国際的に活躍するフォトグラファーによる有名ミュージシャンの撮影に関して、PR担当とバトルをしながら忙しい一日を終えたところだった。

セクシーできわどい決定的な1枚が欲しかったのに、結局色々あって、私が自分のデジカメで撮った大したことのない写真を使うことになってしまった。編集は不満そうだったけれども、PR担当はOKを出してきた。なんとかバタバタとした一日が終わった。

それでもあの日以来、私の頭からは、マキシモのポニーテールの髪がみだれ髪となって顔にかかっていた表情が消えることはない。あの人を酔わせるような琥珀色の瞳は、あの瞬間から1秒たりとも心から離れることはなかった。

自宅のドアに鍵をさしたとたんに電話がかかってきた。

「私よ、ルル。ひどい一日だったわ」

彼女は息もつかずに、仕事中に起きたトラブルや前日の夜の悲惨なデート、そして〝ルルにお金持ちのダンナを見つけようキャンペーン〟が上手くいかない話などをまくしたてる。それを聞きながら、私は落ち着かずにアパートの部屋の中をうろうろする。

この部屋では、窓際にある小さなオリヅルランが、ベージュと白の味気ない都会にある唯一の緑だ。ドン・イノセンシオのジャングルの質素な家の周囲の、あの緑が爆発するような景色が今となっては懐かしい。

ルルはひたすらしゃべり続ける。その間キッチンへ行き、お金をかけて設置した〝ピュアでキレイで、おいしい水らしい水〟が出るという浄水器から水をやかんに注ぐ。とりあえずこの意味を皮肉と受け取らないでおこう。ラプサン・スーチョンのお茶の葉に手を伸ばしながら、今となってはもう、ルルの話にはきちんと気の効いたことを言ってあげられなくなった自分に気付く。彼女の幼さには自分でも対応ができなくなっていた。これまで、ルルのおしゃべり好きなところはまったく気にならなかったのに。なにしろ彼女は私の親友なんだから。

「フィリップ・スタルクの椅子をセルフリッジズに戻しにいかなくちゃいけないの。買って帰ったら、椅子の足が壊れていたのよ。まったく時間の無駄だわ」

ガラスのティーポットに熱湯を入れて、茶葉がきれいな琥珀色に、マキシモの目の色に移り変わるのを見る。窓際へ行くと、ルルの声が道路を行きかう車の音とちょうど張り合ってる。聞こえてくるのはすべて騒音だった。

私にとってロンドンは働く場所であり、生計を立てる場所であり、そして、社会生活がある場所。だから心を決めて戻ってきた。なぜならば、それ以外の選択はなかったから。今の私は、目を閉じて6000マイルも離れた過去へとむなしい想像の旅をするしかない。幸せで、心から満ち足りていたあの場所に。

マキシモの美しい肌が月光の中で銀色に輝いている。1匹の大きなジャガーが黒いパンサーに絡みつく。鋭い歯が私の首に噛みつきながら、まっすぐに官能的に誘ってくる。

これからロンドンで本当に生活できる？　この場所は故郷のはずなのに、今の私にはもはや異国のようだ。それは最初にペルーへ行った時に感じた感覚と同じだった。

私は誰？　戻って来てから、ずっと同じことを自分に問い続けている。どこにいる私が本当の私なの？

それから1年が経ち、地下鉄を降りた私は、シャーロット通りにある小洒落た小皿料理のバーへ急いでいた。ルルやガイ、そしてガイの銀行の友人たちに会うためだ。彼らに会うのは数カ月ぶりだった。すでに生活を少し切りつめるためにノースロンドンへ引っ越していたので、メリルボーンの仲間たちとは常に一緒ではなかったのだ。

また、新しい仕事も始めたところだった。環境が変わり、出会う人々もまた変わりつつあった。

「彼はご時世がいい頃に無理をしすぎたんだね」

その場を仕切っているガイが、私が到着したのを見て挨拶代わりにうなずいた。すぐに彼が昔の上司について話をしていることがわかった。

「何しろ彼はすっからかんになってしまったんだからね。もうどうしようもないよ」

この銀行員は同情のかけらもない言い方をする。

「さらに悪いことにさ、ガイ。彼は一番下の子供を私立の学校から退学させなくちゃならなくなったし、奥さんは離婚したがっているからね」

ガイは肩をすくめる。ここの仲間たちの間では人生で勝ち組になることが大事なのだ。ちょうどそこに、インドから一時帰国して、小さな香水の会社で働いているヘルズがいた。私を見つけると飛び上がって席を立ち、両頬にキスをしてきた。

「アンナ」

すると知らない一人の男性も同時に立ち上がり、私のために椅子を引くと握手を求めてきた。

「ピアーズです」

その丁寧な態度に笑顔で椅子に座る。ところが、彼を紳士だと思ったのは大間違いだった。私とヘルズの間に座っている彼は、その後テーブルの下で誰にも見えないようにセクハラをしてくるとんでもない男だったのだ。

「それで、どうしていたの？」

ヘルズが笑いながら聞いてくる。

「もう長い間会ってなかったわね」

「本当よね」

この年の前半には、ペルーで出会ったカップルに招待されてスペインで儀式を行うイベントをしてきた。心理セラピスト、医師、ヨガのインストラクターや弁護士などもいるグループの参加者たちからは、再度イベントを開催するようにも頼まれてもいた。

彼らが真剣にシャーマニズムに取り組む様子を見ていると、かつてオシャレな友人たちと一緒だった時代からは得られなかった自信も得られるようになっていた。そこでヘルズには今の暮らしを思い切って伝えてみる。

「今日はシャーマニズムのワークショップをやってきたのよ」

「何？　誰と一緒に？」

冷たい反応が返ってくると思ったら、興味を持ってくれたようだ。

「役者をしている人たちのグループなの。彼らが今、狼に関する舞台劇のリハーサルをしていて、狼と人間の関係について研究しているのよ。ほらユングとかフロイドとかで、よくあるでしょう？　これから行う全国ツアーの準備を私も手伝うことになったのよ。今日は打楽器を使って変性意識に入るというワークを行ったの」

今日の午後のワークがマキシモとの最後の儀式で見たあのビジョンだったことを思い浮かべながら微笑んだ。

今日のワークショップでは、人間と狼の関係についてを探求しながらも、若い役者たちの頭痛など体調不良に対して手を使ったヒーリングなども同時に試みた。

「それはすごいわね」

ヘルズも長期休暇を取ったことで、以前よりオープンに、そしておだやかな人になっていた。今晩、私が発言したことに興味を持ってくれているのは彼女だけだ。他の皆は目の前の食事に夢中になっている。

いつも一緒にいる近しい友人ではなく、久しぶりに会った友人が私の新しい仕事に関心を持ち、それを認めてくれたことは、とても勇気づけられる。それからはガールズトークの例にもれず、おしゃべりは一度始まったら、もう止まらない。

「そうなの？」

「実はワークショップをやったのは今回で2回目なの」

「別のクライアントたちに向けて、個人セッションもやったりするの」

「変わったわね、アンナ」

「私が？　どんな風に？」

彼女は笑いながら答える。

「ソーヴィニヨン・ブランとショッピングが大好きだったのは誰だったっけ？」

「すべてをあきらめたわけじゃないのよ。今はメリルボーンから引っ越したことで、少し余裕もできたしね」

「昔のあなたはとにかく忙しく働いて、夜はほとんど毎日酔い潰れるまでの飲み会。そして、勝ち組でゴージャスだけど中身のないエドワード・モンゴメリーが彼氏という。あなたと一緒に遊ぶのは楽しかったけれども、でもあなたはいつもボロボロだったじゃない？」

なんとヘルズの方が私の昔の姿を私よりよく把握していたのだ。

今日の午後のことをまた思い出す。

ワークショップの最後には、役者の一人であるセクシーなダンサーが私の元へやってきた。彼は、都会で生きることの疲弊感や、これからのキャリアの方向性などについて正直に自分の心情を吐露しながら、悩みを打ち明けてくれた。そんな彼の苦悩する姿に、昔の自分の姿を重ね合わせていた。

「アンナ、君なら僕を救ってくれるよね。僕にワークをお願いできない？　長期間のプログラムなどはないの？」

彼の真剣な依頼に、私も、そんなプログラムはまだ用意していないものの、ついうなずいてしまっていた。するとと私たちの話を聞いていた女性の役者の一人が話に加わってきた。

「私も参加してみたいわ」

そこでヨガスタジオのオーナーに、新たにワークショップのためにスタジオを予約できないかとメールをしてみた。また、ＮＹのニックとアンドリューにも電話をすると、かつて約束してくれた通りにロンドンにまで来てくれることになった。

こうして私は、新たなクライアント２名と、友人２名に向けてのワークを行うことになったのだ。そんなことを考えていると、ワクワクとドキドキ、そしてやるべきことをやっているという確信で胸が熱くなってくる。

けれども、たとえ満足のいく仕事をしているとはいえ、私の人生にあるべき真実の愛のことを思い浮かべると、目には涙が滲んでくる。

「その後、雑誌の方はどうなの？」

そんなことを考えているとルルが質問してきた。

「そのあたりについてもニュースがあるわ」

青とうがらしを口に入れながら答える。

「まだ、ほやほやの情報よ」

すっかり他の皆のことは忘れてしまっていた。けれども、ガイが自分の冗談に馬鹿笑いをしたことでテーブルがシーンとしてしまい、一斉に皆の注目を集めてしまった。

「実は雑誌の仕事はやめたのよ。今は健康関連のライターをやっているの」

ガイが驚いて私を見る。

「健康本の書籍のシリーズ化なんかもやっているの。正直に言って、今自分がやっていることと興味の対象が合っているのでいい仕事なのよ」

ガイはまだ信じられないという顔で言う。

「ということは、もうセレブ志向じゃなくなったんだ」

もう彼に答えることはなかった。今は仲間内での勝ち負けにこだわることもない。なんといっても人生で初めて、自分の中にある幸せを発見できているのだから。

「まったく、君がそんな風になってしまうとはね」

ガイがつぶやく。それにもう自分を偽る必要もない。この2年間、周囲にどう見られているかということから避けようと、あえて一人になっていたために孤独を感じていた。けれども、今いる場所が私のいるべき場所であり、これからもいたい場所なのだ。

テーブルの下ではピアーズがまたちょっかいを入れてきた。私の足の上で彼の指が動くのに気付き、彼を見上げる。

「クライアントは、どんな人たちなの？　彼らは幾つぐらいなの？」

「一番若い人は12歳で、今まで一番年配だった人は70代の女性がいたわ」

「どんなことをするの？」

「彼らが必要なことをするのよ」

「どうして彼らは君のところに来るの？」

この投げやりな質問は、かつてのお見合いイベントの会話を思い出させるものがあった。

「それぞれに理由があるのよ。肉体的、精神的な問題に、経済的な問題を抱えている人もいるわ」

「もう少し詳しく教えてくれよ」

ガイが間に入ってきた。

「そうね。今朝は、先週ワークショップに参加した女性の個人セッションをしたの。その女性は仙腸関節にトラブルがある人で……」

「え？　それはどこのこと？」

「骨盤にある関節のことよ。続けて、アンナ」

ヘルズがガイの質問に代わりに答えてくれながら、身を乗り出してきた。

「彼女は11年間も痛みを抱えてきたの。彼女のホームドクターもあきらめていて、もう何もできない、とさえ言っていたのよ。だから彼女は、オステオパシー（整骨療法）にホメオパシー、頭骸仙骨療法、そしてヨガにピラティス、水泳など、とにかくあらゆることを試してきたの。そこで先週は、私のワークショップでクリスタルを使って、ビジュアライゼーションやラトリングといって打楽器などを用いるワークをやってみたの。彼女は一日中、自分でもわからないままに、ずっと涙を流し続けていた。けれども、目覚めた時、とても体調が良くなっていたの。彼女はこの10年間で初めて痛みから自由になれたと言うのよ。そして、今でもまだ痛みは戻ってきていないの」

「素晴らしい話ね」

ヘルズが答える一方で、ガイは不思議そうな顔で私を見ている。一方でピアーズは懲りずに、またセクハラをしようとしている。彼が再び私の足を触ったことで、私はテーブルからすっと離れた。


最も意味のあるガールズトークは、女子トイレでの短い時間で話されること、というのは確かだと思う。シックなミニマリズムを再現した女性用の化粧室で手を洗っていると、ルルが扉を開けて入ってきた。彼女の表情は少し引きつっている。

「ヘルズにワークショップの話をしているのが聞こえたわよ」

「そうなの？」

「あのね、私、新しい彼氏ができたの……。まだ誰にも紹介していないのよ。銀行員なんだけれども、仕事が色々大変みたいで。とにかく彼がどんな職業とかは関係なくて。彼の事を愛しているから。問題は彼がすごくストレスを感じているのを、私はどうしてあげればいいのかわからないし、なんと言っていいかもわからないことなの」

ルルからは、一人の男性を愛する優しさに、混乱と不安が入り混じった表情が見てとれた。

「助けてもらえるかしら？　アンナ」

「もちろんよ！」

笑顔でルルを見つめながら、きっと二人を助けてあげられると思った。化粧室を出ながら、彼女は昔の私たちのように腕を組んできた。今の私はもう、3年前にロンドンから脱出した私ではない。けれども、こうして昔と同じように付き合ってくれる親友の存在は、温かい家に戻ってきたという気持ちにさせてくれる。

さて、テーブルに戻ると、話題の中心はロンドンの物価の高さについてだった。

皆の熱心な顔にキラキラした目、完璧な着こなし。ドン・イノセンシオが、アマゾンの神秘の森にある質素な小屋の中で、小さなプラスティックの椅子に座っているイメージが蘇る。

けれども、そのギャップに今日は自分が場違いであるというような感覚は覚えなかった。それよりも彼に会えたこと、彼の美しい世界を見せてもらったことを、とても光栄に思えるのだ。

私は誰？　そんなことを考えながら、友人たちに別れを告げて、フィッツロビアの通りに出て地下鉄の駅に向かう。でも、もうこれからは、その答え探しをしなくてもいいのかもしれない。

私はハイヒールを履き、美味しいチョコレートを愛し、かつてアウディのR8に乗っていたシャーマンなのだから。そして今は、仕事をしている自分、それ以外の自分も大好き。未だにこの物質的世界における自分の好みはあきらめることはできないし、あきらめようとも思わない。

さらにはシャーマニズムのこと、ジャガーの恋人であるマキシモ——私が毎日思いを馳せ、弟子を待ってくれている愛しい人のこともあきらめられない。

12歳の時に編み出したマントラ。

自分を愛することができる女性にとって、人生の大海原を泳いでいくために必要なものは、「チョコレートとハイヒール」だということ。今、30代になった私としては、このマントラを少しアレンジする時がきたようだ。

「チョコレート、ハイヒール、シャーマン」なのか、または「シャーマン、ハイヒール、チョコレート」なのか。結局どちらにしても、私にはこれらのすべてが必要なのだ。私は未だに、自称ロンドン版のキャリー・ブラッドショーのつもりだから。そして、ロンドンにいる方のキャリーは、心の底からスピリチュアルの世界を探求したいと思っている。

頭の中で単語をつぶやく。ハイヒール、シャーマン。シャーマン、ハイヒール。

ふとある言葉がひらめいた。これだ！「ハイヒールを履いたシャーマン」

マキシモが予言したように、私はハイヒールを履いて世界の人とシャーマンの世界を繋ぐ架け橋になるのだ。

なぜって、私はハイヒールを履いたシャーマンなんだから。

謝辞

この本の制作にあたって、素晴らしいクリエイティブ・チームに出会えたことに感謝を捧げます。

まず、出版社であるペンギン社のケイティ・フォレイン、ケイチャ・シプスター、フランチェスカ・ラッセル、ルース・スペンサー、タムシン・イングリッシュに、そしてカーチス・ブラウン社のジョナサン・ロイド、シェイラ・クロウリーに大いなる感謝を。

それから、この本の執筆中にサポートをしてくれた皆へ。あなたたちへの感謝は言葉にできないほどです。ヒューゴ・モーゼ、アンナ・ペレラ、クリスティーナ・アップルヤードに。それから、アンナ&ジョン・マーティン、デルフィーン・ラマンデフレアソン、トレイシー・リーズ、デュー・ダビデス、パメラ・ロイド、マニュエラ&ジェレミー・ロビンソン、ファティマ・ゲラボ、ステフ・ヒルシュミラー、パトリック・ジョンソンスミス、ジェシー・ブリントン、デイビッド・ヴィンセント、ピーター・リリー、ディナ・グロウバーマン、ジェニー&デイヴィッド・ガルシア、HSHS、ジェシー・カーシュ、リジー・メルヴィル、ロージー・シンプソン、ロジャー・ウェブスター、ナタリー・アルカンタラ、フィル・ファナガン。そして、愛すべき私の家族たち。ママ、パパ、そして唯一無二のピンク、K-DにMrs.V。

最後に、私のペルーにいるシャーマンの師匠たち、ドン・ルル、ドンM、ドンI、ドンV、ドンJにドリスへ。あなた方の叡智と、シャーマニズムへ謙虚に人生を捧げることを私に教えてくれた人たちへ、心からの感謝を。

参考文献

Ayahuasca: The Visionary and Healing Powers of the Vine of the Soul by Joan Parisi Wilcox
Breaking Open the Head by Daniel Pinchbeck
The Cosmic Serpent: DNA and the Origins of Knowledge by Jeremy Narby
The Eagle's Quest: A Physicist Finds the Scientific Truth at the Heart of the Shamanic World by Fred Alan Wolf
DMT: The Spirit Molecule: A Doctor's Revolutionary Research into the Biology of Near Death and Mystical Experiences by Rick Strassman
Women Who Run With the Wolves by Clarissa Pinkola Estes
Acid & Alkaline by Herman Aihara
Plants of the Gods: Their Sacred, Healing, and Hallucinogenic Powers by Richard Evans Schultes, Albert Hofmann and Christian Ratsch
Inca Cosmology and the Human Body by Constance Classen
Nature and Culture in the Andes by Daniel W. Gade
The Way of the Shaman by Michael Harner
Psychedelic Shamanism: The Cultivation, Preparation and Shamanic Use of Psychotropic Plants by Jim DeKorne
The Incas (Peoples of America) by Terence N. D'Altroy
Kintui, Vision of the Incas: The Shaman's Journey to Enlightenment by Jessie E. Ayani

Yanomami: The Fierce Controversy and What We Can Learn from It by Rob Borofsky, Bruce Albert, Ryamond Hames
Albert Schweitzer: Essential Writings by James Brabazan
Anatomy of the Spirit: The Seven Stages of Power and Healing by Caroline Myss
Psychedelic Healing: The Promise of Entheogens for Psychotherapy and Spiritual Development by Neal M. Goldsmith

訳・編者後書

「いったい私は、何をするために生まれてきたの？」「自分のこの人生における役割って何？」

誰もが人生のある時点で、そんな問いに必ず直面するものです。そして、その答えを見つけようと、悩み苦しみ、時にはつまずいたりしながら、人生のミッションを探しています。

『ハイヒールを履いたシャーマン(The Shaman in Stilettos)』も、あるひとつの実在する〝自分探し〟の物語です。それも、ロンドンでキャリアウーマンとして生きていた一人の女性が、パワフルなシャーマンに変身するまでの過程を綴ったストーリーであり、かつ〝人生の危機〟から〝内なる平和〟を見つけるまでの旅の軌跡です。


本国イギリスでこの本は、ジュリア・ロバーツ主演でヒットしたアメリカ映画『食べて、祈って、恋をして(エリザベス・ギルバート作、原題：Eat, Pray, Love)』のイギリス版とも評されて話題になり、「すべての女性に読んでほしい1冊」として、メディアでも大きく取り上げられました。

作者であり主人公でもあるアンナ・ハントは、かつては有名誌のジャーナリストとして活躍し、パーティー三昧の日々に、エリートの彼氏持ちという誰もがうらやむ華やかな暮らしをしていました。また、本書の中でも、イギリス版のキャリー・ブラッドショー(アメリカでヒットしたテレビドラマ『セックス・アンド・ザ・シティ(Sex and the City)』の主人公)だと自認するほど、ブランドもののハイヒールをこよなく愛する贅沢なライフスタイルを謳歌していました。

「シャンパンならモエではなくて、ローラン・ペリエのロゼ派だから」と豪語するところからも、セレブを取材する事が仕事である彼女の、その限りなくセレブに近い暮らしぶりが想像できるでしょう。

ところが、そんな勝ち組の彼女が抱えていたのが、ストレスの日々からくる不調に、キャリア街道の裏に潜む燃え尽き症候群と焦燥感。そして、彼氏から支配されることへの不満と苛立ち。

ついに「このままでは、もう限界」と、30歳を前にロンドンから飛び出して、一路ペルーを目指すことになります。

けれども、長期休暇の後は再び同じ環境に戻る予定だった彼女の前に現れたのが、運命的に出会った魅力的で〝イケメンすぎる〟シャーマン、マキシモ・モラレス。

その日から、彼女の人生に、新しいロマンスとスピリチュアルな世界が展開していきます。

「君はもう前と同じ日々には戻らない」とマキシモに宣言されて始まった新しい日々は、現実主義者の彼女が苦手としていた〝見えない世界〟の洗礼。マキシモに弟子になって欲しいと言われた彼女は、「パワースポットという言葉を初めて聞いた」というほど、スピリチュアルなことに興味はなく、さらにはスピリチュアル好きな人、いわゆる〝ヒッピー〟な人々に嫌悪感さえ覚えていたようなタイプ。

ところが驚くことに、そんな彼女が師であるマキシモも驚くほどの速さで、シャーマンへの階段を駆け上っていくのです。果たして、神聖なる道の修行と呼ばれるものは、不屈の努力と精神性と長い年月が必要なのではないの？　と質問したくなるほど、その能力をあまりに簡単に開花させていく様は痛快で、目をみはるものがあります。

たとえばハーブのエッセンスやクリスタルを使うヒーリング方法に、〝心の目〟で物事を見ること。相手に同調するシンクロナイゼーションに、すべてのものは光でできているということへの理解。そして、アヤワスカやサンペドロが導く意識が変容する次元との邂逅と、そこでの学び等々。気がつけば、テストとしてかけられた黒魔術さえも、自分で解けるようになっているのです。
これらの一連の出来事を疑心暗鬼の状態で、また戸惑いながらも受け止めて自分のものにしていく様子は、彼女らしくもあり、リアリティを感じさせるものがあります。

現在のアンナはジャーナリストとして働きながらも、主に一人のシャーマンとして「シャーマンの世界と都会で生きる人々をつなぐ架け橋になる」という人生のミッションを果たすべく、ロンドンを中心に世界各地でその知識や技法を活かすワークショップを開催しています。

本来ならば一般的なシャーマンの概念とは、本書にも出てくるドン・イノセンシオのような人物を想像する人も多いことでしょう。つまりそのコミュニティに住む人々を癒し導くというヒーラーでありメンター、そして人望の厚いリーダーとしてのシャーマン像です。

そういう意味ではアンナは、まさに突然変異型のハイブリッドな新しいタイプのシャーマンと言えるのです。なぜならば、グチも言えば恋にも夢中になり、オシャレなハイヒールもちょっと高いチョコレートも欠かせない、まさに〝今どきの女子〟だからです。

考えてみれば現代社会に生きる私たちは、どんなにマスタークラスの素晴らしいシャーマンであったとしても、もしその人がドン・イノセンシオのように、ジャングルの奥で隠遁生活をしているならば、決して会える機会はありません。けれども、アンナには会うことができるのです。

特に彼女のような新しいタイプのシャーマンこそが、スピリチュアルな〝言語〟を話さない普通の人々に向けて、シャーマンの伝統や技法を授けられるのかもしれません。

現代社会のストレスに疲弊して、心と身体がバラバラになりがちな私たち現代人は、今こそ自然界と結びついたシャーマニズムの智慧を思い出し、日常生活で使いこなすべき時なのではないでしょうか？

いってみれば、アンナのような一見どこにでもいる普通の人に見えるシャーマン、つまり〝ハイヒールを履いたシャーマン〟が登場するのも、今の時代の必然なのかもしれません。

アンナのシャーマンとしての新しい第二の人生は、まだまだ始まったばかり。彼女のこれからの大冒険を見守っていきたいと思います。

西元啓子

●著者
アンナ・ハント
Anna Hunt

シャーマン、コンサルタント、ジャーナリスト。ケンブリッジ大において現代史の修士課程を終了後、新聞記者になる前にイギリスの公共テレビ「チャンネル４」でジャーナリストとしてのキャリアをスタート。「メール・オン・サンデイ」「デイリー・エクスプレス」の記者であり、「ザ・デイリーメール」「ザ・サンデイ・エクスプレス」「サイコロジスト」「ザ・ラジオタイムズ」などにも寄稿。
www.annahunt.com
www.shamaninstilettos.com

●訳・編者
西元 啓子
Keiko Nishimoto

エディター＆ライター。米国の大学にてジャーナリズムを専攻。卒業後は、広告代理店に勤務。現在は、スピリチュアル、精神世界関係の出版物の編集や海外の作品の翻訳に携わる。

ハイヒールを履いたシャーマン

2015年03月13日　初版　発行

著　者　アンナ・ハント
訳・編者　西元啓子
装　幀　藤井由美子
発行者　大森浩司
発行所　株式会社 ヴォイス　出版事業部
〒106-0031　東京都港区西麻布3-24-17 広瀬ビル2F
☎03-5474-5777（代表）
☎03-3408-7473（編集）
FAX 03-5411-1939
http://www.voice-inc.co.jp/
印刷・製本　株式会社光邦

ISBN978-4-89976-431-1
Printed in Japan